Als Angelika met opengesneden polsen in een badkuip wordt aangetroffen, lijkt haar dood een uitgemaakte zaak: zelfmoord. Maar wanneer sporen van sterke slaapmiddelen in haar bloed worden gevonden, gaan politieman Patrik Hedström en zijn vrouw Erica op onderzoek uit. Als later ook een vriend van Angelika overlijdt, ontdekken zij dat beide sterfgevallen hun oorsprong in het verre verleden hebben.

IJsprinses speelt zich af in Fjällbacka, aan de Zweedse westkust. Achter de ogenschijnlijk fraaie façade van een kleine gemeenschap gaat een aantal moorden schuil. Camilla Läckberg schildert een portret van een gesloten samenleving waar iedereen alles van elkaar weet en waar uiterlijke schijn van groot belang is. Iets wat onder bepaalde omstandigheden fataal kan zijn...

'Camilla Läckberg hoort tot het beste wat de Zweedse misdaadliteratuur te bieden heeft. Voor een land dat uitblinkt in het thrillergenre is dat een prestatie van formaat.' – *Boek-magazine*

'Een goed verhaal, interessante karakters, een spannende opbouw en een verrassende ontknoping.' – *Vriendin*

In enkele jaren tijd is Camilla Läckberg (1974) in Nederland uitgegroeid tot een van de bestverkopende Zweedse thrillerauteurs. Haar misdaadromans over Patrik Hedström en Erica Falck krijgen uitstekende kritieken en hebben hun weg gevonden naar een groot lezerspubliek. Läckberg woont in Stockholm met haar man en twee kinderen.

Eveneens van Camilla Läckberg:

Predikant
Steenhouwer
Zusje
Oorlogskind
Zeemeermin
Sneeuwstorm en amandelgeur

CAMILLA LÄCKBERG

IJsprinses

Vertaald door Elina van der Heijden
en Wiveca Jongeneel

DWARSLIGGER 30

De dwarsligger® is een initiatief van NDC|VBK de uitgevers en Jongbloed b.v.
Voor dit product is een octrooi verleend: octrooinummer 1032073.

FSC

Mixed Sources
Productgroep uit goed beheerde bossen
en andere gecontroleerde bronnen
www.fsc.org Cert no. CU-COC-810626
© 1996 Forest Stewardship Council

Dit boek is gedrukt op Indoprint van Bolloré Thin Papers (www.bollorethinpapers.com).
Indoprint draagt het keurmerk Forest Stewardship Council (FSC).
Bij dit papier is het zeker dat de productie niet tot bosvernietiging heeft geleid.
Ook is het papier 100% chloor- en zwavelvrij gebleekt.

Deze dwarsligger® is tot stand gekomen in samenwerking met Ambo|Anthos *uitgevers*

ISBN 978 90 498 0022 2 / NUR 305

Published by agreement with Bengt Nordin Agency, Sweden
Met dank aan het Swedish Institute
© Uitgave in dwarsligger® april 2010 (14de druk)
Oorspronkelijk uitgegeven als *Isprinsessan* door Forum, Zweden
Omslagontwerp Studio Jan de Boer
Omslagillustratie Hollandse Hoogte / Millennium Images Ltd.
Foto auteur Ceen Wahren
Zetwerk Het Steen Typografie
Drukkerij Jongbloed, Heerenveen

Verspreiding voor België: Veen Bosch & Keuning uitgevers n.v., Wommelgem

www.dwarsligger.nl
www.amboanthos.nl

Voor Wille

[illegible] Daarom [illegible] gaan. In de tuin-
[illegible] had zich een [illegible] Zij had een [illegible] meegekregen.
[illegible] met een prinses.
De [illegible] maar [illegible] Hij [illegible]
[illegible]
[illegible] op haar [illegible] gelachen gemaakt.
Zijn [illegible] was nog nooit zo sterk geweest [illegible]
[illegible] die het [illegible]
[illegible] tot zo [illegible] Het was [illegible]

Ellert Berg was zeer gelukkig [illegible]
[illegible] Toch [illegible] zijn
[illegible] probleem.

1

Het huis was leeg en verlaten. De kou drong door tot in alle hoeken en gaten. In de badkuip had zich een dun vlies ijs gevormd. Zij had een blauwige tint gekregen.

Zoals ze daar lag, vond hij haar net een prinses. Een ijsprinses.

De vloer waarop hij zat was ijskoud, maar de kou deerde hem niet. Hij stak zijn hand uit en raakte haar aan.

Het bloed op haar polsen was al lang geleden gestold.

Zijn liefde voor haar was nog nooit zo sterk geweest. Hij streelde haar arm, alsof hij de ziel streelde die het lichaam nu had verlaten.

Hij draaide zich niet om toen hij wegging. Het was geen vaarwel, maar een tot ziens.

❄

Eilert Berg was geen gelukkig man. Zijn ademhaling ging stroef en kwam als witte pufjes uit zijn mond. Toch beschouwde hij zijn gezondheid niet als zijn grootste probleem.

Svea was in haar jeugd zo mooi geweest dat hij nauwelijks had kunnen wachten tot de huwelijksnacht. Ze had zachtmoedig, vriendelijk en wat verlegen geleken. Haar ware aard was echter na een veel te korte tijd van jeugdige passie aan het licht gekomen. Met gedecideerde hand had ze hem bijna vijftig jaar onder de duim gehouden. Maar Eilert had een geheim. In de herfst van zijn leven zag hij voor het eerst een mogelijkheid tot een beetje vrijheid en die zou hij zich niet laten ontnemen.

Hij had zijn hele leven hard gewerkt in de visserij en de inkomsten waren precies voldoende geweest om Svea en de kinderen te onderhouden. Na zijn pensionering moesten ze rondkomen van zijn karige pensioen. Zonder geld was het niet mogelijk om ergens anders opnieuw te beginnen, in zijn eentje. Maar die mogelijkheid was nu als een geschenk uit de hemel komen vallen en het was bovendien belachelijk eenvoudig. Als mensen schaamteloos veel geld wilden betalen voor een paar uurtjes werken per week, dan was dat hun probleem. Hem hoorde je niet klagen. De biljetten in het houten kistje achter de compostbak waren al binnen een jaar gegroeid tot een imposante stapel en weldra zou hij genoeg hebben om naar warmere streken te kunnen gaan.

Op de laatste steile helling stond hij even stil om op adem te komen en hij masseerde zijn pijnlijke handen. Spanje, of misschien Griekenland, zou de kou ontdooien die als het ware van binnenuit kwam. Eilert ging ervan uit dat hij nog minstens tien jaar had voordat hij de pijp uit ging, en van die tijd wilde hij zoveel mogelijk genieten. Geen haar op zijn hoofd die eraan dacht om die samen met dat kreng thuis door te brengen.

De dagelijkse wandeling in de vroege ochtend was het enige rustige moment van de dag en gaf hem bovendien wat broodnodige beweging. Hij volgde altijd dezelfde route en de mensen die zijn gewoonten kenden, kwamen vaak een praatje met hem maken. Hij vond het met name leuk om met het mooie juffertje te praten dat op de heuvel bij de Håkebackenschool woonde. Ze was er alleen in het weekend en kwam altijd in haar eentje, maar ze nam vaak even de tijd om wat te kletsen. Ze was ook geïnteresseerd in het Fjällbacka van vroeger, juffrouw Alexandra, en dat was een onderwerp waar Eilert het graag over had. Mooi om te zien was ze ook. Van dat soort dingen had hij nog steeds verstand, al was hij oud. Er werd weliswaar over haar geroddeld, maar als je naar oudewijvengeklets ging luisteren, had je binnen de kortste keren nergens anders meer tijd voor.

Ongeveer een jaar geleden had ze gevraagd of hij wat klusjes voor haar wilde doen als hij op vrijdagochtend toch langskwam. Het huis was oud en de cv-ketel en de waterleidingen waren onbetrouwbaar. Ze kwam in het weekend niet graag in een koud huis. Hij zou een sleutel krijgen, dus hij kon zo naar binnen gaan om te kijken of alles in orde was. Er waren in de buurt een paar inbraken geweest, dus hij moest de ramen en de deuren ook controleren.

De taak was niet erg belastend en één keer per maand lag er een envelop met zijn naam erop in haar brievenbus, met een in zijn ogen vorstelijke som geld. Bovendien vond hij het prettig dat hij iets nuttigs kon doen. Het is moeilijk om niets te doen te hebben als je je hele leven hebt gewerkt.

Het hek hing scheef en protesteerde toen hij het openduwde. Er was geen sneeuw geruimd en hij overwoog om een van de jongens te vragen haar daarbij te helpen. Dat was geen vrouwenwerk.

Onhandig pakte hij de sleutel, maar hij keek wel uit dat hij die niet in de diepe sneeuw liet vallen. Als hij moest hurken, zou hij niet meer overeind komen. Het trapje naar de voordeur was glibberig van het ijs, dus hield hij zich goed vast aan de leuning. Eilert wilde net de sleutel in het slot steken toen hij zag dat de deur op een kier stond. Onthutst deed hij die verder open en stapte de hal in.

'Hallo! Is daar iemand?'

Misschien was ze vandaag eerder thuisgekomen? Er kwam geen antwoord. Hij zag de adem die uit zijn mond kwam en werd zich ervan bewust dat het binnen ijskoud was. Opeens wist hij niet meer wat hij moest doen. Hier was iets goed mis en hij kon zich niet voorstellen dat het alleen om een kapotte cv-ketel ging.

Hij liep door de kamers. Alles leek onaangeroerd. Het huis was net zo keurig als anders. De videorecorder en de tv stonden op hun plek. Nadat hij beneden overal was geweest, ging Eilert naar de bovenverdieping. De trap was steil en hij moest zich stevig vasthouden aan de leuning. Toen hij boven was, ging hij eerst naar de slaapkamer. Die was vrouwelijk maar met zorg ingericht en even netjes als de rest van het huis. Het bed was opgemaakt en aan het voeteneind stond een weekendtas. Die leek ze nog niet te hebben uitgepakt. Hij voelde zich opeens een beetje stom. Misschien was ze wat eerder thuisgekomen, had ontdekt dat de cv-ketel het niet deed en was op zoek gegaan naar iemand die hem kon maken. Toch geloofde hij die verklaring zelf niet. Er was iets mis. Hij voelde het aan zijn gewrichten, net zoals hij soms een opzettende storm voelde aankomen. Voorzichtig liep hij verder. De volgende ruimte was een grote zolderkamer met een schuin dak en houten balken. Aan weerszijden van een open haard stonden twee banken tegenover elkaar. Er lagen een paar kranten op de salontafel, maar verder stond alles op zijn plek. Hij liep weer naar beneden. Daar zag het er ook uit zoals het hoorde. De keuken en de woonkamer waren net als anders. De enige ruimte die nog over was, was de badkamer. Iets deed hem aarzelen voordat hij de deur opendeed. Nog steeds was alles stil en rustig. Hij wachtte even, realiseerde zich toen dat hij zich lichtelijk idioot gedroeg en deed gedecideerd de deur open.

Nog geen tel later holde hij zo snel als hij op zijn leeftijd kon naar de voordeur. Op het allerlaatste moment herinnerde hij zich dat de trap glad was en hij greep de leuning beet zodat hij niet voorover naar beneden duikelde. Hij baggerde door de sneeuw op het tuinpad en vloekte toen het hek niet meewerkte. Eenmaal op het trottoir aangekomen, bleef hij hulpeloos staan. Iets verderop zag hij iemand die in rap tempo kwam aanlopen. Algauw herkende hij Tores dochter, Erica. Hij riep naar haar dat ze moest blijven staan.

Ze was moe. Dood- en doodmoe. Erica Falck zette de computer uit en liep naar de keuken om nog een kopje koffie in te schenken. Ze voelde zich van alle kanten onder druk gezet. De uitgever wilde in augustus een eerste concept van het boek hebben en ze was nog maar amper begonnen. Het boek over Selma Lagerlöf, haar vijfde biografie over een Zweedse schrijfster, zou haar beste moeten worden, maar ze had totaal geen zin in schrijven. Ruim een maand geleden waren haar ouders gestorven, en het verdriet was nog even vers als toen ze het bericht net had gehoord. Het leeghalen van haar ouderlijk huis ging ook niet zo snel als ze had gehoopt. Alles bracht herinneringen boven. Elke doos die ze inpakte kostte haar uren, omdat ze bij elk ding werd overspoeld door beelden van een leven dat soms heel dichtbij voelde en soms heel, heel ver weg. Het inpakken moest echter maar zolang duren als nodig was. Haar appartement in Stockholm was voorlopig onderverhuurd en ze vond dat ze net zo goed in haar ouderlijk huis in Fjällbacka kon zitten schrijven. Het huis lag iets buiten het centrum, in Sälvik, een rustige, stille omgeving.

Erica ging op de veranda zitten en keek uit over de scherenkust. Het uitzicht was altijd even adembenemend. Elk jaargetijde bracht een nieuw spectaculair vergezicht. Vandaag wierp een verblindende zon glinsteringen van licht op het ijs, dat in een dikke laag op het water lag. Haar vader zou genoten hebben van een dag als vandaag.

Ze kreeg een brok in haar keel en de atmosfeer in huis maakte dat het ademen haar opeens zwaar viel. Ze besloot een eindje te gaan wandelen. De thermometer gaf aan dat het min vijftien was, dus trok ze verschillende lagen kleren aan. Toch had ze het koud toen ze naar buiten stapte, maar ze was nog maar even op weg of ze kreeg het weer warm door haar hoge tempo.

Buiten was het bevrijdend stil. Niemand anders was op pad. Het enige geluid dat ze hoorde was haar eigen ademhaling. Het contrast met de zomermaanden was groot. Dan bruiste het hier van het leven. Erica kwam 's zomers liever niet in Fjällbacka. Hoewel ze wist dat het dorp alleen dankzij het toerisme kon overleven, kon ze het gevoel niet van zich afzetten dat ze elke zomer werden overvallen door een enorme zwerm sprinkhanen. Een veelkoppig monster dat in de loop van de jaren langzaam het oude vissersdorp opslokte door alle huizen in de buurt van het water op te kopen, en het negen maanden van het jaar als een spookstad achterliet.

De visserij was honderden jaren lang de belangrijkste bron van inkomsten geweest in Fjällbacka. Door de schrale omgeving en de voortdurende strijd om te overleven, waarbij alles ervan afhing of er haring was, waren de mensen nors en sterk geworden. Maar Fjällbacka was pittoresk gebleven en trok toeristen met een dikke portemonnee aan, terwijl de visserij haar betekenis als inkomstenbron verloor. Sinds die tijd leken de nekken van de bewoners elk jaar krommer te worden. De jongeren trokken weg en de ouderen droomden over vervlogen tijden. Zijzelf was een van de velen die ervoor hadden gekozen weg te gaan.

Ze ging nog wat harder lopen en sloeg linksaf bij de weg naar de Håkebackenschool. Terwijl Erica de heuvel opliep, hoorde ze Eilert Berg iets schreeuwen wat ze niet verstond. Zwaaiend met zijn armen kwam hij haar tegemoet.

'Ze is dood.' Eilert ademde hortend en stotend en er kwam een akelig piepend geluid uit zijn borst.

'Rustig maar, Eilert, wat is er gebeurd?'

'Ze ligt daar! Dood.' Hij wees naar het grote, lichtblauwe houten huis op de top van de heuvel.

Het duurde even voordat Erica besefte wat hij zei, maar toen de woorden eenmaal tot haar doordrongen, duwde ze het weerspannige hek open en ploegde ze naar de voordeur. Die had Eilert open laten staan en ze stapte voorzichtig over de drempel, niet wetend wat haar te wachten stond. Om de een of andere reden dacht ze er niet aan ernaar te vragen.

Eilert liep afwachtend achter haar aan en wees zonder iets te zeggen naar de badkamer op de begane grond. Erica haastte zich niet maar draaide zich om en keek Eilert met een vragende blik aan. Hij was bleek en zijn stem klonk dun toen hij zei: 'Daar ligt ze.'

Het was lang geleden dat Erica in dit huis was geweest, maar ooit had ze het goed gekend en ze wist waar de badkamer was. Ze huiverde van de kou, ondanks haar warme kleren. De deur naar de badkamer ging langzaam naar binnen open en ze stapte de ruimte in.

Ze wist niet wat ze op grond van Eilerts karige informatie had verwacht, maar niets had haar voorbereid op het bloed. De hele badkamer was wit betegeld en het effect van het bloed in en om de badkuip was daarom des te groter. Een fractie van een seconde vond ze het contrast mooi, maar toen drong het tot haar door dat er een echt mens in de badkuip lag.

Ondanks de onnatuurlijke wit- en blauwtinten van het lichaam herkende Erica haar meteen. Het was Alexandra Wijkner, geboren Carlgren, een dochter van de familie des huizes. In hun jeugd waren ze goede vriendinnen geweest, maar dat leek een eeuwigheid geleden. Nu was de vrouw in de badkuip net een vreemde.

De ogen van het lijk waren barmhartig gesloten, maar de lippen hadden een felle blauwe kleur. Rond de romp dreef een dunne ijslaag, die het onderlijf geheel verhulde. De rechterarm hing slap over de rand van het bad en er stonden strepen op de huid; de vingers reikten tot aan de gestolde bloedplas op de vloer. Op de rand van het bad lag een scheermesje. Van de andere arm was alleen het gedeelte boven de elleboog te zien, de rest zat verborgen onder het ijs. Ook de knieën staken door het bevroren oppervlak omhoog. Het lange blonde haar van Alex hing als een waaier over het hoofdeind van het bad, maar in de kou leek het broos en bevroren.

Erica stond lang naar haar te kijken. Ze rilde van de kou en de eenzaamheid die het macabere tafereel illustreerde. Langzaam liep ze achteruit de badkamer weer uit.

Daarna was alles als in een roes gebeurd. Ze had met haar mobieltje de dienstdoende arts gebeld en samen met Eilert gewacht tot de arts en de ambulance er waren. Ze herkende de tekenen van een shocktoestand van de dag dat ze had gehoord dat haar ouders waren overleden en zodra ze thuiskwam, schonk ze zichzelf een groot glas cognac in. Misschien niet iets wat de dokter zou hebben voorgeschreven, maar het hielp wel tegen het trillen van haar handen.

De aanblik van Alex had haar meteen aan haar jeugd doen denken. Het was ruim vijfentwintig jaar geleden dat ze hartsvriendinnen waren geweest en hoewel er sinds die tijd veel mensen in haar leven waren gekomen en gegaan, lag Alex haar nog steeds na aan het hart. Ze waren slechts kinderen geweest. Als volwassenen hadden ze elkaar niet gekend. Toch kon Erica zich maar moeilijk verzoenen met het idee dat Alex zichzelf van het leven had beroofd, wat toch de enig mogelijke uitleg moest zijn van wat ze had gezien. De Alexandra die zij had gekend was een van de meest levendige, zelfverzekerde mensen die ze ooit had ontmoet. Een mooie vrouw met zelfvertrouwen en een uitstraling die anderen deed omkijken. Volgens geruchten die Erica had gehoord, was het leven Alex gunstig gezind geweest – precies zoals Erica altijd had gedacht. Ze was de eigenaresse van een kunstgalerie in Göteborg, getrouwd met een knappe, succesvolle man met wie ze op Särö in een huis woonde dat nog het meest op een landhuis leek. Maar kennelijk was er toch iets niet goed geweest.

Ze voelde dat ze haar zinnen even moest verzetten en toetste het nummer van haar zus in.

'Sliep je?'

'Je maakt zeker een grapje? Eerst heeft Adrian me vanaf drie uur vannacht uit mijn slaap gehouden en toen hij om een uur of zes eindelijk in slaap viel, werd Emma wakker en wilde spelen.'

'Kon Lucas voor de verandering dan niet eens opstaan?'

Een ijzige stilte aan de andere kant. Erica kon haar tong wel afbijten.

'Hij heeft vandaag een belangrijke vergadering en dan moet hij uitgerust zijn. Bovendien is het op dit moment op zijn werk heel erg turbulent, het bedrijf staat voor een kritieke strategische fase.'

Anna verhief haar stem en Erica hoorde een hysterische ondertoon. Lucas had altijd een goed excuus en Anna had hem waarschijnlijk letterlijk geciteerd. Als er geen belangrijke vergadering was, dan was hij gestrest door alle zware beslissingen die hij moest nemen of uitgeput omdat de druk enorm was als je zo'n, aldus Lucas, succesvol zakenman was. Daardoor lag alle verantwoordelijkheid voor de kinderen bij Anna. Met een levendige peuter van drie en een baby van vier maanden had Anna er op de begrafenis van hun ouders tien jaar ouder uitgezien dan haar dertig jaar.

'*Honey, don't touch that.*'

'Zeg nou eens eerlijk, wordt het niet tijd dat je eens Zweeds gaat praten met Emma?'

'Lucas vindt dat we thuis Engels moeten praten. Hij zegt dat we toch weer in Engeland gaan wonen voordat ze naar school gaat.'

Erica was dat zinnetje zo beu: 'Lucas vindt, Lucas zegt, Lucas denkt...' In haar ogen was haar zwager ronduit een hufter.

Anna had hem ontmoet toen ze als au pair in Londen werkte en ze was direct onder de indruk geweest van de overweldigende aandacht van de tien jaar oudere, succesvolle beursmakelaar Lucas Maxwell. Ze had al haar plannen om te gaan studeren opgegeven om de perfecte, representatieve echtgenote te worden. Het probleem was alleen dat Lucas nooit tevreden was, en sinds ze met hem samen was had Anna, die vanaf haar vroegste jeugd altijd precies had gedaan waar ze zelf zin in had, haar eigen persoonlijkheid volledig uitgewist. Tot het moment dat de kinderen kwamen had Erica gehoopt dat haar zus tot bezinning zou komen, Lucas zou verlaten en haar eigen leven zou gaan leiden, maar toen eerst Emma en daarna Adrian werd geboren, had ze moeten inzien dat haar zwager helaas een blijvertje was.

'Ik stel voor dat we het over een ander onderwerp hebben dan Lucas en zijn ideeën over opvoeden. Wat hebben mijn oogappeltjes sinds de vorige keer allemaal uitgespookt?'

'Ach, niets bijzonders... Emma kreeg gisteren een aanval van gekte en slaagde erin een klein vermogen aan kinderkleren kapot te knippen voordat ik het in de gaten had. Adrian doet al drie dagen niets dan overgeven en schreeuwen.'

'Het klinkt alsof een verandering van omgeving je goed zou doen. Kunnen jij en de kinderen niet een weekje hier komen? Ik kan je hulp bovendien goed gebruiken. Binnenkort moeten we alle papieren en zo ook doornemen.'

'Ja, daar wilden we het nog met je over hebben.'

Zoals altijd wanneer ze iets moest doen wat ze niet makkelijk vond, begon Anna's stem hoorbaar te trillen. Erica spitste meteen haar oren. Dat 'we' klonk onheilspellend. Zodra Lucas ergens een vinger in de pap had, werd hij daar zelf beter van en de rest slechter.

Erica wachtte op het vervolg.

'Lucas en ik willen immers terug naar Londen als hij het filiaal hier in Zweden op orde heeft, en we wilden ons eigenlijk geen zorgen hoeven maken over het onderhoud van een huis hier. Jij hebt ook geen plezier van een groot huis op het platteland, ik bedoel, zonder gezin en zo...'

De stilte was oorverdovend.

'Waar wil je naartoe?' Erica wikkelde een lok van haar krullende haar om haar vinger, een gewoonte die ze al van kindsbeen af had als ze zenuwachtig werd.

'Ja... Lucas vindt dat we het huis moeten verkopen. Wij kunnen het niet onderhouden. Bovendien willen we een huis in Kensington kopen als we teruggaan, en hoewel Lucas meer dan goed verdient zou het geld van de verkoop een groot verschil maken. Ik bedoel, huizen aan de Zweedse westkust met zo'n ligging brengen miljoenen kronen op. De Duitsers zijn dol op zeegezichten en de geur van het water.'

Anna ging nog een tijdje door, maar Erica merkte dat ze er genoeg van had en hing midden in een zin voorzichtig op. Ze had haar zinnen inderdaad verzet.

Ze was voor Anna altijd eerder een moeder dan een oudere zus geweest. Al sinds ze klein waren, beschermde ze haar. Anna was een echt natuurkind geweest, een wervelwind die haar impulsen volgde zonder over de gevolgen na te denken. Erica had haar regelmatig uit lastige situaties moeten redden. Lucas had alle spontaniteit en levensvreugde uit haar verdreven. En dat was iets wat Erica hem nooit zou vergeven.

De volgende ochtend leek de dag ervoor een droom. Erica had diep geslapen zonder te dromen, maar toch had ze het gevoel dat ze amper een oog dicht had gedaan. Ze was zo moe dat haar hele lichaam zeer deed. Haar maag knorde bedenkelijk, maar na een snelle blik in de koelkast besefte ze dat ze even boodschappen moest doen bij Evas Livs voordat ze iets kon eten.

Het dorp lag er verlaten bij en op het Ingrid Bergmanstorg was geen spoor te bekennen van de levendige commercie tijdens de zomermaanden. Het zicht was goed, geen nevel en mist, en Erica kon helemaal tot de uiterste punt van Valön kijken, die zich tegen de horizon aftekende en samen met Kråkholmen een smalle opening naar het verre deel van de archipel vormde.

Pas toen ze al een heel eind de Galärbacken op was gelopen, kwam ze iemand tegen. Iemand die ze liever had ontweken, en ze keek instinctief of er een vluchtweg was.

'Goedemorgen.' De stem van Elna Persson kwetterde onbeschaamd kwiek. 'Is dat ons eigen schrijfstertje niet dat daar in de ochtendzon aan het wandelen is?'

Erica kreunde vanbinnen. 'Ja, ik moest even naar Evas Livs om wat dingen te kopen.'

'Arm kind, je moet wel helemaal kapot zijn van die verschrikkelijke ervaring.' De onderkin van Elna trilde van opwinding en Erica vond haar net een vette huismus. Een wollen mantel in groentinten bedekte haar hele lichaam vanaf haar schouders tot aan haar voeten, wat de indruk gaf van één grote vormeloze massa. Haar handtas hield ze met beide handen stevig vast en op haar hoofd balanceerde een veel te kleine hoed. Die leek van vilt en had ook een onbestemde mosgroene kleur. Haar kleine ogen lagen diep tussen de beschermende vetlagen. Nu keken ze Erica dwingend aan. Kennelijk werd er van haar verwacht dat ze de opmerking beantwoordde.

'Ja, leuk was het niet.'

Elna knikte begrijpend. 'Ik kwam toevallig mevrouw Rosengren tegen en zij vertelde dat ze was langsgereden en jou en een ambulance bij het huis van de Carlgrens had gezien. We begrepen meteen dat er iets ergs moest zijn gebeurd. Toen ik vervolgens 's middags toevallig dokter Jacobsson moest bellen, hoorde ik over de tragische gebeurtenis. In vertrouwen, natuurlijk. Artsen hebben een zwijgplicht en dat moet je toch respecteren.'

Ze knikte aanmatigend als wilde ze laten zien hoezeer ze de zwijgplicht van dokter Jacobsson respecteerde.

'Zo'n jonge vrouw. Je vraagt je toch af wat erachter zit. Zelf heb ik haar altijd buitengewoon gespannen gevonden. Ik ken haar moeder Birgit nog van vroeger en die was altijd al één brok zenuwen en dat is erfelijk, dat weet je. Hooghartig werd ze ook, Birgit dus, toen Karl-Erik een belangrijke functie als directeur kreeg in Göteborg. Toen was Fjällbacka niet goed genoeg meer. Nee, ze moesten en zouden naar de grote stad. Maar ik kan je vertellen dat geld niet gelukkig maakt. Als dat meisje hier had mogen opgroeien en niet met wortel en tak was weggerukt, dan was het vast niet zo gelopen. Ik geloof zelfs dat ze het arme kind naar een of andere school in Zwitserland hebben gestuurd en hoe het er daar aan toegaat, dat weet iedereen. Dat soort dingen laat voor de rest van je leven sporen achter in je ziel. Toen ze nog hier woonden, was ze het vrolijkste en meest opgewekte meisje dat je maar kon vinden. Speelden jullie niet met elkaar toen jullie klein waren? Ja, ik vind toch echt...'

Elna vervolgde haar monoloog en Erica, die vermoedde dat er geen eind zou komen aan deze misère, begon koortsachtig naar een aanleiding te zoeken om het gesprek dat steeds akeliger vormen aannam af te kappen. Toen Elna even stopte om adem te halen, zag Erica haar kans.

'Het is zo leuk je weer even gesproken te hebben, maar ik moet helaas verder. Je begrijpt wel dat het allemaal niet makkelijk is.' Ze trok haar meest pathetische gezicht en hoopte dat Elna erin trapte.

'Natuurlijk liefje. Ik dacht niet na. Dit moet je verschrikkelijk zwaar vallen zo kort na je eigen familiedrama. Je moet een oud mens haar onnadenkendheid maar vergeven.'

Elna was nu bijna tot tranen geroerd door haar eigen woorden en Erica knikte daarom alleen maar genadig en nam haastig afscheid. Met een zucht van opluchting liep ze verder naar Evas Livs, in de hoop dat ze niet meer nieuwsgierige dames tegen zou komen.

Het zat haar niet mee. Ze werd onbarmhartig ondervraagd door veel opgewonden dorpsbewoners en hield haar adem in tot ze vlak bij huis was. Eén opmerking die ze had gehoord, was blijven hangen. De ouders van Alex waren gisteravond laat in Fjällbacka aangekomen en logeerden nu bij Birgits zus.

Erica zette de plastic tassen op de keukentafel en begon de boodschappen op te ruimen. Ondanks alle goede voornemens zaten de tassen niet zo vol gezonde dingen als ze van plan was geweest toen ze de winkel was binnengestapt. Maar als ze zich op zo'n rotdag als vandaag niet wat lekkers gunde, wanneer dan wel? Als op bestelling begon haar maag te knorren en ze legde twaalf rode Weight Watchers-punten in de vorm van twee kaneelbolletjes op een bord en nam er een kopje koffie bij.

Het was heerlijk om naar het vertrouwde uitzicht te kijken, maar ze was nog niet gewend aan de stilte in huis. Natuurlijk bleef ze vroeger ook weleens alleen thuis, maar dat was anders.. Toen was er een aanwezigheid geweest, een weten dat er elk moment iemand binnen kon stappen. Nu was het alsof de ziel van het huis was verdwenen.

Bij het raam lag haar vaders pijp te wachten tot hij werd gestopt. In de keuken kon je de tabaksgeur nog steeds ruiken, maar het scheen Erica toe dat die elke dag minder werd.

Ze was altijd dol geweest op de geur van pijptabak. Toen ze klein was zat ze vaak op haar vaders schoot en leunde met gesloten ogen tegen zijn borst. De rook van de pijp zat in al zijn kleren en in haar kinderwereld was die geur synoniem met veiligheid.

Erica's relatie met haar moeder was duizendmaal gecompliceerder. Ze kon zich geen enkel moment in haar jeugd herinneren waarop haar moeder haar enige genegenheid had betoond, een omhelzing, een aai over haar hoofd of een woord van troost. Elsy Falck was een harde, onverzettelijke vrouw die het huis piekfijn op orde had, maar met niets in het leven blij was. Ze was zeer religieus en zoals zovelen in de kustdorpen hier in de provincie Bohuslän was ze opgegroeid in een omgeving waar de leer van de streng orthodoxe dominee Schartau een grote invloed had. Van kinds af had ze geleerd dat het leven een lange lijdensweg was, de beloning kwam in het leven erna. Erica had zich vaak afgevraagd wat haar vader met zijn goedmoedigheid en zijn humor in Elsy had gezien, en in haar tienerjaren was die vraag haar in blinde woede ook een keer ontglipt. Hij was niet boos geworden. Hij was gewoon gaan zitten en had een arm om haar schouders geslagen. Vervolgens had hij gezegd dat ze niet zo hard over haar moeder moest oordelen. Sommige mensen laten hun emoties moeilijker zien dan andere, had hij uitgelegd en hij had haar zachtjes over haar wangen gestreeld die nog rood van woede waren. Ze had toen niet geluisterd en was ervan overtuigd geweest dat hij alleen maar wilde verdoezelen wat voor Erica overduidelijk was: haar moeder had nooit van haar gehouden, en dat zou ze de rest van haar leven met zich meedragen.

Impulsief besloot Erica langs te gaan bij de ouders van Alexandra. Een ouder verliezen was moeilijk, maar dat was in zekere zin nog natuurlijk. Een kind verliezen moest verschrikkelijk zijn. Bovendien waren zij en Alexandra ooit hartsvriendinnen geweest. Dat was weliswaar vijfentwintig jaar geleden, maar een groot deel van haar gelukkige jeugdherinneringen was nauw verbonden met Alex en haar familie.

Het huis leek verlaten. Alexandra's tante en oom woonden aan de Tallgatan, halverwege tussen het centrum van Fjällbacka en de camping van Sälvik. De huizen lagen op een hoge heuvel en aan de kant die uitkeek op het water, liepen de grasvelden steil naar de weg. De voordeur zat aan de achterkant van het huis en Erica aarzelde voor ze aanbelde. De bel weerklonk luid en het geluid stierf vervolgens weg. Binnen hoorde ze geen andere geluiden en ze wilde zich net omdraaien toen de deur zachtjes werd geopend.

'Ja?'

'Hallo, ik ben Erica Falck. Ik heb...'

De rest van de zin bleef in de lucht hangen. Ze voelde zich een idioot omdat ze zich zo formeel had voorgesteld. Ulla Persson, de tante van Alex, wist heel goed wie ze was. Erica's moeder en Ulla waren jarenlang actief geweest in de kerkvereniging en op zondag was Ulla weleens bij hen komen koffiedrinken.

Ze deed een pas opzij en liet Erica binnen. Nergens in huis brandde licht. Het duurde nog uren voor het avond was, maar het begon al te schemeren en de schaduwen waren lang. Uit de kamer recht tegenover de hal hoorde ze gedempt gesnik. Erica trok naar goed Zweeds gebruik niet alleen haar jas maar ook haar schoenen uit. Ze betrapte zich erop dat ze heel stilletjes en voorzichtig bewoog omdat de stemming in huis iets anders niet toestond. Ulla liep naar de keuken en liet Erica zelf naar de kamer gaan. Toen ze de woonkamer binnenkwam, hield het gehuil op. Op een bank voor een enorm panoramavenster zaten Birgit en Karl-Erik Carlgren. Ze hielden elkaar krampachtig vast. Beiden hadden een betraand gezicht en Erica had het gevoel dat ze ergens binnenkwam waar ze misschien niet hoorde. Maar nu was het te laat om van gedachten te veranderen.

 Voorzichtig ging ze op de bank tegenover hen zitten en vouwde ze haar handen op haar schoot. Nog steeds had niemand iets gezegd sinds ze was binnengekomen.

'Hoe zag ze eruit?'

Erica hoorde eerst nauwelijks wat Birgit zei. Haar stem was als van een klein kind. Ze wist niet wat ze moest antwoorden.

'Eenzaam,' kwam er ten slotte uit en ze had meteen spijt. 'Ik wilde niet...' De zin stierf weg en werd opgezogen door de stilte.

'Ze heeft geen zelfmoord gepleegd!' Birgits stem klonk opeens sterk en dragend. Karl-Erik kneep in de hand van zijn vrouw en knikte instemmend. Waarschijnlijk zagen ze Erica's sceptische blik, want Birgit herhaalde nog een keer: 'Ze heeft geen zelfmoord gepleegd! Ik ken haar beter dan wie ook en ik weet dat ze zichzelf nooit van het leven zou beroven. Ze zou er de moed niet voor hebben gehad. Dat moet jij ook weten. Jij kende haar ook!'

Bij elke lettergreep ging ze meer rechtop zitten en Erica zag dat haar ogen levendiger werden. Birgit kneep haar handen krampachtig open en dicht en staarde Erica net zo lang recht aan tot een van hen moest wegkijken. Erica was de eerste die haar blik afwendde. Ze liet haar ogen door de kamer dwalen. Alles liever dan het verdriet van Alexandra's moeder te moeten aanzien.

De kamer was op zich best knus, maar er stonden iets te veel prullaria naar Erica's smaak. De gordijnen die artistiek waren opgehangen en flinke ruches hadden, pasten precies bij de kussens van de bank, die van dezelfde stof met grote bloemen waren gemaakt. Op elk vrij oppervlak stond een siervoorwerp. Handgemaakte houten bakjes met decoratieband in kruissteek deelden de ruimte met porseleinen honden met eeuwig natte ogen. Wat de kamer mooi maakte, was het panoramavenster, dat een schitterend uitzicht bood. Erica had de tijd graag even stilgezet om uit het raam te kunnen kijken en niet meegezogen te worden in het verdriet van deze mensen. Toch richtte ze haar blik weer op Karl-Erik en Birgit.

'Birgit, ik weet het niet. Het is vijfentwintig jaar geleden dat Alexandra en ik bevriend waren. Ik weet eigenlijk helemaal niet wie ze was. Soms ken je iemand ook niet zo goed als je denkt...'

De woorden ketsten tegen de muren en Erica hoorde zelf hoe hol ze klonken. Nu nam Karl-Erik het woord. Hij maakte zich los uit Birgits krampachtige greep en boog zich naar voren alsof hij zich ervan wilde vergewissen dat Erica niets zou missen van wat hij wilde zeggen.

 'Ik weet dat het klinkt alsof we het gebeurde ontkennen, en nu komen we misschien niet zo beheerst over, maar stel dat Alex om een of andere reden zelfmoord had gepleegd, dan had ze dat nooit, ik herhaal nooit, op deze manier gedaan! Je weet vast nog wel hoe extreem bang ze altijd voor bloed was. Bij het geringste sneetje was ze compleet hysterisch tot ze een pleister kreeg. Ze viel zelfs flauw als ze bloed zag. Daarom ben ik ervan overtuigd dat ze eerder slaaptabletten of zo zou hebben gekozen. Het is absoluut onmogelijk dat Alex zichzelf met een scheermesje heeft gesneden, eerst in de ene arm en vervolgens in de andere. Bovendien is het zoals mijn vrouw al zegt. Alex was broos. Ze was niet moedig. Je hebt een innerlijke kracht nodig om jezelf te doden. Die kracht had zij niet.'

Zijn stem klonk vastberaden en hoewel Erica er nog steeds van overtuigd was dat ze de hoop van twee radeloze mensen hoorde, begon ze toch te twijfelen. Nu ze erover nadacht, wist ze dat er inderdaad iets niet had geklopt toen ze gisterochtend de badkamer was binnengestapt. Niet dat het ooit klopte als je een lijk vond, maar het was net alsof er een sfeer in de badkamer had gehangen die daar niet paste. Er was een aanwezigheid geweest, een schaduw. Beter dan dat kon ze het niet omschrijven. Ze dacht nog steeds dat iemand Alexandra Wijkner zover had gebracht dat ze zelfmoord had gepleegd, maar ze moest toegeven dat de volharding van de Carlgrens iets in haar raakte.

Ze realiseerde zich opeens hoeveel de volwassen Alex uiterlijk op haar moeder leek. Birgit Carlgren was klein en slank en had hetzelfde lichtblonde haar als haar dochter, al had ze niet zoals Alex lange lokken, maar een chic pagekapsel. Ze was nu helemaal in het zwart gekleed en ondanks haar verdriet leek ze zich ervan bewust dat ze dankzij het contrast tussen donker en licht een opvallende verschijning was. Kleine bewegingen verrieden haar ijdelheid. Een hand die voorzichtig over haar kapsel streek, een kraag die werd rechtgetrokken. Erica herinnerde zich dat haar klerenkast in de ogen van een achtjarige die zich wilde verkleden, een waar mekka was geweest en haar bijouteriekistje had haast een hemel op aarde geleken.

Naast haar zag haar man er zeer alledaags uit. Lang niet onaantrekkelijk, maar gewoon onopvallend. Hij had een rechthoekig gezicht met fijne lijntjes en zijn haargrens was ver naar achteren geweken. Ook Karl-Erik was geheel in het zwart gekleed, maar in tegenstelling tot zijn vrouw maakte het hem alleen maar grijzer. Erica voelde dat het tijd was om te gaan. Ze vroeg zich af wat ze eigenlijk met haar bezoek had willen bereiken.

Ze stond op en de Carlgrens deden dat ook. Birgit keek haar man gebiedend aan en dwong hem met haar ogen om iets te zeggen. Kennelijk hadden ze vóór Erica's komst iets besproken.

'We zouden graag willen dat je een in memoriam over Alex schreef. Dat we in de *Bohusläningen* kunnen publiceren. Over haar leven, haar dromen – en haar dood. Zodat er aandacht is voor haar leven en haar persoon. Het zou heel veel voor Birgit en mij betekenen.'

'Maar hebben jullie niet liever iets in de *Göteborgs-Posten*? Ik bedoel, ze woonde toch in Göteborg? Jullie trouwens ook.'

'Fjällbacka is en blijft altijd ons thuis. En dat was voor Alex net zo. Je kunt eerst wel met haar man Henrik praten. Wij hebben hem ook gesproken en hij wil graag meewerken. Je kosten zullen we uiteraard vergoeden.'

Daarmee was de discussie wat hen betrof kennelijk gesloten. Zonder eigenlijk ja te hebben gezegd, stond Erica met het telefoonnummer en het adres van Henrik Wijkner in haar hand opeens weer buiten en de deur viel achter haar dicht. Hoewel ze, als ze heel eerlijk was, deze opdracht helemaal niet wilde doen, borrelde er in de schrijfster in haar toch een gedachte op. Ze probeerde die weg te wuiven en voelde zich slecht omdat die überhaupt in haar was opgekomen. Toch kon ze de gedachte niet loslaten. Het concept voor een boek waarnaar ze had gezocht, werd haar nu als het ware op een presenteerblaadje aangeboden. Een verhaal over iemand die haar lot tegemoet gaat. De verklaring waarom een jonge, mooie en duidelijk bevoorrechte vrouw haar eigen dood kiest. Ja, natuurlijk zou ze Alex niet bij name noemen, maar ze zou een verhaal kunnen schrijven dat was gebaseerd op wat ze over Alex' pad naar de dood boven water wist te halen. Van Erica's hand waren tot nu toe vier boeken verschenen, maar dat waren allemaal biografieën over andere, grote schrijfsters geweest. De moed om zelf verhalen te schrijven had ze nog niet weten te vinden, maar ze was ervan overtuigd dat er in haar verhalen leefden die erop wachtten op papier gezet te worden. Dit zou haar misschien helpen, haar de inspiratie geven waarop ze gewacht had. Dat ze Alex ooit had gekend, kon alleen maar een voordeel zijn.

De mens vond de gedachte onsmakelijk, maar de schrijfster jubelde.

Het penseel schilderde brede rode strepen op het doek. Hij was al sinds het krieken van de dag aan het schilderen en deed nu voor het eerst in uren een stap naar achteren om te bekijken wat hij had gemaakt. Voor het ongeoefende oog waren het alleen grote velden van rood, oranje en geel, onregelmatig verdeeld over het grote doek. Voor hem werden vernedering en berusting herschapen met de kleuren van de passie.

Hij verfde altijd met dezelfde kleuren. Het verleden schreeuwde honend vanaf het doek en hij schilderde met steeds grotere gedrevenheid verder.

Een uur later vond hij dat hij het eerste biertje van de dag wel had verdiend. Hij pakte het blikje dat het dichtstbij stond, zonder zich er druk om te maken dat hij er de avond tevoren zijn as in had afgetipt. Stukjes as bleven aan zijn lippen plakken, maar hij dronk het verschaalde bier gulzig op en gooide het blikje op de grond toen hij de laatste druppel naar binnen had gewerkt.

Het enige kledingstuk dat hij aanhad, was een onderbroek en die was aan de voorkant geel van het bier of van de ingedroogde urine. Wat het precies was, viel niet te zeggen. Waarschijnlijk een combinatie van beide. Zijn vettige haar reikte tot op zijn schouders en zijn borst was bleek en ingevallen. Anders Nilsson leek een schim, maar het schilderij op de ezel toonde een talent dat in schril contrast stond met het verval van de kunstenaar zelf.

Hij zeeg neer op de grond en leunde tegen de muur tegenover het schilderij. Naast hem lag een ongeopend blikje en hij genoot van het plopgeluid toen hij het openmaakte. De kleuren schreeuwden hem luidkeels tegemoet en herinnerden hem aan de gebeurtenissen die hij het grootste deel van zijn leven had geprobeerd te vergeten. Waarom moest zij nu alles verdomme verknallen! Waarom kon ze het niet laten zoals het was? Dat egoïstische kutwijf dacht alleen aan zichzelf! Koel en onschuldig als een verdomde prinses. Maar hij wist wel wat er onder het oppervlak schuilging. Ze waren uit hetzelfde hout gesneden. Jaren van gezamenlijke kwelling hadden hen gevormd en verbonden, en plotseling had zij gedacht dat ze de boel eigenhandig kon veranderen.

'Shit.'

Hij schreeuwde het uit en gooide het halfvolle blikje tegen het doek. Dat bleef heel, wat hem nog meer ergerde; het doek gaf alleen even mee en liet toen het blikje op de grond glijden. Het bier spoot over het schilderij en rood, oranje en geel begonnen te lopen en zich tot nieuwe kleuren te mengen. Hij bekeek het effect tevreden.

Hij was nog steeds niet helemaal nuchter na al het gezuip van de dag ervoor en hoewel zijn alcoholtolerantie na jarenlange training heel hoog was, kon hij het effect van het biertje al snel merken. Met de geur van oud braaksel in zijn neus gleed hij langzaam de vertrouwde nevelen in.

Ze had een eigen sleutel van het appartement. In de hal veegde ze haar schoenen grondig af hoewel ze wist dat dat geen zin had. Buiten was het schoner dan binnen. Ze zette de tassen met etenswaren op de grond en hing haar jas keurig op een hanger. Het had geen zin om te roepen. Op dit tijdstip was hij waarschijnlijk al onder zeil.

De keuken lag links van de hal en het was er net zo'n zooitje als anders. Er stond een afwas van weken, niet alleen in de gootsteen maar ook op de stoelen en de tafel en zelfs op de grond. Overal lagen peuken, bierblikjes en lege flessen.

Ze deed de koelkast open om het eten erin te zetten en zag dat ze precies op tijd was. De koelkast was helemaal leeg. Even later zat die weer vol, waarna ze even stilstond om moed te verzamelen.

Het appartement was klein en had maar één kamer, waardoor de woonkamer tevens slaapkamer was. Zij had gezorgd voor de weinige meubels die er stonden, maar ze had niet veel kunnen bijdragen. De kamer werd gedomineerd door de grote ezel voor het raam. In een hoek lag een tot op de draad versleten matras. Ze had geen geld gehad om een goed bed voor hem te kopen.

Aanvankelijk had ze geprobeerd hem te helpen om zichzelf en het huis schoon te houden. Ze had gepoetst en opgeruimd, niet alleen zijn kleren gewassen, maar minstens zo vaak ook hemzelf. Toen had ze nog gehoopt dat alles zich ten goede zou keren. Dat alles vanzelf zou verdwijnen. Dat was nu alweer jaren geleden. Op een gegeven moment had ze de energie niet meer kunnen opbrengen. Nu nam ze er genoegen mee als hij in elk geval eten in huis had.

Ze had de energie liever nog wel gehad. Het schuldgevoel drukte op haar schouders en borst. Als ze zittend op haar hurken zijn braaksel had opgeruimd, had ze soms het gevoel gehad dat ze eventjes iets van die schuld had ingelost. Nu droeg ze die zonder hoop.

Ze zag hem tegen de muur liggen. Een stinkend wrak, maar met een onvoorstelbaar talent onder het vieze oppervlak. Onnoemelijk vaak had ze zich afgevraagd hoe het zou zijn geweest als zij die dag een andere keuze had gemaakt. Vijfentwintig jaar is een lange tijd om te piekeren.

Soms liet ze hem op de vloer liggen als ze wegging. Vandaag niet. De kou van buiten drong naar binnen en de vloer was ijskoud onder haar dunne panty. Ze trok aan zijn ene arm, die slap en levenloos langs zijn zij hing. Hij reageerde niet. Ze sleepte hem naar de matras en probeerde hem erop te rollen, maar ze huiverde toen ze met haar handen tegen zijn slappe middel duwde. Met grote moeite slaagde ze erin het grootste deel van zijn lichaam op de matras te leggen, en bij gebrek aan een deken haalde ze zijn jas uit de hal en legde die over hem heen. Ze hijgde van de inspanning en ging zitten. Zonder de kracht in haar armen die jaren van schoonmaken haar hadden gegeven, zou ze dit op haar leeftijd niet hebben kunnen doen. Ze maakte zich zorgen over de dag dat ze dit fysiek niet meer kon opbrengen.

Een sliert van zijn vette haar was over zijn gezicht gevallen en met haar wijsvinger streek ze die teder weg. Het leven was voor geen van beiden geworden wat ze ervan had verwacht, maar zij zou de rest van haar leven proberen het beetje wat er nog van over was vast te houden.

Mensen die haar op straat tegenkwamen wendden hun blik af, maar ze zag altijd hun medelijden. Anders was in het hele dorp berucht als een van de plaatselijke drop-outs. Soms liep hij met een dronken kop op onvaste benen door het dorp, scheldend tegen iedereen die hij maar tegenkwam. Hij kreeg de afschuw en zij de sympathie. Eigenlijk zou het andersom moeten zijn. Zij was het waard om verafschuwd te worden en Anders verdiende sympathie.

Haar zwakte had zijn leven gevormd. Maar ze zou nooit meer zwak zijn.

Ze bleef urenlang zitten en streelde zijn voorhoofd. Soms bewoog hij in zijn bewusteloze toestand, maar als zij hem aanraakte werd hij weer rustig. Buiten ging het leven gewoon door, maar in de kamer stond de tijd stil.

Maandag bracht temperaturen boven nul en zware regenbuien. Erica was altijd voorzichtig als ze reed, maar nu deed ze het extra rustig aan om bij een eventuele slippartij wat meer tijd te hebben. Autorijden was niet haar sterkste kant, maar ze gaf de voorkeur aan de eenzaamheid in de auto boven het gedrang in de snelbus of de trein.

Toen ze op de snelweg rechts afsloeg werd het wegdek iets beter en durfde ze wat harder te rijden. Ze had om twaalf uur een afspraak met Henrik Wijkner, maar ze was vroeg uit Fjällbacka vertrokken en had alle tijd voor de rit naar Göteborg.

Voor het eerst sinds ze Alex in de koude badkamer had gezien, dacht ze aan het gesprek met Anna. Ze kon zich nog steeds niet voorstellen dat Anna de verkoop van het huis echt zou doorzetten. Het was tenslotte hun ouderlijk huis en hun ouders zouden vertwijfeld zijn geweest als ze het hadden geweten. Maar als Lucas ergens bij betrokken was, was niets onmogelijk. Alleen omdat ze wist hoe weinig scrupuleus hij was, nam ze de mogelijkheid in overweging. Hij zakte steeds dieper weg, maar dit overtrof vrijwel alles wat hij eerder had gedaan.

Ach, voordat ze zich echt zorgen over het huis ging maken, zou ze uitzoeken wat haar juridische positie was. Voor die tijd weigerde ze het om zich door Lucas' nieuwste streek te laten ontmoedigen. Nu wilde ze zich concentreren op het ophanden zijnde gesprek met de echtgenoot van Alex.

Door de telefoon had Henrik Wijkner sympathiek geklonken en hij had ook al geweten waarom ze belde. Natuurlijk mocht ze dingen over Alexandra komen vragen als het in memoriam belangrijk was voor haar ouders.

Het zou spannend zijn Alex' huis te zien, al keek ze er niet naar uit om weer met het verdriet van een ander geconfronteerd te worden. De ontmoeting met Alex' ouders was hartverscheurend geweest. Als schrijfster bekeek ze de werkelijkheid liever veilig van een afstandje. Tegelijk bood de ontmoeting haar de mogelijkheid om een eerste beeld te krijgen van de mens die Alex als volwassene was geworden.

Erica en Alex waren vanaf de eerste schooldag onafscheidelijk geweest.

Erica was er buitengewoon trots op geweest dat Alex, die als een magneet werkte op iedereen die in haar buurt kwam, haar had uitverkoren als haar vriendin. Iedereen wilde samen zijn met Alex, die zich helemaal niet bewust was van haar populariteit. Ze was teruggetrokken, maar op een zelfverzekerde manier. Als volwassene had Erica begrepen dat dat bij kinderen heel ongebruikelijk was. Toch was Alex open en gul en maakte ze ondanks haar teruggetrokkenheid niet de indruk verlegen te zijn. Zij had Erica als vriendin uitgekozen. Erica zou Alex nooit uit eigen beweging hebben durven benaderen. Ze waren tot het laatste jaar onafscheidelijk geweest; maar Alex had zich steeds verder teruggetrokken en Erica had uren in haar eentje op haar kamer over hun vriendschap zitten rouwen. Op een dag had ze bij Alex aangebeld, maar niemand had opengedaan. Alex was verhuisd en voorgoed uit haar leven verdwenen. Vijfentwintig jaar later kon Erica zich nog steeds tot in detail herinneren hoeveel pijn het had gedaan toen ze zich had gerealiseerd dat Alex was verhuisd zonder het tegen haar te zeggen en zonder afscheid te nemen. Ze had nog steeds geen flauw idee wat er was gebeurd, maar zoals kinderen dat vaak doen, had ze alle schuld op zich genomen en zonder meer aangenomen dat Alex genoeg van haar had gekregen.

Met enige moeite vond Erica in Göteborg de goede weg naar Särö. Ze kende de stad goed omdat ze er vier jaar had gestudeerd, maar toen had ze geen auto gehad dus in dat opzicht was Göteborg nog steeds een witte vlek op de kaart. Als ze op de fietspaden had mogen rijden, was het aanzienlijk makkelijker geweest de weg te vinden. Met louter eenrichtingsverkeer, drukke rotondes en het jachtige geklingel van trams die van alle kanten aan kwamen rijden, was Göteborg de nachtmerrie van elke onzekere automobilist. Bovendien leek het wel alsof alle wegen naar Hisingen leidden. Als ze een verkeerde afslag nam, kwam ze onherroepelijk daar uit.

De routebeschrijving die ze van Henrik had gekregen was duidelijk en ze reed meteen goed, waardoor ze Hisingen deze keer links kon laten liggen.

Het huis overtrof al haar verwachtingen. Een enorme witte villa van rond 1900 met uitzicht over het water en een theehuisje dat de belofte van zwoele zomeravonden in zich droeg. De tuin, die nu onder een dikke sneeuwlaag verborgen lag, was met zorg ontworpen en vereiste alleen al vanwege zijn grootte de liefdevolle zorg van een competente tuinman.

Ze reed over een laan met wilgen en kwam via een hoog spijlenhek bij het grindveld voor het huis.

Een stenen trap voerde naar een massieve eiken deur. Er zat geen bel, dus bonsde ze hard met een klopper. De deur werd meteen geopend. Ze had bijna verwacht dat ze verwelkomd zou worden door een dienstmeisje met een gesteven schort en mutsje, maar dat was niet zo. Tegenover haar stond een man van wie ze onmiddellijk begreep dat het Henrik Wijkner moest zijn. Hij zag er schaamteloos goed uit en Erica was blij dat ze wat extra aandacht aan haar uiterlijk had besteed voordat ze was vertrokken.

Ze stapte een enorme hal binnen en zag meteen dat die groter was dan haar hele appartement in Stockholm.

'Erica Falck.'

'Henrik Wijkner. Als ik me niet vergis hebben we elkaar van de zomer ontmoet. Op dat terras bij het Ingrid Bergmanstorg.'

'Bij Café Bryggan. Ja, dat klopt. Het lijkt alweer een eeuwigheid geleden dat het zomer was. Vooral met dit weer.'

Henrik mompelde iets beleefds ten antwoord. Hij hielp haar met haar jas en gebaarde uitnodigend naar een salon naast de hal. Ze ging voorzichtig op een bank zitten die ze, met haar zeer beperkte kennis van antiek, alleen als

 oud en waarschijnlijk heel waardevol kon identificeren. Toen Henrik vroeg of ze koffie wilde, zei ze ja. Terwijl hij de koffie inschonk en ze nog wat verder praatten over het sombere weer, bestudeerde Erica hem stiekem en constateerde dat hij er niet echt treurig uitzag. Maar ze wist ook dat dat niets hoefde te betekenen. Verschillende mensen gaven op een verschillende manier uitdrukking aan hun verdriet.

Hij was casual gekleed in een perfect gestreken Chinos-broek en een helderblauw Ralph Lauren-overhemd. Hij had donker, bijna zwart haar, dat geknipt was in een elegant maar niet al te verzorgd kapsel. Zijn ogen waren donkerbruin en gaven hem een enigszins zuidelijk uiterlijk. Zelf gaf ze de voorkeur aan aanzienlijk meer verwilderd ogende mannen, maar ze was niet ongevoelig voor de aantrekkingskracht van deze man, die zo uit een modeblad leek te zijn gestapt. Henrik en Alex moesten samen een opvallend mooi stel zijn geweest.

‘Wat een fantastisch mooi huis.’

‘Dank je. Ik ben de vierde generatie Wijkner die hier woont. Mijn overgrootvader heeft het aan het begin van de eeuw laten bouwen en het is sindsdien in ons bezit. Als de muren hier konden spreken...’ Hij maakte een weids gebaar met zijn hand en glimlachte naar Erica.

'Het is vast heel bijzonder om door zoveel familiegeschiedenis omringd te zijn.'

'Ja en nee. Het is ook een grote verantwoordelijkheid. In de voetsporen van je vader treden en zo...'

Hij lachte kort. Erica had niet de indruk dat hij zwaar leed onder die verantwoordelijkheid. Zelf voelde ze zich in deze elegante kamer een kat in een vreemd pakhuis en ze zocht tevergeefs naar een comfortabele houding op de mooie maar spartaanse bank. Ten slotte ging ze helemaal op het randje zitten en nipte voorzichtig van de koffie, die in mokkakopjes was geserveerd. Haar pink trilde, maar ze weerstond de impuls. De kopjes leken ervoor gemaakt om je pink in de lucht te steken, maar ze vermoedde dat het eerder bespottelijk dan mondain zou lijken als ze dat deed. Ze leverde een kleine strijd met zichzelf over de schaal met koekjes die op tafel stond en verloor het gevecht van een dikke plak cake. Naar schatting tien rode punten.

'Alex was dol op dit huis.'

Erica had erover nagedacht hoe ze de werkelijke reden van haar bezoek ter sprake zou brengen en was dankbaar dat Henrik zelf over Alex begon.

'Hoe lang hebben jullie hier samen gewoond?'

‘Net zo lang als we getrouwd zijn geweest, vijftien jaar. We hebben elkaar ontmoet toen we alle twee in Parijs studeerden. Alex deed kunstgeschiedenis en ik probeerde voldoende kennis over de financiële wereld op te doen om het familie-imperium in elk geval een beetje te kunnen leiden.’

Erica betwijfelde het ten zeerste dat Henrik Wijkner ooit iets ‘een beetje’ had gedaan.

‘Vlak na de bruiloft zijn we teruggegaan naar Zweden en toen zijn we hier komen wonen. Mijn ouders waren allebei overleden, en het huis was in de paar jaar dat ik in het buitenland zat in verval geraakt maar Alex begon meteen met de restauratie. Ze wilde dat alles perfect was. Elk detail in het huis, elk behang, elk meubelstuk en elk vloerkleed is ofwel origineel en al sinds de bouw in het huis aanwezig en in de oude staat hersteld, of het is door Alex gekocht. Ze is bij ik weet niet hoeveel antiekwinkels langsgegaan om precies dezelfde dingen te vinden als toen mijn overgrootvader hier woonde. Ze heeft er stapels oude foto’s bij gebruikt en het resultaat is fantastisch. Tegelijkertijd was ze druk bezig haar galerie op te zetten en hoe ze dat allemaal klaarspeelde, weet ik nog steeds niet.’

‘Hoe was Alex als mens?’

Henrik nam alle tijd om over de vraag na te denken. 'Mooi, rustig, op en top perfectionist. Mensen die haar niet kenden vonden haar soms hooghartig, maar dat kwam eerder doordat ze graag de kat uit de boom keek. Alex was iemand voor wie je moest vechten.'

Erica wist heel goed wat hij bedoelde. Toen Alex nog klein was, had haar teruggetrokken aantrekkingskracht er al toe geleid dat ze verwaand werd genoemd, vaak door dezelfde meisjes die er vervolgens om hadden geruzied wie naast haar mocht zitten.

'Hoe bedoel je?' Ze wilde graag horen hoe Henrik het beschreef.

Henrik keek naar buiten en voor het eerst sinds ze hier was, meende ze iets van gevoelens onder zijn charmante uiterlijk te zien.

'Ze ging altijd haar eigen gang. Ze hield geen rekening met anderen. Niet om onaardig te zijn, dat woord kende ze niet eens, maar uit noodzaak. Het belangrijkste voor mijn vrouw was dat ze niet werd gekwetst. Al het andere, alle andere gevoelens moesten daarvoor wijken. Het probleem is alleen dat als je niemand toelaat achter de opgetrokken muur, je ook je vrienden buitensluit.'

Hij viel stil. Vervolgens keek hij haar aan. 'Ze heeft het over jou gehad.'

 Erica kon haar verbazing niet verbergen. Gezien de manier waarop hun vriendschap was geëindigd, had Erica gedacht dat Alex haar de rug had toegekeerd en nooit meer aan haar had gedacht.

'Met name één ding herinner ik me heel goed. Ze zei dat jij haar laatste echte vriendin was. "De laatste pure vriendschap." Zo zei ze het. Ik vond het een wat vreemde manier van zeggen, maar ze zei er verder niets meer over en ondertussen had ik al geleerd dat ik maar beter niet door kon vragen. Daarom vertel ik je dingen over Alex die ik nog nooit tegen iemand heb gezegd. Iets zegt me dat jij ondanks alle jaren die zijn verstreken, nog steeds een speciale plek had in het hart van mijn vrouw.'

'Hield je van haar?'

'Meer dan van wie of wat dan ook. Alexandra was mijn alles. Alles wat ik heb gedaan, alles wat ik heb gezegd, alles draaide altijd om haar. Het ironische is dat ze dat nooit merkte. Als ze me gewoon had binnengelaten, was ze nu niet dood geweest. Het antwoord heeft altijd vlak voor haar neus gelegen, maar ze durfde er niet naar te zoeken. Lafheid en moed gingen op wonderlijke wijze in haar samen.'

'Birgit en Karl-Erik zijn ervan overtuigd dat ze geen zelfmoord heeft gepleegd.'

'Dat weet ik, ja. Ze vinden het vanzelfsprekend dat ik dat ook denk, maar eerlijk gezegd weet ik niet wat ik ervan moet denken. Ik heb vijftien jaar met haar samengeleefd, maar ik heb haar nooit gekend.'

Zijn stem was nog steeds droog en zakelijk, en afgaande op zijn toon had hij het net zo goed over het weer kunnen hebben, maar Erica begreep dat haar eerste indruk van Henrik niet meer bezijden de waarheid had kunnen zijn. Zijn verdriet was enorm groot. Het was alleen niet zo zichtbaar als bij Birgit en Karl-Erik. Op grond van haar eigen ervaringen begreep ze intuïtief dat hij niet alleen om de dood van zijn vrouw rouwde, maar ook om het verlies van de mogelijkheid haar ooit zo van hem te laten houden als hij van haar hield. Dat gevoel kende ze maar al te goed.

'Waar was ze bang voor?'

'Die vraag heb ik mezelf wel duizend keer gesteld. Ik weet het gewoon niet. Zodra ik erover begon, deed ze snel de deur dicht. Het is me nooit gelukt binnen te komen. Het was alsof ze een geheim met zich meedroeg dat ze met niemand kon delen. Klinkt dat gek? Maar omdat ik niet weet wat ze met zich meedroeg, kan ik ook niet zeggen of ze in staat was zelfmoord te plegen.'

'Hoe was haar relatie met haar ouders en haar zus?'

‘Tja, hoe zal ik het zeggen...’ Hij dacht weer lang na voor hij antwoord gaf. ‘Gespannen. Alsof ze allemaal om elkaar heen dansten. De enige die ooit zei wat ze vond was haar zus, Julia, en zij valt over het algemeen toch al een beetje uit de toon. Ik had altijd het gevoel dat er achter de uitgesproken woorden een heel andere dialoog werd gevoerd. Ik weet niet goed hoe ik dat moet uitleggen. Het was net alsof ze in een code praatten en waren vergeten mij de code te geven.’

‘Hoe bedoel je dat, dat Julia uit de toon viel?’

‘Zoals je ongetwijfeld weet, kreeg Birgit Julia op latere leeftijd. Ze was al ruim in de veertig en de zwangerschap was niet gepland. Dus is Julia in zekere zin altijd een soort koekoeksjong geweest. Het was vast ook niet makkelijk om een zus als Alex te hebben. Julia was als kind niet mooi en ze is er als volwassene niet echt knapper op geworden. Je weet zelf hoe Alex eruitzag. Birgit en Karl-Erik waren altijd heel erg op Alex gericht en Julia werd gewoon vergeten. Het gevolg was dat ze zich naar binnen keerde. Maar ik mag haar graag. Onder dat norse oppervlak gaat iets bijzonders schuil. Ik hoop alleen dat iemand de tijd neemt daar achter te komen.’

‘Hoe reageerde zij op de dood van Alex? Hoe stonden zij tegenover elkaar?’

'Dat kun je beter aan Birgit of Karl-Erik vragen. Ik heb Julia al in geen zes maanden gezien. Ze doet de lerarenopleiding in Umeå en komt niet graag hierheen. Zelfs met Kerstmis was ze dit jaar niet thuis. Haar grote zus heeft ze altijd verafgood. Alex zat al op een internaat toen Julia werd geboren, dus ze was niet vaak thuis, maar als wij bij Alex' ouders waren dan liep Julia haar altijd als een hondje achterna. Het kon Alex niet zoveel schelen, dus liet ze Julia haar gang gaan. Soms ergerde Alex zich wel aan haar en dan kon ze haar ook afsnauwen, maar meestal negeerde ze haar gewoon.'

Erica voelde dat het gesprek ten einde liep. Tijdens de pauzes in het gesprek was de stilte in het grote huis allesomvattend geweest en ze vermoedde dat dit ondanks alle pracht en praal nu een heel eenzaam huis voor Henrik Wijkner was.

Ze stond op en stak haar hand uit. Hij pakte die met beide handen beet, hield hem even vast en ging haar vervolgens voor naar de deur.

'Ik wilde even bij de galerie gaan kijken,' zei Erica.

'Dat is een goed idee. Daar was ze buitengewoon trots op. Ze heeft alles van de grond af opgebouwd, samen met een vriendin uit haar studietijd in Parijs, Francine Bijoux. Hoewel ze nu Sandberg heet. We gaan privé ook best vaak met elkaar om, al is dat sinds zij en haar man kinderen hebben gekregen wel wat minder geworden. Francine is ongetwijfeld in de galerie, ik bel haar even om te vertellen wie je bent, dan wil ze vast wel wat over Alex vertellen.'

Henrik hield de deur voor Erica open en met een laatste woord van dank draaide ze de echtgenoot van Alex de rug toe en liep naar de auto.

Toen ze de auto uitstapte, kwam de regen met bakken uit de lucht vallen. De galerie lag aan de Chalmersgatan, parallel aan de Avenyn, maar na een halfuur rondjes te hebben gereden, gaf ze het op en parkeerde de auto op het parkeerterrein Heden. Het was eigenlijk niet ver, maar in de slagregen leek het uren lopen. Bovendien kostte het parkeren twaalf kroon per uur en Erica voelde haar humeur verslechteren. Een paraplu had ze natuurlijk ook niet bij zich en ze wist dat haar krullen algauw op een mislukt thuispermanentje zouden lijken.

Ze haastte zich over de Avenyn en kon nog net uitwijken voor een tram die uit de richting van Mölndal aan kwam denderen. Nadat ze de kunstacademie Valand was gepasseerd, waar ze tijdens haar studie menig wild avondje had doorgebracht, sloeg ze linksaf naar de Chalmersgatan.

Galerie Abstract lag aan de linkerkant en had grote etalages. Toen ze naar binnen stapte klonk er een belletje en ze zag dat de ruimte veel groter was dan die vanbuiten oogde. Wanden en plafonds waren wit geschilderd, waardoor alle aandacht naar de kunstwerken aan de muur ging.

Achterin zag ze een vrouw die onmiskenbaar van Franse origine was. Ze was een en al elegantie en met snelle handgebaren besprak ze een schilderij met een klant.

'Ik kom er zo aan, kijk gerust alvast rond.' Haar Franse accent was charmant.

Erica nam die uitnodiging aan en liep met haar handen op haar rug langzaam door de ruimte, terwijl ze de kunstwerken bekeek. Zoals de naam van de galerie al deed vermoeden, waren alle kunstwerken abstract. Kubussen, ruiten, cirkels en vreemde figuren. Erica hield haar hoofd schuin en kneep haar ogen samen om erachter te komen wat een kunstkenner zag, maar haarzelf volledig ontging. Nee, nog steeds alleen maar kubussen en ruiten die in haar ogen ook door een kind van vijf gemaakt konden zijn. Ze moest maar

 gewoon accepteren dat dit haar boven de pet ging.

Ze stond voor een enorm rood schilderij met onregelmatig verdeelde gele partijen toen ze Francines klikkende hakken op de geblokte vloer hoorde naderen. 'Is het niet schitterend?'

'Ja, zeker, het is een mooi schilderij. Maar eerlijk gezegd ben ik niet zo thuis in de wereld van de kunst. Ik vind de zonnebloemen van Van Gogh mooi, maar daar houdt mijn kennis wel zo'n beetje op.'

Francine glimlachte. 'Jij moet Erica zijn. Henri belde net om te zeggen dat je onderweg was.'

Ze stak een tengere hand uit en Erica veegde snel de hare af, die nog nat was van de regen.

De vrouw die voor haar stond, was klein en tenger en zag er elegant uit op een manier waarop Françaises patent lijken te hebben. Met haar één meter vijfenzeventig voelde Erica zich naast haar net een reus.

Het pikzwarte haar van Francine was glad achterovergekamd en in de nek tot een wrong gevormd. Ze droeg een strakke zwarte jurk. De kleur was ongetwijfeld gekozen vanwege het overlijden van haar vriendin en collega; ze leek eerder een vrouw die zich in dramatisch rood hulde, of wellicht geel. Haar make-up was bescheiden en perfect aangebracht, maar kon de rode rand onder haar ogen niet verhullen. Erica hoopte dat haar eigen mascara niet was uitgelopen. Waarschijnlijk was dat ijdele hoop.

'Ik stel voor dat we er even bij gaan zitten en onder het genot van een kopje koffie verder praten. Het is vandaag heel rustig. We kunnen wel hier achter gaan zitten.'

Ze ging Erica voor naar een kamertje achter de galerie, waar een koelkast, een magnetron en een koffiezetapparaat stonden. De tafel die er stond was klein en er pasten slechts twee stoelen bij. Erica ging op een ervan zitten en kreeg van Francine meteen een dampend heet kopje koffie. Haar maag protesteerde na alle koffie bij Henrik, maar na ontelbaar veel interviews om achtergrondmateriaal voor haar boeken te verzamelen, wist ze uit ervaring dat mensen om de een of andere reden makkelijker praatten onder het genot van een kopje koffie.

'Ik heb van Henri begrepen dat Alex' ouders je hebben gevraagd een in memoriam over haar te schrijven.'

'Ja. Ik heb Alex de afgelopen vijfentwintig jaar alleen maar terloops ontmoet, dus voordat ik het artikel ga schrijven, probeer ik wat meer te weten te komen over wie ze als mens was.'

‘Ben je journaliste?’

‘Nee, ik ben schrijfster. Ik schrijf biografieën. Dit doe ik alleen omdat Birgit en Karl-Erik het hebben gevraagd. Bovendien heb ik haar gevonden, nou ja, bijna dan, en op de een of andere merkwaardige manier heb ik het gevoel dat ik dit moet doen om een ander beeld van Alex te krijgen, een levend beeld. Klinkt dat gek?’

‘Nee, helemaal niet. Ik vind het geweldig dat je je zoveel moeite getroost voor Alex’ ouders – en voor Alex.’ Francine boog zich naar voren en legde een keurig gemanicuurde hand over die van Erica.

Erica voelde dat ze begon te blozen en probeerde niet aan het concept voor het boek te denken waar ze een groot deel van de dag ervoor aan had gewerkt. Francine ging verder: ‘Henri heeft me ook verzocht om je vragen zo eerlijk mogelijk te beantwoorden.’

Ze sprak uitstekend Zweeds. Ze had een rollende ‘r’ en het viel Erica op dat ze de Franse versie van Henrik gebruikte, Henri.

‘Alex en jij hebben elkaar in Parijs ontmoet?’

‘Ja, we hebben samen kunstgeschiedenis gestudeerd. We ontmoetten elkaar al op de eerste dag. Zij zag er verdwaald uit en ik voelde me verdwaald. De rest is geschiedenis, zoals ze zeggen.'

'Hoe lang kennen jullie elkaar al?'

'Even kijken. Henri en Alex waren afgelopen herfst vijftien jaar getrouwd, dus dan wordt het zeventien jaar. En deze galerie hebben we ook alweer vijftien jaar.'

Ze viel stil en stak tot Erica's grote verbazing een sigaret op. Om de een of andere reden had ze niet gedacht dat Francine rookte. Haar hand trilde toen ze de sigaret aanstak en ze nam een flinke trek zonder haar blik van Erica af te wenden.

'Vroeg je je niet af waar ze was? Ze lag daar waarschijnlijk al een week toen we haar vonden.' Erica realiseerde zich dat ze er niet aan had gedacht om dat ook aan Henrik te vragen.

'Ik weet dat het vreemd klinkt, maar nee, dat heb ik me niet afgevraagd. Alex...' Ze aarzelde. 'Alex deed altijd wat ze wilde. Dat kon heel erg frustrerend zijn, maar ik ben er in de loop van de tijd aan gewend geraakt, neem ik aan. Het is weleens eerder voorgekomen dat ze een tijdje weg was om vervolgens gewoon weer op te duiken alsof er niets was gebeurd. Ze heeft dat bovendien ruimschoots gecompenseerd door in haar eentje voor de galerie te zorgen toen ik ouderschapsverlof had. Weet je, in zekere zin heb ik het gevoel dat dat nu ook nog kan gebeuren. Dat ze gewoon zo binnenstapt. Maar dat is niet zo.' In haar ooghoek glinsterde een traan.

'Nee.' Erica keek in haar kopje koffie en liet Francine onopvallend haar ogen afvegen. 'Hoe reageerde Henrik als Alex zomaar verdween?'

'Je hebt hem ontmoet, dus... In zijn ogen kon Alex niets fout doen. Henri heeft haar de afgelopen vijftien jaar op handen gedragen. Arme Henri.'

'Waarom arm?'

'Alex hield niet van hem. Dat had hij vroeg of laat moeten beseffen.' De eerste sigaret was gedoofd en ze stak er nog een op.

'Jullie moeten elkaar na al die jaren heel goed hebben gekend.'

'Ik denk niet dat iemand Alex echt kende. Hoewel ik haar waarschijnlijk beter kende dan Henri. Hij heeft altijd geweigerd zijn roze bril af te zetten.'

'Tijdens ons gesprek zei Henrik dat hij tijdens hun hele huwelijk het gevoel had dat Alex iets voor hem verborgen hield. Weet jij of dat waar is, en wat dat dan zou kunnen zijn?'

'Dat is ongewoon scherpzinnig van hem. Misschien heb ik Henri onderschat.' Ze trok een goed gevormde wenkbrauw op. 'Op de eerste vraag antwoord ik ja, ik heb ook altijd het gevoel gehad dat ze iets met zich meedroeg. Op de andere vraag kan ik helaas alleen nee zeggen; ik heb geen flauw idee wat het kan zijn. Ondanks onze lange vriendschap was er altijd een punt waarop Alex aangaf "tot hier en niet verder". Ik kon dat wel accepteren, maar Henri niet. Dat zou hem vroeg of laat hebben genekt. Bovendien denk ik dat het eerder vroeg dan laat zou zijn geweest.

'Hoezo?'

Francine aarzelde. 'Er vindt sectie plaats op Alex, nietwaar?'

Die vraag verbaasde Erica. 'Ja, dat doen ze bij zelfmoord altijd. Waarom vraag je dat?'

'Dan weet ik dat wat ik je ga vertellen hoe dan ook aan het licht komt. Dat sust mijn geweten.'

Ze drukte de sigaret zorgvuldig uit. Erica hield haar adem in van spanning, maar Francine nam alle tijd om een derde sigaret op te steken. Haar vingers hadden niet de gele verkleuring die zo kenmerkend is voor rokers, dus Erica vermoedde dat ze normaal gesproken geen kettingrookster was.

'Je weet zeker wel dat Alex de afgelopen zes maanden veel vaker in Fjällbacka was dan daarvoor?'

'Ja, de tamtam werkt goed in een kleine gemeenschap. Volgens de plaatselijke roddels was ze vrijwel elk weekend in Fjällbacka. Alleen.'

'"Alleen" is een verdraaide versie van de waarheid.'

Francine aarzelde weer en Erica kreeg zin om haar over de tafel heen door elkaar te schudden zodat ze eindelijk zei wat ze wist. Erica's belangstelling was zonder meer gewekt.

'Ze had daar iemand ontmoet. Een man. Het was niet de eerste keer dat Alex een affaire had, maar toch had ik het gevoel dat dit anders was. Voor het eerst in al die jaren dat we elkaar kenden, leek ze bijna tevreden. Bovendien weet ik dat ze zichzelf niet van het leven beroofd kan hebben. Iemand heeft haar vermoord, daar twijfel ik geen seconde aan.'

'Hoe kun je dat zo zeker weten? Zelfs Henrik wist niet zeker of ze zichzelf van het leven had kunnen beroven.'

'Ze was zwanger.'

Het antwoord verraste Erica. 'Weet Henrik dat?'

'Dat weet ik niet. Het was in elk geval niet zijn kind. Ze waren al jarenlang niet meer op die manier samen. En toen dat nog wel zo was, weigerde Alex altijd om samen met Henri kinderen te krijgen. Hoewel hij herhaaldelijk aangaf dat hij dat wilde. Nee, de nieuwe man in haar leven moet de vader zijn van het kind – wie hij ook moge zijn.'

'Ze heeft je niet verteld wie hij was?'

'Nee. Zoals je vast wel hebt begrepen, was Alex niet scheutig met haar vertrouwen. Ik moet je wel bekennen dat ik heel verbaasd was toen ze me over het kind vertelde, maar dat is ook een van de redenen waarom ik ervan overtuigd ben dat ze geen zelfmoord heeft gepleegd. Ze stroomde over van geluk en kon het gewoon niet stilhouden. Ze was gek op dit kind en zou nooit iets ten nadele ervan hebben gedaan, laat staan het van het leven beroven. Ik heb voor het eerst gezien hoe een levenslustige Alex eruitzag. Ik geloof dat ik erg dol op die Alex had kunnen zijn.' De toon in haar stem was verdrietig. 'Weet je, ik had ook het gevoel dat ze op de een of andere manier met haar verleden wilde afrekenen. Ik weet niet waarmee, of hoe, maar ze maakte wat losse opmerkingen waardoor ik die indruk kreeg.'

De deur van de galerie ging open en ze hoorden hoe iemand op de deurmat de natte sneeuw van zijn laarzen stampte. Francine stond op. 'Dat is waarschijnlijk een klant. Daar moet ik nu naartoe. Ik hoop dat je hier wat aan hebt.'

‘O ja, ik ben heel blij dat jij en Henrik zo open zijn geweest. Dat heeft me erg geholpen.’

Francine zei tegen de klant dat ze er zo aankwam en liep vervolgens met Erica mee naar de deur. Ze stopten voor een enorm doek met een wit vierkant op een blauw veld en schudden elkaar de hand.

‘Uit pure nieuwsgierigheid, wat moet zo’n schilderij opbrengen? Vijfduizend, tienduizend?’

Francine glimlachte. ‘Eerder vijftigduizend.’

Erica floot zachtjes. ‘Tja, kunst en goede wijn. Twee onderwerpen die voor mij een compleet mysterie zijn.’

‘Ik kan maar met moeite een boodschappenlijstje samenstellen. Zo heeft iedereen wel zijn specialiteit.’

Ze lachten. Erica trok haar nog altijd natte jas dichter om zich heen en stapte de regen in.

De regen had de sneeuw in een blubberige massa veranderd en voor de zekerheid reed ze veel langzamer dan de maximumsnelheid. Nadat ze bijna een halfuur had verklungeld met allerlei pogingen om Hisingen, waar ze per ongeluk terecht was gekomen, weer uit te komen, naderde ze nu Uddevalla. Een dof gerommel herinnerde haar eraan dat ze vandaag nog niet had gegeten. Ze sloeg bij het winkelcentrum Torp ten noorden van Uddevalla van de E6 af en reed naar de drive-in van McDonald's. Ze werkte op de parkeerplaats in de auto snel een cheeseburger naar binnen en was algauw weer onderweg. Voortdurend gingen haar gedachten naar de gesprekken die ze met Henrik en Francine had gehad. Wat zij haar hadden verteld, schetste het beeld van iemand die hoge verdedigingsmuren om zich heen had.

Nog wel het meest nieuwsgierig was ze naar de vader van Alex' kind. Francine dacht niet dat het Henrik was, maar niemand kon helemaal zeker weten wat er in andermans slaapkamer gebeurde en Erica wilde die mogelijkheid niet uitsluiten. Maar als hij het niet was, was het de vraag of het de man was voor wie Alex elk weekend naar Fjällbacka was gekomen, of dat ze een relatie in Göteborg had gehad.

Erica had de indruk gekregen dat Alex een soort dubbelleven had geleid ten opzichte van de mensen in haar leven. Ze deed wat ze wilde, zonder aan de consequenties voor haar naasten en dan met name Henrik te denken. Erica vermoedde dat Francine zich niet goed kon voorstellen waarom Henrik een huwelijk onder die voorwaarden accepteerde, ze dacht zelfs dat Francine hem daarom verachtte. Zelf begreep Erica maar al te goed hoe dergelijke mechanismen werkten. Ze had het huwelijk van Anna en Lucas jarenlang bestudeerd.

Wat haar het meest deprimeerde aan Anna's onvermogen om haar leven te veranderen, was de steeds terugkerende vraag of zijzelf gedeeltelijk verantwoordelijk was voor Anna's gebrek aan zelfrespect. Erica was vijf geweest toen Anna werd geboren. Vanaf het allereerste moment dat ze haar zusje had gezien, had ze haar beschermd tegen de werkelijkheid die ze zelf als een onzichtbare wond met zich meedroeg. Anna zou zich nooit alleen en afgewezen hoeven voelen door het gebrek aan liefde van hun moeder voor haar dochters. De omhelzingen en liefdevolle woorden die Anna niet van haar moeder kreeg, gaf Erica haar in overvloed. Met moederlijke zorg waakte ze over haar kleine zusje.

Het was makkelijk geweest om van Anna te houden. Ze was zich totaal niet bewust van de droevige aspecten van het leven en leefde elk moment in het nu. Erica, die vroegwijs was en zich vaak zorgen maakte, was gefascineerd door de energie waarmee Anna van elke minuut van haar leven genoot. Anna liet zich Erica's zorgen rustig aanleunen, maar had zelden het geduld om een tijdje op schoot te zitten of te knuffelen. Ze werd een wilde tiener en deed precies waar ze zelf zin in had, een onbezorgd, egoïstisch kind. Op heldere momenten kon Erica voor zichzelf toegeven dat ze Anna veel te veel had verwend en beschermd. Maar ze had haar alleen willen geven wat ze zelf nooit had gekregen.

Toen Anna Lucas ontmoette, was ze een makkelijke prooi. Ze raakte gecharmeerd door zijn buitenkant, maar zag de doffe vlekken eronder niet. Langzaam, langzaam brak hij haar levensvreugde en zelfvertrouwen af door op haar ijdelheid in te spelen. Nu was ze een mooie, gekooide vogel in de chique wijk Öfvre Östermalm en zag zelf haar vergissing niet in. Elke dag hoopte Erica dat Anna uit eigen wil haar hand uit zou steken en haar om hulp zou vragen. Tot dat moment kon Erica alleen maar afwachten en beschikbaar zijn. Niet dat ze zelf veel geluk in de liefde had gehad. Ze had diverse verbroken relaties en beloften achter zich. Meestal was zij degene geweest die ze had verbroken. Als ze op een bepaald punt in een relatie aankwam, knapte er iets in haar en kreeg ze last van een paniekgevoel dat zo sterk was dat ze amper kon ademen, met als gevolg dat ze haar spullen pakte en zonder omkijken wegging. Toch verlangde Erica paradoxaal genoeg al zolang ze zich kon herinneren naar een man en kinderen, maar nu was ze vijfendertig en de jaren vlogen voorbij.

Shit, ze was er de hele dag in geslaagd niet aan Lucas te denken en nu was hij weer volop aanwezig. Ze wist dat ze moest uitzoeken hoe ernstig haar situatie was. Daar was ze nu echter veel te moe voor. Dat moest morgen maar gebeuren. Ze voelde een acute behoefte om zich de rest van de dag te ontspannen, zonder ook maar één gedachte aan Lucas of Alexandra Wijkner.

Ze toetste een snelkeuzenummer op haar mobiel in. 'Hoi, met Erica. Zijn jullie vanavond thuis? Ik wilde even langskomen.'

Dan lachte warm. 'Of we thuis zijn? Weet je niet wat er vanavond is?'

De stilte aan de andere kant was oorverdovend. Erica dacht diep na, maar kon niet verzinnen wat er vanavond voor bijzonders zou moeten zijn. Het was geen feestdag, er was niemand jarig, Dan en Pernilla waren in de zomer getrouwd, dus het kon hun trouwdag ook niet zijn.

'Ik heb geen flauw idee. Zeg het maar.'

Erica hoorde een diepe zucht en ze besefte dat de grote gebeurtenis iets met sport te maken moest hebben. Dan was een groot sportliefhebber en

Erica wist dat dit soms tot wrijving tussen hem en zijn vrouw Pernilla leidde. Zelf had ze ondertussen haar eigen manier gevonden om wraak te nemen voor alle avonden dat ze naar de een of andere zinloze sport op de tv moest kijken als ze elkaar ontmoetten. Dan was een fanatiek Djurgårdensupporter en daarom had Erica de rol van geestdriftig AIK-fan op zich genomen. Eigenlijk was ze helemaal niet geïnteresseerd in sport in het algemeen en ijshockey in het bijzonder, maar juist daarom leek het Dan nog meer te ergeren. Hij liet zich op de kast jagen als AIK verloor en zij zich er nauwelijks druk om maakte.

'Zweden speelt tegen Wit-Rusland!'

Hij vermoedde dat ze geen idee had waar hij het over had en zuchtte nog een keer. 'De Olympische Spelen, Erica. Weet je überhaupt wel dat die nu gehouden worden?'

'O, je bedoelt de wedstrijd. Ja, natuurlijk weet ik dat. Ik dacht dat je bedoelde dat er daarnáást ook nog iets belangrijks was vanavond.'

Ze sprak op een overdreven toon, waaruit duidelijk bleek dat ze absoluut niet had geweten dat er vanavond werd gespeeld. Ze glimlachte omdat ze wist dat Dan zich nu letterlijk de haren uit het hoofd trok vanwege zo'n sarcastische opmerking. Sport was volgens hem niet iets om grapjes over te maken.

‘Maar dan kijken we toch gezellig samen hoe Salming de Russische verdediging breekt...’

‘Salming! Weet je wel hoe lang geleden hij al is gestopt? Je maakt toch zeker een grapje! Zeg dat het een grapje is!’

‘Ja Dan, het is een grapje. Zo dom ben ik nou ook weer niet. Ik kom wel even van Sundin genieten, als dat beter past. Verdomd knappe kerel trouwens.’

Hij zuchtte voor de derde keer diep. Wat een gotspe om zo’n grote ster in de ijshockeywereld op iets anders te beoordelen dan zijn sportkwaliteiten.

‘Ja, kom gerust. Maar ik wil geen herhaling van de vorige keer. Geen geklets tijdens de wedstrijd, geen commentaar op spelers die er sexy uitzien met hun beenbeschermers en vooral geen vragen over of ze alleen een suspensoir dragen of dat ze er een onderbroek overheen aanhebben. Heb je dat begrepen?’

Erica onderdrukte een lach en zei op serieuze toon: ‘*Scout’s honour*, Dan.’

Hij gromde. ‘Je bent nooit scout geweest.’

‘Nee, daarom juist.’

Vervolgens drukte ze op de toets met het rode hoorntje van haar mobiel.

Dan en Pernilla woonden in een van de relatief nieuwe rijtjeshuizen in Falkeliden. De huizen lagen in rechte rijen die tegen de heuvel Rabekullen opklommen, en leken zoveel op elkaar dat je ze ternauwernood van elkaar kon onderscheiden. Het was een populair gebied voor gezinnen met kinderen, vooral omdat de huizen hier totaal geen uitzicht op zee hadden en dus niet zo peperduur waren geworden als de woningen dichter bij het water.

Het was een veel te koude avond voor een wandeling, maar de auto protesteerde heftig toen ze die de steile helling op dwong waar maar matig was gestrooid. Met een diepe zucht van verlichting draaide ze de straat in waar Dan en Pernilla woonden.

Erica belde aan, wat meteen tot een tumultueus getrappel van kleine voeten in het huis leidde, en nog geen tel later werd de voordeur opengerukt door een klein meisje in een lang nachthemd, Lisen, de jongste dochter van Dan en Pernilla. Malin, het middelste kind, was boos omdat ze het niet eerlijk vond dat Lisen de deur voor Erica open had mogen doen en het gekibbel stopte pas toen Pernilla's gedecideerde stem vanuit de keuken klonk. Belinda, de oudste dochter, was dertien en als Erica langs het plein reed had ze haar weleens bij Ackes worstenkraam zien staan, omringd door puistige jongens. Dan en Pernilla zouden er waarschijnlijk hun handen vol aan krijgen haar in het gareel te houden.

Nadat de meisjes haar om beurten een knuffel hadden gegeven, verdwenen ze weer even snel als ze waren gekomen zodat Erica in alle rust haar jas uit kon trekken.

Pernilla stond met rode koontjes in de keuken te koken en droeg een schort waarop in grote letters 'kus de kok' stond. Ze leek zich midden in een kritieke fase van de toebereiding van een gerecht te bevinden en wuifde slechts verstrooid naar Erica, waarna ze zich meteen weer op haar dampende en sissende potten en pannen stortte. Erica liep door naar de woonkamer, waar Dan waarschijnlijk zoals altijd op de bank zou zitten, met zijn voeten op de glazen salontafel en de afstandsbediening in zijn rechterhand geklemd.

'Hoi! Ik zie dat de heer des huizes zit te luiwammesen terwijl zijn vrouw zich in de keuken in het zweet werkt.'

'Hallo! Ja, je weet het – als je maar gewoon wijst waar het aanrecht is en het huishouden met vaste hand leidt, dan kun je de meeste vrouwen wel opvoeden.'

Zijn warme glimlach weersprak zijn woorden en Erica wist wie hier het huishouden leidde; Dan was dat zeker niet.

Ze omhelsde hem kort, ging op de zwarte leren bank zitten en legde haar voeten ook op de salontafel. Er heerste een aangenaam zwijgen terwijl ze naar het nieuws op net vier keken en niet voor het eerst vroeg Erica zich af of Dan en zij het ook zo gehad zouden hebben als ze bij elkaar waren gebleven.

Dan was haar eerste grote liefde en haar eerste vriendje. Ze hadden op de middelbare school drie jaar verkering gehad en waren onafscheidelijk geweest. Maar ze wilden verschillende dingen in hun leven. Dan wilde in Fjällbacka blijven en net als zijn vader en grootvader vóór hem het vissersvak in, terwijl Erica amper kon wachten totdat ze het stadje achter zich kon laten. Ze had altijd het gevoel gehad dat ze er stikte en voor haar lag de toekomst ergens anders.

Ze hadden een tijdje geprobeerd hun relatie in stand te houden terwijl Dan in Fjällbacka achterbleef en Erica in Göteborg zat, maar hun levens voerden hen in verschillende richtingen. Na een pijnlijke breuk waren ze er in de loop van de tijd in geslaagd een vriendschap op te bouwen, die een kleine vijftien jaar later sterk en innig was.

Pernilla was als een warme, troostende omhelzing Dans leven binnengekomen in een periode waarin hij eraan probeerde te wennen dat er voor Erica en hem samen geen toekomst was weggelegd. Zij was er voor hem geweest toen hij dat het meest nodig had gehad en verafgoodde hem op een manier die een deel van de leegte vulde die Erica had achtergelaten. Voor Erica was het een pijnlijke ervaring geweest om hem met iemand anders te zien, maar ze had zich na verloop van tijd gerealiseerd dat dat vroeg of laat hoe dan ook gebeurd zou zijn. Het leven ging verder.

Nu hadden Dan en Pernilla drie dochters en Erica meende dat ze door de jaren heen een warme liefdesrelatie hadden opgebouwd, al dacht ze soms ook te merken dat Dan rusteloos was.

Haar eigen vriendschap met Dan was aanvankelijk ook niet helemaal zonder wrijvingen verlopen. Pernilla had hem jaloers in de gaten gehouden en Erica met groot wantrouwen bekeken. Langzaam maar zeker was Erica erin geslaagd Pernilla ervan te overtuigen dat ze niet achter haar man aan zat, en hoewel ze nooit elkaars beste vriendin waren geworden was er wel een ontspannen en hartelijke relatie ontstaan. Niet in de laatste plaats omdat de kinderen Erica overduidelijk aanbaden. Ze was zelfs peetmoeder van Lisen.

'Het eten is klaar.'

Ze kwamen uit hun halfliggende houding overeind en liepen naar de keuken, waar Pernilla een dampende pan op tafel had gezet. Er stonden maar twee borden op tafel en Dan trok vragend zijn wenkbrauwen op.

'Ik heb samen met de kinderen gegeten. Gaan jullie maar eten, dan breng ik ze naar bed.'

Erica geneerde zich omdat Pernilla zich voor haar zoveel moeite had getroost, maar Dan haalde zijn schouders op en schepte ongegeneerd een enorme portie op van wat een visstoofpotje bleek te zijn.

'Hoe gaat het met je? We hebben je in geen weken gezien.'

Zijn toon was eerder bezorgd dan verwijtend, maar Erica voelde zich toch even schuldig dat ze de afgelopen tijd zo weinig van zich had laten horen. Ze had ook zoveel aan haar hoofd gehad.

'Ach, het gaat steeds beter. Maar nu lijkt het erop dat we ruzie krijgen over het huis,' zei Erica.

'Hoezo?' Dan keek verbaasd op van zijn bord. 'Anna en jij zijn alle twee dol op dat huis en meestal zijn jullie het toch eens?'

 'Wij wel, ja. Maar je vergeet dat Lucas er ook bij betrokken is. Hij ruikt geld en zo'n kans kan hij niet laten lopen. Met Anna's mening heeft hij nog nooit rekening gehouden en ik zou niet weten waarom dat nu anders zou zijn.'

'Shit. Als ik hem een keer in een donker steegje tegenkwam, zou hij niet meer zo schofterig doen.'

Hij sloeg hard met zijn vuist op de keukentafel en Erica twijfelde er geen seconde aan dat hij Lucas er flink van langs zou kunnen geven als hij dat wilde. Dan was als tiener al stevig geweest en het harde werk op de vissersboot had zijn lichaam nog meer gevormd. Een zachtheid in zijn ogen maakte echter dat hij geen harde indruk maakte. Voor zover Erica wist had hij nog nooit een levend wezen kwaad gedaan.

'Ik kan er nog niet veel over zeggen, ik ken mijn positie nog niet echt. Morgen bel ik Marianne, een vriendin die advocate is, om uit te zoeken welke mogelijkheden ik heb om een verkoop te voorkomen, maar vanavond wil ik er liever niet aan denken. Bovendien heb ik de afgelopen dagen van alles meegemaakt waardoor gedachten aan mijn materiële bezittingen nogal futiel lijken.'

'Ja, ik heb gehoord wat er is gebeurd.' Hij viel stil. 'Hoe was het om iemand zo te zien?'

Erica dacht even na voor ze antwoordde. 'Droevig en verschrikkelijk tegelijk. Ik hoop dat ik zoiets nooit meer hoef mee te maken.'

Ze vertelde over het artikel dat ze aan het schrijven was en over de gesprekken die ze met de echtgenoot en de vriendin van Alexandra had gehad. Dan luisterde zwijgend.

'Wat ik niet begrijp, is waarom ze de belangrijkste mensen in haar leven buitensloot. Je had haar man moeten zien, hij aanbad haar. Maar waarschijnlijk gaat het bij de meeste mensen zo. Ze glimlachen en zien er blij uit, maar eigenlijk hebben ze een hoop zorgen en problemen.'

Dan onderbrak haar bruusk. 'Zeg, de wedstrijd begint over drie tellen en ik kijk liever naar een ijshockeywedstrijd dan dat ik jouw quasi-filosofische overpeinzingen aan moet horen.'

'Maak je geen zorgen. Bovendien heb ik een boek bij me voor het geval dat de wedstrijd saai is.'

Dan keek haar met een dodelijke blik aan, maar zag toen de plagerige glinstering in Erica's ogen.

Ze waren net op tijd in de woonkamer voor de face-off.

De telefoon was nog maar één keer overgegaan of Marianne nam al op.

'Met Marianne Svan.'

'Hallo, met Erica.'

'Hé, dat is lang geleden. Wat leuk dat je belt. Hoe gaat het met je? Ik heb vaak aan je gedacht.'

Opnieuw werd Erica eraan herinnerd dat ze de laatste tijd niet echt zorgvuldig met haar vrienden was omgesprongen. Ze was zich ervan bewust dat ze zich zorgen om haar hadden gemaakt, maar de afgelopen maanden had ze het zelfs amper kunnen opbrengen om Anna te bellen. Ze wist echter dat ze het begrepen.

Met Marianne was ze sinds haar studententijd goed bevriend. Ze hadden samen literatuur gestudeerd, maar na vier jaar studie realiseerde Marianne zich dat bibliothecaresse niet haar roeping was en zwaaide ze om naar rechten. De keuze om advocaat te worden bleek geslaagd en ze was nu een superjonge vennoot van een van de grootste en meest prestigieuze advocatenkantoren in Göteborg.

'Naar omstandigheden gaat het wel goed. Ik begin mijn leven weer een beetje op orde te krijgen, maar het is nog altijd best zwaar.'

Marianne was nooit iemand van zinloos geklets geweest en met haar onfeilbare intuïtie hoorde ze dat Erica voor iets anders belde.

'Wat kan ik voor je doen, Erica? Ik hoor dat er iets is, dus je hoeft er niet omheen te draaien.'

'Ik schaam me gewoon dat ik eerst zo lang niets van me laat horen en dat als ik dan eindelijk bel, het is omdat ik hulp nodig heb.'

'Stel je niet aan! Wat kan ik voor je doen? Zijn er problemen met de erfenis?'

'Ja, dat kun je wel stellen.'

Erica zat aan de keukentafel en friemelde aan de brief die met de ochtendpost was gekomen. 'Anna, of liever gezegd Lucas, wil het huis in Fjällbacka verkopen.'

'Het is niet waar!' Mariannes gebruikelijke rust was verdwenen. 'Wie denkt hij wel dat hij is. Jullie zijn dol op dat huis!'

Erica voelde plotseling dat er vanbinnen iets knapte en ze barstte in huilen uit. Marianne werd meteen weer rustig en probeerde Erica door de telefoon te troosten. 'Hoe gaat het eigenlijk met je? Wil je dat ik kom? Ik kan vanavond bij je zijn.'

 Nu stroomden de tranen nog heviger, maar nadat ze een tijdje had gesnikt, bedaarde Erica weer een beetje en veegde haar ogen af.

'Dat is hartstikke lief, maar het gaat wel. Echt. Het is de laatste tijd alleen wat veel allemaal. Het was moeilijk om de spullen van mijn vader en moeder uit te zoeken, ik loop achter met mijn boek en de uitgever oefent druk uit. Dan is er het gedoe met het huis en alsof dat nog niet genoeg is, heb ik afgelopen vrijdag een jeugdvriendin dood aangetroffen.'

Er borrelde een lach in haar op en ze begon, nog altijd met tranen in haar ooghoeken, hysterisch te lachen. Pas na een tijdje slaagde ze erin te kalmeren.

'Hoorde ik dat nou goed? Zei je dood?'

'Helaas hoorde je dat helemaal goed. Sorry, het is afschuwelijk dat ik lach. Het is me gewoon allemaal wat te veel. Toen ik klein was, was ze mijn hartsvriendin, Alexandra Wijkner. Ze heeft zichzelf van het leven beroofd in de badkuip in haar huis in Fjällbacka. Misschien ken je haar trouwens wel. Zij en haar man, Henrik Wijkner, bewogen zich kennelijk in de betere kringen van Göteborg en met dat soort mensen ga jij tegenwoordig ook om, nietwaar?'

Ze glimlachte en wist dat Marianne dat aan de andere kant van de lijn ook deed. Toen ze nog studeerden, woonde Marianne in de arbeiderswijk Majorna en streed ze voor de rechten van de arbeidersklasse. Ze wisten alle twee dat ze zich in de loop van de jaren had moeten aanpassen aan het milieu dat bij haar werk op het roemrijke advocatenkantoor hoorde. Nu waren chique mantelpakjes met bloezen en cocktailparty's in het welgestelde stadsdeel Örgryte belangrijk, maar Erica wist dat dat soort dingen bij Marianne alleen maar een dun laagje vernis over een rebelse geest vormden.

'Henrik Wijkner. Ja, die ken ik wel, we hebben zelfs een aantal gemeenschappelijke kennissen, maar ik ben hem nog nooit tegen het lijf gelopen. Hij schijnt een meedogenloze zakenman te zijn. Zo iemand die voor het ontbijt honderd man kan ontslaan zonder dat zijn eetlust eronder lijdt. Had zijn vrouw niet een boetiek?'

'Een galerie. Abstracte kunst.'

Ze was onthutst door Mariannes woorden over Henrik. Erica vond zelf dat ze over vrij veel mensenkennis beschikte en Henrik Wijkner was in haar ogen niet het toonbeeld van een meedogenloze zakenman geweest.

Ze ging over op een ander onderwerp, de eigenlijke reden waarom ze belde.

'Ik heb vandaag een brief gekregen. Van Lucas' advocaat. Ik moet vrijdag naar een bijeenkomst in Stockholm over de verkoop van het huis van mijn ouders en van juridische dingen heb ik helemaal geen kaas gegeten. Wat zijn mijn rechten? Heb ik überhaupt rechten? Kan Lucas dit echt zomaar doen?'

Ze voelde dat haar onderlip weer begon te trillen en haalde diep adem om rustig te worden. Na alle plensbuien van de afgelopen dagen had het vannacht gevroren en nu zag ze het ijs op de baai weer glinsteren. Er landde een huismus op de vensterbank en ze bedacht dat ze nog een vetbol voor de vogels moest kopen. De mus draaide nieuwsgierig zijn kopje om en tikte met zijn snavel tegen het raam. Nadat hij zich ervan had vergewist dat hier niets eetbaars te halen viel, vloog hij weer weg.

'Zoals je weet zijn belastingen mijn specialisatie, niet familierecht. Dus ik kan je niet zo een, twee, drie antwoord geven. Maar laten we het zo doen. Ik vraag dit na bij een van de experts van ons kantoor en dan bel ik je in de loop van de dag terug. Je staat er niet alleen voor, Erica. Ik help je hierbij, dat beloof ik je.'

Mariannes woorden stelden Erica gerust en toen ze ophingen, leek het leven lichter, hoewel ze nog niets meer wist dan vóór ze belde.

Opeens werd ze rusteloos. Ze zette zich ertoe met de biografie verder te gaan, maar het werken stond haar tegen. Ze moest nog ruim de helft van het boek schrijven en haar uitgever begon ongeduldig te worden omdat hij zelfs nog geen ruw concept had ontvangen. Nadat ze bijna twee pagina's had getypt, las ze door wat ze had geschreven, classificeerde het als rommel en wiste meerdere uren werk. De biografie verveelde haar en ze had al een hele tijd geen plezier meer in haar werk. Daarom maakte ze het artikel over Alexandra af en stopte dat in een envelop die ze aan de *Bohusläningen* adresseerde. Daarna was het hoog tijd om Dan te bellen en hem een beetje te plagen met de bijna dodelijke klap die hij geestelijk leek te hebben opgelopen door het spectaculaire verlies van Zweden de avond ervoor.

Tevreden wreef hoofdinspecteur Mellberg over zijn dikke buik en hij vroeg zich af of hij misschien even een tukje zou doen. Er was toch bijna niets te doen en het weinige dat er was, leek hem niet echt belangrijk.

Hij besloot dat het wel lekker zou zijn om even te gaan slapen en de stevige lunch de gelegenheid te geven in alle rust te verteren. Hij had echter nog maar net zijn ogen gesloten of een gedecideerd klopje op de deur kondigde aan dat Annika Jansson, de secretaresse van het politiebureau, iets van hem wilde.

'Wat is er, verdorie! Zie je niet dat ik bezig ben?'

In een poging er druk uit te zien, bladerde hij doelloos door de stapels paperassen op zijn bureau, maar het enige effect was dat hij zijn koffie omgooide. De koffie stroomde over alle papieren en hij pakte het eerste het beste om de vloeistof mee te deppen: zijn overhemd, dat hij zelden in zijn broek droeg.

'Verdomme nog aan toe. En dan ben je de baas in deze tent. Kun je niet wat respect voor je meerdere tonen en kloppen voor je binnenkomt?'

Ze nam niet de moeite hem erop te wijzen dat ze dat wel degelijk had gedaan. Wijs door leeftijd en ervaring wachtte ze rustig af tot het ergste gemopper voorbij was.

'Ik neem aan dat je iets wilt,' snauwde Mellberg.

Annika's stem klonk afgemeten. 'De Forensische Eenheid in Göteborg heeft je geprobeerd te bellen. Om precies te zijn forensisch patholoog-anatoom Tord Pedersen. Je kunt hem op dit nummer bereiken.'

Ze reikte hem een papiertje aan, waarop het nummer genoteerd stond.

'Zei hij waar het over ging?'

Zijn nieuwsgierigheid was meteen geprikkeld. In deze uithoek werd je niet zo vaak gebeld door de Forensische Eenheid. Misschien zou er voor de verandering wat ruimte voor gekwalificeerd politiewerk zijn.

Verstrooid gebaarde hij Annika dat ze weer kon vertrekken, klemde de hoorn tussen zijn schouder en kin en toetste het nummer in dat ze had opgeschreven.

Annika liep snel de kamer uit en deed de deur hard achter zich dicht. Ze ging aan haar eigen bureau zitten en als zo vaak tevoren vervloekte ze het besluit dat Mellberg naar het kleine politiebureau in Tanumshede had gebracht. Volgens de geruchten op het bureau had hij zich in Göteborg onmogelijk gemaakt door een vluchteling die onder zijn verantwoordelijkheid in een politiecel zat, zwaar te mishandelen. Kennelijk was dat niet de enige misstap die hij had begaan, maar wel de grootste. Zijn superieuren hadden er genoeg van gekregen. Het interne onderzoek had geen bewijzen opgeleverd, maar ze waren bang voor alle andere dingen die Mellberg nog zou kunnen uitspoken en hij werd met onmiddellijke ingang overgeplaatst en kreeg de functie van hoofdinspecteur in Tanumshede, waar alle mensen in de twaalfduizend inwoners tellende gemeente, van wie de meesten gezagsgetrouw waren, hem voortdurend aan zijn vernedering deden denken. Zijn voormalige chefs in Göteborg gingen ervan uit dat hij daar niet veel kon aanrichten. Dat oordeel was tot nu toe correct gebleken. Daar stond tegenover dat hij ook niet veel nuttigs had bijgedragen.

Annika had het vroeger op haar werk altijd naar haar zin gehad, maar met Mellbergs komst was daar een eind aan gekomen. Niet alleen was de man altijd onbeschoft, hij zag zichzelf ook nog eens als Gods geschenk aan de vrouwen. En Annika was degene die daar het meest last van had. Suggestieve opmerkingen, kneepjes in haar achterste en dubbelzinnige opmerkingen waren nog maar een fractie van wat ze tegenwoordig op haar werk moest verdragen. Het meest weerzinwekkende vond ze echter het afschuwelijke kapsel waarmee hij zijn kale schedel probeerde te verbergen. Hij had zijn haar zo lang laten groeien dat zijn personeel alleen maar kon raden naar de werkelijke lengte, en het vervolgens boven op zijn hoofd tot iets vervlochten wat nog het meest op een verlaten kraaiennest leek.

Ze huiverde bij de gedachte hoe dat haar eruit moest zien als het loshing, maar hoefde zich er geen zorgen over te maken dat ze dat ooit zou zien.

Ze vroeg zich af wat de mensen van de Forensische Eenheid wilden. Nou ja, ze zou er nog wel achter komen. Het bureau was zo klein dat alle interessante informatie zich binnen een uur verspreidde.

Bertil Mellberg hoorde de telefoon overgaan en keek ondertussen naar Annika terwijl ze zijn kamer uit liep.

Een verdomd lekker ding. Stevig en mooi, maar rond op de juiste plaatsen. Lang blond haar, een grote boezem en een flinke kont. Jammer alleen dat ze altijd van die lange rokken en wijde bloezen droeg. Misschien moest hij haar erop wijzen dat strakkere kleding geschikter was. Als chef moet je toch iets van de kleding van je personeel kunnen zeggen. Zevenendertig jaar, dat wist hij sinds hij het in haar personeelsdossier had opgezocht. Ruim twintig jaar jonger dan hijzelf, wat in zijn ogen perfect was. Andere mannen moesten maar voor oude wijven zorgen. Hij was mans genoeg voor de jongere talenten. Rijp, ervaren, flatteus gezet en niemand die vermoedde dat zijn haar in de loop der jaren wat dunner was geworden. Hij voelde voorzichtig met zijn hand op zijn hoofd. Ja, het haar zat op zijn plek.

'Met Tord Pedersen.'

'Hallo, met hoofdinspecteur Bertil Mellberg, politiebureau Tanumshede. Je had gebeld.'

'Ja, dat klopt. Het gaat om dat sterfgeval dat ik van jullie heb binnengekregen. Een vrouw die Alexandra Wijkner heet. Het leek een zelfmoord.'

'Jaaa.' Mellberg antwoordde dralend. Zijn interesse was nu definitief gewekt.

'Ik heb gisteren sectie op haar verricht en het lijdt geen twijfel dat het geen zelfmoord betreft. Ze is vermoord.'

'Wel potjandorie!'

In zijn opwinding gooide Mellberg het koffiekopje nog een keer om en het restje dat er nog in zat, droop nu over het bureau. Weer kwam het overhemd tevoorschijn zodat er nog meer vlekken in kwamen.

'Hoe weten jullie dat? Ik bedoel, welke bewijzen hebben jullie voor moord?'

'Ik kan je het sectierapport meteen faxen, maar ik weet niet of je daar veel wijzer van wordt. Ik kan je echter wel een samenvatting geven van onze belangrijkste bevindingen. Wacht even, dan pak ik mijn bril erbij,' zei Pedersen.

Mellberg hoorde hem mompelend de tekst doornemen en wachtte ongeduldig tot hij de gegevens te horen kreeg.

'Hier staat het. Vrouw, vijfendertig jaar, goede algemene fysieke conditie. Maar dat weten jullie al. De vrouw was al ongeveer een week dood, maar het lichaam was desondanks in zeer goede staat, voornamelijk dankzij de lage temperatuur in de ruimte waar het had gelegen. Het ijs rond het onderste deel van het lichaam heeft er ook toe bijgedragen dat het goed bewaard is gebleven.

Diepe snijwonden in de slagaders in beide polsen, gemaakt met een scheermes dat ter plekke is aangetroffen. Hier begon ik onraad te ruiken. Beide snijwonden zijn precies even diep en recht, wat heel ongebruikelijk is, ik zou zelfs durven beweren dat het bij zelfmoord nooit voorkomt. Omdat we óf links- óf rechtshandig zijn, wordt bij iemand die rechtshandig is de snijwond op de linkerarm veel rechter en steviger dan op de rechterarm, waar de persoon in kwestie zijn "verkeerde" hand moet gebruiken, om het zo maar te zeggen. Ik heb vervolgens de vingers van beide handen onderzocht en toen werd mijn vermoeden bevestigd. Het snijvlak van een scheermesje is zo scherp dat het bij gebruik meestal microscopisch kleine snijwonden achterlaat. Die heb ik bij Alexandra Wijkner niet aangetroffen. Dat wees er dus ook op dat iemand anders in haar polsen heeft gesneden, waarschijnlijk met het doel om het op zelfmoord te laten lijken.'

 Pedersen pauzeerde even, maar ging toen verder. 'De volgende vraag die ik mijzelf heb gesteld, is hoe iemand dit kan doen zonder dat het slachtoffer zich verzet. Het antwoord stond in het toxicologisch rapport. Het slachtoffer had restanten van een sterk slaapmiddel in haar bloed.'

'Wat bewijst dat? Kan ze niet zelf een slaaptablet hebben ingenomen?'

'Natuurlijk, dat zou kunnen. Maar gelukkig heeft de moderne wetenschap de forensische geneeskunde een aantal onontbeerlijke gereedschappen en methoden gegeven. Een daarvan is dat we de afbraaktijden van verschillende medicijnen en zelfs giffen tegenwoordig heel precies kunnen bepalen. We hebben het bloed van het slachtoffer een paar keer getest en zijn daarbij elke keer tot dezelfde slotsom gekomen: Alexandra Wijkner kan onmogelijk haar eigen polsen hebben doorgesneden omdat ze op het moment dat haar hart er door het bloedverlies mee ophield, al een hele tijd buiten bewustzijn moet zijn geweest. Ik kan je helaas geen precieze tijden geven, zover is de wetenschap nog niet, maar dat het hier om een moord gaat, lijdt geen twijfel. Ik hoop echt dat jullie dit aankunnen. Moord komt in jullie streek niet zo vaak voor, neem ik aan.'

Pedersen klonk aarzelend en Mellberg vatte dat meteen op als persoonlijke kritiek.

'Je hebt gelijk dat we er in Tanumshede niet zoveel ervaring mee hebben. Gelukkig ben ik hier zelf slechts tijdelijk gestationeerd. Eigenlijk werk ik bij de politie in Göteborg en ik denk dat we dankzij mijn jarenlange ervaring een moordonderzoek prima aankunnen. De plattelandspolitie krijgt zo ook mooi de gelegenheid om te zien wat het echte politiewerk inhoudt. Ga er maar van uit dat we deze zaak in no time hebben opgelost. Let op mijn woorden!'

Na deze hoogdravende woorden meende Mellberg dat Pedersen nu toch wel zou begrijpen dat hij allerminst met een groentje sprak. Pathologen-anatomen dachten altijd dat ze belangrijk waren. Pedersens deel van het werk was in elk geval klaar en nu was het hoog tijd dat een echte prof zich over de zaak boog.

'O, dat vergat ik nog bijna.' De forensisch patholoog-anatoom wist niet wat hij op de zelfingenomen woorden van de politieman moest zeggen, en was bijna vergeten dat er nog twee dingen waren die belangrijk leken. 'Alexandra Wijkner was drie maanden zwanger en ze heeft ook eerder een kind gekregen. Ik weet niet of het relevant is voor het onderzoek, maar beter te veel informatie dan te weinig, nietwaar?' zei Pedersen.

Mellberg snoof alleen maar ongearticuleerd en na enkele armzalige beleefdheidsfrasen beëindigden ze het gesprek. Pedersen met twijfels over de competentie waarmee de jacht op de moordenaar zou plaatsvinden, en Mellberg met ontwakende levenskracht en nieuwe geestdrift. Nadat het lichaam was gevonden, was de badkamer al aan een eerste onderzoek onderworpen, maar nu zou hij erop toezien dat het huis millimeter voor millimeter werd doorzocht.

2

Hij verwarmde een lok van haar haar tussen zijn handen. Kleine ijskristallen smolten en zijn handpalmen werden vochtig. Behoedzaam likte hij het water weg.

Hij leunde met zijn wang tegen de rand van het bad en voelde de kou in zijn huid dringen. Ze was zo mooi. Drijvend op een oppervlak van ijs.

De band tussen hen bestond nog steeds. Niets was veranderd. Niets was anders. Twee van dezelfde soort.

Met enige moeite slaagde hij erin haar hand omhoog te brengen zodat hij zijn handpalm tegen de hare kon leggen. Hij vlocht zijn vingers door de hare. Het bloed was op-

gedroogd en hard. Kleine schilfers bleven aan zijn huid kleven.

Samen met haar had tijd nooit enige betekenis gehad. Jaren, dagen of weken vloeiden samen tot een opeengehoopte brij waarin dit het enige was dat iets betekende. Haar hand tegen zijn hand. Daarom was het verraad zo pijnlijk. Zij had de tijd weer inhoud gegeven. Daarom zou het bloed nooit meer warm door haar aders stromen.

Voordat hij wegging, bracht hij haar hand voorzichtig terug in de oorspronkelijke positie.

Hij draaide zich niet om.

❄

Erica werd wakker uit een diepe, droomloze slaap en herkende het geluid in eerste instantie niet. Tegen de tijd dat ze besefte dat ze wakker was geworden van het schelle gerinkel van de telefoon, was die al heel vaak overgegaan en ze sprong uit bed om op te nemen.

'Erica Falck.' Haar stem klonk krakerig en met haar hand over de hoorn schraapte ze haar keel om de ergste heesheid kwijt te raken.

'Sorry, heb ik je wakker gemaakt? Dat spijt me.'

'Nee, hoor. Ik was al wakker.' Het antwoord kwam automatisch en Erica hoorde zelf hoe doorzichtig het klonk. Het was vrij duidelijk dat ze nog slaapdronken was.

'Het spijt me toch. Je spreekt met Henrik Wijkner. Ik ben net door Birgit gebeld en ze vroeg me of ik ook even met jou contact op wilde nemen. Ze is vanochtend opgebeld door een bijzonder lompe hoofdinspecteur van het politiebureau in Tanumshede. Hij heeft haar in niet bijzonder kiese bewoordingen min of meer opgedragen om zich op het bureau te melden. Mijn aanwezigheid was ook gewenst. Hij zei niet waar het over ging, maar we hebben wel een vermoeden. Birgit is erg van streek en omdat Karl-Erik en Julia op dit moment niet in Fjällbacka zijn, vroeg ik me af of je me een gunst zou willen bewijzen en naar haar toe zou willen gaan. Haar zus en zwager zijn op hun werk, dus ze zit in haar eentje in hun huis. Ik kan pas over een paar uur in Fjällbacka zijn en ik wil liever niet dat ze zo lang alleen is. Ik weet dat het veel gevraagd is en we kennen elkaar eigenlijk ook niet goed, maar ik weet niet wie ik anders moet vragen.'

'Natuurlijk ga ik naar Birgit toe. Dat is geen punt. Ik moet alleen even wat aantrekken, maar ik kan over een kwartiertje bij haar zijn.'

'Geweldig. Ik ben je eeuwig dankbaar. Echt. Birgit is nooit echt stabiel geweest en ik vind het erg prettig dat er iemand bij haar is tot ik er ben. Ik bel haar vast om te zeggen dat je eraan komt. Ik kom na twaalven, dus dan kunnen we verder praten. Nogmaals hartstikke bedankt.'

Met de slaap nog in haar ogen haastte Erica zich naar de badkamer om haar gezicht te wassen. Ze pakte de kleren die ze de dag ervoor ook had gedragen en na snel nog even een kam door haar haar te hebben gehaald en wat mascara opgedaan te hebben, zat ze binnen tien minuten achter het stuur. Het duurde maar vijf minuten om van Sälvik naar de Tallgatan te rijden en bijna op de seconde af vijftien minuten na het gesprek met Henrik belde ze aan.

Birgit leek sinds Erica haar voor het laatst had gezien een paar kilo te zijn afgevallen. Haar kleren slobberden om haar lichaam. Ze liepen nu niet naar de woonkamer, maar naar de keuken.

'Fijn dat je kon komen. Ik word hier zo onrustig van en als ik hier in mijn eentje op Henrik had moeten wachten, had ik alleen maar zitten piekeren.'

 'Hij zei dat je door de politie in Tanumshede was gebeld.'

‘Ja, vanochtend om acht uur belde er ene Mellberg, een hoofdinspecteur en hij zei dat Karl-Erik, Henrik en ik meteen bij hem langs moesten komen. Ik zei dat Karl-Erik vanwege zaken onverwacht weg had gemoeten, maar dat hij er morgen weer was en vroeg of we ook morgen langs konden komen. Maar dat was niet acceptabel, zoals hij het zei, dus nu moeten Henrik en ik er eerst alleen heen. Hij was buitengewoon onbeschoft en natuurlijk heb ik Henrik meteen gebeld, die zei dat hij zo snel mogelijk hier zou zijn. Ik ben bang dat ik wat opgejaagd klonk en daarom stelde Henrik voor dat hij jou zou bellen om te vragen of je een paar uurtjes langs kon komen. Ik hoop dat je het niet te opdringerig vindt. Ik kan me goed voorstellen dat je niet nog meer bij onze familietragedie betrokken wilt raken, maar ik wist ook niet tot wie ik me anders moest wenden. Bovendien was jij hier ooit kind aan huis, dus ik dacht...’

‘Het geeft niet. Ik help je graag. Zei de politieman waar het over ging?’

‘Nee, hij wilde er niets over kwijt. Maar ik heb wel zo’n vermoeden. Zei ik niet dat ze geen zelfmoord heeft gepleegd! Zei ik het niet!’

Erica legde spontaan haar hand op die van Birgit. ‘Lieve Birgit, trek nou geen overhaaste conclusies. Misschien heb je wel gelijk, maar het is beter dat we daar niet over speculeren tot we het zeker weten.'

Het werden een paar lange uren aan de keukentafel. Al na korte tijd waren ze uitgepraat en het enige dat ze in de stilte hoorden, was het tikken van de keukenklok. Erica tekende met haar wijsvinger cirkeltjes op het gladde patroon van het tafelzeil. Birgit was net zo zorgvuldig gekleed en opgemaakt als de vorige keer dat Erica haar had gezien, maar ze had ook iets ondefinieerbaar vermoeids en uitgeputs, als een foto die wazig is geworden aan de randen. Het gewichtsverlies stond haar niet omdat ze voorheen ook al bijna mager was geweest. Nu waren er ook rimpels rond haar ogen en haar mond verschenen. Ze klemde haar koffiekopje zo stevig vast dat haar knokkels wit werden. Was het lange wachten voor Erica vermoeiend, voor haar moest het ondraaglijk zijn.

'Ik begrijp niet wie Alex zou willen vermoorden. Ze had geen vijanden. Ze leidde met Henrik een doodnormaal leven.' Na de lange stilte klonken de woorden als pistoolschoten.

'We weten nog niet of dat ook is gebeurd. Het heeft geen zin daarover te speculeren voordat we weten wat de politie wil,' zei Erica weer. Het uitblijven van een reactie interpreteerde ze als een stilzwijgende instemming.

Even na twaalven draaide Henrik de kleine parkeerplaats tegenover het huis op. Ze zagen hem door het keukenraam en stonden dankbaar op om hun jas aan te trekken. Toen hij aanbelde, stonden ze al achter de deur op hem te wachten, klaar voor vertrek. Birgit en Henrik gaven elkaar een paar luchtkussen en daarna was het Erica's beurt voor net zo'n begroeting. Ze was dit soort manieren niet gewend en was bang dat er een pijnlijke situatie zou ontstaan omdat ze niet wist welke kant eerst kwam. Maar het ging allemaal goed en ze genoot eventjes van de mannelijke geur van Henriks aftershave.

'Jij gaat toch ook mee?'

Erica was al halverwege haar eigen auto. 'Tja, ik weet niet of...'

'Ik zou het heel erg op prijs stellen.' Achter Birgits hoofd keek Henrik Erica even recht aan en met een stille zucht ging ze achter in zijn BMW zitten. Dit zou een lange dag worden.

De rit naar Tanumshede duurde maar twintig minuten. Ze babbelden wat over koetjes en kalfjes en de leegloop van het platteland. Alles behalve de reden waarom ze naar het politiebureau gingen.

Erica vroeg zich af wat ze hier op de achterbank deed. Had ze zelf niet genoeg problemen om niet betrokken te raken bij een moord, als het dat mocht zijn? Het betekende ook dat het concept voor haar boek als een kaartenhuis in elkaar stortte. Ze had al een eerste opzet gemaakt en die kon ze nu misschien wel in de prullenbak gooien. Maar ach, dan zou ze zich helemaal op de biografie kunnen richten. Alhoewel... met een paar wijzigingen zou het toch moeten lukken. Misschien was het ook wel beter zo. Een moord in het verhaal was misschien wel heel geslaagd.

Ze besefte opeens wat ze aan het doen was. Alex was geen verzonnen personage dat ze naar eigen willekeur kon aanpassen. Ze was een echt mens, van wie echte mensen hadden gehouden. Ze had zelf van Alex gehouden. Erica bekeek Henrik in de achteruitkijkspiegel. Hij leek net zo onbewogen als eerder, hoewel hij zo meteen misschien te horen zou krijgen dat zijn vrouw was vermoord. Was het niet zo dat de meeste moorden door een familielid van het slachtoffer werden gepleegd? Weer schaamde ze zich over haar gedachten. Ze dwong zichzelf aan andere dingen te denken en was dankbaar toen ze bij het politiebureau waren. Ze had dit maar liever zo gauw mogelijk achter de rug, zodat ze zich weer aan haar eigen, relatief triviale zorgen kon wijden.

De papieren vormden imposante stapels op het bureau. Het was verbazingwekkend dat een kleine gemeente als Tanum zoveel aangiften van misdrijven kon genereren. Het waren weliswaar voor het merendeel kleinigheden, maar elke aangifte moest worden uitgezocht en daarom zat hij nu met een administratie die een Oostblokland waardig was. Dat zou op zich niet zo erg zijn geweest, ware het niet dat Mellberg de hele dag op zijn dikke kont zat en nooit meehielp. Nu moest hij het werk van zijn chef ook nog eens doen. Patrik Hedström zuchtte. Zonder enige galgenhumor zou hij het hier niet zo lang hebben volgehouden, maar de laatste tijd begon hij zich toch serieus af te vragen of dit echt de bedoeling van zijn leven was.

De grote gebeurtenis van vandaag zou een welkome onderbreking van de dagelijkse sleur zijn. Mellberg had hem gevraagd aanwezig te zijn bij het gesprek met de moeder en de echtgenoot van de vrouw die in Fjällbacka was vermoord. Hij besefte natuurlijk hoe tragisch dat was en leefde met de familie mee, maar er gebeurde zo zelden iets spannends op zijn werk dat hij toch een zekere opwinding voelde.

Op de politieacademie hadden ze geoefend in het afnemen van verhoren, maar tot nu toe had hij zijn talenten op dat gebied alleen kunnen gebruiken bij fietsendiefstallen en mishandelingszaken. Patrik keek op zijn horloge. Tijd om naar Mellbergs kantoor te gaan, waar ze het gesprek zouden hebben. Puur technisch gezien ging het nog niet om een verhoor, maar de bijeenkomst van vandaag was er niet minder belangrijk om. Hij had via via gehoord dat de moeder aldoor had gezegd dat haar dochter geen zelfmoord had gepleegd en hij was nieuwsgierig naar haar redenen voor deze, zoals nu was gebleken, correcte bewering.

Hij pakte zijn notitieblok, een pen en een koffiekopje en liep naar de gang. Omdat hij zijn handen vol had, moest hij zijn elleboog en voet gebruiken om de deur te openen en dat was ook de reden dat hij haar pas zag toen hij zijn spullen had neergelegd en zich naar de kamer had omgedraaid. Een fractie van een seconde bleef zijn hart stilstaan. Hij was weer tien en probeerde aan haar vlechten te trekken. Het volgende moment was hij vijftien en probeerde hij haar over te halen tot een kort ritje achter op zijn brommer. Hij was twintig en gaf alle hoop op toen ze naar Göteborg verhuisde. Na een snel rekensommetje concludeerde hij dat het minstens zes jaar geleden was dat hij haar voor het laatst had gezien. Ze was geen steek veranderd. Lang, mooie rondingen. Haar dat op haar schouders krulde in verschillende blondtinten die het samen een zonnige gloed gaven. Als kind was Erica al ijdel geweest en hij kon zien dat ze nog steeds zorg besteedde aan haar uiterlijk. Haar gezicht lichtte verbaasd op toen ze hem zag, maar omdat Mellbergs blik hem vertelde dat hij moest gaan zitten, vormden zijn lippen alleen maar een stil 'hallo'.

Er zat een verbeten groepje tegenover hem. De moeder van Alexandra Wijkner was klein en dun en haar gouden sieraden waren naar zijn smaak veel te groot. Haar haar was perfect gekapt en ze was buitengewoon goed gekleed, maar door de donkere kringen onder haar ogen zag ze er afgepeigerd uit. Alexandra's echtgenoot had dat soort tekenen van verdriet niet. Patrik keek in zijn papieren met achtergrondinformatie. Henrik Wijkner, een succesvol ondernemer uit Göteborg, in het bezit van een aanzienlijk vermogen dat al een aantal generaties van vader op zoon was overgegaan. Dat kon je ook zien. Niet alleen aan de zichtbaar dure kwaliteit van zijn kleding of de geur van de dure aftershave die in de kamer hing, maar ook aan iets anders, iets wat zich niet makkelijk liet definiëren. Een vanzelfsprekend recht op een vooraanstaande plaats in de wereld, omdat hij dergelijke privileges zijn hele leven al had gehad. Hoewel Henrik gespannen leek, zag Patrik dat hij dacht de situatie volledig onder controle te hebben.

Mellberg zat breeduit achter zijn bureau. Hij had zijn overhemd slordig in zijn broek gepropt, maar op het veelkleurige patroon waren hier en daar nog koffievlekken te zien. Terwijl hij tijdens een berekenende stilte alle aanwezigen bestudeerde, haalde hij zijn rechterhand door zijn haar, dat te ver naar één kant was gegleden. Patrik probeerde niet naar Erica te kijken en concentreerde zich op een van Mellbergs koffievlekken.

'Juist ja. Jullie begrijpen ongetwijfeld waarom ik jullie heb gevraagd te komen.' Een lange, kunstmatige pauze volgde. 'Ik ben dus hoofd-inspecteur Bertil Mellberg, het hoofd van politiebureau Tanumshede, en dit is Patrik Hedström, die mij bij dit onderzoek zal assisteren.'

Hij knikte naar Patrik die een beetje buiten de kring zat die Erica, Henrik en Birgit voor Mellbergs bureau vormden.

'Het onderzoek? Ze is dus vermoord!' Birgit boog zich naar voren en Henrik sloeg snel een beschermende arm om haar schouders.

'Ja, we hebben vastgesteld dat uw dochter zich niet zelf van het leven kan hebben beroofd. Zelfmoord kan volgens het rapport van de patholoog-anatoom geheel worden uitgesloten. Ik kan uiteraard niet nader ingaan op de details van het onderzoek, maar de belangrijkste reden waarom we weten dat ze is vermoord, is dat ze op het moment dat haar polsen werden doorgesneden, niet bij bewustzijn kan zijn geweest. Er is een grote hoeveelheid slaapmiddelen in haar bloed aangetroffen en een of meer personen hebben haar, nadat ze uitgeschakeld was, waarschijnlijk eerst in het bad gelegd, dat vol laten lopen en vervolgens haar polsen met een scheermesje doorgesneden om het op zelfmoord te laten lijken.'

De gordijnen in het kantoor waren dicht om de felle zon buiten te sluiten. De gevoelens in de kamer waren gemengd. Neerslachtigheid vermengde zich met Birgits duidelijke opluchting over het feit dat Alex geen zelfmoord had gepleegd.

'Weten jullie wie het heeft gedaan?' Birgit pakte een geborduurd zakdoekje uit haar handtas en depte voorzichtig haar ooghoeken zodat de make-up goed zou blijven zitten.

Mellberg vouwde zijn handen over zijn enorme buik en keek het groepje indringend aan. Hij schraapte zijn keel betekenisvol. 'Dat kunnen jullie mij wellicht vertellen.'

'Wij?' De verbazing van Henrik klonk oprecht. 'Hoe zouden wij dat nou kunnen weten? Dit moet het werk van een gek zijn geweest. Alexandra had geen vijanden.'

'Dat zegt u, ja.'

Patrik meende even een schaduw over het gezicht van Alex' echtgenoot te zien trekken. Het volgende moment was die echter verdwenen en was Henrik weer net zo rustig en beheerst als voorheen.

Patrik voelde altijd een gezonde scepsis ten aanzien van mannen zoals Henrik Wijkner. Mannen die met een zilveren lepel in de mond geboren waren. Die alles hadden en daar geen poot voor uit hoefden te steken. Zeker, hij leek sympathiek en aardig, maar daaronder meende Patrik roerselen te zien die op een complexe persoonlijkheid wezen. Achter de fraaie trekken schuilde meedogenloosheid en hij vroeg zich af waarom Henrik helemaal geen verbazing had getoond toen Mellberg onthulde dat Alex was vermoord. Dat denken is één ding, maar het horen vaststellen, is iets heel anders. Dat had Patrik in elk geval wel geleerd in de tien jaar dat hij bij de politie zat.

'Worden wij verdacht?' Birgit keek net zo verbaasd als ware de hoofdinspecteur voor haar ogen in een pompoen veranderd.

'De statistieken in moordzaken spreken duidelijke taal. De daders bevinden zich in veruit de meeste gevallen in de naaste familie. Ik zeg niet dat dat nu ook zo is, maar jullie begrijpen ongetwijfeld dat we dat moeten uitzoeken. De onderste steen zal boven komen, dat garandeer ik jullie. Met mijn ruime ervaring in moordzaken,' een nieuwe kunstmatige pauze, 'is deze zaak zeker binnen afzienbare tijd opgelost. En dan wil ik nu graag horen wat jullie de dagen rond Alexandra's dood hebben gedaan.'

'En wanneer is dat precies?' vroeg Henrik. 'Degene van ons die haar het laatst heeft gesproken, is Birgit. Daarna hebben we haar pas op zondag weer gebeld, dus zou het ook op zaterdag kunnen zijn geweest? Ik heb haar zelf vrijdagavond om een uur of halftien gebeld, maar ze maakte vaak nog even een wandeling voordat ze naar bed ging, dus ik neem aan dat ze op dat moment een blokje om was.'

'De patholoog-anatoom kan alleen maar zeggen dat ze ongeveer een week dood was toen ze werd gevonden. We zullen uiteraard controleren wanneer jullie haar hebben gebeld, maar we hebben informatie die erop wijst dat ze vrijdagavond voor negenen is overleden. Om een uur of zes, en dat was waarschijnlijk vlak nadat ze in Fjällbacka was aangekomen, heeft ze ene Lars Thelander gebeld omdat de cv-ketel het niet deed. Hij kon niet meteen komen, maar beloofde er om uiterlijk negen uur die avond te zijn. Volgens zijn verklaring was het precies negen uur toen hij aanklopte. Toen er na een poosje nog steeds niemand opendeed, is hij weer naar huis gegaan. Onze arbeidshypothese is dat ze op de avond dat ze in Fjällbacka aankwam is overleden, omdat het gezien de kou in huis onwaarschijnlijk lijkt dat ze zou zijn vergeten dat iemand de cv-ketel kwam repareren.'

Zijn haar gleed weer naar links en Patrik zag dat Erica haar ogen amper van het spektakel af kon houden. Waarschijnlijk moest ze zich beheersen om niet op hem af te stappen en zijn haar goed te doen. Een fase die iedereen op het bureau had gekend.

'Wanneer hebt u met haar gesproken?' Mellberg richtte zijn vraag tot Birgit.

'Tja, dat weet ik niet precies.' Ze dacht na. 'Na zevenen. Kwart over zeven, halfacht, zoiets. We hielden het kort omdat Alex zei dat ze bezoek had.' Birgit werd bleek. 'Zou het de...?'

Mellberg knikte plechtig. 'Dat is niet onmogelijk, mevrouw Carlgren, helemaal niet onmogelijk. Maar het is onze taak dat uit te zoeken en ik kan u verzekeren dat we alles zullen doen wat binnen onze mogelijkheden ligt. In ons werk is het uitsluiten van verdachten een van de eerste prioriteiten, dus ik wil dat u ons verslag uitbrengt van die vrijdagavond.'

'Willen jullie van mij ook een alibi hebben?' vroeg Erica.

'Ik denk niet dat dat nodig is. Maar we willen wel graag alles weten wat u in het huis zag op de dag dat u haar vond. Jullie kunnen een schriftelijke verklaring afleggen bij agent Hedström.'

Alle blikken werden op Patrik gericht en hij knikte bevestigend. Iedereen maakte aanstalten om te gaan staan.

'Het is een tragische gebeurtenis. Vooral met het oog op het kind.'

Nu richtten alle blikken zich weer op Mellberg.

'Het kind?' Birgits ogen schoten verbaasd heen en weer tussen Mellberg en Henrik.

'Volgens de patholoog-anatoom was ze drie maanden zwanger. Dat kan toch niet echt een verrassing zijn.'

Mellberg grijnsde en keek Henrik schelms aan. Patrik schaamde zich voor het tactloze gedrag van zijn chef.

Henriks gezicht werd langzaam bleek tot het de kleur van wit marmer had. Birgit keek hem vragend aan. Erica was als versteend.

'Jullie zouden een kind krijgen? Waarom hebben jullie dat niet gezegd? O, god.' Birgit drukte de zakdoek tegen haar mond en huilde ongeremd, zonder eraan te denken dat haar mascara nu uitliep. Henrik legde weer een beschermende arm om haar schouders, maar over Birgits hoofd ontmoetten zijn ogen die van Patrik. Het was duidelijk dat hij geen flauw benul had gehad dat Alex zwanger was geweest. Uit Erica's blik bleek echter dat zij het wel had geweten.

'We hebben het er wel over als we thuis zijn, Birgit.' Hij wendde zich tot Patrik. 'Ik zorg ervoor dat jullie onze schriftelijke verklaringen over die vrijdagavond krijgen. Jullie zullen ons daarna nog wel nader willen spreken?'

Patrik knikte bevestigend en trok zijn wenkbrauwen vragend op naar Erica.

'Henrik, ik kom zo. Ik wil even met Patrik praten. We kennen elkaar van vroeger.' Erica bleef in de gang achter terwijl Henrik Birgit naar de auto begeleidde.

'Dat ik jou hier tegenkom! Dat had ik niet verwacht,' zei Patrik. Hij wiebelde zenuwachtig met zijn voeten.

'Als ik erover had nagedacht, had ik natuurlijk wel geweten dat jij hier werkt.' Ze draaide het hengsel van haar handtas tussen haar vingers rond, hield haar hoofd schuin en keek hem aan. Hij kende al haar gebaartjes.

'Het is wel lang geleden dat we elkaar hebben gezien. Sorry dat ik niet naar de begrafenis kon komen. Hoe gaat het met Anna en jou?'

Ondanks haar lengte leek ze opeens klein en hij weerstond de neiging haar over haar wang te strijken.

'Ach, het gaat wel. Anna is meteen na de begrafenis naar huis gegaan. Ik ben hier nu een paar weken en probeer het huis op te ruimen. Maar dat is moeilijk.'

'Ik had wel gehoord dat een vrouw uit Fjällbacka het slachtoffer had gevonden, maar ik wist niet dat jij het was. Dat was vast akelig. Ook al omdat jullie vroeger bevriend waren.'

'Ja, het voelt alsof dat beeld nooit meer van mijn netvlies zal verdwijnen. Zeg, ik moet ervandoor, ze zitten in de auto op me te wachten. Kunnen we niet eens wat afspreken? Ik blijf nog wel even in Fjällbacka.' Ze was al onderweg naar de uitgang.

'Wat dacht je van een etentje, zaterdagavond? Om acht uur bij mij? Het adres staat in het telefoonboek.'

'Leuk. Tot zaterdag acht uur dan.' Ze liep achteruit door de deur naar buiten.

Zodra ze uit zijn blikveld was verdwenen, maakte hij tot groot vermaak van zijn collega's een indianendansje in de gang. Zijn vreugde werd iets getemperd toen hij zich realiseerde hoeveel hij moest doen om zijn huis op orde te krijgen. Sinds Karin bij hem weg was, had hij niet veel aandacht geschonken aan het huishouden.

Erica en hij kenden elkaar al sinds hun geboorte. Hun moeders waren in hun jeugd al dik bevriend geweest en hadden elkaar als twee zussen na gestaan. Patrik en Erica speelden vaak samen toen ze klein waren en het is niet overdreven te stellen dat Erica Patriks eerste grote liefde was. Zelf dacht hij dat hij al bij zijn geboorte verliefd op haar was. Zijn gevoelens voor haar waren voor hem altijd heel vanzelfsprekend geweest en zij op haar beurt had zijn onvoorwaardelijke bewondering gewoon geaccepteerd zonder er zelfs maar over na te denken. Pas toen ze naar Göteborg verhuisde, begreep hij dat het tijd was zijn dromen los te laten. Natuurlijk was hij daarna verliefd geworden en toen hij met Karin trouwde, was hij er vast van overtuigd dat ze samen oud zouden worden. Toch was Erica altijd in zijn achterhoofd aanwezig gebleven. Soms verstreken er maanden zonder dat hij aan haar dacht, soms dacht hij meerdere keren op een dag aan haar.

Tijdens zijn afwezigheid was de stapel papieren op zijn bureau niet als bij toverslag kleiner geworden. Met een diepe zucht ging hij zitten en pakte het bovenste vel. Het werk was eentonig genoeg om ondertussen over het menu te kunnen nadenken. Het toetje stond in elk geval vast. Erica was altijd dol op ijs geweest.

Hij werd wakker met een vieze smaak in zijn mond. Ze hadden gisteren blijkbaar stevig gefeest. Zijn maten waren 's middags op bezoek gekomen en ze hadden samen tot in de kleine uurtjes zitten drinken. Vaag herinnerde hij zich dat er politie aan de deur was geweest. Hij probeerde te gaan zitten, maar de hele kamer draaide en hij besloot nog even te blijven liggen.

Zijn rechterhand schrijnde en hij tilde hem op zodat hij die kon zien. De knokkels waren flink geschaafd en zaten onder het bloed. O, shit ja, ze hadden ruzie gehad, daarom was de politie langsgekomen. Langzaam kwamen de herinneringen terug. De anderen waren over de zelfmoord begonnen. Iemand had over Alex zitten zeiken. 'Kakmadam' en 'kutwijf' waren de woorden die hij had gebruikt. Anders was door het lint gegaan en hij herinnerde zich alleen nog maar dat hij hem in blinde woede te lijf was gegaan. In zijn eigen boosheid over haar verraad had hij haar ook weleens voor het een en ander uitgemaakt. Maar dat was niet hetzelfde. De anderen kenden haar niet. Hij was de enige die over haar mocht oordelen.

De telefoon rinkelde schel. Hij probeerde het geluid te negeren, maar besloot toen dat het erger was om naar het doordringende geluid te luisteren dan om op te staan en op te nemen.

'Met Anders.' Hij sprak met dubbele tong.

'Hallo, met mam. Hoe gaat het met je?'

'Klote.' Hij ging met zijn rug tegen de muur zitten. 'Hoe laat is het eigenlijk?'

'Bijna vier uur. Maak ik je wakker?'

'Nee hoor.' Zijn hoofd voelde relatief groot en dreigde aldoor tussen zijn knieën te zakken.

'Ik ben even boodschappen wezen doen. De mensen praten over iets waarvan ik wil dat je het weet. Luister je wel?'

'Ja ja, ik hoor je.'

'Het is gebleken dat Alex geen zelfmoord heeft gepleegd. Ze is vermoord. Ik wilde dat je dat wist.'

Stilte.

'Anders, hallo? Heb je me gehoord?'

'Ja ja. Wat zei je? Is Alex... vermoord?'

'Ja, dat zeggen ze in elk geval in het dorp. Birgit moest vandaag naar het politiebureau in Tanumshede komen en ze hebben haar dat verteld.'

'O shit. Zeg ma, ik moet wat dingen regelen. We bellen wel weer.'

'Anders? Anders?'

Hij had al opgelegd.

Met een enorme inspanning slaagde hij erin een douche te nemen en zich aan te kleden. Na twee paracetamolletjes voelde hij zich weer wat mens. De wodkafles lonkte, maar die verleiding weerstond hij. Nu moest hij nuchter zijn. Nou ja, relatief nuchter in elk geval.

De telefoon rinkelde weer. Hij negeerde het geluid en pakte het telefoonboek uit een kast in de hal. Algauw had hij gevonden wat hij zocht. Zijn handen trilden toen hij het nummer intoetste. De telefoon leek een eeuwigheid over te gaan.

'Hallo, met Anders,' zei hij toen er aan de andere kant eindelijk werd opgenomen.

'Nee, hang verdomme niet op. We moeten praten.
Veel keuze heb je niet. Dat kan ik je wel zeggen.
Ik kom over een kwartiertje bij je langs. En je zorgt er maar voor dat je thuis bent.
Het kan me geen bal schelen wie er verder nog is, hoor je me!
Vergeet niet wie hier het meest te verliezen heeft.
Gelul. Ik ga nu weg. Ik ben er over vijftien minuten.'

Anders gooide de hoorn erop. Hij haalde een paar keer diep adem, trok zijn jack aan en ging naar buiten. Hij nam niet de moeite de deur op slot te doen. Binnen rinkelde de telefoon nijdig.

Erica was uitgeput toen ze thuiskwam. Tijdens de terugrit had er een gespannen stilte in de auto gehangen en Erica begreep dat Henrik voor een moeilijke keuze stond. Zou hij Birgit vertellen dat hij niet de vader van Alex' kind was of zou hij zijn mond houden in de hoop dat het tijdens het onderzoek niet aan het licht kwam? Erica benijdde hem niet en had geen idee wat ze in zijn situatie zou hebben gedaan. De waarheid was niet altijd de beste uitweg.

De schemering was al gevallen en ze was blij dat haar vader buitenlampen had laten installeren die automatisch aangingen als je bij het huis kwam. Ze was altijd al heel erg bang in het donker geweest. Toen ze klein was, had ze gedacht dat ze daar wel overheen zou groeien; volwassenen waren toch niet bang in het donker? Nu was ze vijfendertig en keek ze nog steeds onder haar bed om zich ervan te verzekeren dat er in het donker niets op de loer lag. Overdreven.

Toen ze overal in huis licht had aangedaan, schonk ze een groot glas rode wijn in en kroop op de rieten bank op de veranda. Het was volkomen duister, maar ze keek toch alleen maar nietsziend voor zich uit. Ze voelde zich eenzaam. Er waren zoveel mensen die om Alex rouwden, die door haar dood werden geraakt. Zelf had ze nu alleen Anna nog maar. Soms vroeg ze zich af of zij haar überhaupt zou missen.

Alex en zij waren als kind heel dik bevriend geweest. Toen Alex zich terug begon te trekken en ten slotte door de verhuizing helemaal uit haar leven verdween, had Erica het gevoel gehad dat haar wereld instortte. Alex was de enige geweest die helemaal van haar was en de enige, behalve haar vader, die echt om haar had gegeven.

Erica zette het glas zo gedecideerd op tafel dat het voetje er bijna afbrak. Ze voelde zich veel te rusteloos om stil te zitten. Ze moest iets gaan doen. Het had helemaal geen zin om te doen alsof ze niet diep getroffen was door de dood van Alex. Wat haar nog het meeste raakte, was dat het beeld dat Alex' familie en vrienden haar hadden geschetst, zo afweek van de Alex die ze zelf had gekend. Natuurlijk, als mensen volwassen worden dan veranderen ze, maar een kern in hun persoonlijkheid blijft toch intact. De Alex die ze haar hadden beschreven was een volslagen vreemde.

Ze stond op en trok haar jas weer aan. De autosleutels zaten in haar jaszak en op het laatste moment pakte ze nog een zaklamp, die ze in haar andere jaszak stopte.

Het huis boven aan de heuvel leek verlaten in het violette licht van de straatlantaarn. Erica zette haar auto op de parkeerplaats achter de school. Ze wilde niet dat iemand haar het huis zag binnengaan.

De struiken in de tuin boden een welkome bescherming toen ze voorzichtig naar de veranda sloop. Ze hoopte dat sommige dingen nog net zo waren als vroeger en tilde de deurmat op. Daar lag de reservesleutel van het huis,
 verborgen op precies dezelfde plek als vijfentwintig jaar geleden. De deur

piepte licht toen ze die opendeed en ze hoopte dat de buren het niet hadden gehoord.

Het was eng om het donkere huis binnen te gaan. Haar angst voor de duisternis deed haar adem stokken en ze moest zichzelf ertoe zetten een paar keer diep adem te halen om haar zenuwen onder controle te krijgen. Dankbaar herinnerde ze zich de zaklamp in haar jaszak en ze deed een schietgebedje, hopelijk waren de batterijen opgeladen. Dat waren ze. Het schijnsel van de zaklamp kalmeerde haar een beetje.

Ze liet de lichtbundel door de woonkamer op de begane grond glijden. Eigenlijk had ze geen flauw idee waar ze naar zocht. Ze hoopte dat de buren of een voorbijganger het licht niet zouden zien en de politie zouden bellen.

De kamer was mooi en ruim, maar het viel Erica op dat de voor de jaren zeventig zo typerende bruin met oranje inrichting die ze zich uit haar jeugd herinnerde, was vervangen door een licht, Scandinavisch interieur met berken meubels en strakke lijnen. Ze begreep dat Alex haar stempel op het huis had kunnen drukken. Alles zag er keurig uit, maar de kamer maakte een verlaten indruk zonder ook maar een kreukeltje in de bank of een krant op de salontafel. Ze zag niets dat de moeite van het bestuderen waard was.

Ze herinnerde zich dat de keuken achter de woonkamer lag. De keuken was groot en ruim en het enige dat de orde verstoorde, was een eenzaam kopje in de gootsteen. Erica liep via de woonkamer terug en ging naar boven. Boven aan de trap gekomen, ging ze meteen naar rechts, waar de grote slaapkamer lag. Erica herinnerde zich die als de slaapkamer van Alex' ouders, maar nu was het de kamer van Alex en Henrik. Ook die was smaakvol ingericht, zij het exotischer, met chocoladebruine en magenta stoffen en Afrikaanse houten maskers aan de muur. De ruime kamer had een hoog plafond, waardoor de grote kroonluchter goed tot zijn recht kwam. Alexandra had de verleiding om haar huis van boven tot onder met maritieme details in te richten blijkbaar weten te weerstaan, al zag je die wel veel in de huizen van de zomergasten. Van gordijnen met schelpen tot schilderijen met knopen – het ging allemaal als warme broodjes over de toonbank in de kleine zomerwinkels in Fjällbacka.

In tegenstelling tot de andere kamers die Erica had gezien, leek de slaapkamer bewoond. Hier en daar lagen kleine persoonlijke dingen. Op het nachtkastje lag een bril en een boek met gedichten van Gustaf Fröding. Op de vloer lag een paar sokken en op het bed waren een paar truien uitgespreid. Nu voelde Erica voor het eerst dat Alex hier daadwerkelijk had gewoond.

Voorzichtig begon ze in de laden en kasten te kijken. Ze wist nog steeds niet waar ze naar zocht en voelde zich een voyeur terwijl ze tussen het schitterende zijden ondergoed van Alex snuffelde. Net toen ze naar de volgende la wilde gaan, ritselde er iets op de bodem van de la.

Met haar hand tussen de kanten slipjes en beha's verstijfde ze opeens. In het stille huis hoorde ze beneden heel duidelijk een geluid. Een deur werd voorzichtig open- en dichtgedaan. In paniek keek Erica om zich heen. De enige plekjes waar ze zich hier kon verstoppen, waren onder het bed of in een van de kasten die de hele zijwand van de kamer besloegen. Even wist ze niet wat ze moest doen. Pas toen ze voetstappen op de trap hoorde, kon ze zich weer bewegen en instinctief sloop ze naar de dichtstbijzijnde kastdeur. Gelukkig gleed die geruisloos open en snel stapte ze de kast in en sloot ze de deur. Ze kon niet zien wie het huis was binnengekomen, maar de naderende voetstappen hoorde ze maar al te duidelijk. De persoon in kwestie aarzelde even voor de slaapkamerdeur. Erica voelde opeens dat ze wat in haar hand hield. Zonder het te merken had ze dat wat in de la had geritseld, meegenomen. Voorzichtig stopte ze het in haar jaszak.

Ze durfde amper te ademen. Haar neus begon te jeuken en ze bewoog hem wanhopig heen en weer in de hoop dat het over zou gaan. Ze had geluk, de jeuk verdween.

De persoon in de slaapkamer liep zoekend rond. Het klonk alsof hij of zij ongeveer hetzelfde deed als wat Erica had gedaan voordat ze werd onderbroken. Laden werden opengetrokken en Erica besefte dat het niet lang meer zou duren of de klerenkasten waren aan de beurt. Haar paniek werd groter en er verschenen zweetdruppeltjes op haar voorhoofd. Wat moest ze doen? De enige mogelijkheid die ze zag, was zich zo ver mogelijk achter de kleren te verbergen. Ze had geluk en was in een kast gestapt waar een paar lange mantels hingen. Voorzichtig drapeerde ze die voor zich. Hopelijk viel het niet op dat er onder in de kast een paar enkels uit twee schoenen staken.

Het duurde kennelijk even om de ladekast te doorzoeken. Ze rook de bedompte geur van mottenballen en hoopte van ganser harte dat die hun werk hadden gedaan en dat er geen diertjes in de duisternis rondkropen. Ze hoopte net zo hard dat degene die op een paar meter afstand door de kamer sloop, niet de moordenaar van Alex was. Maar wie anders had reden om in Alex' huis rond te sluipen, dacht Erica, even vergetend dat zijzelf ook niet direct was uitgenodigd.

Opeens ging de kastdeur open en Erica voelde lucht langs haar enkels stromen. Ze hield haar adem in.

De kast leek geen geheimen of kostbaarheden te herbergen, en de deur werd vrijwel meteen weer dichtgedaan. De andere deuren werden ook snel geopend en gesloten en even later hoorde ze dat de voetstappen zich verwijderden en weer naar beneden gingen. Pas een hele tijd nadat ze had gehoord dat de buitendeur voorzichtig werd dichtgedaan, durfde ze uit de kast te komen. Wat heerlijk om te kunnen ademen zonder zich van elke ademhaling bewust te zijn.

De kamer zag er nog net zo uit als toen Erica was binnengekomen. Wie de bezoeker ook was geweest, hij of zij was voorzichtig te werk gegaan en had geen chaos achtergelaten. Erica was er redelijk van overtuigd dat het geen dief was geweest. Ze keek nog eens goed naar de klerenkast waar ze in had gestaan. Toen ze zich tegen de achterwand had gedrukt, had ze iets hards tegen haar kuiten gevoeld. Ze duwde de kleren die ervoor hingen opzij en zag een groot doek. Omdat het met de achterkant naar haar toe stond, pakte ze het voorzichtig uit de kast en draaide het om. Het was een prachtig schilderij. Zelfs Erica begreep dat het door een vaardig kunstenaar was gemaakt. Het stelde een naakte Alexandra voor, liggend op haar zij en haar hoofd leunend op een hand. De kunstenaar had alleen warme kleuren gebruikt en daardoor maakte Alexandra's gezicht een vredige indruk. Erica vroeg zich af waarom zo'n mooi schilderij achter in een klerenkast stond. Naar de afbeelding te oordelen hoefde Alexandra zich niet voor haar lichaam te schamen. Ze was net zo volmaakt als het schilderij. Erica kon het gevoel dat het doek iets bekends had niet van zich afzetten. Het had iets wat ze eerder had gezien. Ze wist zeker dat ze het schilderij zelf niet kende, dus het moest iets anders zijn. Rechtsonder stond geen signatuur en toen ze het schilderij omdraaide stond er alleen maar '1999', wat het jaar moest zijn waarin het was gemaakt. Voorzichtig zette ze het weer op zijn plek achter in de kast en sloot de deur.

Ze keek nog een laatste keer rond. Er was iets waar ze niet echt de vinger op kon leggen. Er miste iets, maar ze kon met de beste wil van de wereld niet verzinnen wat. Ach, misschien kwam ze er later op. Nu durfde ze niet langer in het huis te blijven. Ze legde de sleutel terug op de plek waar ze die had gevonden en voelde zich pas weer veilig toen ze in haar auto zat en de motor draaide. Nu had ze wel genoeg spanning voor één avond gehad. Een flink glas cognac zou haar tot bedaren brengen en haar onrust verdrijven. Waarom had ze hier ook zo nodig heen gemoeten? Ze kon zich wel voor het hoofd slaan, zo dom vond ze zichzelf.

Toen ze thuis de oprit van de garage opreed, zag ze dat ze maar een uurtje weg was geweest. Dat verbaasde haar. Het had een eeuwigheid geleken.

Stockholm liet zich van zijn beste kant zien. Toch voelde ze zich de hele tijd zwaarmoedig. Normaal gesproken zou ze hebben genoten van de zon die in het water van de Riddarfjärden glinsterde toen ze over de Västerbrug reed. Maar vandaag niet. De afspraak was om twee uur en ze had de hele weg vanaf Fjällbacka tevergeefs nagedacht over een mogelijke oplossing. Marianne had haar juridische positie helder uiteengezet. Als Anna en Lucas erop stonden het huis te verkopen, zou ze daar akkoord mee moeten gaan. Haar enige alternatief was hen voor de helft van de marktwaarde van het huis uit te kopen. Maar ze had zelfs geen fractie van dat bedrag; de prijzen die tegenwoordig voor huizen in Fjällbacka werden gevraagd waren exorbitant. Uiteraard zou ze bij een verkoop van het huis niet met lege handen komen te staan. Haar helft van het huis zou misschien wel een paar miljoen kronen opleveren, maar het geld kon haar niet schelen. Geen enkel bedrag in de wereld zou het verlies van het huis goed kunnen maken. Stel je voor dat een Stockholmse yup die dacht dat een nieuwe zeilpet hem tot een kustbewoner maakte, de prachtige veranda aan de voorzijde sloopte om er panoramaramen te plaatsen! De gedachte alleen al maakte haar misselijk. En niemand moest haar vertellen dat ze overdreef. Ze had het al zo vaak zien gebeuren.

Ze sloeg af bij het kantoor van de advocaat aan de Runebergsgatan op Östermalm. De gevel was deftig en bestond uitsluitend uit marmer en pilaren. In de spiegel in de lift controleerde ze haar uiterlijk nog een laatste keer. Ze had haar kleding met zorg op de gelegenheid afgestemd. Dit was de eerste keer dat ze hier was, maar het was niet moeilijk te raden wat voor soort advocaat Lucas zou hebben. Hij had uit zogenaamde beleefdheid gezegd dat ze uiteraard haar eigen advocaat kon meenemen. Erica had ervoor gekozen alleen te gaan. Ze had domweg geen geld voor een advocaat.

Eigenlijk had ze van tevoren Anna en de kinderen even willen zien. Een kopje koffie bij hen willen drinken. Hoewel ze verbitterd was over Anna's handelwijze, was Erica vastbesloten haar uiterste best te doen om hun relatie in stand te houden.

 Anna leek dat anders te zien en had gezegd dat het te druk werd. Het was beter als ze elkaar bij de advocaat zagen. Voordat Erica kon voorstellen dat ze dan naderhand misschien wat konden doen, zei Anna dat ze meteen na de bijeenkomst met een vriendin had afgesproken. Erica dacht niet dat dat toeval was. Het was duidelijk dat Anna haar wilde ontlopen. De vraag was alleen of dat haar eigen initiatief was of dat Lucas het gewoon niet goed vond dat Anna Erica ontmoette als hij op zijn werk was en hen niet in de gaten kon houden.

Iedereen was er al toen ze binnenstapte. Met een ernstig gezicht keken ze naar haar toen ze met een geforceerde glimlach haar hand naar de beide advocaten van Lucas uitstak. Lucas knikte alleen ter begroeting en Anna durfde achter zijn rug kort te zwaaien. Ze gingen zitten en de onderhandelingen begonnen.

Al met al duurde het niet lang. De advocaten vertelden droog en zakelijk wat Erica al wist. Dat Anna en Lucas volledig in hun recht stonden nu ze het huis wilden verkopen. Als Erica hun de helft van de marktwaarde kon betalen, had ze het recht dat te doen. Als ze dat niet kon of wilde, zou het huis te koop worden aangeboden zodra een onafhankelijk taxateur het huis had getaxeerd.

Erica keek Anna recht aan.

'Is dit echt wat je wilt? Betekent het huis niets voor je? Wat denk je dat papa en mama ervan zouden vinden als ze wisten dat we het zo vlak na hun overlijden verkochten? Is dit echt wat jij wilt, Anna?'

Ze legde de nadruk op 'jij' en zag vanuit haar ooghoek dat Lucas geïrriteerd zijn wenkbrauwen optrok.

Anna sloeg haar ogen neer en plukte wat onzichtbare stofjes van haar elegante mantelpakje. Haar blonde haar was strak achterovergekamd en in een paardenstaart gebonden.

'Wat moeten we met het huis? Oude huizen brengen alleen maar een hoop onderhoud met zich mee. Bovendien levert het ons nu best een leuk bedrag op. Ik ben ervan overtuigd dat papa en mama het prima hadden gevonden dat een van ons de zaak praktisch bekijkt. Ik bedoel, wanneer gebruiken we het huis? Lucas en ik kopen liever een zomerhuisje aan de scherenkust van Stockholm, wat voor ons dichterbij is. En wat moet jij in je eentje in dat grote huis?'

Lucas lachte schamper naar Erica terwijl hij Anna met gespeelde zorg over haar rug streek. Zij had Erica nog steeds niet aan durven kijken.

Het viel Erica alweer op dat haar zus er zo moe uitzag. Ze was dunner dan

anders en het zwarte pakje dat ze aanhad, hing los om haar boezem en middel. Ze had donkere kringen onder haar ogen en Erica meende dat ze een blauwachtige tint zag onder het poeder op haar rechterjukbeen. Woede en machteloosheid welden in haar op en ze keek Lucas nijdig aan. Hij beantwoordde haar blik kalm. Hij was rechtstreeks uit zijn werk hierheen gekomen en droeg zijn werkkleding: een donkergrijs pak met een stralend wit overhemd en een glimmende donkergrijze das. Hij zag er elegant en mondain uit. Erica was ervan overtuigd dat veel vrouwen hem aantrekkelijk vonden. Zelf vond ze dat hij een vals trekje had. Zijn gezicht was hoekig met scherpe jukbeenderen en kaken. Dat werd versterkt door zijn hoge voorhoofd en het glad naar achteren gekamde haar. Hij was niet direct het prototype van een rossige Engelsman, maar leek eerder een echte Scandinaviër met lichtblond haar en ijsblauwe ogen. Zijn bovenlip was rond en vol, wat hem een luie, decadente uitdrukking gaf. Erica merkte dat zijn blik naar haar decolleté was gegaan en ze trok instinctief haar colbertje dicht. Hij zag haar beweging en dat ergerde haar. Ze wilde niet dat hij zag dat hij hoe dan ook invloed op haar had.

Toen de bijeenkomst eindelijk was afgelopen, draaide Erica zich om en vertrok zonder afscheid te nemen. Wat haar betrof was alles gezegd wat gezegd kon worden. Een taxateur zou contact met haar opnemen en daarna zou het huis zo snel mogelijk worden verkocht. Geen enkel smekend woord had geholpen. Ze had verloren.

Ze had haar appartement in Vasastan onderverhuurd aan een leuk stel dat promotieonderzoek deed, dus daar kon ze niet naartoe. Omdat ze ook nog geen zin had om aan de vijf uur durende terugreis naar Fjällbacka te beginnen, zette ze haar auto in de parkeergarage aan het Stureplan en ging ze in het Humlegårdspark zitten. Ze moest alles even op een rijtje zetten. De rust in het fraaie park, dat als een oase in hartje Stockholm lag, bood haar precies de meditatieve omgeving die ze nodig had.

Het had waarschijnlijk pas gesneeuwd, want het gras was nog wit. In Stockholm duurde het maar een dag of twee voordat verse sneeuw in een grijze smurrie was veranderd. Ze legde haar wanten op het bankje en ging erbovenop zitten. Je had maar zo een blaasontsteking te pakken en dat was wel het laatste wat ze nu kon gebruiken.

Ze liet haar gedachten de vrije loop terwijl ze naar de mensen keek die gejaagd over het wandelpad voorbijliepen. Het was lunchpauze. Ze was bijna vergeten hoe hectisch het in Stockholm was. Alle mensen holden aan één stuk door en leken iets na te jagen wat ze nooit echt bereikten. Plotseling verlangde ze terug naar Fjällbacka. Ze had niet beseft hoezeer ze daar de afgelopen weken tot rust was gekomen. Ze had weliswaar veel te doen gehad, maar ze had ook een innerlijke rust gevonden die ze in Stockholm nooit had gekend. Als je in je eentje in Stockholm woonde, was je volledig geïsoleerd. In Fjällbacka was je nooit alleen. Dat had z'n voor- en z'n nadelen. De mensen gaven om elkaar en hielden hun buren en medemensen in de gaten. Soms kon dat extreme vormen aannemen. Erica hield niet van al het geroddel, maar toen ze zo de stadse hectiek bekeek, wist ze dat ze hier niet terug kon keren.

Zoals zo vaak de laatste tijd moest ze aan Alex denken. Waarom was zij elk weekend naar Fjällbacka gegaan? Wie ontmoette ze daar? En de belangrijkste vraag: wie was de vader van haar kind?

Opeens dacht Erica aan het papier dat ze in haar jaszak had gestopt toen ze in de duisternis van de klerenkast had gestaan. Ze snapte niet dat ze eergisteren toen ze thuiskwam was vergeten om ernaar te kijken. Ze stak haar hand in haar rechterzak en haalde er een verfrommeld papier uit. Met stijve vingers van de kou streek ze het voorzichtig glad.

Het was een kopie van een krantenartikel uit de *Bohusläningen*. Er stond geen datum op, maar gezien het lettertype en de zwart-witfoto was het geen recent artikel. Naar de foto te oordelen kwam het uit de jaren zeventig en ze herkende zowel de man op de foto als het verhaal zelf. Waarom had Alex dit artikel onder in een la bewaard?

Erica stond op en stopte het artikel weer in haar jaszak. Hier zou ze geen antwoorden vinden. Het was tijd om naar huis te gaan.

De begrafenis was mooi en plechtig. De kerk van Fjällbacka was verre van vol. De meeste mensen hadden Alexandra niet gekend, maar waren er alleen uit nieuwsgierigheid. Haar familie en vrienden zaten op de voorste rijen. Behalve de ouders van Alex en Henrik kende Erica alleen Francine. Naast haar zat een lange blonde man, waarschijnlijk haar echtgenoot. Verder waren er niet veel vrienden. De twee banken boden meer dan voldoende plek en dat bevestigde het beeld dat Erica van Alex had. Ze had vast veel kennissen gehad, maar weinig echte vrienden. Her en der in de kerk zaten verder alleen maar wat nieuwsgierigen.

Zelf was Erica op de galerij gaan zitten. Birgit had haar buiten zien staan en haar gevraagd bij hen te komen zitten, maar dat aanbod had ze vriendelijk afgeslagen. Het had huichelachtig geleken om tussen de vrienden en familie te zitten. Eigenlijk was Alex een vreemde voor haar.

Erica schoof op de ongemakkelijke kerkbank heen en weer. Hun hele kindertijd hadden Anna en zij elke zondag mee gemoeten naar de kerk. Toen ze klein was, had ze de lange preken en psalmen waarvan ze de melodieën maar niet kon onthouden, verschrikkelijk saai gevonden. Ter afleiding had ze zelf verhaaltjes zitten verzinnen. Hier waren sprookjes over draken en prinsessen ontstaan die nooit op papier waren beland. Dankzij Erica's luide protesten werden de kerkbezoeken tijdens haar tienerjaren aanzienlijk minder, maar de keren dat ze toch was meegegaan, waren de sprookjes vervangen door verhalen met een romantisch karakter. Ironisch genoeg was haar beroepskeuze misschien wel juist te danken, of te wijten, aan de verplichte kerkbezoeken.

Erica had haar geloof nog steeds niet gevonden en voor haar was een kerk een mooi gebouw dat was omhuld door tradities, verder niets. De preken uit haar jeugd hadden er niet toe geleid dat ze naar een eigen geloof op zoek was gegaan. Ze hadden vaak van de hel en zonden verhaald en hadden geen spoor vertoond van het lichte geloof in God waarvan ze wist dat het bestond, al had ze dat zelf nooit ervaren. Nu stond er een vrouw in priestergewaad voor het altaar, en in plaats van eeuwige verdoemenis sprak ze over licht, hoop en liefde. Erica had in haar jeugd graag zo'n beeld van God gehad.

Vanaf haar verborgen plaats op de galerij zag ze dat er een jonge vrouw naast Birgit op de voorste rij zat. Birgit hield haar hand krampachtig vast en leunde soms met haar hoofd op haar schouder. Ze kwam Erica vaag bekend voor en ze begreep dat het Julia moest zijn, Alex' jongere zus. Erica zat te ver weg om haar gezicht te kunnen onderscheiden, maar het viel haar op dat ze bij Birgits aanraking terugdeinsde. Elke keer dat Birgit haar hand pakte, trok Julia die terug, maar Birgit deed alsof ze dat niet merkte, of ze merkte het in haar huidige toestand echt niet.

Door de hoge glas-in-loodramen viel het zonlicht naar binnen. De banken waren hard en ongemakkelijk en Erica voelde dat een zeurende pijn in haar onderrug kwam opzetten. Ze was blij dat de plechtigheid relatief kort duurde. Na afloop bleef ze even zitten en ze zag van bovenaf hoe de mensen langzaam de kerk uit liepen.

De lucht was strakblauw en de zon scheen bijna ondraaglijk fel. Een processie van mensen liep van de kleine heuvel naar het kerkhof en het pas gedolven graf, waar ze de kist van Alex in zouden laten zakken.

Toen haar ouders nog leefden, had ze er nooit over nagedacht hoe dat 's winters ging, als de vorst nog in de grond zat. Nu wist ze dat de grond werd verwarmd zodat ze erin konden graven. Een rechthoek die precies groot genoeg was voor het aantal kisten dat ze erin zouden laten zakken.

Onderweg naar de plek die voor het graf van Alex was uitgekozen, kwam Erica langs de grafsteen van haar ouders. Ze liep helemaal achteraan en bleef even bij de steen staan. Er lag een dikke laag sneeuw op de rand, die ze voorzichtig wegveegde. Ze wierp nog een laatste blik op het graf en haastte zich toen naar het groepje dat zich verderop had verzameld. De mensen die alleen uit nieuwsgierigheid waren gekomen, waren er nu in elk geval niet bij; er stonden alleen vrienden en familieleden rond het graf. Erica had getwijfeld of ze mee zou gaan. Op het allerlaatste moment had ze besloten dat toch te doen, omdat ze Alex naar haar laatste rustplaats wilde begeleiden.

Henrik stond vooraan en had zijn handen diep in zijn jaszakken gestoken. Zijn hoofd was gebogen en zijn ogen waren op de kist gericht, die langzaam met bloemen bedekt raakte. Vooral rode rozen.

Zou hij ook rondkijken en zich afvragen of de vader van het kind zich onder de aanwezigen rond het graf bevond?

Toen ze de kist lieten zakken, zuchtte Birgit lang, diep en verdrietig. Karl-Erik zag er verbeten uit en had droge ogen. Hij had al zijn kracht nodig om Birgit overeind te houden, zowel geestelijk als lichamelijk. Julia stond een eindje bij hen vandaan. Henrik had gelijk gehad toen hij Julia als het lelijke eendje van de familie had beschreven. In tegenstelling tot haar oudere zus had ze donker haar dat in korte pieken was geknipt die in de verste verte niet op een kapsel leken. Haar trekken waren grof en haar diepliggende ogen lagen verborgen achter een te lange pony. Ze droeg geen make-up en haar huid vertoonde duidelijke sporen van acne tijdens haar jeugd. Naast haar leek Birgit nog kleiner en brozer dan anders. Haar jongste dochter was ruim tien centimeter langer dan zij en haar lichaam was breed, zwaar en vormeloos. Gefascineerd keek Erica naar de tegenstrijdige gevoelens die als wervelstormen over Julia's gezicht trokken. Pijn en razernij wisselden elkaar in hoog tempo af. Geen tranen. Zij was de enige die geen bloem op de kist legde en toen de plechtigheid voorbij was, draaide ze snel haar rug naar het gat in de grond en liep terug naar de kerk.

Erica vroeg zich af wat voor relatie de zussen hadden gehad. Het was vast niet makkelijk geweest om altijd met Alex te worden vergeleken. Om altijd aan het kortste eind te trekken. Julia's rug zag er afwijzend uit toen ze met vlugge passen de afstand tussen zichzelf en de anderen vergrootte. Ze had haar schouders in een afwerend gebaar tot haar oren opgetrokken.

Henrik kwam naast Erica staan. 'Er is zo meteen nog een korte herdenking. We zouden het fijn vinden als jij ook kwam.'

'Tja, ik weet niet...' zei Erica.

'Je kunt toch wel even komen?'

Ze aarzelde. 'Oké. Waar is het? Bij Ulla thuis?'

'Nee. We hebben er lang en breed over nagedacht, maar uiteindelijk voor het huis van Birgit en Karl-Erik gekozen. Ondanks wat er daar gebeurd is, weet ik dat Alex dol was op dat huis. We hebben er heel veel vrolijke herinneringen, dus een betere plek om haar te herdenken is er eigenlijk niet. Maar ik begrijp dat het voor jou moeilijk kan zijn daar nu naartoe te gaan. Jouw laatste bezoek was niet bepaald vrolijk.'

Bij de gedachte aan het bezoek dat in werkelijkheid haar laatste was geweest, steeg het schaamrood Erica naar de wangen en ze sloeg snel haar ogen neer. 'Het lukt me wel.'

Ze ging met haar eigen auto en zette die weer op de parkeerplaats achter de Håkebackenschool. Toen ze door de voordeur stapte, was het binnen al een drukte van belang en ze vroeg zich af of ze niet beter naar huis kon gaan. Maar toen Henrik kwam om haar jas aan te nemen, was het te laat om van gedachten te veranderen.

Het was druk rond de eettafel, waar allerlei hartige taarten op stonden. Erica koos een stukje taart met garnalen en ging toen snel in een hoekje van de kamer zitten, waar ze de anderen in alle rust kon gadeslaan terwijl ze at.

De stemming was ongewoon vrolijk gezien de reden waarvoor iedereen hier was. De ondertoon was koortsachtig monter en toen ze naar de mensen om haar heen keek, leken ze allemaal een masker te dragen. De gedachte aan de oorzaak van Alex' dood lag vlak onder het oppervlak.

Erica liet haar ogen door de kamer dwalen, keek van het ene gezicht naar het andere. Birgit zat in een hoekje van de bank en depte haar ogen met een zakdoek. Karl-Erik stond achter haar en had zijn ene hand onhandig op haar schouder gelegd terwijl hij in zijn andere een bord met een stuk quiche vasthield. Henrik werkte professioneel het hele gezelschap af. Hij liep van het ene groepje naar het andere, schudde handen en knikte als mensen hem condoleerden, vertelde dat er nu ook koffie en koekjes klaarstonden. Hij leek de perfecte gastheer. Alsof dit een willekeurige cocktailparty was in plaats van een herdenkingsbijeenkomst. Alleen aan een diepe zucht en een korte aarzeling alsof hij moed moest verzamelen voordat hij naar het volgende groepje ging, kon je zien dat dit hem inspanning kostte.

De enige die zich afwijkend gedroeg, was Julia. Ze zat op de vensterbank van de veranda. Ze had haar ene knie opgetrokken en staarde in de verte. Iedereen die haar met vriendelijke en deelnemende woorden probeerde te benaderen, moest onverrichter zake terugkeren. Ze negeerde alle toenaderingspogingen en bleef voor zich uit staren.

Erica voelde een zachte hand op haar arm en schrok, waardoor ze koffie op haar schoteltje morste.

'Sorry, ik wilde je niet laten schrikken.' Francine glimlachte.

'Het geeft niet. Ik was in gedachten.'

'Dacht je aan Julia?' Francine knikte met haar hoofd in de richting van het raam. 'Ik zag dat je naar haar keek.'

'Ja, ik moet bekennen dat ze me fascineert. Ze sluit zich zo af voor de rest van de familie. Ik weet niet of ze om Alex rouwt of dat ze pisnijdig is vanwege een reden die ik niet ken.'

'Niemand krijgt hoogte van Julia. Maar ze heeft het vast niet makkelijk gehad. Het lelijke eendje dat tussen twee prachtige zwanen is opgegroeid. Altijd verstopt en genegeerd. Niet dat iemand echt onaardig tegen haar deed, maar ze was gewoon... niet gewenst. Alex had het bijvoorbeeld nooit over haar toen we in Frankrijk woonden. Toen we naar Zweden kwamen, was ik heel verbaasd te ontdekken dat ze een jonger zusje had. Ze had het vaker over jou dan over Julia. Jullie hebben ongetwijfeld een heel bijzondere band gehad.'

'Ik weet het eigenlijk niet. We waren kind. Net als alle kinderen van die leeftijd waren we "bloedzusters" en zouden we er altijd voor elkaar zijn en zo. Maar als Alex niet was verhuisd, was er met ons vast en zeker hetzelfde gebeurd als met alle andere meisjes die tiener worden. Dan hadden we geruzied over vriendjes, andere kleren leuk gevonden, op verschillende treden van de sociale ladder gestaan en elkaar in de steek gelaten voor vrienden die beter pasten bij de fase waarin we ons bevonden – of wilden bevinden. Maar het is wel zo dat Alex een grote invloed heeft gehad op mijn leven, ook als volwassene. Ik heb het gevoel dat ik in de steek gelaten ben. Dat heb ik eigenlijk nooit echt goed kunnen loslaten en ik heb me altijd afgevraagd of ik iets verkeerd heb gedaan. Ze trok zich steeds verder terug en op een gegeven moment was ze gewoon verdwenen. Toen we elkaar als volwassenen weer zagen, was ze een vreemde. Op de een of andere vreemde manier heb ik het gevoel dat ik haar nu opnieuw leer kennen.'

Erica dacht aan de stapel pagina's voor het boek die bij haar thuis lag en steeds hoger werd. Tot nu toe had ze alleen een verzameling indrukken en verslagen, afgewisseld met haar eigen gedachten en overpeinzingen. Ze wist zelfs nog niet hoe ze het materiaal zou ordenen, ze wist alleen dat dit iets was wat ze moest doen. Haar schrijversinstinct zei haar dat dit een kans was om iets waarachtigs te schrijven, maar ze had geen idee waar de grens tussen haar behoefte als auteur en haar persoonlijke relatie met Alex liep. De nieuwsgierigheid die nodig was om iets te kunnen schrijven, zette haar er ook toe aan om op een veel persoonlijker vlak naar antwoorden op het raadsel van Alex' dood te zoeken. Ze had ervoor kunnen kiezen Alex en haar lot los te laten. De verdrietige mensen rond Alex de rug toe te keren en zich met haar eigen dingen bezig te houden. In plaats daarvan stond ze nu in een kamer vol mensen die ze eigenlijk niet kende.

Opeens realiseerde ze zich iets. Ze was het schilderij dat ze in de klerenkast had gevonden, bijna vergeten. Nu wist ze plotseling waarom de warme tinten waarin Alex' lichaam waren geschilderd, zo bekend hadden geleken.

'Toen ik bij je in de galerie was...'

'Ja?'

'Toen had je vlak bij de deur een schilderij hangen. Een groot doek met uitsluitend warme kleuren, geel, rood, oranje...'

'Ja, ik weet welk doek je bedoelt. Wat is daarmee? Ga me nou niet vertellen dat je dat wilt kopen.'

'Nee, dat niet. Maar ik vroeg me af wie het heeft geschilderd.'

'Ach, dat is een nogal triest verhaal. De schilder heet Anders Nilsson. Hij komt overigens hier uit Fjällbacka. Alex heeft hem ontdekt. Hij heeft een enorm talent. Helaas is hij ook zwaar aan de drank en dat zal zijn mogelijkheden als kunstenaar waarschijnlijk tenietdoen. Tegenwoordig is het niet meer genoeg om je schilderijen bij een galerie in te leveren en op succes te hopen. Als kunstenaar moet je jezelf ook goed kunnen verkopen, naar vernissages en tentoonstellingen gaan, helemaal voldoen aan het beeld dat mensen van een kunstenaar hebben. Anders Nilsson is een verlopen dropout, die je nergens kunt uitnodigen. We verkopen af en toe een schilderij aan klanten die oog hebben voor talent, maar Anders zal nooit een grote ster aan het artistiek firmament worden. Als ik het heel sarcastisch mag zeggen, dan is zijn kans op succes het grootst als hij zichzelf dooddrinkt. Dode schilders doen het altijd goed bij het grote publiek.'

Erica keek de tengere vrouw tegenover haar verbaasd aan. Francine zag haar kijken en vervolgde: 'Het was niet de bedoeling zo cynisch te klinken. Maar het stoort me dat iemand met zoveel talent het gewoon verzuipt. Tragisch is nog zwak uitgedrukt. Hij bofte dat Alex zijn werk ontdekte. Anders waren de drop-outs in Fjällbacka de enigen geweest die ervan hadden kunnen genieten. En ik kan me niet voorstellen dat zij de schone kanten van de kunst weten te waarderen.'

Er viel een puzzelstukje op zijn plaats, maar Erica kon met de beste wil van de wereld niet zien hoe het in het grote geheel paste. Waarom had Alex een naakt van zichzelf dat Anders Nilsson had gemaakt, achter in haar klerenkast verstopt? Misschien was het een cadeau voor Henrik of haar minnaar geweest en had Alex het besteld bij een kunstenaar wiens talent ze bewonderde. Toch had Erica niet het gevoel dat dat klopte. Het schilderij had iets zinnelijks en sensueels gehad, wat een relatie tussen vreemden weersprak. Alsof er een speciale band tussen Alex en Anders was geweest. Aan de andere kant wist Erica ook dat zij geen kunstkenner was en dit misschien niet goed aanvoelde.

In de kamer ontstond geroezemoes. Het begon in het groepje bij de buitendeur en verspreidde zich snel. Alle ogen richtten zich op de deur, waar een hoogst onverwachte gast een grootse entree maakte. Toen Nelly Lorentz binnenstapte, hielden de gasten van verbazing hun adem in. Erica dacht aan het krantenknipsel dat ze in Alex' slaapkamer had gevonden en had het gevoel dat alle feiten zonder enig logisch verband door haar hoofd tolden.

Het voortbestaan van Fjällbacka was al sinds de jaren vijftig afhankelijk van conservenfabriek Lorentz. Bijna de helft van alle werkende inwoners van Fjällbacka was in dienst van de fabriek en de familie Lorentz werd in het kleine dorp als royalty beschouwd. Omdat er in Fjällbacka geen society was, vormde de familie Lorentz een klasse apart. Vanuit hun verheven plek in de enorme villa boven op de berg keken ze hooghartig op Fjällbacka neer.

De fabriek was in 1952 door Fabian Lorentz opgericht. Hij kwam uit een oud vissersgeslacht en er werd van hem verwacht dat hij in zijn vaders voetsporen zou treden. Maar de visserij ging achteruit en de jonge Fabian was niet alleen ambitieus maar ook intelligent, en hij nam geen genoegen met het karige bestaan van zijn vader.

Hij bouwde de conservenfabriek vanuit het niets op en toen hij aan het eind van de jaren zeventig overleed, liet hij zijn echtgenote Nelly behalve een florerend bedrijf ook een aanzienlijk vermogen na. In tegenstelling tot haar man, die erg geliefd was geweest, had Nelly de naam hooghartig en koel te zijn. Tegenwoordig liet ze zich zelden in het dorp zien en hield ze als een echte koningin alleen audiëntie voor speciale genodigden. Het was daarom uitzonderlijk haar hier binnen te zien komen. Dit zou nog maandenlang stof tot roddelen geven.

Het was zo stil in de kamer dat je een speld kon horen vallen. Mevrouw Lorentz liet zich genadig door Henrik uit haar bontmantel helpen en aan zijn arm kwam ze de kamer binnen. Terwijl hij haar naar de bank in het midden leidde waar Birgit en Karl-Erik zaten, begroette ze sommige andere aanwezigen met een kort knikje. Toen ze bij Alex' ouders was, kwamen de andere gesprekken eindelijk weer op gang. Er werd over koetjes en kalfjes gepraat terwijl iedereen zijn best deed om op te vangen wat er bij de bank werd gezegd.

Een van de mensen die een genadig knikje hadden gekregen, was Erica.

Omdat zij min of meer een celebrity was, was zij waardig bevonden en had ze na het overlijden van haar ouders een uitnodiging van Nelly Lorentz ontvangen om thee te komen drinken. Ze had beleefd afgezegd en als reden opgegeven dat ze nog niet was hersteld.

Nieuwsgierig bekeek ze Nelly, die Birgit en Karl-Erik nu stijfjes haar welgemeende deelneming betuigde. Erica betwijfelde of er in het uitgedroogde lichaam wel ruimte was voor dergelijke gevoelens. Nelly was buitengewoon mager en uit het pakje van uitstekende snit staken knokige polsen. Waarschijnlijk had ze zich haar hele leven uitgehongerd om modieus dun te kunnen zijn, zonder te beseffen dat dat mooi was als je de natuurlijke rondingen van de jeugd had, maar niet als de ouderdom zijn sporen had achtergelaten. Haar gezicht was scherp en hoekig maar verbazingwekkend glad en rimpelvrij, wat Erica deed vermoeden dat het mes de natuur hier een handje had geholpen. Haar haar was haar mooiste punt. Het was dik en zilvergrijs en zat opgestoken in een elegante wrong. Het haar was echter zo strak naar achteren gekamd dat de huid op haar voorhoofd licht naar achteren werd getrokken, wat haar gezicht een enigszins verbaasde uitdrukking gaf. Erica schatte dat ze in de tachtig was. Het gerucht ging dat Nelly in haar jeugd danseres was geweest en dat ze Fabian Lorentz had ontmoet toen ze in Göteborg in een etablissement had gedanst waar je je als keurig meisje niet kon vertonen. Erica meende in Nelly's nog altijd gracieuze bewegingen de sporen van een danseres te kunnen herkennen. Volgens de officiële versie was ze echter zelfs nooit in de buurt geweest van een dansgelegenheid en was ze de dochter van een consul uit Stockholm.

Na een paar minuten zachtjes met de rouwende ouders te hebben gesproken, ging Nelly bij Julia op de veranda zitten. De aanwezigen lieten geen van allen blijken hoe bijzonder ze dat vonden en iedereen ging door met zijn gesprek, maar zonder het vreemde koppel uit het oog te verliezen.

Erica stond weer in haar eentje in een hoekje omdat Francine met andere gasten was gaan praten en ze kon Julia en Nelly ongestoord bestuderen. Voor het eerst die dag zag Erica een glimlach op Julia's gezicht verschijnen. Ze sprong uit de vensterbank en ging naast Nelly op de rotanbank zitten. En zo zaten ze daar, hun hoofden dicht bij elkaar, fluisterend.

Wat hadden twee zo verschillende mensen gemeen? Erica keek eventjes naar Birgit. Ze was eindelijk opgehouden met huilen en keek nu met een open, angstige blik naar haar dochter en Nelly Lorentz. Erica besloot dat ze de uitnodiging van mevrouw Lorentz alsnog zou aannemen. Het zou interessant kunnen zijn om haar eens onder vier ogen te spreken.

Toen ze even later het huis op de heuvel verliet, voelde ze zich opgelucht en ze genoot ervan de frisse winterse lucht te kunnen inademen.

Patrik was een beetje zenuwachtig. Het was lang geleden dat hij voor een vrouw had gekookt. Een vrouw die hem bovendien allerminst onverschillig liet. Alles moest perfect zijn.

Hij neuriede toen hij de komkommer voor de salade in plakjes sneed. Na veel gepieker en gepeins had hij uiteindelijk voor ossenhaas gekozen. Nu lag die gekruid en wel in de oven en was bijna klaar. De saus pruttelde op het fornuis en de geur deed zijn maag rammelen.

Het was een jachtige middag geweest. Hij had niet zo vroeg van zijn werk weg kunnen gaan als hij had gehoopt en had zijn huis daarom in recordtempo moeten schoonmaken. Hij had niet beseft hoe erg hij zijn huis na Karins vertrek had verwaarloosd, maar nu hij het zag zoals Erica het zou zien, wist hij dat hij flink aan de slag moest.

 Het was een beetje pijnlijk dat hij zo'n stereotiepe vrijgezel met een onopgeruimd huis en een lege koelkast was geworden. Hij had niet gemerkt hoeveel Karin in huis had gedaan, maar de keurig nette woning als vanzelfsprekend beschouwd, zonder te beseffen hoeveel werk er verzet moest worden om die op orde te houden. Er was veel dat hij als vanzelfsprekend had beschouwd.

Toen Erica aanbelde, deed hij snel zijn schort af en wierp hij een blik in de spiegel om te kijken of zijn haar goed zat. Hoewel hij er mousse in had gedaan, zat het net zo warrig als anders.

Erica zag er zoals altijd fantastisch uit. Haar wangen waren warm roze van de kou en haar blonde haar lag in dikke krullen op de kraag van haar donzen jas. Hij omhelsde haar kort, sloot even zijn ogen en ademde de geur van haar parfum in. Vervolgens liet hij haar zijn warme woning binnengaan.

De tafel was al gedekt en ze begonnen met het voorgerecht. In de tussentijd kon het hoofdgerecht gaar worden. Stiekem keek Patrik naar haar terwijl ze van haar met garnalen gevulde halve avocado genoot. Het was geen culinair hoogstandje, en het kon eigenlijk niet mislukken.

‘Wie had ooit gedacht dat jij een driegangenmenu in elkaar zou flansen,’ zei Erica terwijl ze een hapje van haar avocado nam.

'Nee, dat had ik eigenlijk ook nooit gedacht. Maar... proost en welkom in restaurant Hedström.'

Ze toostten en proefden de witte, gekoelde wijn om vervolgens in stilte van hun eten te genieten.

'Hoe gaat het met je?' Patrik keek Erica verstolen aan.

'Ach, ik heb betere tijden gekend.'

'Waarom kwam je eigenlijk mee naar dat verhoor? Het is vast hartstikke lang geleden dat je contact met Alex en haar familie had.'

'Ja, dat is wel zo'n vijfentwintig jaar geleden. Ik weet het eigenlijk niet. Het is alsof ik in een stroomversnelling word meegezogen waaraan ik me niet kan of wil ontworstelen. Birgit ziet me geloof ik als een herinnering aan betere tijden. Bovendien sta ik overal buiten en misschien dat ik daarom toch een soort veilige factor ben.' Erica aarzelde. 'Zijn jullie al verder gekomen?'

'Ik mag niets over deze zaak zeggen, sorry.'

'Nee, dat begrijp ik. Het spijt me, ik dacht niet na.'

'Dat geeft niet. Misschien kun jij mij wel helpen. Jij hebt die familie nu een paar keer ontmoet en kent ze ook van vroeger. Kun jij niet vertellen wat voor indruk je van hen hebt en wat je van Alex weet?'

Erica legde haar bestek neer en probeerde haar eigen indrukken zo te ordenen als ze ze aan Patrik wilde presenteren. Ze vertelde alles wat ze te weten was gekomen en welke indruk de mensen in Alex' leven op haar hadden gemaakt. Patrik luisterde aandachtig hoewel hij ondertussen van tafel opstond, afruimde en het hoofdgerecht serveerde. Af en toe stelde hij een vraag. Het verbaasde hem hoeveel informatie Erica in relatief korte tijd boven tafel had weten te krijgen. Samen met dat wat ze nog van vroeger over Alex wist, gaf dat de vrouw die voor hem tot nu toe slechts een slachtoffer in een moordzaak was geweest, opeens een gezicht en een persoonlijkheid.

'Ik weet dat je niet over de zaak mag praten, Patrik, maar kun je me wel vertellen of jullie een spoor hebben naar iemand die haar vermoord zou kunnen hebben?'

'Nee, we zijn nog niet zover met het onderzoek. Op dit moment zou een opening, wat dan ook, heel erg welkom zijn.'

Hij zuchtte en liet zijn vinger over de rand van zijn glas glijden. Erica aarzelde. 'Misschien weet ik nog iets wat van belang is.'

Ze pakte haar handtas en begon erin te rommelen. Vervolgens haalde ze er een opgevouwen papiertje uit, dat ze hem over de tafel aanreikte. Patrik pakte het aan en vouwde het open. Hij las de tekst met belangstelling, maar trok vragend zijn wenkbrauwen op toen hij klaar was.

'Wat heeft dit met Alex te maken?'

'Dat vraag ik me ook af. Ik heb het artikel in een la gevonden; het lag verstopt onder haar ondergoed.'

'Hoezo "gevonden"? Wanneer heb jij haar laden doorzocht?' Hij zag dat ze bloosde en vroeg zich af wat ze voor hem verborg.

'Tja, ik ben op een avond naar het huis gegaan en heb wat rondgekeken.'

'Je hebt wát gedaan?!'

'Ja ja, ik weet het. Je hoeft niets te zeggen. Het was oerstom, maar je kent me toch. Eerst doen, dan denken.' Ze praatte snel verder om geen verwijten meer te krijgen. 'Hoe dan ook, ik heb dat papiertje in een la van Alex gevonden en het per ongeluk meegenomen.'

Hij vroeg niet hoe ze dat 'per ongeluk' had kunnen meenemen. Dat kon hij maar beter niet weten.

'Wat denk je dat het betekent?' vroeg Erica. 'Een artikel over een verdwijning van vijfentwintig jaar geleden. Wat zou het verband met Alex kunnen zijn?'

‘Wat weet je hierover?’ vroeg Patrik en hij wuifde met het artikel.

‘Wat feiten betreft eigenlijk niet veel meer dan er in dat artikel staat. Dat Nils Lorentz, de zoon van Nelly en Fabian Lorentz, in januari 1977 spoorloos verdwenen is. Er is nooit een lichaam gevonden, maar er is in de loop van de jaren wel veel over zijn verdwijning gespeculeerd. Sommige mensen denken dat hij zich op zee heeft verdronken en dat zijn lichaam daarom nooit is teruggevonden. Volgens andere geruchten heeft hij zijn vader een grote som geld afhandig gemaakt en is hij daarna naar het buitenland gevlucht. Ik heb begrepen dat Nils Lorentz niet bijzonder geliefd was en dat de meeste mensen daardoor geneigd zijn de tweede versie te geloven. Hij was enig kind en Nelly schijnt hem heel erg te hebben verwend. Zij was na zijn verdwijning ontroostbaar en Fabian Lorentz is het verlies nooit te boven gekomen. Hij is een jaar of zo daarna overleden aan een hartaanval. De enige erfgenaam van het vermogen is de pleegzoon die ze ongeveer een jaar voor Nils’ verdwijning in huis hebben genomen en die Nelly een paar jaar na de dood van haar man heeft geadopteerd. Tja, dit is een kleine selectie van de plaatselijke roddels. Ik begrijp alleen nog steeds niet hoe dit iets met Alex te maken zou kunnen hebben. Het enige verband tussen beide families is dat toen Alex en ik klein waren, Karl-Erik bij de conservenfabriek op kantoor werkte voordat ze naar Göteborg verhuisden. Maar dat is ruim vijfentwintig jaar geleden.'

Erica herinnerde zich opeens dat er nog een verband was. Ze vertelde Patrik dat Nelly op de herdenkingsbijeenkomst was opgedoken en dat ze bijna al haar aandacht op Julia had gericht.

'Ik begrijp nog steeds niet hoe het met het artikel samenhangt. Maar er is wel iets. Francine, met wie Alex samen de galerie had, vertelde ook dat ze dacht dat Alex op de een of andere manier met haar verleden had willen afrekenen. Meer dan dat wist ze niet, maar volgens mij heeft het met elkaar te maken. Noem het vrouwelijke intuïtie of wat je maar wilt, maar ik weet zeker dat er een verband is.'

Ze schaamde zich een beetje omdat ze wist dat ze Patrik niet de hele waarheid had verteld. Er was nóg een klein maar heel bijzonder puzzelstukje dat ze niet noemde. In elk geval niet tot ze meer wist.

'Ja, tegen vrouwelijke intuïtie valt niets in te brengen. Wil je nog wat wijn?'

'Graag.' Erica keek de keuken rond. 'Wat gezellig is het hier. Heb je dit zelf zo ingericht?'

'Nee, met die eer kan ik niet gaan strijken. Karin was daar goed in.'

‘Karin, ja. Wat is er eigenlijk gebeurd?’

‘Ach, het bekende liedje. Meisje ontmoet hippe zanger. Meisje wordt verliefd. Meisje scheidt van haar man en trekt bij de zanger in.’

‘Je maakt een grapje zeker?’

‘Nee, was dat maar zo. En alsof het nog niet genoeg was dat ze me verliet, deed ze dat ook nog eens voor Leif Larsson, de populaire zanger van de populairste dansband in deze regio, Leffes. De man met het mooiste matje van de hele westkust. Tja, tegen een man met bordeel-sluipers kan ik niet op.’

Erica keek hem met grote ogen aan.

Patrik glimlachte. ‘Oké, dat was de overdreven versie, maar zo is het ongeveer gegaan.’

‘Wat afschuwelijk! Dat zal een zware tijd voor je zijn geweest.’

‘Ik heb mezelf vrij lang zielig gevonden, maar nu is het wel oké. Niet goed, maar oké.’

Erica veranderde van onderwerp. ‘Het nieuwtje van de zwangerschap sloeg in als een bom.’

Ze keek Patrik onderzoekend aan en hij had het gevoel dat er achter haar ogenschijnlijk onschuldige constatering nog iets anders zat.

'Ja. Het leek er in elk geval op dat ze haar man het blijde nieuws niet had verteld.'

Patrik wachtte in stilte op het vervolg. Na een tijdje leek Erica te hebben besloten op de ingeslagen weg verder te gaan, maar ze sprak zacht en aarzelend, nog steeds onzeker.

'Volgens haar beste vriendin is Henrik niet de vader van het kind.'

Patrik trok een wenkbrauw op en floot, maar omdat hij hoopte nog meer informatie van Erica te krijgen, zei hij niets.

'Francine vertelde dat Alex hier in Fjällbacka iemand had ontmoet. Iemand die ze hier elk weekend zag. Alex had met Henrik nooit kinderen willen hebben, zei Francine, maar met deze man was het anders. Ze was zielsgelukkig dat ze zwanger was en Francine is er dus ook sterk van overtuigd dat Alex geen zelfmoord heeft gepleegd. Volgens haar was Alex voor het eerst van haar leven gelukkig.'

'Wist ze iets over de vader van het kind?'

'Nee, niets. Alex hield dat deel helemaal voor zichzelf.'

'Maar waarom accepteerde haar man dat ze elk weekend zonder hem naar Fjällbacka ging? Wist hij dat ze hier iemand ontmoette?'

Een slok wijn gleed door zijn keel omlaag en Patrik voelde dat zijn wangen warm werden. Of dat door de wijn kwam of door Erica's aanwezigheid, wist hij niet.

'Kennelijk hadden ze een vrij ongewone relatie. Ik heb Henrik in Göteborg ontmoet en ik had het gevoel dat hun levens parallel liepen maar elkaar zelden kruisten. Ik heb hem maar zo kort gesproken dat ik geen flauw idee heb wat hij wel of niet weet. Maar volgens mij zorgt hij ervoor dat hij aan de buitenwereld niet laat merken wat hij weet of voelt.'

'Dat soort mensen is soms net een hogedrukpan. Alles hoopt zich op en op een dag explodeert de boel. Zou dat gebeurd kunnen zijn, denk je? Dat de versmade echtgenoot er op een dag genoeg van had en de ontrouwe echtgenote heeft vermoord?' vroeg Patrik.

'Ik weet het niet, Patrik. Ik weet het echt niet. Maar nu stel ik voor dat we meer wijn drinken dan gepast is en het over andere dingen hebben dan moord en doodslag.'

Hij stemde graag in en hief zijn glas om te toosten.

Ze gingen op de bank zitten en hadden het de rest van de avond over van alles en nog wat, behalve de dood van Alex. Zij vertelde over haar leven, over haar problemen met het huis en haar verdriet na de dood van haar ouders. Hij vertelde over zijn woede en zijn gevoel van falen na de scheiding, zijn frustratie omdat hij weer terug bij af was, net op het moment dat hij het gevoel had klaar te zijn voor een gezin met kinderen en dacht dat ze samen oud zouden worden.

Ook de stiltes waren rustgevend en juist op die momenten moest hij zichzelf in de hand houden om zich niet naar voren te buigen en haar te kussen. Hij besloot het niet te doen en de momenten verstreken.

3

Hij keek toe toen ze haar naar buiten droegen. Hij wilde brullen en zich op haar bedekte lichaam werpen. Haar voor altijd bij zich houden.

Nu was ze echt weg. Vreemden zouden in haar lichaam graven en peuteren. Geen van hen zou haar schoonheid zo zien als hij dat had gedaan.

Voor hen zou ze alleen maar een stuk vlees zijn. Een nummer op een papier, zonder leven, zonder vuur.

Met zijn linkerhand streek hij over zijn rechterhand. Gisteren had die haar arm gestreeld. Hij drukte de handpalm tegen zijn wang en probeerde haar koude huid op zijn gezicht te voelen.

Hij voelde niets. Ze was weg.

Er zwaaide blauw licht. Mensen liepen gehaast heen en weer, naar binnen en naar buiten. Vanwaar die haast? Het was toch al te laat.

Niemand zag hem. Hij was onzichtbaar. Hij was altijd al onzichtbaar geweest.

Het maakte niet uit. Zij had hem gezien. Zij kon hem altijd zien. Als ze haar blauwe ogen op hem richtte, voelde hij zich gezien.

Nu was er niets meer. Het vuur was al lang geleden gedoofd. Hij stond in de as en keek toe hoe zijn leven werd weggedragen, bedekt met een gele ziekenhuisdeken. Aan het einde van de weg zijn er geen keuzemogelijkheden. Hij was zich daar altijd al van bewust geweest en nu was het moment eindelijk daar. Hij had ernaar verlangd. Hij omhelsde het.

Zij was weg.

❄

Nelly had een beetje verbaasd geklonken toen Erica belde. Even vroeg Erica zich af of ze van een mug een olifant maakte. Toch bleef ze het vreemd vinden dat Nelly bij de herdenkingsbijeenkomst van Alex was opgedoken en bijna uitsluitend met Julia had gesproken. Karl-Erik had weliswaar als hoofd administratie voor Fabian Lorentz gewerkt tot de familie naar Göteborg verhuisde, maar voor zover Erica wist hadden beide gezinnen nooit sociale contacten met elkaar onderhouden. De familie Carlgren voldeed absoluut niet aan de eisen die de familie Lorentz aan sociale klasse stelde.

De salon waar ze naartoe werd gebracht, was buitengewoon mooi. Het uitzicht strekte zich uit vanaf de haven aan de ene kant tot aan de open horizon achter de eilanden aan de andere. Op een dag als vandaag, wanneer de zon op het besneeuwde ijs werd weerkaatst, deed het winterse uitzicht niet onder voor het zonnigste vergezicht in de zomer.

Ze namen plaats op een elegant bankstel en er werden kleine sandwiches op een zilveren dienblad geserveerd. Erica vond ze erg lekker, maar probeerde zich te beheersen om niet onfatsoenlijk te lijken. Nelly nam er maar een. Bang om een grammetje aan te komen, ondanks haar knokige lichaam.

 Het gesprek verliep traag maar beleefd. In de lange pauzes tussen de woorden hoorde je alleen het gelijkmatige tikken van een klok en het voorzichtige drinken als ze een slokje van hun thee namen. De gespreksonderwerpen waren neutraal. Het vertrek van de jeugd uit Fjällbacka. Het gebrek aan werk. Hoe jammer het was dat steeds meer mooie, echt oude huizen door toeristen werden gekocht en alleen als zomerhuis werden gebruikt. Nelly vertelde hoe het vroeger was geweest, toen ze als pasgetrouwde jonge vrouw naar Fjällbacka was gekomen. Erica luisterde aandachtig. Stelde af en toe beleefd een vraag.

Ze had het gevoel dat ze in kringetjes om het onderwerp draaiden waarvan ze alle twee wisten dat ze het vroeg of laat moesten aansnijden.

Erica trok uiteindelijk de stoute schoenen aan. 'De vorige keer dat we elkaar zagen was het wel onder tragische omstandigheden.'

'Ja, heel tragisch. Zo'n jonge vrouw.'

'Ik wist niet dat u de familie Carlgren zo goed kende.'

'Karl-Erik heeft jaren voor ons gewerkt en we hebben zijn gezin natuurlijk bij diverse gelegenheden ontmoet. Het leek niet meer dan correct om even langs te gaan.'

Nelly sloeg haar ogen neer. Erica zag dat haar handen nerveus heen en weer bewogen op haar schoot.

'Ik kreeg de indruk dat u Julia ook kende. Zij was toch nog niet geboren toen de familie Carlgren in Fjällbacka woonde?'

Nelly's rug verstijfde en ze knikte alleen kort. Dat was het enige waaruit bleek dat ze de vraag vervelend vond. Ze wuifde met een hand vol goud.

'Nee, Julia ken ik nog niet zo lang. Maar ik vind haar een alleraardigste jongedame. Ja, ik zie dat ze niet dezelfde uiterlijke kwaliteiten heeft als Alexandra, maar ze beschikt daarentegen over wilskracht en moed, en daarom vind ik haar aanzienlijk interessanter dan die troela van een zus van haar.'

Nelly sloeg een hand voor haar mond. Ze was niet alleen even vergeten dat ze het over iemand had die overleden was, maar ze had ook een fractie van een seconde getoond dat er een barst in haar façade zat. Wat Erica in dat korte moment had gezien was pure haat. Waarom zou Nelly Lorentz Alexandra haten, een vrouw die ze alleen als kind had ontmoet?

Voordat Nelly haar blunder kon gladstrijken, ging de telefoon. Duidelijk opgelucht verontschuldigde ze zich en liep weg om op te nemen.

Erica nam de gelegenheid te baat om wat rond te snuffelen in de kamer. Die was mooi, maar onpersoonlijk. In de hele kamer voelde ze de onzichtbare hand van een binnenhuisarchitect. De kleuren waren op elkaar afgestemd en alles was tot in de kleinste details gecoördineerd. Erica kon niet nalaten het te vergelijken met de eenvoudige inrichting in haar ouderlijk huis. Daar was niets voor de show neergezet, alles had in de loop van de jaren een plek gevonden vanwege zijn functie. In Erica's ogen was de schoonheid van het oude en persoonlijke groter dan die van deze toonzaal. Het enige persoonlijke dat Erica kon ontdekken was een rij familiefoto's op de schouw boven de open haard. Ze boog zich naar voren om ze te bestuderen. De foto's leken van links naar rechts in chronologische volgorde te zijn geplaatst. Als eerste stond er een zwart-witfoto van een elegant bruidspaar. Nelly was een ware schoonheid in haar witte, nauwsluitende jurk, maar Fabian leek zich niet op zijn gemak te voelen in zijn rokkostuum.

Op de volgende foto had er gezinsuitbreiding plaatsgevonden en hield Nelly een baby in haar armen. Fabian, die naast haar stond, zag er nog steeds stijf en ernstig uit. Daarna volgde een lange rij foto's van een steeds ouder wordend kind, soms alleen, soms samen met Nelly. Op de laatste foto leek hij een jaar of vijfentwintig. Nils Lorentz. De verdwenen zoon. Na de eerste foto van het complete gezin leek het alsof Nils en Nelly samen het hele gezin vormden. Misschien vond Fabian het niet leuk om gefotografeerd te worden en stond hij liever achter de camera. Foto's van de geadopteerde zoon Jan schitterden door afwezigheid.

Erica richtte haar aandacht op een bureau dat in een hoek van de kamer stond. Donker, van kersenhout en met mooi inlegwerk, dat Erica met haar vinger volgde. Er stond geen enkele snuisterij op het bureau en het leek er alleen maar voor de sier te staan. Erica kreeg zin de laden open te trekken, maar had geen idee hoe lang Nelly weg zou blijven. Het was kennelijk wel een lang gesprek, maar ze kon elk moment terugkomen. Toen viel Erica's oog op de prullenbak, waar een paar verfrommelde papiertjes in lagen. Ze pakte het bovenste papierballetje en streek het zorgvuldig glad. Met groeiende belangstelling las ze wat erop stond. Toen ze het voorzichtig weer in de prullenbak legde, was ze onthutst. In deze geschiedenis was niets wat het leek te zijn.

Achter zich hoorde ze iemand zijn keel schrapen. In de deuropening stond Jan Lorentz en hij trok vragend zijn wenkbrauwen op. Ze vroeg zich af hoe lang hij er al stond.

 'Erica Falck, nietwaar?'

'Ja, dat klopt. Jij moet Nelly's zoon Jan zijn.'

'Dat klopt ook. Leuk je te ontmoeten. Je bent in het dorp vaak onderwerp van gesprek.'

Hij grijnsde breed en kwam met uitgestoken hand op haar toelopen. Erica nam die met tegenzin aan. Iets in hem bezorgde haar kippenvel. Hij hield haar hand iets te lang vast en ze weerstond de neiging zich los te rukken.

Hij leek rechtstreeks van een zakelijke bijeenkomst te komen; zijn pak was keurig gestreken en hij had een aktetas bij zich. Erica wist dat hij tegenwoordig de leiding had over het bedrijf. En met succes bovendien.

Zijn haar was naar achteren gekamd en er zat iets te veel wax in. Zijn lippen waren te vol en vlezig voor een man, maar hij had mooie ogen met lange, donkere wimpers. Als hij niet een te vierkante kin met een diepe kuil had gehad, had hij er waarschijnlijk heel vrouwelijk uitgezien. Nu gaf de mengeling van hoeken en rondingen hem een wat merkwaardig uiterlijk, maar Erica kon eigenlijk niet zeggen of dat aantrekkelijk was of niet. Ze vond hem afstotelijk, maar dat was meer gebaseerd op een gevoel in haar buik.

'Dus het is moeder eindelijk gelukt je hier te krijgen. Sinds je eerste boek is verschenen sta je hoog op haar verlanglijstje, weet je.'

'O ja? Ja, ik heb begrepen dat dat hier als de gebeurtenis van de eeuw wordt beschouwd. Je moeder heeft me al een paar keer uitgenodigd, maar ik had nu pas het gevoel dat het het juiste moment was.'

'Ik heb gehoord dat je ouders zijn overleden. Heel tragisch. Mijn oprechte deelneming.' Hij glimlachte meelevend, maar het gevoel bereikte zijn ogen niet.

Nelly kwam weer binnen. Jan boog zich voorover om zijn moeder op haar wang te kussen en Nelly stond dat met een onverschillig gezicht toe.

'Wat leuk, moeder, dat Erica eindelijk kon komen. Daar heb je je al zo lang op verheugd.'

'Ja, ik vind het ook erg leuk.' Ze ging op de bank zitten. Ze vertrok haar gezicht van de pijn en greep naar haar rechterarm.

'Moeder toch, hoe gaat het met je? Heb je pijn? Zal ik je pillen halen?' Jan boog zich naar haar toe en legde zijn handen op haar schouders, maar Nelly schudde ze bruusk weg.

'Nee, het gaat prima. Alleen wat ouderdomspijntjes, dat gaat wel weer over. Moet jij niet op de fabriek zijn?'

 'Ja. Ik ben alleen even thuis om wat papieren op te halen. Maar goed, dan laat ik de dames nu weer alleen. Doe het rustig aan, moeder. Denk aan wat de dokter heeft gezegd.'

Nelly snoof ten antwoord. Jans gezicht drukte echte zorg en medeleven uit, maar Erica zou zweren dat er een glimlachje om zijn mond speelde toen hij de kamer uit ging en nog even naar hen omkeek.

'Word niet oud. Zelfmoord plegen om de kinderen te ontlasten lijkt elk jaar een beter idee te worden. Het enige dat je mag hopen is dat je zo seniel wordt dat je denkt dat je weer twintig bent. Dat zou een leuke leeftijd zijn om weer mee te maken.' Nelly glimlachte bitter.

Het leek niet echt een gezellig gespreksonderwerp. Erica mompelde een antwoord en veranderde toen van richting.

'Het moet toch een troost zijn dat u een zoon hebt die het familiebedrijf voortzet. Ik heb begrepen dat Jan en zijn vrouw bij u wonen.'

'Een troost? Ach ja, misschien wel.' Nelly keek even naar de foto's op de schoorsteenmantel. Ze zei verder niets en Erica durfde niet verder te vragen.

'Genoeg over mij en mijn leven nu. Ben je met een nieuw boek bezig? Ik vond je vorige boek echt prachtig, dat over Karin Boye. De mensen lijken zo levendig. Hoe komt het dat je alleen over vrouwen schrijft?'

'Dat is eigenlijk puur toeval, denk ik. Ik heb mijn afstudeerscriptie over grote Zweedse schrijfsters geschreven en toen raakte ik zo gefascineerd dat ik meer wilde weten over wie ze als mens waren. Ik ben, zoals u misschien wel weet, begonnen met Anna Maria Lenngren omdat ik over haar het minst wist. En toen is het balletje vanzelf gaan rollen. Op dit moment schrijf ik over Selma Lagerlöf en daar zitten ook interessante invalshoeken bij.'

'Heb je nooit overwogen om iets te schrijven... wat zal ik zeggen... wat niet biografisch is? Je schrijft zo soepel; het zou heel interessant zijn om iets literairs van je te lezen.'

'Natuurlijk denk ik weleens in die richting.' Erica probeerde om er niet schuldig uit te zien. 'Maar nu wordt al mijn tijd opgeslokt door het Selma-project. Daarna zie ik wel wat er gebeurt.'

Ze keek op haar horloge. 'Over mijn werk gesproken, ik ben bang dat ik er nu vandoor moet. Ik heb weliswaar geen prikklok, maar discipline is wel belangrijk, dus nu moet ik naar huis om mijn dagelijkse quotum te schrijven. Heel erg bedankt voor de thee en de heerlijke sandwiches.'

'Graag gedaan. Ik vond het heel gezellig dat je er was.' Nelly stond gracieus op. Nu was niet te merken dat ze ouderdomspijntjes had.

‘Ik loop even met je mee. Vroeger had onze huishoudster Vera dat gedaan, maar de tijden veranderen. Huishoudsters zijn passé en vrijwel niemand kan zich er ook een veroorloven. Ja, ik had haar graag gehouden en we kunnen het best betalen, maar Jan wil niet. Hij wil geen vreemden in huis, zegt hij. Maar ze mag wel één keer per week komen schoonmaken. Het valt niet altijd mee die jonge mensen te begrijpen.’

Kennelijk hadden ze een nieuwe fase bereikt in hun relatie, want toen Erica haar hand uitstak om afscheid te nemen, negeerde Nelly die en gaf haar een luchtkus. Erica wist nu instinctief aan welke kant ze moest beginnen en voelde zich bijna mondain. Ze begon zich al aardig thuis te voelen in de chiquere salons.

Erica haastte zich naar huis. Ze had Nelly niet de echte reden willen vertellen waarom ze weg moest. Ze keek op haar horloge. Twintig voor twee. Om twee uur zou een makelaar het huis komen bekijken. Erica knarsetandde bij de gedachte dat iemand hun hele woning door zou snuffelen, maar ze kon niets doen behalve alles op zijn beloop laten.

Ze had haar auto thuis gelaten en versnelde haar pas om op tijd te zijn.

Hoewel, de man kon best even wachten, dacht ze terwijl ze het weer wat langzamer aan deed. Waarom zou ze jachten?

Er kwamen leukere gedachten in haar op. Het etentje zaterdag bij Patrik had haar verwachtingen overtroffen. Erica had hem altijd als een lief maar soms irritant broertje beschouwd, ook al waren ze eigenlijk even oud. Ze had verwacht dat Patrik nog steeds dezelfde plaaggeest zou zijn, maar ze had een rijpe, warme en humoristische man ontmoet. Die er ook nog eens goed uitzag, dat moest ze toegeven, terwijl ze zich afvroeg wanneer ze hem met goed fatsoen zelf kon uitnodigen – als dank voor zijn dineetje.

Het laatste heuveltje naar Sälviks camping leek bedrieglijk vlak, maar was lang en zwaar. Ze hijgde als een molenpaard toen ze rechts afsloeg en het laatste stukje naar haar huis liep. Toen ze boven was, bleef ze abrupt staan. Er stond een grote Mercedes voor het huis geparkeerd en ze wist maar al te goed wie daar de eigenaar van was. Ze had niet gedacht dat de middag vermoeiender kon worden dan hij al was. Ze had het mis gehad.

'Hallo Erica.' Lucas stond met gekruiste armen tegen de voordeur geleund.

'Wat doe jij hier?'

‘Begroet jij je zwager zo?’ Lucas had een licht accent, maar sprak grammaticaal perfect Zweeds.

Hij spreidde zijn armen voor een omhelzing. Erica negeerde de uitnodiging en zag dat hij dat ook had verwacht. Ze had nooit de vergissing begaan Lucas te onderschatten. Daarom was ze altijd erg voorzichtig in zijn aanwezigheid. Het liefst zou ze hem een draai om zijn oren hebben gegeven, maar ze wist dat ze dan iets zou beginnen waarvan ze het eind waarschijnlijk liever niet kende.

‘Geef liever antwoord. Wat doe je hier?’

‘Als ik het goed heb, is... hm... eens kijken, dit huis voor precies een kwart van mij.’

Hij gebaarde naar het huis, maar hij had net zo goed naar de hele wereld kunnen wijzen, zo groot was zijn zelfvertrouwen.

‘De helft is van mij en de helft is van Anna. Jij hebt niets met dit huis te maken.’

‘Omdat jij niemand hebt gevonden die gestoord genoeg is om met je te trouwen ken je het huwelijksrecht misschien niet zo goed, maar gelukkig is het in deze wereld zo mooi en eerlijk geregeld dat echtelieden alles samen delen. Ook hun aandeel in huizen aan zee.'

Erica wist natuurlijk best dat dat zo was. Even baalde ze flink dat haar ouders niet vooruitziend genoeg waren geweest om het huis als privégoed aan hun dochters te vermaken. Zij hadden ook geweten wat voor man Lucas was, maar er waarschijnlijk niet op gerekend dat ze nog maar zo kort te leven hadden. Niemand wordt graag aan zijn eigen sterfelijkheid herinnerd en zoals zoveel mensen hadden ze dergelijke beslissingen voor zich uit geschoven.

Ze besloot zijn vernederende opmerking over haar burgerlijke staat te negeren. Ze bleef nog liever haar hele leven single dan dat ze de vergissing beging met iemand als Lucas te trouwen.

Hij ging verder: 'Ik wil erbij zijn als de makelaar komt. Het kan geen kwaad te weten hoeveel iets waard is. We willen toch dat alles eerlijk verloopt, nietwaar?'

Hij glimlachte weer duivels. Erica deed de deur van het slot en drong zich langs hem heen. De makelaar was laat, maar ze hoopte dat hij gauw kwam. Ze vond het geen prettig idee om alleen te zijn met Lucas.

Hij liep achter haar aan naar binnen. Ze trok haar jas uit en begon in de keuken te rommelen. De enige manier waarop ze met hem om kon gaan was door hem te negeren. Ze hoorde hoe hij door het huis liep, alles inspecteerde. Dit was pas de derde of vierde keer dat hij hier was. Schoonheid in eenvoud was niet iets wat Lucas waardeerde en hij had ook nooit veel moeite gedaan om Anna's familie te ontmoeten. Hun vader had zijn schoonzoon niet uit kunnen staan en dat gevoel was wederzijds geweest. Als Anna en de kinderen op bezoek kwamen, was dat zonder Lucas.

Erica vond het niet prettig dat Lucas rondliep en van alles oppakte. Dat hij de meubels en decoraties aanraakte. Erica moest zich bedwingen om niet met een doekje achter hem aan te lopen en alles af te vegen wat hij had aangeraakt. Tot haar opluchting zag ze een grijze man in een grote Volvo de oprit oprijden. Ze deed snel voor hem open. Vervolgens ging ze naar haar werkkamer en sloot de deur. Ze wilde niet zien hoe hij door haar ouderlijk huis rondliep en het gewicht ervan in goud bepaalde. Of de prijs per vierkante meter.

Haar computer stond al aan en op het scherm verscheen de tekst waarmee ze aan de slag zou gaan. Voor de verandering was ze vroeg opgestaan en had ze al het een en ander gedaan. Ze had vanochtend vier pagina's geschreven van het concept voor het boek over Alex en die las ze nu door. Ze had nog steeds de vorm voor het boek niet echt gevonden. Aanvankelijk, toen ze dacht dat Alex zelfmoord had gepleegd, had ze een boek met een documentair karakter willen schrijven dat antwoord gaf op de vraag 'waarom'. Nu begon het materiaal steeds meer de vorm van een thriller aan te nemen, een genre waarvan ze vroeger nooit echt gecharmeerd was geweest. Ze was geïnteresseerd in mensen, hun relaties en psychologische achtergronden en in de meeste thrillers ging het volgens haar meer om bloederige moorden en koude rillingen die over je rug liepen. Ze hield helemaal niet van alle clichés die werden gebruikt en wist dat ze zelf alleen dingen wilde schrijven die echt waren. Iets wat beschreef waarom iemand de ergste van alle zonden kon begaan: iemand anders van het leven beroven. Tot nu toe had ze alles in chronologische volgorde opgeschreven, met een precieze weergave van wat haar was verteld en haar eigen waarnemingen en conclusies. Ze zou in dat materiaal moeten snijden. Het moeten uitdunnen om zo dicht mogelijk bij de waarheid te komen. Ze had er nog niet aan willen denken hoe Alex' familie zou reageren.

Ze had er spijt van dat ze Patrik niet alles had verteld over haar bezoek aan het huis waar Alex was vermoord. Ze had over de mysterieuze bezoeker moeten vertellen en over het schilderij dat achter in de klerenkast stond. Over het gevoel dat er iets in de kamer ontbrak wat er eerst wel was geweest. Ze kon hem nu niet bellen om te bekennen dat ze hem nog wat te zeggen had, maar als de gelegenheid zich voordeed, zou ze hem alles vertellen, dat beloofde ze zichzelf.

Ze hoorde Lucas en de makelaar door het huis lopen. Hij had haar vast een beetje vreemd gevonden. Eerst had ze hem amper begroet en toen was ze weggestoven en had ze zich opgesloten in haar kamer. Hij kon er ook niets aan doen dat haar situatie was zoals die was, dus besloot ze even door de zure appel heen te bijten en te laten zien dat ze ondanks alles keurig was opgevoed.

Toen ze de woonkamer binnenkwam, was Lucas net druk bezig om in superlatieven het heerlijke licht te beschrijven dat door de grote ramen naar binnen viel. Gek, Erica had nooit geweten dat beestjes die onder een steen vandaan kropen, van licht hielden. In gedachten stelde ze zich Lucas voor als een grote, glimmende kever en ze wou dat ze hem uit haar leven kon bannen door gewoon met de hak van haar laars op hem te gaan staan.

‘Sorry dat ik net zo onbeleefd was. Ik moest even een paar dringende zaken afhandelen.’

Erica glimlachte breed en stak haar hand uit naar de makelaar, die zich voorstelde als Kjell Ekh. Hij verzekerde haar dat hij het niet erg had gevonden. De verkoop van een huis was een zeer persoonlijke aangelegenheid en als ze eens wist wat hij allemaal al had meegemaakt... Erica glimlachte nog breder en knipperde ondeugend met haar ogen. Lucas keek haar wantrouwend aan. Ze negeerde hem.

'Laat ik jullie niet onderbreken. Hoe ver zijn jullie gekomen?'

'Uw zwager heeft me net uw mooie woonkamer getoond. Ik moet zeggen dat die zeer smaakvol is. Heel mooi met al het licht dat door de ramen naar binnen valt.'

'Ja, dat is ook heel mooi. Alleen jammer dat het tocht.'

'Het tocht?'

'Ja, de kozijnen zijn niet helemaal sluitend, dus als het ook maar een beetje waait, moet je warme sokken aantrekken. Maar dat valt natuurlijk op te lossen door alle ramen te vervangen.'

Lucas keek haar nijdig aan, maar Erica deed alsof ze dat niet zag. In plaats daarvan pakte ze de makelaar bij zijn arm en als hij een hond was geweest, had hij nu enthousiast gekwispeld.

 'Jullie hebben boven al bekeken, begrijp ik. Misschien kunnen we dan nu naar de kelder gaan. Stoor je niet aan de schimmellucht. Als je er niet allergisch voor bent, is die niet erg. Ik heb daar veel tijd doorgebracht en er niets aan overgehouden. De medici zijn van mening dat er geen verband bestaat tussen astma en schimmel.'

Alsof dat nog niet genoeg was, kreeg ze vervolgens zo'n heftige hoestaanval dat ze dubbelklapte. Vanuit haar ooghoek zag ze het gezicht van Lucas steeds roder worden. Ze wist dat haar bluf doorzien zou worden als ze het huis beter bekeken, maar tot die tijd voelde ze zich getroost door de gedachte dat ze Lucas toch een beetje dwars kon zitten.

De makelaar leek erg opgelucht dat hij weer buiten stond nadat Erica hem enthousiast alle voordelen van de kelder had getoond. Lucas had verder zijn mond gehouden en zich passief gedragen. Licht ongerust vroeg Erica zich af of ze haar kinderachtige grap niet te ver had doorgedreven. Hij wist natuurlijk ook dat bij een grondige inspectie zou blijken dat de 'gebreken' die Erica had 'onthuld' allerminst ernstig waren, maar ze had geprobeerd hem belachelijk te maken. En daar kon Lucas Maxwell niet om lachen. Enigszins nerveus zag ze de vrolijk zwaaiende makelaar wegrijden, nadat hij had beloofd dat er een taxateur langs zou komen om het huis van top tot teen te inspecteren.

Ze liep voor Lucas uit naar de hal. Nog geen tel later werd ze tegen de muur gedrukt. Lucas had zijn hand ruw om haar keel gelegd. Zijn gezicht was vlak bij het hare en de woede die ze in zijn ogen zag deed haar voor het eerst beseffen waarom het voor Anna zo moeilijk was zich uit haar relatie met Lucas los te rukken. Lucas was een man die obstakels op zijn weg rücksichtslos opruimde en ze stond doodstil, bang zich te verroeren.

'Dat flik je me nooit, maar dan ook nooit meer, hoor je me! Niemand maakt mij op die manier ongestraft belachelijk. Je moet verdomd goed op je tellen passen!'

Hij siste de woorden zo krachtig dat de spetters op haar gezicht zaten. Ze weerstond de neiging om zijn spuug van haar gezicht te vegen en bleef als een zoutpilaar staan. Vanbinnen bad ze zachtjes dat hij weg zou gaan, uit haar huis zou verdwijnen. Tot haar verbazing deed hij dat ook. Hij liet haar keel los en draaide zich om naar de deur. Net toen ze een diepe zucht van verlichting wilde slaken, keerde hij zich snel om en was hij met één stap weer bij haar. Voordat Erica kon reageren, pakte Lucas haar stevig bij haar haar en drukte hij zijn mond op de hare. Hij perste zijn tong tussen haar lippen en greep met één hand zo stevig haar borst vast, dat ze de beugel van haar beha in haar vel voelde snijden. Vervolgens draaide hij zich met een glimlach weer om naar de deur en stapte de winterse kou in. Pas toen Erica zijn auto hoorde starten en wegrijden, durfde ze zich weer te bewegen. Ze liet zich met haar rug tegen de muur op de grond zakken en veegde vol afschuw met de rug van haar hand over haar mond. Zijn kus was op de een of andere manier nog dreigender geweest dan de greep om haar keel en ze voelde dat ze begon te trillen. Met haar armen om haar benen geklemd liet ze haar hoofd naar voren zakken en begon te huilen. Niet om wat ze zelf had meegemaakt, maar om Anna.

In Patriks wereld riepen maandagochtenden geen aangename gevoelens op. Pas tegen een uur of elf begon hij zich mens te voelen. Hij werd dan ook uit zijn haast tranceachtige toestand gewekt toen een flinke stapel papieren met een plof op zijn bureau belandde. Behalve dat hij ruw werd teruggeroepen naar de realiteit, verdubbelde in één klap ook het aantal documenten op zijn bureau en hij kreunde luid. Annika Jansson glimlachte plagerig en vroeg met een onschuldig gezicht: 'Zei je niet dat je alles wilde hebben wat er over de familie Lorentz is geschreven? Verzet ik bergen werk en haal elke letter boven water die er ooit over hen is geschreven, en wat is mijn dank? Een diepe zucht. Wat dacht je van eeuwige dankbaarheid?'

Patrik glimlachte. 'Jij bent meer waard dan eeuwige dankbaarheid, Annika. Als je niet getrouwd was geweest, had ik je een aanzoek gedaan en je in bont en diamanten gehuld. Maar omdat je mijn hart hebt gebroken en bij die man van je bent, moet je genoegen nemen met een dankjewel. En natuurlijk mijn eeuwige dankbaarheid.'

Tot zijn plezier zag hij dat hij haar deze keer bijna had laten blozen.

'Nu ben je wel even bezig. Waarom wil je dit allemaal doornemen? Wat heeft het met de moord in Fjällbacka te maken?'

'Geen idee, als ik eerlijk ben. Laten we het vrouwelijke intuïtie noemen.'

Annika trok vragend haar wenkbrauwen op, maar besloot toen te accepteren dat hij er niet meer over wilde vertellen. Nieuwsgierig was ze echter wel. Ook in Tanumshede kende iedereen de familie Lorentz en als ze op de een of andere manier te maken hadden met een moord, zou dat op z'n zachtst gezegd een sensatie zijn.

Patrik keek haar na toen ze de deur sloot. Een ongelooflijk harde werkster.

Hij hoopte van ganser harte dat ze het onder Mellberg vol zou houden. Het zou een groot verlies voor het bureau betekenen als ze er op een dag genoeg van kreeg. Hij probeerde zich op de stapel papieren te concentreren die Annika voor hem had neergelegd. Terwijl hij ze allemaal snel doorbladerde, stelde hij vast dat het hem de hele dag zou kosten om alles te lezen, dus leunde hij achterover, legde zijn voeten op zijn bureau en pakte het eerste artikel.

Zes uur later masseerde hij zijn vermoeide nek en voelde hij zijn ogen prikken. Hij had de artikelen in chronologische volgorde gelezen en was met het oudste knipsel begonnen. Het was fascinerend geweest. Er was in de loop van de jaren veel over Fabian Lorentz en zijn successen geschreven. Voor het merendeel was dat ook allemaal positief. Het leven leek Fabian lange tijd toe te lachen. Zijn bedrijf kende een snelle start, want Fabian scheen een zeer begaafd, om niet te zeggen geniaal, zakenman. Zijn huwelijk met Nelly stond beschreven op de pagina's met societynieuws, waar ook foto's waren geplaatst van het paar in feestkledij. Daarna verschenen er foto's van Nelly en hun zoon Nils in de kranten. Nelly leek onvermoeibaar in haar werk voor diverse goede doelen en sociale evenementen en altijd zag Patrik Nils aan haar zijde. Vaak met een verschrikt gezicht en zijn hand stevig in die van zijn moeder geklemd.

Ook toen hij een tiener was en je zou verwachten dat hij en plein public misschien wat minder vaak met zijn moeder gezien zou willen worden, was hij altijd aan haar zijde te vinden, nu met zijn arm in de hare gestoken en met een trots gezicht, een beetje bezitterig, vond Patrik. Fabian was steeds minder vaak te zien en werd alleen genoemd als er een belangrijke deal werd gesloten.

Eén artikel was anders dan de andere en trok Patriks aandacht. Het damesblad *Allers* had twee pagina's geschreven over Nelly toen ze midden jaren zeventig een pleegkind in huis nam, een jongen met een 'tragische achtergrond', zoals de verslaggever het noemde. De foto bij het artikel toonde Nelly, die tot in de puntjes verzorgd en opgedoft in haar elegante woonkamer zat en haar arm om een jongen van een jaar of twaalf had geslagen. Hij had een opstandig en chagrijnig gezicht. Op het moment dat de foto was genomen, leek hij net haar knokige arm van zich af te willen schudden. Nils was op dat moment een jongeman van midden twintig. Hij stond achter zijn moeder en

 glimlachte evenmin. Zoals hij daar stijf en ernstig stond, met achterovergekamd haar en in een donkergrijs pak, leek hij volledig te versmelten met de elegante omgeving, terwijl de jongen een vreemde eend in de bijt leek.

Het artikel was een en al lof over de opoffering en grote maatschappelijke inzet van Nelly Lorentz, die de zorg voor dit kind op zich had genomen. De jongen zou in zijn jeugd een grote tragedie hebben meegemaakt. Zij zouden hem helpen het trauma te verwerken, aldus Nelly in een citaat. Ze had er alle vertrouwen in dat de gezonde en liefdevolle omgeving die zij boden, hem tot een gezond en productief man zou maken. Patrik had medelijden met de jongen. Wat naïef.

Ongeveer een jaar later werden de glamourfoto's van sociale evenementen en de reportages over het benijdenswaardige privéleven van de familie Lorentz vervangen door droevige koppen. 'Erfgenaam Lorentz-vermogen verdwenen.' Wekenlang was dat het grootste nieuws in de plaatselijke kranten en het was kennelijk zo belangrijk dat het ook in een van de grotere dagbladen werd opgenomen, de *Göteborgs-Posten*. De schreeuwende koppen gingen vergezeld van vele al dan niet onderbouwde speculaties over wat er met de jonge Lorentz kon zijn gebeurd. Alle denkbare en ondenkbare alternatieven kwamen aan bod; hij zou het hele vermogen van zijn vader hebben verduisterd, zich nu op een onbekende plek bevinden en een luxeleventje leiden, of hij zou zich van het leven hebben beroofd omdat hij had ontdekt dat hij eigenlijk geen zoon van Fabian Lorentz was, terwijl die hem duidelijk had gemaakt dat hij zijn aanzienlijke vermogen niet aan een onecht kind zou nalaten. Meestal werd dat niet letterlijk gezegd, maar in bedekte termen geïnsinueerd. Wie echter ook maar een greintje verstand had, kon zó tussen de regels door lezen wat de verslaggevers bedoelden.

Patrik krabde zich op zijn hoofd. Hij kon met de beste wil van de wereld niet begrijpen hoe hij een vijfentwintig jaar oude verdwijning in verband moest brengen met de recente moord op een vrouw, maar hij had sterk het gevoel dat er wel een link was.

Vermoeid wreef hij in zijn ogen terwijl hij door de stapel bladerde waarvan het eind nu in zicht kwam. Na een tijdje, toen er geen feiten over het lot van Nils te melden vielen, nam de belangstelling af en werd de verdwijning steeds minder vaak genoemd. Ook Nelly kwam nog maar spaarzaam in het societynieuws voor en in de jaren negentig werd ze zelfs helemaal niet genoemd. Het overlijden van Fabian in 1978 had aanleiding gegeven tot een grote necrologie in de *Bohusläningen*, waarin met de gebruikelijke holle frasen werd vermeld dat hij een steunpilaar van de samenleving was geweest et cetera, et cetera. Dat was de laatste keer dat hij werd genoemd.

De geadopteerde zoon, Jan, dook daarentegen steeds vaker op. Na de verdwijning van Nils werd hij de enige erfgenaam van het familiebedrijf en op het moment dat hij meerderjarig was, werd hij er meteen directeur van. Het bedrijf bleef ook onder zijn leiding floreren en hij en zijn vrouw Lisa werden steeds vaker in het societynieuws genoemd.

Patrik stopte even. Er was een vel papier op de grond gevallen. Hij boog zich voorover om het op te rapen en begon het belangstellend te lezen. Het artikel was ruim twintig jaar oud en voorzag Patrik van allerlei informatie over Jan en zijn leven voordat hij bij de familie Lorentz terecht was gekomen. Verontrustende maar interessante informatie. Zijn leven moest radicaal zijn veranderd toen hij bij de familie Lorentz was beland. Het was echter de vraag of Jan zelf net zo radicaal was veranderd.

Gedecideerd verzamelde Patrik alle papieren en hij maakte er een keurige stapel van door de korte kant ervan op het bureaublad te slaan. Hij overwoog zijn volgende stap. Tot nu toe voer hij alleen op zijn eigen intuïtie en die van Erica. Hij leunde achterover op zijn bureaustoel, legde zijn benen op tafel en vouwde zijn handen in zijn nek. Met gesloten ogen probeerde hij zijn gedachten te structureren en zo de verschillende alternatieven tegen elkaar af te wegen. Dat hij zijn ogen sloot, was een vergissing. Sinds het etentje van afgelopen zaterdag zag hij alleen Erica voor zich.

Hij dwong zichzelf ertoe zijn ogen weer te openen en richtte ze op de deprimerende lichtgroene betonmuur. Het politiebureau was in het begin van de jaren zeventig gebouwd en vermoedelijk ontworpen door iemand die zich had gespecialiseerd in overheidsinstanties en hun voorliefde voor rechte hoeken, beton en vuilgroene kleuren. Patrik had geprobeerd zijn kantoor wat op te fleuren door een paar planten in de vensterbank te zetten en wat ingelijste posters op te hangen. Toen hij nog getrouwd was, had er een foto van Karin op zijn bureau gestaan. Hoewel het bureau sindsdien regelmatig was afgestoft, meende hij nog altijd een afdruk van de fotolijst te kunnen zien. Opstandig zette hij er een pennenhouder neer en hij overwoog opnieuw wat hij met het materiaal op zijn bureau zou doen.

Eigenlijk waren er maar twee mogelijkheden. Het eerste alternatief was dat hij het spoor op eigen houtje ging onderzoeken, wat betekende dat hij het in

 zijn vrije tijd moest doen omdat Mellberg er altijd voor zorgde dat hij het zo druk had als een klein baasje. Eigenlijk had hij ook geen tijd gehad om de artikelen onder werktijd te lezen, maar dat hij dat toch had gedaan, was meer in een vlaag van rebellie. De prijs die hij daarvoor betaalde, was dat hij tot laat moest overwerken. Het idee om de weinige vrije tijd die hij had met de klusjes van Mellberg te moeten vullen, vond hij allerminst aantrekkelijk, dus misschien dat hij toch alternatief twee moest proberen.

Als hij naar Mellberg ging en het hem op de juiste manier vroeg, zou hij wellicht toestemming krijgen om dit spoor in werktijd te onderzoeken. Mellbergs zwakste punt was zijn ijdelheid en als hij die kon aanspreken, zou het misschien wel mogen. Patrik was zich ervan bewust dat de hoofdinspecteur deze zaak als een springplank beschouwde om terug te keren naar de afdeling in Göteborg. Hoewel Patrik op grond van allerlei geruchten meende dat dat onmogelijk was, kon hij er toch gebruik van proberen te maken. Als hij het verband met de familie Lorentz een beetje kon overdrijven, misschien in bedekte termen kon zeggen dat hij een tip had gekregen dat Jan de vader van het kind was, dan zou Mellberg misschien wel instemmen. Dat was ethisch niet helemaal verantwoord, maar hij wist diep in zijn hart dat er een verband was tussen de stapel voor zijn neus en de dood van Alex.

Hij tilde vlug zijn voeten van het bureau en schoof zijn stoel zo bruusk naar achteren dat die met een klap tegen de muur rolde. Patrik pakte alle kopieën en liep naar het andere eind van de bunkerachtige gang. Voordat hij zich kon bedenken, klopte hij hard op Mellbergs deur en hij meende een 'Binnen!' te horen.

Zoals altijd verbaasde hij zich erover dat iemand die absoluut niets uitvoerde zoveel papieren kon vergaren. Op elk vrij plekje in het kantoor van Mellberg lag wel een stapel. In de vensterbank, op alle stoelen en vooral op het bureau lagen dikke stapels papier stof te verzamelen. De boekenplank achter de hoofdinspecteur boog door onder alle ordners en Patrik vroeg zich af hoe lang het geleden was dat iemand die papieren had geraadpleegd. Mellberg was aan het bellen, maar gebaarde dat Patrik verder kon komen. Verbaasd vroeg Patrik zich af wat er gaande was. Mellberg was zo vrolijk als wat en glimlachte breed. Het was nog boffen dat hij oren had die de glimlach tegenhielden, want anders was die op zijn achterhoofd verder gegaan.

De antwoorden die Mellberg door de telefoon gaf, waren kort.

'Ja.'

 'Zeker.'

‘Helemaal niet.’

‘Uiteraard.’

‘U hebt gelijk.’

‘Nee hoor.’

‘Dank u wel, mevrouw. U hoort nog van ons.’

Triomfantelijk gooide hij de hoorn op de haak, waardoor Patrik opveerde van zijn stoel.

‘Zo pak je dit aan!’

Mellberg genoot zichtbaar en leek in een joviale bui. Patrik realiseerde zich dat dit de eerste keer was dat hij Mellbergs tanden zag. Ze waren verbazingwekkend wit en regelmatig. Bijna iets te perfect.

Mellberg keek hem vol verwachting aan en Patrik begreep dat er van hem werd verwacht dat hij vroeg wat er was gebeurd. Dat deed hij ook braaf, maar op het antwoord was hij niet voorbereid.

‘Ik heb hem. Ik heb de moordenaar van Alex Wijkner.’

Mellberg merkte in alle opwinding niet dat zijn haardos over zijn oor naar beneden was gegleden. Voor de verandering kreeg Patrik niet de neiging om bij de aanblik daarvan te giechelen. Hij negeerde het feit dat de hoofdinspecteur door het gebruik van het woord 'ik' niet van zins leek de eer met zijn collega's te delen en boog zich in plaats daarvan naar voren. Met zijn ellebogen op zijn knieën leunend vroeg hij ernstig: 'Hoe bedoel je? Is er een doorbraak in de zaak? Met wie sprak je daarnet?'

Mellberg hief zijn hand op om de stortvloed aan vragen te stoppen, leunde toen achterover en vouwde zijn handen op zijn buik. Van dit moment wilde hij zo lang mogelijk genieten.

'Tja, Patrik. Als je al zo lang in dit vak meedraait als ik, dan weet je dat je een doorbraak niet zomaar krijgt, die moet je verdienen. Door mijn grote ervaring en competentie, en natuurlijk door mijn harde werken, is er nu inderdaad een doorbraak in het onderzoek. Ik ben net gebeld door ene Dagmar Petrén, die een aantal interessante waarnemingen wist te melden over het moment vlak voordat het lichaam werd gevonden. Ja, ik zou zelfs willen zeggen dat het significánte waarnemingen zijn, die ertoe zullen leiden dat we een levensgevaarlijke moordenaar achter slot en grendel kunnen zetten.'

Patrik trappelde van ongeduld, maar door ervaring wijs geworden wachtte hij tot Mellberg klaar was. Uiteindelijk zou hij wel tot de kern van de zaak komen. Patrik hoopte maar dat dat vóór zijn pensioen was.

'Ja, ik herinner me een zaak in Göteborg, in het najaar van 1967...'
Patrik zuchtte inwendig en bereidde zich voor op een lang wachten.

Ze vond Dan waar ze had verwacht hem te vinden. Net zo makkelijk alsof het zakken met dons waren, tilde hij zijn uitrusting aan boord. Grote, dikke rollen touw, plunjezakken en enorme stootkussens. Erica genoot ervan hem zo bezig te zien. In zijn zelfgebreide trui, muts en wanten terwijl er bij elke ademhaling witte rookpluimen uit zijn mond kwamen, leek hij één met het tafereel achter hem. De zon stond hoog aan de hemel en werd gereflecteerd in de sneeuw die op het dek lag. De stilte was oorverdovend. Dan werkte doelmatig en doelbewust en Erica zag dat hij met volle teugen genoot. Hier was hij in zijn element. De boot, de zee, de eilanden op de achtergrond. Ze wist dat hij al voor zich zag hoe het ijs brak en de Veronica in volle vaart op de horizon afstevende. De winter was één lang wachten en dat was altijd moeilijk geweest voor de kustbewoners. Vroeger hadden ze als de zomer goed was geweest, voldoende vis gezouten om in de winter te kunnen overleven. Maar als dat niet het geval was geweest, hadden ze iets anders moeten verzinnen. Dan kon net als veel andere kustvissers tegenwoordig niet van de visserij leven, dus had hij een avondstudie gevolgd en werkte nu een paar dagen in de week als leraar Zweeds op de middelbare school in Tanumshede. Volgens Erica was hij waarschijnlijk wel een goede leraar, maar zijn hart lag hier, niet in het klaslokaal.

Hij was druk bezig met zijn werk op de boot en zij had zachtjes gelopen, zodat ze een tijdje ongestoord naar hem kon kijken voordat hij haar op de kade zag staan. Erica kon niet nalaten hem met Patrik te vergelijken. Uiterlijk waren beide mannen totaal verschillend. Dan was zo blond dat zijn haar in de zomermaanden bijna wit werd. Patriks donkere haar had dezelfde tint als zijn ogen. Dan was gespierd en Patrik was eerder slungelachtig. In hun manier van doen leken ze echter haast broers. Dezelfde rust, zachtaardig, een kalme humor die altijd op het juiste moment naar voren kwam. Ze besefte nu pas hoezeer hun persoonlijkheden op elkaar leken. In zekere zin was ze daar blij over. Na Dan had ze nooit een relatie gehad waarin ze zich gelukkig voelde, maar ze had dan ook steeds relaties gehad met mannen die totaal anders waren. 'Onvolwassen,' had Anna gezegd. 'Je probeert jongens op te voeden in plaats van een volwassen man te vinden, dus het is niet zo gek dat je relaties altijd stuklopen,' had Marianne gezegd. En misschien was dat wel waar. Maar de jaren verstreken snel en ze moest erkennen dat ze nu een zekere paniek begon te voelen. De dood van haar ouders had haar op brute wijze doen inzien wat ze in haar leven miste. Sinds zaterdagavond had ze steeds aan Patrik Hedström moeten denken als ze over dit onderwerp filosofeerde. De stem van Dan onderbrak haar gepieker.

'Hé, hallo! Hoe lang sta jij hier al?'

'O, eventjes maar. Het leek me wel interessant te zien wat je precies doet.'

'Ja, mijn werk is heel anders dan het jouwe. Ik krijg niet betaald om de hele dag op mijn gat te zitten en erop los te fantaseren. Belachelijk.'

Ze glimlachten alle twee. Het was een oud en vertrouwd onderwerp van discussie.

'Ik heb wat warms en lekkers voor je meegenomen.' Erica zwaaide met de mand die ze in haar hand hield.

'Vanwaar die luxe behandeling? Wat wil je nu weer? Mijn lichaam? Mijn ziel?'

'Nee, dank je. Die mag je allebei houden. Al zou ik in jouw geval wat het laatste betreft zeggen: "Droom jij maar lekker verder."'

Dan pakte de mand aan en hielp haar vervolgens over de reling te stappen. Het was glad en ze viel bijna om, maar Dan greep haar stevig bij haar middel.

Samen veegden ze de sneeuw van een visluik. Vervolgens gingen ze op hun wanten zitten en pakten ze de mand uit. Dan glimlachte blij toen hij de thermoskan met warme chocolademelk en de zorgvuldig in folie verpakte boterhammen met cervelaat zag.

'Je bent een schat,' zei hij met zijn mond vol brood.

Ze zaten een tijdje zwijgend te eten. Het was vredig in het ochtendzonnetje en Erica wuifde haar slechte geweten over haar gebrek aan arbeidsdiscipline weg. Ze had de afgelopen week vrij veel aan de teksten gewerkt en vond dat ze wel recht had op een beetje vrije tijd.

'Heb je nog wat over Alex Wijkner gehoord?'

'Nee, het politieonderzoek lijkt tot nu toe niets op te leveren.'

'Ik heb gehoord dat jij toegang hebt tot *inside information.*' Dan keek haar plagerig aan. Erica bleef zich verbazen over de snelheid en de effectiviteit van de tamtam. Ze had geen flauw idee hoe het gerucht over haar afspraak met Patrik zich nu al had kunnen verspreiden.

'Ik weet niet waar je het over hebt.'

'Nee, dat kan ik me voorstellen. En, hoe ver zijn jullie gekomen? Heb je al een proefritje gemaakt?'

Erica sloeg met haar arm tegen zijn borst, maar moest ook lachen. 'Nee, ik heb nog geen proefritje gemaakt. Ik weet niet eens of ik dat wel wil. Of liever gezegd, ik wil dat wel, maar ik weet niet of ik iets serieus wil. Ervan uitgaande dat hij natuurlijk ook wil. Wat niet noodzakelijkerwijs het geval is.'

'Met andere woorden, je bent laf.'

Erica haatte het als Dan weer eens gelijk had. Soms vond ze dat hij haar veel te goed kende. 'Ja, ik moet bekennen dat ik me wat onzeker voel.'

'Jij bent de enige die weet of je het risico wilt nemen. Heb je al bedacht hoe het zou zijn als het wel wat wordt?'

Dat had Erica. De afgelopen dagen had ze daar vaak aan gedacht. Maar die vraag was nu nog heel hypothetisch. Ze hadden tenslotte alleen nog maar samen gegeten.

'Ik vind in elk geval dat je ervoor moet gaan. Wie niet waagt, die niet wint...'

'Over Alex gesproken... ik heb iets geks gevonden.' Erica ging haastig over op een ander onderwerp.

'O, wat dan?' Dans stem klonk nieuwsgierig en afwachtend.

'Ik was een paar dagen geleden in haar huis en daar heb ik iets interessants gevonden.'

'Je was wáár?'

Erica gaf geen antwoord op zijn vraag en wuifde zijn verbaasde woorden weg. 'Ik heb een kopie gevonden van een oud artikel over de verdwijning van Nils Lorentz. Snap jij waarom Alex een artikel van vijfentwintig jaar geleden tussen haar ondergoed had verstopt?'

'Tussen haar ondergoed? Erica toch!'

Ze hief haar hand op om zijn protesten af te weren en ging rustig verder. 'Mijn intuïtie zegt dat het iets met haar dood te maken heeft. Ik weet niet hoe, maar er klopt iets niet. Bovendien kwam er iemand anders het huis doorzoeken toen ik er was. Misschien zocht die persoon dat artikel wel!'

'Ben je niet goed bij je hoofd!' Dan keek haar met open mond aan. 'Wat gaat het jou verdomme ook aan! Het is aan de politie om uit te zoeken wie Alex heeft vermoord!' Zijn stem sloeg over.

'Ja, dat weet ik wel. Je hoeft ook niet te schreeuwen, er is niets mis met mijn oren. Ik weet best dat ik er niets mee te maken heb, maar in de eerste plaats ben ik er door haar familie al bij betrokken geraakt en in de tweede plaats was ze ooit mijn beste vriendin. In de derde plaats kan ik het gebeuren niet goed loslaten omdat ik haar heb gevonden.'

Erica vertelde Dan niet over het boek. Op de een of andere manier klonk het altijd veel zelfzuchtiger en koelbloediger als ze het hardop zei. Dan reageerde toch al wat heftig, vond ze, maar hij was altijd al heel erg bezorgd om haar geweest. Ze moest ook erkennen dat het gezien de omstandigheden niet echt verstandig was geweest om naar Alex' huis te gaan.

'Erica, beloof me dat je dit loslaat.' Hij legde zijn handen op haar schouders en dwong haar om hem aan te kijken. Dans blik was helder, maar ongewoon hard voor zijn doen. 'Ik wil niet dat jou wat overkomt en als je hierin blijft graven, ben ik bang dat je te veel hooi op je vork neemt. Laat het los.'

Zijn grip op haar schouders werd steviger en zijn ogen boorden zich in de hare. Erica opende haar mond om iets te zeggen, geschrokken van Dans heftige reactie, maar net op dat moment weerklonk Pernilla's stem vanaf de kade. 'O, wat zitten jullie hier gezellig.'

Haar stem had een kille klank die Erica niet kende. Haar ogen waren zwart en ze balde en opende haar vuisten ritmisch. Zowel Erica als Dan verstrakte bij het geluid van Pernilla's stem. Zijn handen lagen nog steeds op haar schouders. Bliksemsnel, alsof hij zich had gebrand, liet hij haar los en ging in de houding staan.

'Hoi lieverd. Ben je vandaag eerder vrij? Erica heeft wat eten meegebracht en wilde even praten.'

Dan sprak geagiteerd en Erica keek verbaasd van hem naar Pernilla. Ze herkende haar amper. Pernilla keek haar met zwarte ogen vernietigend aan. Ze had haar handen zo stevig gebald dat haar knokkels wit waren geworden en even dacht Erica dat Pernilla haar aan wilde vliegen. Ze begreep er niets van. Ze hadden jaren geleden al de lucht geklaard over haar band met Dan. Pernilla wist dat ze geen gevoelens meer voor elkaar hadden, althans dat dacht Erica. Nu wist ze dat opeens niet zo zeker meer. De vraag was wat deze reactie had veroorzaakt. Ze keek weer van de een naar de ander en weer terug. Er vond een stille machtsstrijd tussen Dan en Pernilla plaats, waarbij Dan het onderspit leek te delven. Erica had niets meer te zeggen en besloot dat ze er beter stilletjes vandoor kon gaan zodat zij dit zelf konden uitzoeken.

Snel zocht ze haar mokken en de thermoskan bij elkaar en legde ze weer in de mand. Toen ze over de kade liep, hoorde ze hoe de stemmen van Dan en Pernilla zich opgewonden boven de stilte verhieven.

4

Hij was onbeschrijflijk eenzaam. De wereld was koud en leeg zonder haar en hij kon niets doen om de kou te ontdooien. De pijn was draaglijker geweest toen hij die nog met haar kon delen. Sinds zij weg was, leek het of hij de pijn van hen beiden droeg en dat was meer dan hij dacht aan te kunnen. Hij sleepte zich van minuut tot minuut en van seconde tot seconde door de dagen heen. Buiten hem bestond er geen werkelijkheid, het enige waarvan hij zich bewust was, was dat zij voor altijd weg was.

De schuld kon evenredig over de verantwoordelijken worden verdeeld. Hij was niet van plan die zelf te dragen. Nooit van zijn leven.

Hij keek naar zijn handen. O, wat haatte hij zijn handen. Ze droegen schoonheid en dood in een onverenigbaarheid waarmee hij had moeten leren leven. Alleen als hij haar streelde waren ze uitsluitend goed geweest. Zijn huid tegen de hare had alle kwaad verdreven, het gedwongen even op de vlucht te slaan. Tegelijk hadden ze het verborgen kwaad van elkaar gevoed. Liefde en dood, haat en leven. Tegenstellingen die motten van hen hadden gemaakt die steeds dichter om het vuur hadden gecirkeld. Zij had zich als eerste gebrand.

Hij voelde de hitte van het vuur in zijn nek. Het was nu vlakbij.

❄

Ze was het zat. Ze was het zat andermans rommel op te ruimen. Ze was haar vreugdeloze bestaan waarin elke dag hetzelfde was, helemaal zat. Ze was het zat de schuld te dragen die dag in dag uit op haar drukte. Ze was het zat elke morgen wakker te worden en elke dag naar bed te gaan en zich af te vragen hoe het met Anders ging.

Vera zette de kookkoffie op het fornuis. Het tikken van de keukenklok was het enige geluid dat je hier hoorde en Vera ging aan de keukentafel zitten wachten tot de koffie klaar was.

Vandaag had ze bij de familie Lorentz schoongemaakt. Het huis was zo groot dat het haar een hele dag kostte. Soms miste ze de goede oude tijd. Het gevoel van veiligheid doordat ze een vaste plek had waar ze elke dag naartoe ging om te werken. De status die ze had doordat ze de huishoudster van de chicste familie in Noord-Bohuslän was. Maar dat was alleen maar soms. Meestal was ze blij dat ze er niet elke dag heen hoefde. Dat ze niet meer als een knipmes voor Nelly Lorentz hoefde te buigen. De vrouw die ze meer dan wie ook haatte. Toch was ze voor haar blijven werken, jaar in jaar uit, totdat de tijd haar ten slotte inhaalde en huishoudsters passé waren. Ruim dertig jaar had ze haar ogen neergeslagen en 'Ja, dank u, mevrouw Lorentz, uiteraard, mevrouw Lorentz, meteen, mevrouw Lorentz' gemompeld terwijl ze zich moest bedwingen om haar sterke handen niet om Nelly's broze keel te leggen en die net zo lang dicht te drukken tot ze niet meer ademde. Soms was die neiging zo overweldigend geweest dat ze haar handen onder haar schort had moeten verbergen om te voorkomen dat Nelly ze zag trillen.

De ketel gaf fluitend aan dat de koffie klaar was. Moeizaam stond Vera op en rechtte haar rug voordat ze een oud, beschadigd kopje pakte en de koffie inschonk. Het kopje was het enige dat er nog over was van het servies dat ze bij hun huwelijk van Arvids ouders hadden gekregen. Het was van mooi Deens porselein. Een witte ondergrond met blauwe bloemen die in de loop van de jaren hun kleur goed hadden weten te behouden. Nu had ze alleen het kopje nog maar. Toen Arvid nog leefde, hadden ze het servies alleen bij speciale gelegenheden gebruikt, maar na zijn dood had ze het niet nodig meer gevonden om onderscheid te maken tussen gewone en speciale gelegenheden. In de loop van de tijd was een deel van het servies verloren gegaan door natuurlijke slijtage, de rest was ruim tien jaar geleden door Anders kapotgegooid tijdens een delirium. Dit laatste kopje was haar liefste bezit.

Genietend dronk ze van de koffie. Toen er nog maar één slok over was, goot ze de koffie op het schoteltje en dronk die met een suikerklontje tussen haar tanden op. Haar benen waren moe en pijnlijk na een hele dag schoonmaken en ze had ze op de stoel voor zich gelegd om ze wat te ontlasten.

Haar huis was eenvoudig en klein. Ze woonde er al bijna veertig jaar en was van plan er tot haar dood te blijven. Eigenlijk was dat niet praktisch. Het huis lag boven aan een steile helling en ze moest onderweg naar haar huis vaak meerdere keren stoppen om even uit te hijgen. Het was in de loop van de jaren ook beschadigd geraakt en zag er zowel aan de binnen- als aan de buitenkant uitgewoond en aftands uit. Als ze het nu verkocht en naar een appartement verhuisde zou ze er vanwege de ligging wel een leuk bedrag voor krijgen, maar die gedachte was zelfs niet in haar opgekomen. Ze liet het huis liever wegrotten dan dat ze verhuisde. Hier had ze met Arvid gewoond, gedurende de weinige jaren dat ze getrouwd en gelukkig waren geweest. In het bed in de slaapkamer had ze voor het eerst ergens anders geslapen dan in haar ouderlijk huis. De huwelijksnacht. In hetzelfde bed was Anders verwekt en toen haar buik zo groot was geweest dat ze alleen nog maar op haar zij kon liggen, was Arvid tegen haar aan gekropen en had achter haar liggend haar buik gestreeld. Hij had woordjes in haar oor gefluisterd over hoe hun leven samen eruit zou zien. Over alle kinderen die ze zouden krijgen. Al het blije gelach dat tussen de huismuren zou weerklinken in de jaren die voor hen lagen. En als ze oud waren en de kinderen op eigen benen stonden, zouden ze samen in een schommelstoel voor de kachel zitten praten over hoe geweldig hun leven was geweest. Ze waren begin twintig geweest en hadden niet geweten wat de toekomst hun zou brengen.

Ze had aan deze keukentafel gezeten toen het bericht kwam. Agent Pohl had met zijn pet in de hand aangeklopt en zodra ze hem zag, had ze geweten wat haar te wachten stond. Ze had hem met haar wijsvinger tegen haar mond tot stilte gemaand en hem naar de keuken gewezen. Ze was achter hem aan gewaggeld, hoogzwanger in de negende maand, en had stil en mechanisch een kan koffie gemaakt. Terwijl ze zaten te wachten tot de koffie klaar was, had ze de man aan de andere kant van de tafel bestudeerd. Hij was niet in staat geweest haar aan te kijken en had zijn blik de keuken laten rondgaan, terwijl hij dwangmatig aan zijn kraag had gefrummeld. Pas toen ze ieder een kop dampend hete koffie voor hun neus hadden staan, had ze de agent gebaard dat hij verder kon gaan. Zelf had ze nog altijd niets gezegd. Ze had naar een zoemend geluid in haar hoofd geluisterd, dat steeds luider werd. Ze had de mond van de agent zien bewegen, maar zijn woorden hadden niet door de kakofonie in haar hoofd heen kunnen dringen. Ze had ze niet hoeven horen. Ze had geweten dat Arvid op de bodem van de zee lag en heen en weer bewoog op de deining van het zeewier. Daar kon geen woord wat aan veranderen. Geen woord kon iets veranderen aan de wolken die zich nu boven haar hoofd samenpakten tot er alleen nog maar een grijze massa te zien was.

Nu, zoveel jaren later, zuchtte Vera terwijl ze aan dezelfde keukentafel zat. Andere mensen die geliefden hadden verloren, zeiden dat hun beeld in de loop van de tijd steeds vager werd. Voor haar was het precies andersom. Het beeld van Arvid werd steeds helderder en soms kon ze hem zo duidelijk voor zich zien dat de pijn zich als een ijzeren band om haar hart sloot. Dat Anders een levende kopie van Arvid was, was zowel een vloek als een zegen. Ze wist dat het kwaad nooit was geschied als Arvid nog had geleefd. Hij was haar kracht geweest en samen met hem had ze net zo sterk kunnen zijn als nodig was geweest.

Vera schrok op toen de telefoon ging. Ze was diep verzonken in oude herinneringen en vond het vervelend gestoord te worden door het schelle gerinkel. Haar benen sliepen en ze had haar hand nodig om ze van de stoel te tillen, waarna ze zich strompelend naar de telefoon in de hal haastte.

'Hoi ma, met mij.'

Anders klonk lallend en uit ervaring wist ze precies in welke fase van zijn roes hij zich nu bevond. Ongeveer halverwege knock-out. Ze zuchtte. 'Dag, Anders. Hoe gaat het met je?'

Hij negeerde die vraag. Ze had ontelbare keren een soortgelijk gesprek gevoerd.

Vera zag zichzelf in de halspiegel met de hoorn tegen haar oor staan. De spiegel was oud en versleten en er zaten donkere vlekken in het glas. Ze vond dat ze in veel opzichten op de spiegel leek. Haar haar was mat en grijs, al was de oorspronkelijke donkere kleur her en der nog te zien. Ze had een strak achterovergekamd kapsel, dat ze voor de spiegel in de badkamer zelf met een nagelschaartje in model hield. Het had geen zin geld te verspillen aan een kapper. Jaren van zorgen tekenden zich als rimpels en vouwen in haar gezicht af. Haar kleren waren als zijzelf. Kleurloos maar praktisch, vaak grijs of groen.

Jaren van hard werken en een gebrek aan belangstelling voor eten hadden ertoe geleid dat ze niet de rondingen had gekregen die veel vrouwen van haar leeftijd wel hadden. Vera zag er pezig en sterk uit. Als een werkpaard.

Opeens registreerde ze wat Anders aan de andere kant van de lijn zei en met een schok lieten haar ogen het spiegelbeeld los.

'Ma, er staan politieauto's voor de deur. Een hele hoop. Ze zijn vast op zoek naar mij. Dat moet haast wel. Wat moet ik verdomme doen?'

Vera hoorde hoe zijn stem de hoogte in schoot en de paniek met elke lettergreep toenam. Een ijzige kou verspreidde zich door haar lichaam. In de spiegel zag ze dat ze de hoorn zo stevig vasthield dat haar knokkels wit waren geworden.

'Doe niets, Anders. Wacht gewoon af. Ik kom eraan.'

'Oké, maar schiet alsjeblieft op. Het is niet ongewoon dat er een paar smerissen op de stoep staan, ma. Af en toe komt er een wagen langs. Maar nu staan er drie met zwaailichten en sirenes aan. Shit...'

'Anders. Luister goed. Haal diep adem en hou je rustig. Ik hang nu op en kom direct naar je toe.'

 Ze hoorde dat hij enigszins kalmeerde, en zodra ze had opgehangen, schoot ze haar jas aan en liep ze op een drafje naar buiten zonder haar deur op slot te doen.

Ze holde over het parkeerterrein achter de voormalige taxistandplaats en nam de sluiproute langs de goedereningang van Evas Livs. Al na een klein eindje voelde ze dat ze het iets rustiger aan moest doen en het kostte haar bijna tien minuten om de flat te bereiken waar Anders woonde.

Ze was precies op tijd om te zien hoe twee stevige agenten hem in handboeien afvoerden. In haar borst ontstond een schreeuw, maar die drong ze terug toen ze zag hoe alle buren als nieuwsgierige Aagjes uit hun ramen hingen. Ze wilde hen onder geen beding op meer theater trakteren dan ze al gehad hadden. Haar trots was het enige dat ze nog had. Vera verafschuwde alle laster waarvan ze wist dat die als plakkerige kauwgom aan haar en Anders kleefde. Er was al veel roddel en achterklap en dat zou nu alleen maar erger worden. Ze wist best wat er gezegd werd: 'Arme Vera, eerst verdrinkt haar man en nu verzuipt haar zoon zich. Terwijl zijzelf zo degelijk is.' Ja, ze wist precies wat ze zeiden. Maar ze wist ook dat ze alles zou doen wat in haar vermogen lag om de schade te beperken. Zij mocht nu geen inzinking krijgen. Dan zou alles als een kaartenhuis in elkaar storten. Vera wendde zich tot de politieagente die het dichtst bij haar stond, een kleine, broze, blonde vrouw van wie Vera vond dat ze in het stemmige uniform niet op haar plek leek. Ze was nog altijd niet gewend aan de nieuwe tijden waarin vrouwen willekeurig welk werk konden doen.

'Ik ben de moeder van Anders Nilsson. Wat gebeurt hier? Waar nemen jullie hem mee naartoe?'

'Ik kan u helaas niets vertellen. U moet u tot het politiebureau in Tanumshede wenden. We brengen hem naar een politiecel aldaar.'

Met elk woord zonk de moed haar meer in de schoenen. Ze begreep dat het nu niet ging om een dronkemansruzie. De politieauto's reden een voor een weer weg. In de laatste zag ze Anders tussen twee politieagenten zitten. Toen ze wegreden draaide hij zich om en hij bleef naar haar kijken tot ze uit het zicht waren verdwenen.

Patrik zag de auto met Anders Nilsson in de richting van Tanumshede gaan. Het grote aantal politieauto's vond hij wat overdreven, maar Mellberg wilde een show en dus kreeg hij een show. Er waren extra mensen uit Uddevalla ingezet om bij de aanhouding te assisteren. Volgens Patrik leidde het er alleen maar toe dat van de zes aanwezige politieagenten er minstens vier hun tijd verdeden.

Er bleef een vrouw op de parkeerplaats achter, die de politieauto's lang bleef nakijken.

'De moeder van de dader,' zei agente Lena Waltin van de politie Uddevalla, die ook was gebleven om samen met Patrik de woning van Anders Nilsson te doorzoeken.

'Je weet wel beter, Lena. Pas als hij gewogen en te licht bevonden is, is hij de dader. Tot die tijd is hij net zo onschuldig als de rest van ons.'

'Dat geloof je toch zelf niet. Ik durf er mijn jaarsalaris onder te verwedden dat hij schuldig is.'

'Als je zo zeker van je zaak bent, kun je wel wat meer inzetten dan zo'n flutbedrag.'

'Ha ha, heel grappig. Jij zou beter moeten weten dan over ons salaris grapjes te maken.'

Patrik gaf haar gelijk. 'Zullen we dan maar naar boven gaan? Hier beneden zijn we klaar.'

Hij zag dat de moeder van Anders de auto's nog steeds nakeek, hoewel die al een hele tijd uit het zicht waren verdwenen. Hij vond het echt zielig voor haar en overwoog even om haar een beetje te troosten. Maar Lena trok aan zijn arm en maakte een hoofdgebaar in de richting van de portiek. Hij zuchtte, haalde zijn schouders op en liep met haar mee om het huis te doorzoeken.

Ze voelden aan de deur van Anders Nilssons appartement. Die was niet op slot en ze stapten meteen de hal binnen. Patrik keek rond en moest voor de tweede keer binnen korte tijd diep zuchten. De flat bevond zich in bedroevende staat en hij vroeg zich af hoe ze in deze bende iets moesten vinden. Ze stapten over de lege flessen in de hal en probeerden een overzicht van de keuken en de woonkamer te krijgen.

'Getver.' Lena schudde vol afschuw haar hoofd.

Ze haalden dunne plastic handschoenen uit hun jaszak en trokken die aan. Zwijgend kwamen ze overeen dat Patrik in de woonkamer zou beginnen en Lena in de keuken.

Patrik had een ambivalent gevoel toen hij in de woonkamer van Anders Nilsson was. Het was er vies en rommelig, en meubels en persoonlijke voorwerpen ontbraken vrijwel geheel, waardoor het op een typisch drugspand leek. Iets wat Patrik in zijn dienstjaren vaak had gezien. Maar hij was nog nooit in een drugspand geweest waar de muren vol kunst hingen. De schilderijen hingen zo dicht op elkaar dat ze vanaf een meter boven de vloer de muren tot aan het plafond volledig bedekten. Het was een explosie van kleuren waarvan Patriks ogen begonnen te prikken en hij moest de neiging bedwingen om zijn handen beschermend boven zijn ogen te houden. Het waren abstracte doeken, geschilderd in uitsluitend warme kleuren. Patrik had het gevoel dat hij een stomp in zijn maag kreeg. Het gevoel was zo fysiek dat hij bijna omviel en zich ertoe moest dwingen om naar iets anders te kijken dan de schilderijen, die van de muur op hem af leken te komen.

Voorzichtig begon hij tussen Anders' spullen te zoeken. Er viel niet veel te zien. Even voelde Patrik zich dankbaar dat hij verhoudingsgewijs zo'n bevoorrecht leven leidde. Zijn eigen problemen leken opeens heel klein. Hij vond het fascinerend dat de wil van een mens om te overleven zo sterk was dat hij, hoewel er ogenschijnlijk geen enkele kwaliteit van leven was, er dag in dag uit, jaar in jaar uit, voor koos om door te gaan. Waren er nog momenten van vreugde in een leven als dat van Anders Nilsson? Ervoer hij ooit de gevoelens die het leven de moeite waard maakten: vreugde, hoop, geluk en vrolijkheid, of was alles alleen een aanloop naar de volgende borrel?

Patrik pakte alles in de woonkamer op om het te bekijken. Hij voelde aan de matras om te zien of er iets in verborgen was, trok de laden van het enige opbergmeubel open en keek eronder, haalde de schilderijen voorzichtig van de wand en keek erachter. Niets. Absoluut niets wat zijn belangstelling wekte. Hij liep naar de keuken om te zien of Lena meer geluk had.

'Wat een zwijnenstal. Hoe kan iemand in vredesnaam zo leven?' Met een gezicht waar duidelijk afschuw op te lezen stond doorzocht ze de inhoud van een vuilniszak die ze op een krant had uitgespreid.

'Heb je iets interessants gevonden?' vroeg Patrik.

'Ja en nee. Ik heb tussen het vuilnis een paar rekeningen gevonden. Het kan wel interessant zijn om de gespreksspecificaties van de telefoonrekeningen wat nader te bestuderen. Verder lijkt hier alleen maar rommel te liggen.' Ze trok haar plastic handschoenen uit. 'Wat dacht je ervan? Zullen we er voor vandaag een punt achter zetten?'

Patrik keek op zijn horloge. Ze waren hier al twee uur en buiten was het donker geworden.

'Ja, ik denk ook niet dat we vandaag nog veel verder komen. Hoe kom jij thuis? Wil je een lift?'

‘Ik ben met mijn eigen auto gekomen, dus dat is geen probleem. Maar bedankt.’

Opgelucht verlieten ze het appartement en ze zorgden ervoor dat ze het niet achterlieten zoals ze het hadden aangetroffen, maar deden de deur op slot.

Toen ze de parkeerplaats opliepen waren de straatlantaarns al aan. Terwijl ze het appartement doorzochten, was het zachtjes gaan sneeuwen en ze moesten een flink pak sneeuw van de ruiten afvegen. Toen Patrik naar de OKQ8-pomp reed, merkte hij dat er iets bovenkwam wat de hele dag aan hem had geknaagd. In de stilte van de auto, alleen met zijn gedachten, moest hij erkennen dat er iets niet klopte met de aanhouding van Anders Nilsson. Hij vertrouwde er niet op dat Mellberg de juiste vragen had gesteld tijdens het gesprek met de getuige, op grond waarvan Anders voor een verhoor was opgehaald. Misschien moest hij er zelf nog even naar kijken. Midden op de kruising bij de benzinepomp nam hij een besluit. Hij draaide abrupt het stuur om en reed de andere kant op. In plaats van af te slaan naar Tanumshede, reed hij naar Fjällbacka. Hij hoopte dat Dagmar Petrén thuis was.

Ze moest aan Patriks handen denken. Meestal keek ze eerst naar de handen en polsen van een man. Ze vond dat handen heel erg sexy konden zijn. Ze moesten niet klein zijn, maar ook weer niet zo groot als kolenschoppen. Gemiddeld groot en pezig, zonder haar, lenig en soepel. Patriks handen voldeden er precies aan.

Erica moest moeite doen om niet te dagdromen. Het was op z'n zachtst gezegd zinloos om aan iets te denken wat ze tot nu toe alleen maar als een kleine kriebel in haar buik voelde. Bovendien was het allerminst zeker hoe lang ze hier zou blijven. Als het huis werd verkocht, was er niets meer dat haar aan deze plek bond en dan stond het appartement in Stockholm op haar te wachten, evenals het leven dat ze daar met haar vrienden had. De tijd hier in Fjällbacka zou naar alle waarschijnlijkheid alleen maar een kort intermezzo in haar leven zijn en daarom zou het domweg idioot zijn om romantische luchtkastelen over een oude jeugdvriend te bouwen.

Buiten begon de schemering te vallen, hoewel het nog maar drie uur was en Erica zuchtte diep. Ze zat opgekruld in een grote, ruime gebreide trui die haar vader op koude dagen vaak op zee had gedragen en warmde haar kille handen door de lange mouwen helemaal naar beneden te trekken. Ze vond zichzelf een beetje zielig. Ze had niet het gevoel dat er op dit moment veel was om blij mee te zijn. Alex' dood, het geruzie over het huis, Lucas, het boek dat niet vlotte – ze ervoer het allemaal als een zware druk. Bovendien voelde ze dat ze zelf nog van alles moest doen na het overlijden van haar ouders, zowel in praktische zin als gevoelsmatig. Ze had de afgelopen tijd niet verder kunnen gaan met het opruimen en overal in huis stonden halfvolle vuilniszakken en dozen. Ook in haarzelf waren er halfvolle ruimten en vormden haar gevoelens losse draadjes en niet-ontwarde kluwens.

Ze had de hele middag nagedacht over de scène tussen Dan en Pernilla waarvan ze getuige was geweest. Eigenlijk snapte ze er niets van. Jaren geleden was er tussen haar en Pernilla wrijving geweest, maar dat was al sinds tijden opgelost. Dat had ze in elk geval gedacht. Waarom had Pernilla dan zó gereageerd? Erica overwoog om Dan te bellen, maar ze durfde niet goed omdat Pernilla natuurlijk ook kon opnemen. Op dit moment had ze geen energie voor nóg een conflict en ze besloot daarom er niet verder aan te denken, maar de zaak op zijn beloop te laten en te hopen dat Pernilla met het verkeerde been uit bed was gestapt en dat alles weer gewoon was als ze elkaar de volgende keer zagen. Toch bleef het aan haar knagen. Het was geen tijdelijke woede-uitbarsting maar iets wat dieper ging. Alleen kon Erica met de beste wil van de wereld niet begrijpen wat het kon zijn.

Dat ze met haar boek achterlag op schema drukte zwaar op haar en ze besloot om haar geweten wat te sussen door een tijdje te gaan schrijven. Ze ging achter de computer in de werkkamer zitten en besefte dat ze uit de warmte van de trui moest kruipen om te kunnen werken. Aanvankelijk ging het stroef, maar na een tijdje kwam ze goed op gang. Ze benijdde auteurs die heel gedisciplineerd in hun schrijven waren. Zelf moest ze zich er elke keer weer toe zetten om aan het werk te gaan. Niet omdat ze lui was, maar omdat ze een diepgewortelde angst had dat ze opeens haar vaardigheden kwijt was. Dat ze haar vingers op de toetsen zou laten rusten en haar ogen op het scherm zou richten zonder dat er iets gebeurde. Dat er alleen leegte zou zijn, een gebrek aan woorden, en dat ze zou weten dat ze nooit meer één zin op papier zou zetten. Elke keer dat dat niet gebeurde, voelde ze zich opgelucht. Nu vlogen haar vingers over het toetsenbord en had ze in een uur al twee pagina's getypt. Na nog eens drie pagina's vond ze dat ze een beloning had verdiend en ze besloot om zich even met het boek over Alex bezig te houden.

De cel kende hij goed. Hij zat er niet voor het eerst. Nachtelijke dronkenschap in een cel met braaksel op de vloer was dagelijkse kost in de perioden dat het echt slecht met hem ging. Maar deze keer was het anders. Deze keer was het ernst.

Hij ging op zijn zij liggen op de harde brits, rolde zich in een foetushouding en legde zijn hoofd op zijn handen om het plastic niet tegen zijn wang te voelen plakken. Hij beefde als een rietje, zowel door de kou in de cel als door het gebrek aan alcohol in zijn lichaam.

Het enige dat hem was verteld, was dat hij werd verdacht van de moord op Alex. Vervolgens hadden ze hem naar een cel gebracht en gezegd dat hij moest wachten tot ze hem kwamen halen. Wat dachten ze dat hij anders in deze kale cel kon doen? Tekenlessen geven? Anders trok een grimas.

Zijn gedachten waren traag nu hij zijn ogen nergens op kon laten rusten. De wanden waren van lichtgroen, oud beton met grijze vlekken waar de verf had losgelaten. In gedachten schilderde hij de muren in sterke kleuren. Hier een penseelstreek in rood, daar een in geel. Flinke halen die het oude groen deden verdwijnen. In zijn fantasie was de ruimte algauw een schitterende kakofonie van kleuren en pas toen kon hij zijn gedachten focussen.

Alex was dood. Zelfs als hij dat zou willen, viel aan die gedachte niet te ontkomen, het was een vaststaand feit. Zij was dood en daarmee zijn toekomst ook.

Ze zouden hem zo meteen komen halen. Aan hem gaan trekken. Met harde hand zouden ze hem duwen, honen en kwellen tot de waarheid naakt en trillend op tafel lag. Hij kon ze niet tegenhouden. Hij wist niet eens of hij tegengehouden wilde worden. Hij wist eigenlijk überhaupt niet veel meer. Niet dat hij eerder wel veel had geweten. Slechts weinig dingen hadden de kracht gehad om door de verzoenende nevelen van de alcohol te dringen. Alleen Alex. Alleen de wetenschap dat ze ergens dezelfde lucht inademde, dezelfde gedachten had, dezelfde pijn voelde. Dat was het enige dat altijd voldoende kracht had gehad om door te dringen, onder, over, langs de verraderlijke nevelen die hun uiterste best deden alle herinneringen met een barmhartige duisternis te omhullen.

Terwijl hij op de brits lag, begonnen zijn benen te slapen, maar hij negeerde de signalen van zijn lichaam en weigerde koppig om een andere houding aan te nemen. Als hij bewoog, zou hij misschien de controle over de kleuren op de muren kwijtraken en opnieuw naar kale lelijkheid moeten staren.

Tijdens helderder momenten kon hij de humor, of de ironie van het geheel inzien. Dat hij met een onverzadigbare behoefte aan schoonheid moest worden geboren, terwijl hij tot een leven in vuil en lelijkheid was gedoemd. Misschien stond zijn lot al bij zijn geboorte in de sterren geschreven, misschien werd het op die fatale dag herschreven.

Als als als. Hij had in gedachten vaak allerlei als-scenario's de revue laten passeren. Met de gedachte gespeeld hoe zijn leven eruit had gezien 'als'. Misschien zou hij een goed en eerbaar leven hebben geleid, met een gezin, een huis en de kunst als een bron van vreugde in plaats van vertwijfeling. Kinderen die in de tuin bij zijn atelier speelden, terwijl zich uit de keuken allerlei heerlijke geuren verspreidden. Een idylle als op een schilderij van Carl Larsson, omlijst met rozenglans. Alex was er altijd bij. Zij stond steeds in het middelpunt en hij cirkelde er als een planeet omheen.

Van die fantasieën werd hij vanbinnen altijd warm, maar plotseling verdween het warme beeld en verscheen er een koud beeld, met blauwtinten en een ijzige kou. Dat beeld kende hij goed. Hij had het nachtenlang in alle rust kunnen bestuderen, zodat hij het tot in het kleinste detail kende. Het meest bang was hij voor het bloed. Het rode, dat in schril contrast stond met het blauwe. De dood was er ook, zoals gebruikelijk. Die hield zich in de periferie op en wreef in zijn handen van plezier. Wachtte tot hij aan zet was, iets kon doen, wat dan ook. Het enige dat Anders had kunnen doen was hem negeren. Net doen alsof de dood er niet was, tot die verdween. Misschien kon het beeld dan de rozenglans weer terugkrijgen. Misschien kon Alex weer naar hem glimlachen, die glimlach waardoor zijn maag zich omdraaide. Maar de dood was een te vertrouwde kameraad om zich te laten negeren. Ze kenden elkaar nu al jaren en hun relatie werd er niet leuker op. Zelfs tijdens de lichtere momenten met Alex had de dood zich tussen hen in gewrongen, volhardend, opdringerig.

De stilte in de cel gaf hem een veilig gevoel. In de verte kon hij wat mensen horen, maar dat was ver genoeg om in een andere wereld thuis te kunnen horen. Pas toen hij een van de geluiden hoorde naderen, werd hij uit zijn droomtoestand gerukt. Voetstappen op de gang die doelbewust naar zijn cel gingen. Gerammel met het slot en toen zwaaide de deur open en stond de kleine dikke hoofdinspecteur in de deuropening. Mat sloeg Anders zijn benen over de rand van de brits en ging zitten. Tijd voor het verhoor. Dat kon hij ook maar beter achter de rug hebben.

De blauwe plekken waren nu zo licht geworden dat ze ze onder een flinke laag poeder kon verbergen. Anna bekeek haar gezicht in de spiegel. Het gezicht dat ze zag, was verweerd en getekend. Zonder make-up waren de blauwe contouren onder de huid goed te zien. Haar ene oog was nog altijd een beetje bloeddoorlopen. Haar blonde haar zag er dof en levenloos uit en moest nodig geknipt worden. Ze had nog geen afspraak bij de kapper gemaakt, ze had er gewoon de energie niet voor. Al haar kracht had ze nodig om in de dagelijkse behoeften van haar kinderen te voorzien en zelf overeind te blijven. Hoe had het zover kunnen komen?

Ze kamde haar haar strak naar achteren en deed er een elastiekje om. Moeizaam kleedde ze zich aan, terwijl ze probeerde alle bewegingen te vermijden waarbij haar ribben pijn deden. Vroeger zorgde hij er altijd voor dat hij haar alleen op haar lichaam sloeg, op plaatsen die onder haar kleren vielen, maar het afgelopen halfjaar was hij niet langer voorzichtig en had hij haar herhaaldelijk in het gezicht geslagen.

Het ergste waren echter niet de klappen. Het ergste was dat ze de hele tijd in de schaduw van de klappen leefde, in afwachting van de volgende keer, de volgende vuistslag. Wat het zo wreed maakte, was dat hij zich daar goed van bewust was en met haar angst speelde. Hij hief zijn hand om te slaan en het volgende moment ging de beweging over in een streling met een glimlach. Soms sloeg hij haar ogenschijnlijk zonder aanleiding en kwam zijn gedrag als het ware uit de lucht vallen. Niet dat hij anders veel reden nodig had, maar midden in een gesprek over de boodschappen voor het avondeten of een televisieprogramma waar ze naar zouden kijken, kon zijn vuist opeens op haar afkomen en haar in haar buik, op haar hoofd, haar rug of waar hij ook maar wilde, raken. Vervolgens kon hij, zonder ook maar één tel de draad kwijt te zijn, het gesprek vervolgen alsof er niets was gebeurd, terwijl zij op de grond naar adem lag te happen. Van die macht genoot hij.

Lucas' kleren lagen verspreid door de slaapkamer en moeizaam pakte ze de kledingstukken een voor een op en hing ze op hangers of gooide ze in de wasmand. Toen de slaapkamer er weer tot in de puntjes verzorgd uitzag, ging ze even bij de kinderen kijken. Adrian sliep, snuivend op zijn rug met zijn speen in zijn mond. Emma zat rustig in haar bed te spelen en Anna stond vanuit de deuropening naar haar te kijken. Wat leek ze toch op Lucas. Hetzelfde gedecideerde, hoekige gezicht en dezelfde ijsblauwe ogen. Dezelfde koppigheid.

 Emma was een van de redenen waarom ze nog altijd van Lucas hield. Niet meer van hem houden was hetzelfde als een deel van Emma ontkennen. Hij was een deel van haar en daarom was hij ook een deel van Anna. Hij was ook een goede vader voor de kinderen. Adrian was nog te klein om het te kunnen begrijpen, maar Emma verafgoodde Lucas en Anna kon haar gewoon niet van haar vader beroven. Hoe kon ze de kinderen de helft van hun veilige bestaan ontnemen, alles overhoop halen wat bekend en belangrijk voor hen was? Ze moest gewoon sterk genoeg zijn voor hen allemaal, dan zouden ze er wel doorheen komen. In het begin was het ook anders geweest. Het kwam vast allemaal weer goed. Als zij maar sterk was. Hij zei immers dat hij haar eigenlijk niet wilde slaan, dat het voor haar bestwil was, omdat ze niet deed wat ze moest doen. Als zij maar iets beter haar best deed, een betere echtgenote werd. Ze begreep hem niet, zei hij. Als zij er maar achter kwam wat hem gelukkig maakte, als zij de juiste dingen maar deed, zodat hij niet aldoor zo in haar werd teleurgesteld.

Erica begreep het niet. Erica met haar zelfstandigheid en haar eenzaamheid. Haar moed en haar overweldigende, verstikkende zorg. Anna kon de verachting in Erica's stem horen en dat irriteerde haar mateloos. Wat wist Erica van de verantwoordelijk voor een huwelijk en een gezin? Een verantwoordelijkheid die zo op haar schouders drukte dat ze zich bijna niet staande kon houden. De enige over wie Erica zich zorgen hoefde te maken, was zichzelf. Zij was altijd zo verdomd verstandig geweest. Haar overdreven moederlijke zorg had Anna soms bijna verstikt. Overal hadden Erica's bezorgde, wakende ogen haar gevolgd, terwijl ze alleen maar met rust gelaten wilde worden. Wat maakte het uit dat hun moeder zich niet om hen bekommerde? Hun vader was er toch nog? Een van de twee was niet zo slecht. Het verschil tussen haarzelf en Erica was dat zij dingen accepteerde en dat Erica een reden probeerde te vinden. Meestal had Erica de vragen ook aan zichzelf gesteld en geprobeerd de redenen in zichzelf te vinden. Daarom had ze zich altijd veel te veel ingespannen. Anna daarentegen koos ervoor zich helemaal niet in te spannen. Het was makkelijker niet te piekeren, met de stroom mee te gaan en elke dag te nemen zoals die kwam. Daarom voelde ze zich ook zo verbitterd tegenover Erica. Die maakte zich zorgen en bekommerde zich om haar, tot in het overdrevene, en daardoor was het zoveel moeilijker haar ogen te sluiten voor de waarheid en de buitenwereld. Toen ze het huis uit ging, was dat een enorme opluchting en toen ze vlak daarna Lucas ontmoette, dacht ze dat ze eindelijk de enige mens had gevonden die van haar kon houden zoals ze was en die bovenal haar behoefte aan vrijheid kon respecteren.

Ze glimlachte bitter terwijl ze Lucas' ontbijtspullen opruimde. Vrijheid kwam tegenwoordig nog amper in haar woordenboek voor. Haar leven bestond uit de kamers in dit appartement. Alleen dankzij de kinderen kon ze nog steeds ademen; door de kinderen en de hoop dat als ze de juiste formule, de juiste bezwering vond, alles weer als vroeger kon worden.

Ze plaatste met langzame bewegingen het deksel op de botervloot, deed de kaas in een plastic zakje, zette de afwas in de vaatwasser en nam de tafel af. Toen alles blinkend schoon was, ging Anna op een van de keukenstoelen zitten en keek om zich heen. Het enige geluid dat ze hoorde was het kinderlijke gebrabbel van Emma in de kinderkamer. Een paar minuten stond Anna het zichzelf toe om van de rust te genieten. De keuken was licht en luchtig en de houten en roestvrijstalen onderdelen waren smaakvol gecombineerd. Bij de inrichting waren kosten noch moeite gespaard, wat betekende dat Philip Starck en Poggenpohl de dominante merken waren. Zelf had Anna graag een wat knussere keuken gehad, maar toen ze naar het prachtige vijfkamerappartement op Östermalm verhuisden, wist ze dat ze dat beter voor zich kon houden.

Erica's zorgen over het huis in Fjällbacka kon ze er niet bij hebben. Anna kon het zich niet veroorloven sentimenteel te zijn en met het geld van het huis konden Lucas en zij misschien een nieuwe start maken. Ze wist dat hij het vervelend vond om hier in Zweden te werken en dat hij terug wilde naar Londen, waar het volgens hem allemaal gebeurde en waar hij verder carrière kon maken. In Stockholm stagneerde zijn carrière. En al verdiende hij bij zijn huidige werkgever goed, heel goed zelfs, van de winst van het huis in Fjällbacka en het geld dat ze al hadden, zouden ze een woning op stand in Londen kunnen kopen. Dat was belangrijk voor Lucas en dus ook voor haar. Erica zou het toch wel redden. Zij hoefde alleen aan zichzelf te denken, ze had werk en een appartement in Stockholm. Het huis in Fjällbacka zou alleen maar een zomerhuis voor haar worden. Zij zou haar deel van het huis ook krijgen. Een auteur verdiende niet noemenswaardig veel en Anna wist dat Erica soms heel krap zat. Zij zou over een tijdje ook beseffen dat dit de beste oplossing was. Voor hen alle twee.

Adrian liet vanuit de kinderkamer zijn schelle stem horen en het korte moment van rust was weer voorbij. Ach, het had geen zin te zitten kniezen. De blauwe plekken zouden net als anders verdwijnen en morgen was er weer een nieuwe dag.

Patrik voelde zich ongewoon opgewekt en liep met twee treden tegelijk de trap bij Dagmar Petrén op. Eenmaal boven gekomen, moest hij echter even uitblazen en hij boog zich voorover en steunde met zijn handen op zijn knieën. Hij was toch geen twintig meer. Dat was de vrouw die opendeed ook niet, dat was duidelijk. Zoiets kleins en rimpeligs had hij niet meer gezien sinds hij een zakje gedroogde pruimen had geopend. Doordat ze zo krom en gebogen was, reikte ze nauwelijks tot zijn middel en Patrik was bang dat ze bij het eerste het beste zuchtje wind om zou vallen. Maar de ogen die hem aankeken waren helder en wakker als die van een jong meisje.

'Sta daar niet zo te puffen, jongeman. Kom binnen, dan krijg je een kopje koffie.'

De stem was verbazingwekkend krachtig. Patrik voelde zich plotseling net een schooljongen en hij liep braaf achter haar aan. Hij weerstond de neiging om te buigen en moest zijn best doen om het slakkentempo van mevrouw Petrén te volgen en haar niet omver te lopen. Eenmaal in de kamer gekomen, bleef hij abrupt staan. Nog nooit van zijn leven had hij zoveel kabouters gezien. Op elk vrij plekje stonden kabouters in kerstkledij. Grote, kleine, oude, jonge, knipperende en grijze kerstkabouters. Hij had het gevoel dat zijn hersenen op volle toeren moesten draaien om alle indrukken die op hem afkwamen te verwerken. Hij besefte dat hij met open mond stond te kijken en moest zich dwingen om die weer dicht te doen.

'Wat vind je ervan? Is het niet mooi!'

Patrik wist niet goed wat hij moest zeggen en pas na een tijdje kon hij stotterend antwoorden: 'Ja, absoluut. Hartstikke mooi.'

Hij keek mevrouw Petrén angstig aan om te zien of ze merkte dat de woorden en de toon niet echt in overeenstemming met elkaar waren. Tot zijn verbazing glimlachte ze schelms terwijl haar ogen begonnen te glinsteren. 'Maak je geen zorgen. Ik begrijp best dat dit niet direct jouw smaak is, maar als je oud wordt, heb je bepaalde verplichtingen, snap je?'

'Verplichtingen?'

'Om interessant gevonden te worden moet je een beetje excentriek zijn. Anders word je een zielig oud vrouwtje en dat wil ik niet, dat snap je wel.'

'Maar waarom kabouters?' Patrik begreep het nog steeds niet goed en mevrouw Petrén legde het hem uit alsof ze tegen een kind sprak.

'Het leuke van kabouters is dat je die maar één keer per jaar hoeft neer te zetten. De rest van het jaar is het hier zo opgeruimd, daar heb je geen idee van. Een ander voordeel is dat er met kerst altijd heel veel kinderen langskomen. Voor een oude dame die niet zoveel bezoek krijgt, is het een vreugde voor de ziel als die kleintjes aanbellen om de kerstkabouters te mogen zien.'

'Maar hoe lang hebt u de kabouters dan staan, het is nu toch al half maart?'

'O, ik zet ze in oktober neer en dan haal ik ze tegen april weer weg. Maar je begrijpt dat het ook wel een week of twee duurt om ze uit te stallen en op te ruimen.'

Patrik begreep maar al te goed dat het tijd kostte. Hij probeerde het aantal kabouters te schatten, maar zijn hoofd had zich nog niet helemaal hersteld van de schokkende aanblik, dus hij wendde zich tot mevrouw Petrén en vroeg het haar maar: 'Hoeveel kabouters hebt u hier?'

Het antwoord kwam meteen: '1443. Nee, sorry, 1442 – ik heb er gisteren een omgestoten. Een van de mooiste nog wel,' zei mevrouw Petrén met een verdrietig gezicht.

Maar ze zette zich er snel overheen en haar gezicht werd weer vrolijk. Met verbazingwekkend veel kracht trok ze aan Patriks mouw en ze sleurde hem min of meer mee naar de keuken, waar geen enkele kabouter te bekennen viel. Patrik trok onopvallend de mouw van zijn colbertje goed, maar hij had het gevoel dat ze aan zijn oor zou hebben getrokken als ze daar bij had gekund.

'Laten we hier gaan zitten. Op den duur word je al die mannetjes een beetje zat. Hier in de keuken mogen ze niet komen.'

Hij ging op de harde keukenbank zitten nadat zijn aanbod om haar te helpen bruusk van de hand was gewezen. Hij had zich er mentaal al op voorbereid dat hij waterige, erbarmelijke kookkoffie zou krijgen, maar toen hij het grote roestvrijstalen hypermoderne koffieapparaat op het aanrecht zag, viel zijn mond voor de tweede keer open.

'Wat wil je hebben? Cappuccino? Café au lait? Misschien een dubbele espresso? Dat lijk je wel te kunnen gebruiken.'

Patrik kon alleen maar knikken en mevrouw Petrén genoot zichtbaar van zijn verbazing.

'Wat had je gedacht? Een oude ketel uit 1943 en zelfgemalen bonen? Nee, ik ben dan wel een oude vrouw, maar ik gun me de goede dingen des levens ook, hoor. Deze heb ik een paar jaar geleden met Kerstmis van mijn zoon gekregen, en daar heb ik veel plezier van, moet ik zeggen. Soms staan de oudjes uit de buurt in de rij voor een kopje koffie.'

Teder streek ze met haar hand over het apparaat, dat nu sputterde en siste terwijl de melk tot een luchtig schuim werd geklopt.

Terwijl de koffie werd gezet, verscheen op de tafel voor Patrik de ene lekkernij na de andere. In geen velden of wegen waren er ouderwetse kaakjes te zien; in plaats daarvan werden er grote kaneelbollen, enorme muffins, lekkere chocoladekoekjes en luchtige schuimgebakjes op tafel gezet, terwijl Patrik steeds grotere ogen opzette en begon te watertanden. Mevrouw Petrén schaterde toen ze de uitdrukking op zijn gezicht zag, en nadat ze hun allebei een kop dampend hete koffie had voorgezet, ging ze tegenover hem op een houten stoel zitten.

'Ik begrijp dat je het over het meiske in het huis hiertegenover wilt hebben. Ja, ik heb ook al met de hoofdinspecteur gesproken en hem het weinige verteld dat ik weet.'

Patrik kon zich maar met moeite losrukken van de smeuïge cake waar hij net een hap van had genomen en moest zijn tanden met zijn tong schoonmaken voordat hij zijn mond open kon doen.

'Misschien zou u willen vertellen wat u hebt gezien. Mag ik het trouwens opnemen?' Hij drukte op 'record' op de cassetterecorder en nam nog een flinke hap, terwijl hij op haar antwoord wachtte.

'Natuurlijk mag dat. Tja, het was vrijdag 25 januari, halfzeven. Je mag overigens wel "jij" zeggen, hoor. Anders voel ik me zo oud.'

'Hoe weet je zo zeker dat het die dag en dat uur was? Het is alweer een paar weken geleden.' Patrik nam nog een hap.

'Nou, ik was die dag jarig, dus mijn zoon en zijn gezin kwamen taart eten en cadeautjes brengen. Ze gingen vlak voor het nieuws van halfzeven op net 4 weg en toen hoorde ik buiten een verschrikkelijk lawaai. Ik liep naar het raam dat op de heuvel uitkijkt, op het huis van dat meiske, en toen zag ik hem.'

'Anders?'

'Die schilder, Anders, ja. Hij was zo dronken als een Maleier en stond als een gek op de deur te bonzen en te schreeuwen. Uiteindelijk liet ze hem binnen en vervolgens werd het stil. Ja, niet omdat hij ophield met schreeuwen, daar weet ik niets van. Je hoort immers niet wat zich binnen afspeelt.'

Dagmar Petrén zag dat Patriks bordje leeg was en schoof uitnodigend de schaal met kaneelbolletjes naar hem toe. Hij liet zich overhalen en pakte snel een van de bovenste bolletjes van de overvolle schaal.

‘En het is zeker dat het Anders Nilsson was? Zonder twijfel?’

‘O, nee, die vlegel ken ik ondertussen wel. Hij kwam hier vaak langs en als je hem hier niet zag, dan zat hij wel bij de dronkelappen op het plein. Ik begrijp helemaal niet wat hij met Alexandra Wijkner te maken had. Dat was altijd zo’n stijlvol meisje. Mooi en goed opgevoed. Toen ze klein was, kwam ze hier vaak langs en dan kreeg ze limonade en koekjes. Dan zat ze op die bank, vaak samen met het dochtertje van Tore, hoe heet ze ook alweer...’

‘Erica,’ zei Patrik met volle mond en hij voelde hoe hij alleen al bij het noemen van haar naam vlinders in zijn buik kreeg.

‘Erica, ja, zo heette ze. Ook een lief kind, maar met Alexandra was iets bijzonders. Die lichtte als het ware op. Maar toen gebeurde er iets... Ze kwam niet meer langs en groette nauwelijks nog. Een paar maanden later verhuisden ze naar Göteborg en ik heb haar pas weer gezien toen ze een paar jaar geleden hier in de weekends begon te komen.’

‘Kwamen de Carlgrens nooit?’

‘Nee, nooit. Maar ze zorgden wel voor het huis. Er zijn wel timmerlui en schilders geweest. En Vera Nilsson kwam er twee keer in de maand om schoon te maken.’

‘En je hebt geen idee wat er is gebeurd voordat de familie Carlgren naar Göteborg verhuisde, ik bedoel waardoor Alex zo veranderde? Er was geen ruzie of zo in de familie?’

‘Er waren wel geruchten, maar dat is hier altijd zo. En er werd niets gezegd waar ik echt geloof aan hechtte. Hoewel er veel mensen in Fjällbacka zijn die menen te weten wat iedereen doet, moet je één ding goed begrijpen: je weet nooit wat zich binnen de muren van andermans huis afspeelt. Daarom wil ik er ook niet over speculeren. Daar heeft niemand baat bij. Maar goed, neem nog wat, je hebt mijn schuimgebakjes nog niet geproefd.’

Patrik voelde even goed en warempel, hij had nog een piepklein gaatje over voor een schuimgebakje.

‘Heb je daarna nog iets gezien? Dat Anders Nilsson wegging bijvoorbeeld?’

‘Nee, die avond heb ik hem niet meer gezien. Maar ik heb hem de week erna diverse keren het huis zien binnengaan. Toch vreemd, moet ik zeggen. Ik heb in het dorp gehoord dat ze toen al dood was. Wat had hij daar dan in vredesnaam te zoeken?’

Dat vroeg Patrik zich ook af. Dagmar Petrén keek hem strak aan: ‘En, vond je het lekker?’

'Dit waren de lekkerste gebakjes die ik ooit heb geproefd. Hoe komt het dat je zoveel tegelijk klaar had staan? Ik bedoel, ik belde maar een kwartiertje van tevoren en je zou zo vlug als Superman moeten zijn om al dit lekkers zo gauw klaar te kunnen maken.'

Ze genoot van alle lof en knikte trots. 'Mijn man en ik hebben dertig jaar lang de banketbakkerij hier in Fjällbacka gerund, dus hopelijk heb ik in de loop van de jaren wel iets geleerd. Oude gewoonten geef je niet zo gauw op, en ik sta nog steeds elke ochtend om vijf uur op om te bakken. Wat de jongelui en de dames die langskomen niet opeten, geef ik aan de vogels. Ik mag ook graag nieuwe recepten uitproberen. Er zijn zoveel soorten gebak en koekjes tegenwoordig, die veel lekkerder zijn dan de oude droge kaakjes die je vroeger zoveel zag. De recepten haal ik uit culinaire tijdschriften en dan pas ik ze naar eigen smaak aan.'

Ze gebaarde naar een enorme stapel naast de bank waar meerdere jaargangen van diverse tijdschriften lagen. Afgaande op wat ze per stuk kostten, vermoedde Patrik dat ze aan de jaren in de bakkerij een aardig zakcentje had overgehouden. Hij kreeg een inval: 'Weet je ook of er een verband was tussen de familie Carlgren en de familie Lorentz, behalve dat Karl-Erik voor hen werkte? Gingen ze bijvoorbeeld met elkaar om?'

'God behoede me! De familie Lorentz die omgaat met de familie Carlgren? Alleen met sint-juttemis! Ze verkeerden in andere kringen en dat Nelly Lorentz – naar wat ik heb gehoord – na de begrafenis bij de familie Carlgren opdook, zou ik een sensatie willen noemen, niet meer en niet minder!'

'En hun zoon dan? Die jongen die verdwenen is. Heeft hij bij jouw weten ook nooit iets met de familie Carlgren te maken gehad?'

'Nee, je mag hopen van niet. Dat was een naar ventje. In de winkel probeerde hij altijd koekjes te pikken. Maar dat heeft mijn man hem wel afgeleerd toen die hem betrapte. Een ergere preek heeft hij waarschijnlijk nooit gehad. Vervolgens kwam Nelly ons natuurlijk uitschelden en ze dreigde de politie op mijn man af te sturen. Nou, hij bracht haar al snel op andere ideeën toen hij vertelde dat er getuigen van de diefstalletjes waren en dat ze de politie best mocht bellen.'

'Maar voor zover jij weet, was er dus geen verband met de familie Carlgren?'

Ze schudde haar hoofd.

'Nee, ik moest daar alleen aan denken. Behalve de moord op Alex is de verdwijning van Nils het meest dramatische wat hier is gebeurd en je weet maar nooit... soms ontdek je de meest komische verbanden. Maar dan geloof ik niet dat ik verder nog vragen heb. Mag ik je hartelijk bedanken? Het gebak was heerlijk. Nu mag ik wel een paar dagen alleen maar sla eten,' zei Patrik en hij streek over zijn buik.

'Ach nee, dat konijnenvoer is niets voor jou. Je bent nog in de groei.'

Patrik knikte dankbaar en zei haar niet dat als je vijfendertig was, alleen je taille nog maar groeide. Hij stond op van de keukenbank, maar moest meteen weer gaan zitten. Hij had het gevoel dat hij een blok beton in zijn maag had en een misselijk gevoel welde in hem op. Bij nader inzien was het toch niet zo slim geweest om al dat gebak naar binnen te werken.

Hij kneep voorzichtig zijn ogen wat dicht toen hij door de woonkamer liep, waar alle 1442 kabouters naar hem blonken en glommen.

Ze liepen weer heel langzaam en Patrik moest zijn best doen om Dagmar Petrén niet voorbij te hollen, terwijl ze voor hem uit naar de voordeur slofte. Ze was een kranige tante, dat leed geen twijfel. Een betrouwbare getuige was ze ook, en met haar verklaring was het alleen een kwestie van tijd voor de puzzelstukjes op hun plaats vielen en ze een doortimmerde zaak tegen Anders Nilsson hadden. Op dit moment hadden ze voornamelijk aanwijzingen, maar het leek erop dat de moord op Alexandra Wijkner was opgelost. Toch was Patrik er niet gerust op. Als hij iets in zijn buik kon voelen behalve gebak, dan was het onrust en het gevoel dat simpele oplossingen niet altijd de juiste waren.

Het was heerlijk de frisse lucht in te kunnen ademen en zijn misselijkheid nam iets af. Net toen hij nogmaals had bedankt en zich omdraaide om weg te lopen, drukte Dagmar Petrén hem iets in de hand. Vervolgens sloot ze de deur. Hij keek nieuwsgierig naar wat hij had gekregen. Het was een plastic tas vol koekjes – en een kleine kerstkabouter. Hij greep naar zijn buik en kreunde.

'Zo Anders, het ziet er niet zo best voor je uit.'

'O.'

'O? Is dat alles wat je te zeggen hebt? Je zit zwaar in de problemen, mocht je dat nog niet hebben begrepen! Heb je dat begrepen?'

'Ik heb niets gedaan.'

'Gelul. Hoe durf je dat tegen mij te zeggen! Ik weet dat je haar hebt vermoord, dus je kunt maar beter meteen bekennen en mij een hoop moeite besparen. Door mij moeite te besparen, bespaar je jezelf moeite. Snap je wat ik bedoel?'

Mellberg en Anders zaten in de enige verhoorkamer die het politiebureau in Tanumshede rijk was en in tegenstelling tot wat je in Amerikaanse politieseries zag, was er geen glazen wand waardoor de collega's het verhoor konden volgen. Iets wat Mellberg goed van pas kwam. Het was geheel in strijd met de voorschriften om met de verdachte alleen te zijn, maar wat maakte het uit, als hij maar bewijs leverde zou niemand zich druk maken om een paar belachelijke regeltjes. Anders had ook niet om een advocaat of iemand anders gevraagd en waarom zou Mellberg dan aandringen?

De kleine ruimte had kale wanden en was karig gemeubileerd. De enige meubels waren een tafel en twee stoelen, die nu werden gebruikt door Anders Nilsson en Bertil Mellberg. Anders hing nonchalant op de zijne, met zijn handen op zijn schoot en zijn lange benen uitgestrekt onder de tafel. Mellberg stond echter half over de tafel gebogen en zijn gezicht was zo dicht bij dat van Anders als maar kon, gezien diens allesbehalve frisse adem. Het was echter wel zo dichtbij dat er kleine spetters spuug op Anders' gezicht terechtkwamen toen Mellberg zijn woorden naar hem schreeuwde. Anders nam niet de moeite ze weg te vegen en deed alsof de hoofdinspecteur niet meer dan een irritante vlieg was, zo onbelangrijk dat het niet eens de moeite waard was om hem weg te wuiven.

'We weten alle twee dat jij Alexandra Wijkner hebt vermoord. Dat je haar een slaapmiddel hebt toegediend en in bad hebt gelegd, waar je haar polsen hebt doorgesneden om vervolgens rustig toe te kijken hoe ze doodbloedde. Dus we kunnen het beter op de voor ons alle twee makkelijkste manier doen. Jij bekent en ik noteer.'

Mellberg was heel tevreden over wat hij meende dat een krachtig begin van het verhoor was. Hij ging zitten en vouwde zijn handen over zijn grote buik. Hij wachtte. Geen reactie van Anders. Diens hoofd bleef scheef hangen en de uitdrukking op zijn gezicht ging schuil achter zijn haar. Mellbergs mondhoek vertrok. Zijn uitval had een andere reactie dan onverschilligheid verdiend. Na nog een tijdje zwijgend te hebben gewacht, sloeg hij met zijn vuist op tafel om Anders uit zijn roes te halen. Geen reactie.

'Godverdomme, jij stomme zatlap! Dacht je dat je je uit deze situatie kon redden door je kop te houden? Dan ben je toch echt aan het verkeerde adres. Jij gaat mij de waarheid vertellen, al zitten we hier de hele dag!'

De transpiratievlekken onder Mellbergs oksels groeiden met de minuut.

'Je was jaloers, nietwaar? We hebben de schilderijen gevonden die je van haar hebt gemaakt en daaruit blijkt duidelijk dat jullie het met elkaar deden. En als we nog twijfels hadden, dan hebben we ook jouw brieven aan haar nog. Jouw mierzoete, pathetische liefdesbrieven. Shit, wat een rommel. Wat zag ze eigenlijk in jou? Moet je jezelf nou zien! Je bent vies en goor en allesbehalve een don juan. De enige verklaring is dat zij op de een of andere manier pervers moet zijn geweest. Dat ze opgewonden raakte van vuil en gore oude zatlappen. Deed ze het ook met de andere zuipschuiten in Fjällbacka, of nam ze genoegen met jou?'

Als een speer schoot Anders overeind. Hij wierp zich over de tafel en greep Mellberg bij de keel. 'Klootzak! Ik vermoord je, stomme klootzak!'

Mellberg probeerde tevergeefs los te komen uit Anders' greep. Zijn gezicht werd roder en roder en zijn haar gleed van zijn hoofd en bleef als een kluwen aan zijn rechteroor hangen. Van pure verbazing liet Anders Mellberg los en de hoofdinspecteur snakte naar adem. Anders viel terug op zijn stoel en keek Mellberg pisnijdig aan.

'Dat doe je nooit meer! Heb je me gehoord? Nooit meer!' Mellberg hoestte en schraapte zijn keel om zijn stem te hervinden. 'Je verroert geen vin meer, anders smijt ik je in een cel en gooi ik de sleutel weg. Heb je me gehoord!'

Mellberg ging weer zitten, maar hij bleef Anders waakzaam aankijken. In Anders' ogen bespeurde hij nu een lichte angst, die hij eerst niet had gezien. Hij merkte dat zijn nauwkeurig gemodelleerde kapsel een flinke opdonder had gekregen en met een geroutineerd gebaar schoof hij het haar terug op zijn glimmende schedel, terwijl hij deed alsof er niets aan de hand was.

'Terug naar het onderwerp. Je had dus een seksuele relatie met het slachtoffer, Alexandra Wijkner?'

Anders mompelde met gebogen hoofd een antwoord.

'Sorry, wat zei je?' Mellberg had zijn handen gevouwen en boog zich naar voren.

'Ik zei dat we van elkaar hielden!'

De woorden echoden tussen de kale muren. Mellberg glimlachte honend.

'Oké, jullie hielden van elkaar. Belle en het beest hielden van elkaar. Wat schattig. En hoe lang "hielden" jullie al van elkaar?'

Anders mompelde weer iets onduidelijks en Mellberg moest het hem weer laten herhalen.

'Sinds we klein waren.'

'O ja? Maar ik neem toch aan dat jullie niet sinds jullie vijfde hebben liggen rollebollen? Laat ik het anders stellen: hoe lang hebben jullie een seksuele relatie gehad? Hoe lang heeft ze een affaire met je gehad? Hoe lang hebben jullie erop los geneukt? Moet ik nog doorgaan of snap je wat ik bedoel?'

Anders keek Mellberg woedend aan, maar wist zich in te houden. 'Dat weet ik niet. In de loop van de jaren af en toe. Ik weet het echt niet. Ik heb het niet in mijn agenda aangekruist.'

Hij plukte aan een paar onzichtbare draadjes op zijn broek. 'Vroeger kwam ze hier zelden, dus toen was het niet zo vaak. Meestal schilderde ik haar alleen maar. Ze was zo mooi.'

'Wat gebeurde er op de avond dat ze stierf? Gekibbel tussen minnaars? Wilde ze niet? Of was je nijdig omdat ze zwanger was? Zo was het, hè? Zij was zwanger en jij wist niet of het van jou of van haar man was. Ze dreigde vast dat ze jou het leven ook zuur zou maken, nietwaar?'

Mellberg was buitengewoon tevreden over zichzelf. Hij was ervan overtuigd dat Anders de moordenaar was, en als hij maar hard genoeg op de juiste knoppen drukte zou hij ongetwijfeld een bekentenis los weten te peuteren. Zonder meer. Daarna zouden ze bidden en smeken dat hij terugkwam naar Göteborg. Hij zou niet meteen toegeven. Ze zouden hem vast proberen te verleiden met een promotie en een hoger salaris als hij ze een tijdje aan het lijntje hield. Hij wreef vergenoegd over zijn buik en merkte nu pas dat Anders hem met grote ogen aan zat te kijken. Zijn gezicht was lijkbleek. Zijn handen maakten schokkerige bewegingen. Toen hij zijn hoofd optilde en Mellberg voor het eerst recht aankeek, zag de hoofdinspecteur dat zijn onderlip trilde en dat zijn ogen vol tranen stonden.

'Je liegt! Ze kan niet zwanger zijn geweest!' Er liep een straaltje snot uit zijn neus en Anders veegde het met zijn mouw weg. Hij keek Mellberg bijna smekend aan.

'Hoezo, dat kan niet? Condooms zijn niet voor honderd procent betrouwbaar, weet je. Ze was in de derde maand, dus je hoeft hier geen toneelstukje voor me op te voeren. Ze was zwanger en jij weet heel goed hoe dat zo kwam. Of het kind van jou of van haar chique man was, kun je nooit weten, hè. Dat is de vloek van de man, zie je. Ik ben zelf een paar keer bijna de sigaar geweest, maar geen enkel wijf heeft mij tot nu toe zover gekregen dat ik iets heb getekend.' Mellberg grinnikte.

'Niet dat het jou wat aangaat, maar we hadden al vier maanden geen seks gehad. Nu wil ik niet meer met je praten. Breng me terug naar mijn cel, want ik ben niet van plan om ook nog maar één woord te zeggen.'

Anders haalde luid zijn neus op en dreigde elk moment in huilen uit te barsten. Hij leunde met gekruiste armen achterover en keek Mellberg vanonder zijn pony uitdagend aan. Mellberg zuchtte diep, maar voldeed aan zijn eis.

'Oké, dan gaan we over een paar uur verder. Ik geloof geen woord van wat je zegt – als je dat maar weet! Denk er maar eens goed over na terwijl je in je cel zit. Als ik je weer zie, wil ik een volledige bekentenis van je.'

Mellberg bleef even zitten nadat Anders naar zijn cel was teruggebracht. De stinkende zuiplap had niet bekend en daar snapte Mellberg niets van. Maar hij had zijn troefkaart nog niet gespeeld. De laatste keer dat iemand met Alexandra Wijkner had gesproken, was op vrijdag 25 januari om kwart over zeven, precies een week voordat ze werd gevonden. Ze had vijf minuten en vijftig seconden met haar moeder gepraat volgens telecombedrijf Telia. Dat klopte ook met het tijdskader dat de patholoog-anatoom had aangegeven. Dankzij de buurvrouw, Dagmar Petrén, wist Mellberg dat Anders Nilsson het slachtoffer niet alleen die vrijdag om halfzeven had bezocht, maar dat hij ook in de week erna een aantal keren in het huis was geweest. *Toen lag Alexandra Wijkner al dood in de badkuip.*

Een bekentenis zou Mellbergs werk aanzienlijk hebben vergemakkelijkt, maar ook als Anders stijfkoppig zou blijven, zou hij hem wel veroordeeld krijgen, daarvan was Mellberg overtuigd. Naast de getuigenverklaring van mevrouw Petrén lag ook het verslag van de huiszoeking in Alex Wijkners huis op zijn bureau. Het meest interessant waren de gegevens van het zeer grondige onderzoek van de badkamer waar ze was gevonden. Niet alleen zaten er voetsporen in het gestolde bloed op de vloer die overeenkwamen met een paar schoenen dat in het appartement van Anders in beslag was genomen, op het lichaam van het slachtoffer waren ook vingerafdrukken van Anders aangetroffen. Ze waren minder duidelijk dan op een hard en vlak oppervlak, maar desondanks goed identificeerbaar.

Hij had vandaag niet al zijn kruit willen verschieten, maar bij het volgende verhoor zou hij alles uit de kast halen. Dan zou hij die hufter wel klein krijgen.

Vergenoegd spuugde Mellberg in zijn handpalmen en hij streek zijn haar glad met het speeksel.

Het telefoontje stoorde haar midden in een verslag van het gesprek met Henrik Wijkner. Geërgerd hield ze op met typen en reikte naar de telefoon.

‘Ja?’ Het klonk geïrriteerder dan ze had bedoeld.

‘Hoi, met Patrik. Stoor ik je?’

Erica ging rechtop zitten en had spijt dat ze niet vriendelijker was geweest toen ze opnam.

‘Nee, absoluut niet. Ik zit te schrijven en ging daar zo in op dat ik opveerde toen de telefoon ging en daardoor klonk ik misschien een beetje... maar je stoort niet, echt niet, ik bedoel...’

Ze greep naar haar hoofd toen ze zichzelf als een veertienjarige hoorde wauwelen. Het was hoog tijd dat ze zich vermande en haar hormonen onder controle kreeg. Dit was belachelijk.

‘Ik ben in Fjällbacka en wilde alleen even horen of je thuis was en zo ja, of ik dan langs kon komen.’

Hij klonk zelfverzekerd, mannelijk, veilig en rustig en Erica voelde zich nog stommer vanwege haar gestamel. Ze keek naar haar kleren. Ze droeg een nogal vuil joggingpak en voelde aan haar haar. Het was zoals ze vreesde. Een staartje met pieken die alle kanten op staken. Een situatie die je haast catastrofaal kon noemen.

‘Hallo, Erica... ben je er nog?’ Patrik klonk vragend.

'O, ja, ik ben er nog. Ik had alleen het idee dat de ontvangst van je mobieltje wegviel.'

Erica greep voor de tweede keer binnen tien seconden naar haar hoofd. Lieve help, je zou haast denken dat ze een groentje was.

'Halloooo, Erica... kun je me horen? Hallo?'

'Ja, hoor. Kom gerust langs. Geef me een kwartiertje voor je komt want ik ben bezig met... een belangrijk stuk in mijn boek en dat wil ik graag even afmaken.'

'Natuurlijk. Weet je zeker dat ik je niet stoor? Ik bedoel, we zien elkaar morgenavond ook, dus...'

'Nee, je stoort niet. Echt niet. Ik heb alleen een kwartiertje nodig.'

'Prima. Dan zie je me zo.'

Erica legde zachtjes de hoorn neer en ademde diep en vol verwachting in. Haar hart bonsde zo luid dat ze het zelf hoorde. Patrik was onderweg naar haar. Patrik was... Ze schrok op alsof iemand een emmer koud water over haar heen had gegoten, en sprong van de stoel. Hij zou er over een kwartier zijn en ze zag eruit alsof ze al een week lang niet had gedoucht of haar haar had gekamd. Ze holde met twee treden tegelijk de trap op terwijl ze haar joggingtrui over haar hoofd trok. In de slaapkamer trok ze de comfortabele broek uit en viel zowat om omdat ze vergat dat ze stil moest staan.

In de badkamer waste ze haar oksels en ze was dankbaar dat ze die vanochtend had geschoren toen ze douchte. Ze deed een beetje parfum op haar polsen, tussen haar borsten en bij haar halsslagader, waar ze haar bloed stevig voelde kloppen. Snel zocht ze naar de juiste kleding en pas toen ze het meeste uit haar kast op het bed had gegooid, besloot ze om een eenvoudig zwart Filippa K-shirt aan te trekken met een bijpassende zwarte strakke rok, die tot op haar enkels viel. Ze keek op haar horloge. Nog tien minuten. Terug naar de badkamer. Poeder, mascara, lipgloss en lichte oogschaduw. Rouge was niet nodig, haar gezicht was al rood genoeg. Het resultaat dat ze met de make-up wilde bereiken was een frisse, naturel look, maar elk jaar leek ze meer make-up nodig te hebben om dat te bereiken.

Er werd aangebeld en toen ze een laatste blik in de spiegel wierp, realiseerde ze zich met schrik dat haar haar nog steeds in een slordig staartje met een neongeel elastiekje zat. Ze rukte het elastiekje eraf en met behulp van een borstel en wat mousse slaagde ze erin haar haar enigszins in model te brengen. Er werd weer aangebeld, nu meer aanhoudend, en ze liep haastig naar beneden. Halverwege de trap bleef ze even staan om op adem te komen. Met het meest coole gezicht dat ze maar kon opbrengen, deed ze vervolgens stralend glimlachend open.

Zijn vinger trilde licht toen hij aanbelde. Hij had zich al een paar keer bijna omgedraaid en haar met een excuus opgebeld, maar de auto reed als het ware vanzelf naar Sälvik. Hij herinnerde zich heel goed waar ze woonde en op de helling bij de camping nam hij met gemak de scherpe bocht naar rechts die naar haar huis leidde. Buiten was het pikdonker, maar de straatlantaarns gaven voldoende licht om het uitzicht op zee vaag te kunnen zien. Meteen begreep hij wat Erica voor haar ouderlijk huis voelde en hoeveel pijn het haar deed dat ze het dreigde te verliezen. Opeens besefte hij ook hoe onmogelijk zijn gevoelens voor haar waren. Zij en Anna zouden het huis verkopen en er was niets dat Erica aan Fjällbacka bond. Ze zou weer naar Stockholm gaan en een plattelandsagent uit Tanumshede was niets vergeleken met de kroegtijgers op het Stureplan. Mismoedig liep hij naar de deur en belde aan.

 Er deed niemand open en hij belde nog een keer aan. Het leek nu lang zo'n goed idee niet als zopas, toen hij onderweg van mevrouw Petrén was geweest. Hij had het gewoon niet kunnen laten haar te bellen nu ze zo dichtbij was. Maar toen ze opnam had hij al een beetje spijt gehad. Ze klonk zo druk, zelfs geïrriteerd toen hij belde. Maar ja, nu was het te laat voor spijt. De deurbel weerklonk voor de tweede keer door het huis.

Hij hoorde iemand de trap afkomen. De voetstappen stopten even voordat ze verder liepen in de richting van de deur. Toen werd die opengedaan en stond ze daar, breed glimlachend. Zijn adem stokte. Hij snapte niet hoe ze er altijd zo fris uit kon zien. Ze droeg geen make-up en had de natuurlijke schoonheid die hij zo aantrekkelijk vond in een vrouw. Karin zou er nooit over hebben gepiekerd zich zonder make-up te vertonen, maar Erica zag er in zijn ogen zo fantastisch uit dat hij zich niet kon voorstellen dat er nog iets kon worden toegevoegd aan wat hij zag.

Het huis was nog net zo als hij het zich van de bezoekjes in zijn jeugd herinnerde. Hier hadden meubels en huis samen waardig oud mogen worden. Hout en wit domineerden, met lichte witte en blauwe stoffen die mooi harmonieerden met het ouder wordende patina van de meubels. Ze had kaarsen aangestoken, die de winterse duisternis verdreven. Alles ademde rust en kalmte. Hij liep achter Erica aan naar de keuken.

'Wil je koffie?'

'Graag. O, ik heb nog wat bij me trouwens.' Patrik reikte haar de tas met koekjes aan. 'Ik wil er graag een paar meenemen naar het bureau. Er is meer dan genoeg kan ik je verzekeren.'

Erica keek in de plastic tas. Ze glimlachte. 'Je bent bij mevrouw Petrén geweest, zie ik.'

'Yes. En ik ben zo vol dat ik me nauwelijks kan bewegen.'

'Ze is een charmante oude dame, nietwaar?'

'Ongelooflijk. Als ik tweeënnegentig was geweest, was ik met haar getrouwd.'

Ze glimlachten naar elkaar.

'En, hoe gaat het?'

'O, goed hoor.'

Er viel een stilte waardoor ze beiden onrustig werden. Erica schonk twee kopjes koffie in en deed de rest van de koffie in een thermoskan. 'Laten we op de veranda gaan zitten.'

Ze dronken de eerste slokken in een stilte die niet langer ongemakkelijk voelde, maar gezellig. Erica zat in de rotanstoel tegenover hem. Hij schraapte zijn keel. 'Hoe gaat het met je boek?'

'Goed. En hoe gaat het bij jou? Met het onderzoek?'

Patrik dacht even na en besloot toen om haar wat meer te vertellen dan eigenlijk toegestaan was. Erica was er ondanks alles toch al bij betrokken en hij vond dat het geen kwaad kon.

'Het lijkt erop dat we de moord hebben opgelost. We hebben iemand aangehouden die op dit moment wordt verhoord, en het bewijs is zo waterdicht als het maar kan.'

Erica boog zich met een nieuwsgierig gezicht naar voren. 'Wie is het?'

Patrik aarzelde even. 'Anders Nilsson.'

'Dus het was toch Anders. Gek. Voor mijn gevoel klopt dat niet.'

Patrik was geneigd daarmee in te stemmen. Er waren ondanks de aanhouding van Anders gewoon te veel losse eindjes. De fysieke bewijzen van de plaats delict en de getuigenverklaring dat hij niet alleen vlak voor het waarschijnlijke tijdstip van overlijden maar ook diverse keren erna in het huis was geweest, lieten niet veel ruimte voor twijfel. Maar toch.

'Tja, dan is dat voorbij. Vreemd, ik had verwacht dat ik me veel opgeluchter zou voelen. En het artikel dat ik vond dan? Over de verdwijning van Nils, bedoel ik. Hoe past dat in het beeld als Anders de moordenaar is?'

Patrik haalde zijn schouders op en maakte een vragend gebaar met zijn handen. 'Ik weet het niet, Erica. Ik heb geen idee. Misschien heeft het niets met de moord te maken en is het gewoon toeval. Hoe dan ook is er geen reden er verder naar te kijken. Alex heeft haar geheimen met zich meegenomen het graf in.'

'En het kind dat ze verwachtte? Was dat van Anders?'

'Wie zal het zeggen? Van Anders, van Henrik... Jouw gok is net zo goed als de mijne. Je vraagt je wel af wat die twee bond. Wat een apart stel. Het is niet zo ongebruikelijk dat mensen vreemdgaan, maar Alexandra Wijkner en Anders Nilsson? Ik bedoel, het lijkt mij onwaarschijnlijk dat hij überhaupt iemand het bed in kreeg en Alexandra Wijkner was... tja, bloedmooi is het enige woord dat ik kan verzinnen.'

Even meende hij een rimpel tussen Erica's wenkbrauwen te zien, maar het volgende moment was die verdwenen en was zij weer haar beleefde, gezellige zelf. Het was vast verbeelding geweest. Hij wilde net wat zeggen toen vanuit de hal een riedeltje weerklonk. Zowel Patrik als Erica veerde op.

‘Dat is mijn mobieltje. Momentje.’ Hij snelde naar de hal om op tijd te kunnen opnemen en moest even in zijn jaszak zoeken voor hij zijn telefoon had gevonden.

‘Patrik Hedström.’

‘Hm... oké... ik begrijp het... Ja, dan zijn we terug bij af. Ja, ja, ik weet het. O, zei hij dat? Ja, je weet niet hoe dat zit. Oké Mellberg. Dag.’

Hij sloot het klepje van zijn mobieltje met een gedecideerde beweging en wendde zich tot Erica. ‘Trek een jas aan, dan gaan we even ergens heen.’

‘Waarheen?’ Met haar kopje halverwege haar mond keek Erica hem vragend aan.

‘Er is nieuwe informatie over de betrokkenheid van Anders. Het lijkt erop dat we hem als verdachte moeten schrappen.’

‘O. Maar waar gaan we dan heen?’

‘We hadden alle twee het gevoel dat er iets niet klopte. Jij hebt dat artikel over de verdwijning van Nils in het huis van Alex gevonden en misschien valt daar nog wel meer te vinden.’

‘Maar hebben jullie het huis niet al doorzocht?’

‘Jawel, maar misschien hebben we toen iets over het hoofd gezien. Ik wil iets uitproberen. Kom.'

Patrik was al halverwege de deur. Erica griste haar jas mee en holde achter hem aan.

Het huis leek klein en vervallen. Ze begreep niet dat mensen zo konden wonen. Dat ze zo'n triest en grauw bestaan volhielden, zo'n... arm leven. Maar zo moest de orde in de wereld zijn. Sommigen waren rijk en sommigen waren arm. Ze dankte haar gelukkige gesternte dat ze tot de eerste categorie behoorde en niet tot de tweede. Zij was niet geschikt geweest om arm te zijn. Een vrouw als zij was gemaakt om in bont en diamanten gehuld te zijn.

De vrouw die opendeed toen ze had aangeklopt, had waarschijnlijk nog nooit een echte diamant gezien. Haar hele verschijning was grijs en bruin. Nelly keek naar Vera's versleten vest en haar schrale handen die het vest voor haar borst bij elkaar hielden. Vera zei niets en bleef zwijgend in de deuropening staan. Na ongeduldig om zich heen te hebben gekeken, moest Nelly ten slotte wel wat zeggen.

 'En, was je nog van plan me binnen te laten of blijven we hier de hele dag staan? We hebben er geen van tweeën belang bij dat de mensen zien dat ik bij je op bezoek kom, toch?'

Vera zei nog altijd niets, maar liep enigszins gebukt achteruit, zodat Nelly binnen kon komen.

'We moeten praten, jij en ik. Vind je ook niet?'

Nelly trok elegant de handschoenen uit die ze buiten altijd aanhad en keek vol afschuw om zich heen. De hal, de woonkamer, de keuken en één slaapkamertje. Vera liep met neergeslagen blik achter haar aan. De kamers waren donker en somber. Het behang was al jaren niet meer wat het was geweest. Niemand had de moeite genomen het linoleum te verwijderen zodat de houten vloer eronder zichtbaar werd, wat de meeste mensen in dit soort oude huizen wel hadden gedaan. Alles was echter blinkend schoon en netjes. Geen vuil in de hoekjes, alleen een alomtegenwoordige deprimerende hopeloosheid.

Nelly ging voorzichtig op de rand van de oude oorfauteuil in de woonkamer zitten. Alsof zij degene was die hier woonde, gebaarde ze Vera op de bank plaats te nemen. Vera gehoorzaamde en ging ook op het randje zitten, stil, alleen haar handen bewogen nerveus op haar schoot.

'Het is belangrijk dat we nu onze mond blijven houden. Dat begrijp je toch wel?' Nelly's stem klonk dwingend. Vera knikte en bleef naar haar schoot kijken.

'Ja, ik kan niet zeggen dat dit met Alex me spijt. Ze heeft haar verdiende loon gekregen en ik denk dat jij dat ook vindt. Die lellebel moest zich vroeg of laat in het ongeluk storten, dat heb ik altijd geweten.'

Vera keek Nelly even kort aan, maar bleef zwijgen. Nelly voelde een grote minachting voor deze alledaagse, trieste vrouw, die geen eigen wil leek te hebben. Typisch zo iemand uit de arbeidersklasse met een gebogen nek. Niet dat ze vond dat het anders zou moeten zijn, maar ze voelde desondanks verachting voor deze mensen zonder klasse, zonder stijl. Wat haar nog het meest irriteerde, was dat ze zelf afhankelijk was van Vera Nilsson. Maar dat was niet anders, ze moest zich koste wat het kost van Vera's zwijgen verzekeren. Dat was eerder ook gelukt en zou nu weer moeten lukken.

'Het is jammer dat alles zo is gelopen, maar daarom is het nu nog belangrijker dat we geen overhaaste dingen doen. Alles moet net als anders doorgaan. We kunnen het verleden niet veranderen en er is geen reden om allerlei oude koeien uit de sloot te halen.'

Nelly deed haar handtas open en pakte een witte envelop, die ze vervolgens op de salontafel legde. 'Hier heb je een kleinigheid. Hier, neem het maar aan.'

Nelly schoof de envelop naar Vera toe. Vera pakte die niet op maar keek er alleen naar.

'Het spijt me voor Anders dat het zo gelopen is. Misschien is dit wel het beste wat hem had kunnen overkomen. Ik bedoel, in de gevangenis valt er niet veel alcohol te krijgen.'

Nelly begreep meteen dat ze te ver was gegaan. Vera stond langzaam op en wees met een trillende vinger in de richting van de deur: 'Eruit!'

'Nee, toe nou, beste Vera, je moet het niet...'

'Mijn huis uit! Anders gaat niet naar de gevangenis. Je kunt je stinkgeld houden en naar de pomp lopen, jij stom wijf! Ik weet wel waar iemand als jij vandaan komt en het maakt niet uit hoeveel parfum je opdoet. De rioollucht gaat toch niet weg!'

Nelly deinsde terug toen ze de blinde haat in Vera's ogen zag. Vera had haar vuisten gebald, stond kaarsrecht en keek haar recht aan. Haar hele lichaam leek te vibreren van jarenlang onderdrukte woede. Er was geen spoor meer te bekennen van de eerdere onderdanigheid en Nelly begon zich heel ongemakkelijk te voelen. Wat een overdreven reactie. Ze had gewoon de waarheid gezegd. Je moest toch tegen de waarheid kunnen. Snel liep ze naar de deur.

'Verdwijn en wee je gebeente als ik je hier weer zie.' Vera joeg Nelly haast het huis uit en net voor ze de deur dichtsmeet, gooide ze de envelop naar buiten. Nelly was genoodzaakt zich moeizaam voorover te buigen om die op te rapen. Vijftigduizend kronen kon je niet zomaar op de grond laten liggen, hoe vernederend het ook was toen ze de buren de gordijnen opzij zag schuiven, zodat die haar praktisch door het stof konden zien kruipen. Ondankbare hond! Nou, ze zou zich vast wel nederiger opstellen als het geld op was en niemand haar nog als schoonmaakster nodig had. Haar werk bij de familie Lorentz was definitief afgelopen en het zou niet moeilijk zijn haar overige baantjes ook te laten verdwijnen. Nelly zou ervoor zorgen dat Vera op haar blote knieën naar de sociale dienst kroop wanneer zij klaar met haar was. Niemand beledigde Nelly Lorentz ongestraft.

Hij had het gevoel alsof hij door water waadde. Zijn ledematen waren stijf en stram na de nacht op de brits in de politiecel en door het gebrek aan alcohol leek zijn hoofd gevuld met watten. Anders keek rond in zijn appartement. De vloer vertoonde sporen van politielaarzen. Maar het kon hem niet veel schelen. Een beetje vuil in de hoeken had hem nooit gestoord.

Hij pakte een sixpack met bier uit de koelkast en ging op zijn rug op de matras in de woonkamer liggen. Met zijn linkerarm op de matras leunend opende hij met zijn rechterhand het blikje en dronk het gulzig en met grote slokken tot de laatste druppel leeg. Het blikje vloog met een grote boog door de kamer en belandde met een metaalachtig geluid in een hoek op de grond. Nu de meest acute behoefte was gestild, ging hij met zijn handen onder zijn hoofd op de matras liggen. Zijn ogen staarden blind naar het plafond terwijl hij even in herinneringen aan lang vervlogen tijden verzonk. Alleen in het verleden vond zijn ziel soms rust. Tussen de korte momenten waarin hij zichzelf toestond aan betere tijden te denken, sneed de pijn met een onophoudelijke intensiteit door zijn hart. Het verbaasde hem dat een periode tegelijk zo ver en zo dichtbij kon lijken.

In zijn herinnering scheen altijd de zon. Het asfalt was warm onder zijn blote voeten en zijn lippen waren altijd zout van het zeewater. Vreemd genoeg kon hij zich alleen maar zomers herinneren. Geen winters. Geen bewolkte dagen. Geen regen. Alleen zon aan een strakblauwe hemel en een licht briesje dat het gladde oppervlak van de zee brak.

Alex in luchtige zomerjurken die zich om haar benen wikkelden. Haar dat ze niet wilde laten knippen en dat daarom blond en recht tot onder op haar rug hing. Soms kon hij zich zelfs haar geur zo sterk herinneren dat die in zijn neus kietelde en een verlangen opriep. Aardbeien, zout water, shampoo met timotee. Soms vermengd met de allerminst onaangename geur van zweet als ze samen als gekken hadden gefietst of een berg hadden beklommen tot hun ledematen hen amper nog gehoorzaamden. Alex tussen hen in, met los haar en ogen die naar de lucht keken. Op zeldzame, kostbare momenten nam ze hen beiden bij de hand en heel even waren ze één in plaats van drie.

Ze zorgden er altijd goed voor dat niemand hen samen zag. Dat zou de magie tenietdoen. De betovering zou worden verbroken en ze zouden de werkelijkheid niet langer kunnen buitensluiten. De werkelijkheid moest tot elke prijs bij hen weggehouden worden. Die was lelijk en grijs en had niets te maken met de zonovergoten wereld die ze konden creëren als ze samen waren. Over de werkelijkheid spraken ze nooit. Hun dagen waren gevuld met triviale spelletjes en triviale gespreksonderwerpen. Niets mocht serieus worden genomen. Dan konden ze net doen alsof ze onkwetsbaar waren, onoverwinnelijk, onbereikbaar. Ieder voor zich waren ze niets. Samen waren ze 'de drie musketiers'.

De volwassenen waren slechts droomwezens, figuranten die in hun eigen wereld leefden zonder dat het hen beïnvloedde. Hun monden bewogen, maar er kwam geen geluid uit. Ze maakten gebaren en vertrokken hun gezicht en dat zou iets moeten betekenen, maar het leek houterig en nietszeggend. Uit zijn verband gerukt.

Anders glimlachte vaag bij de herinneringen, maar na verloop van tijd werd hij genoodzaakt uit zijn droomtoestand te ontwaken. Natuurlijke behoeften drongen zich op en eenmaal terug in zijn eigen angst, kwam hij overeind om het probleem te verhelpen.

Boven het toilet hing een vieze, stoffige spiegel. Terwijl hij stond te plassen, bekeek hij zichzelf en voor het eerst in jaren zag hij zichzelf zoals anderen hem zagen. Zijn haar was vet en piekerig. Zijn gezicht was bleek en had een ziekelijke, grijze tint. Jaren van slechte verzorging hadden geleid tot een paar gaten in zijn gebit, waardoor hij er stukken ouder uitzag dan hij eigenlijk was.

De beslissing diende zich aan zonder dat hij zich ervan bewust was dat hij die had genomen. Terwijl hij onhandig de gulp van zijn spijkerbroek dichtdeed, wist hij wat de volgende stap moest zijn. Toen hij de keuken in liep was de blik in zijn ogen vastberaden. Na even in de laden te hebben gezocht, vond hij een groot keukenmes dat hij aan zijn broekspijp afveegde. Vervolgens ging hij naar de woonkamer en haalde categorisch alle schilderijen van de muur, het resultaat van jaren werken. Hij had alleen de schilderijen gehouden en opgehangen waarover hij zelf het meest tevreden was. Veel ander werk had hij weggegooid omdat het in zijn ogen niet goed genoeg was. Nu sneed het mes door het ene doek na het andere. Hij werkte rustig en sneed de schilderijen met vaste hand in dunne stroken tot niet meer te zien viel wat ze ooit hadden voorgesteld. Het doek was verbazingwekkend taai en toen hij klaar was, stonden er zweetdruppels op zijn voorhoofd. De kamer leek een slagveld van kleuren. De stroken bedekten de hele vloer van de woonkamer en de lijsten gaapten als tandeloze monden. Tevreden keek hij om zich heen.

‘Hoe weten jullie dat Anders Alex niet heeft vermoord?’

‘Een vrouw die in hetzelfde trappenhuis als Anders woont, heeft hem even voor zevenen zien thuiskomen en Alex heeft om kwart over zeven nog met haar moeder gebeld. Hij kan in die korte tijd onmogelijk weer zijn teruggegaan. Dat betekent dat de getuigenverklaring van Dagmar Petrén hem alleen maar in verband brengt met het huis op een tijdstip dat Alex nog leefde.'

'Maar de vinger- en voetafdrukken in de badkamer dan?'

'Die bewijzen niet dat hij haar heeft vermoord, alleen dat hij na haar dood binnen is geweest. Dat is niet genoeg om hem nog langer vast te houden. Mellberg pakt hem ongetwijfeld weer op, hij is ervan overtuigd dat Anders de dader is, maar voorlopig moet hij hem laten gaan, want anders maakt een advocaat gehakt van hem. Voor mijn gevoel klopte er aldoor al iets niet en dit bevestigt dat. Anders wordt nog steeds verdacht, maar er zijn voldoende vraagtekens om verder te kijken.'

'En daarom zijn we onderweg naar het huis van Alex. Wat hoop je daar te vinden?'

'Ik weet het eigenlijk niet. Ik moet gewoon een duidelijker beeld krijgen van wat er kan zijn gebeurd.'

'Birgit zei dat Alex geen tijd had om met haar te praten omdat ze bezoek had. Maar als het Anders niet was, wie was het dan wel?'

'Ja, dat is de grote vraag.'

Erica vond dat Patrik een beetje te hard reed en ze hield zich krampachtig vast aan de handgreep boven de deur. Hij miste de afslag bij het clubhuis van de zeilclub bijna, waardoor hij zo abrupt naar rechts moest afslaan dat hij op een haar na een hek meenam.

'Ben je bang dat het huis er niet meer staat als we er niet op tijd zijn?' Erica glimlachte bleekjes.

'Oeps. Sorry. Ik ben een beetje te enthousiast.'

Hij ging aanzienlijk langzamer rijden en het laatste stukje naar Alex' huis durfde Erica zelfs de handgreep los te laten. Ze begreep nog steeds niet waarom Patrik haar erbij wilde hebben, maar ze vond het wel prima. Misschien leverde het informatie op voor haar boek.

Voor de deur bleef Patrik een beetje schaapachtig staan. 'Ik heb er niet aan gedacht dat ik geen sleutel heb. We komen er niet in, ben ik bang. Mellberg zou het niet waarderen als een van zijn agenten op heterdaad werd betrapt terwijl hij door een raam klom.'

Erica zuchtte diep en boog zich voorover. Ze voelde onder de mat en liet Patrik met een honend glimlachje de sleutel zien. Vervolgens deed ze de deur open en liet hem als eerste naar binnen gaan.

Iemand had de ketel weer aan de praat gekregen, want nu was de temperatuur binnen beduidend hoger dan buiten. Ze deden hun jas uit en legden die op de trap naar boven.

'En nu?' Erica kruiste haar armen en keek Patrik vragend aan.

'Alex had om kwart over zeven haar moeder aan de telefoon. Daarna kreeg ze een grote hoeveelheid slaapmiddelen binnen. Er zijn geen sporen van braak, dus waarschijnlijk kreeg ze bezoek van iemand die ze kende. Iemand die vervolgens in de gelegenheid was om haar die pillen te geven. Wanneer heeft iemand daar gelegenheid toe? Ze moeten samen iets hebben gegeten of gedronken.'

Patrik liep door de woonkamer heen en weer terwijl hij praatte. Erica ging op de bank zitten en keek geïnteresseerd toe.

Patrik stopte even en stak een wijsvinger in de lucht: 'De patholoog-anatoom wist op grond van de inhoud van haar maag te vertellen wat het laatste was dat ze had gegeten. En, wat heeft Alexandra op de avond van de moord gegeten? Volgens de patholoog-anatoom zat er gegratineerde vis en cider in haar maag. Bij het afval zat een leeg doosje diepvriesvis en er stond een lege fles cider op het aanrecht, dus dat lijkt te kloppen. Maar wat een beetje gek is, is dat er in de koelkast twee stukken ossenhaas lagen en dat er een aardappelschotel in de oven stond. Maar de oven was niet aan en de aardappelen waren nog rauw. Er stond ook een fles witte wijn op het aanrecht. Die was open en er was anderhalve deciliter uit. Dat komt ongeveer overeen met één glas.'

Patrik gaf met zijn duim en wijsvinger de hoeveelheid aan.

'Maar er zat geen wijn in de maag van Alex?' Erica boog zich geïnteresseerd naar voren en leunde met haar ellebogen op haar knieën.

'Nee, inderdaad. Omdat ze in verwachting was, dronk ze waarschijnlijk cider in plaats van wijn. De vraag is nu wie die wijn heeft gedronken.'

'Stond er ook afwas?'

'Ja. Een bord, een vork en een mes, waar resten van de visschotel op zaten. Er stonden twee glazen in de gootsteen die omgespoeld waren. Het ene glas zat onder de vingerafdrukken. Die van Alex. Op het andere glas zat geen enkele vingerafdruk.'

Hij bleef weer staan en ging in de fauteuil tegenover Erica zitten, stak zijn lange benen voor zich uit en vouwde zijn handen over zijn buik.

 'Dat betekent dus dat iemand de vingerafdrukken op het glas moet hebben afgeveegd.' Erica voelde zich heel intelligent zoals ze daar zat en conclusies wist te trekken. Patrik was beleefd genoeg om net te doen alsof hij dat nog niet had bedacht.

'Ja, daar lijkt het op. Omdat de glazen omgespoeld waren, hebben we in geen van beide sporen van het slaapmiddel gevonden, maar ik vermoed dat Alex het met de cider heeft binnengekregen.'

'Maar waarom heeft ze in haar eentje die vis gegeten, terwijl ze een chic dineetje voor twee had voorbereid?'

'Dat is inderdaad een goede vraag. Waarom zou een vrouw een feestmaal laten staan en iets in de magnetron opwarmen?'

'Omdat ze een romantisch etentje voor twee heeft gepland, maar haar bezoek niet is komen opdagen.'

'Dat denk ik ook. Ze zat daar maar te wachten en ten slotte gaf ze het op. Haalde iets uit de vriezer en gooide dat in de magnetron. Dat begrijp ik maar al te goed, in je eentje ossenhaas eten is niet echt gezellig.'

'Anders is wel langs geweest, maar ze heeft vast niet op hem zitten wachten. Wat dacht je van de vader van het kind?' vroeg Patrik.

'Dat is wel het meest waarschijnlijke. Bah, wat tragisch. Heeft ze een heerlijke maaltijd voorbereid, de wijn koud gezet, misschien om de zwangerschap te vieren, weet ik veel, en dan komt hij niet en zit ze hier maar te wachten. De vraag is wie er dan wel kwam.'

'We kunnen hem niet helemaal uitsluiten. Hij kan nog steeds degene zijn die langskwam, zij het laat.'

'Ja, dat is zo. O, dit is zo frustrerend. Konden de muren maar praten!' Erica keek veelbetekenend rond.

Het was een mooie kamer. Hij zag er nieuw en fris uit. Toen ze even snoof, kon ze zelfs vagelijk de geur van verf ruiken. Op de muren zaten Erica's favoriete kleuren, lichtblauw met een vleugje grijs. De witte kozijnen en witte meubels zorgden voor een vrolijk contrast. Het was zo rustig in de kamer dat ze het liefst haar hoofd achterover had geleund en haar ogen had gesloten. De bank had ze bij House in Stockholm gezien en met haar inkomen had ze er alleen maar van kunnen dromen. Het was een bolle, grote bank die als het ware aan alle kanten uitpuilde. Nieuwe meubels waren smaakvol gecombineerd met antiek. Het antiek was Alex vast tegengekomen toen ze het huis in Göteborg restaureerde. De meeste antieke meubels waren in gustaviaanse
 stijl. Erica wist dat dankzij Ikea. Ze had een hele tijd een paar van hun

meubels in gustaviaanse stijl willen hebben. Ze zuchtte diep en afgunstig en realiseerde zich toen waarom ze hier waren. Haar jaloezie was op slag verdwenen.

'Dus, wat je zegt is dat er iemand langskwam die ze kende, haar minnaar of iemand anders, en dat ze samen een glaasje dronken en dat die persoon een slaapmiddel in het ciderglas van Alex heeft gedaan,' zei Erica.

'Ja, dat is het meest waarschijnlijke scenario.'

'En toen? Wat is er volgens jou daarna gebeurd? Hoe is ze in de badkuip beland?' Erica begroef zichzelf nog dieper in de bank en legde heel brutaal haar benen op de salontafel. Ze moest gewoon zien dat ze deze bank bij elkaar spaarde. Even schoot het door haar hoofd dat als ze het huis verkochten, ze alle meubels kon kopen die ze maar wilde hebben. Ze duwde die gedachte meteen weer weg.

'Ik denk dat de moordenaar heeft gewacht tot Alex insliep, toen haar kleren heeft uitgetrokken en haar naar de badkamer heeft gesleept.'

'Waarom zou de moordenaar haar hebben gesleept en niet gedragen?'

'Uit het sectierapport blijkt dat er schaafwonden op haar hielen zaten en blauwe plekken onder haar oksels.'

Patrik ging rechtop zitten en keek Erica hoopvol aan. 'Mag ik even iets uitproberen?'

Erica werd voorzichtig en vroeg sceptisch: 'Tja, dat hangt ervan af wat het is.'

'Als jij nu even het slachtoffer speelt.'

'Oké. Dacht je echt dat ik daar voldoende acteertalent voor had?' Ze lachte, maar stond wel op om hem ter wille te zijn.

'Nee, ga maar weer zitten. Waarschijnlijk zaten ze hier en is Alex op de bank in slaap gevallen. Dus als je even een levenloze hoop wilt zijn?'

Erica bromde wat, maar deed haar best om een bewusteloze vrouw voor te stellen. Toen Patrik aan haar begon te sjorren, deed ze één oog open en vroeg: 'Ik hoop niet dat je mijn kleren ook uit gaat trekken?'

'O, nee. Absoluut niet. Ik zou dat... ik wilde niet... ik bedoel...' Hij stotterde en bloosde.

'Rustig maar. Ik plaagde je. Vermoord me maar.'

Ze voelde hoe hij haar op de vloer trok nadat hij eerst de salontafel een eindje opzij had geschoven. Vervolgens probeerde hij haar aan haar polsen over de vloer te trekken, maar omdat dat niet echt ging, pakte hij haar bij haar bovenarmen en trok haar zo naar de badkamer. Opeens was ze zich heel erg bewust van haar gewicht. Patrik zou wel denken dat ze een ton woog. Ze probeerde een beetje te sjoemelen en mee te werken om niet zo zwaar te lijken, maar Patrik wees haar terecht. O, waarom had ze de afgelopen weken het dieet van de Weight Watchers niet wat nauwkeuriger gevolgd! Eigenlijk had ze het zelfs niet geprobeerd, maar zich ongeremd volgepropt om troost te vinden. En alsof het allemaal nog niet erg genoeg was, gleed haar trui omhoog terwijl Patrik aan haar trok, en dreigde er een verraderlijke vetrol zichtbaar te worden. Ze probeerde haar buik in te trekken door diep adem te halen, maar moest na een tijdje toch weer uitademen.

De tegelvloer in de badkamer voelde koud aan haar rug en ze huiverde onwillekeurig, maar niet alleen van de kou. Toen Patrik haar tot aan het bad had gesleept, legde hij haar voorzichtig neer. ‘Dat ging vrij soepel. Vrij zwaar, maar niet onmogelijk. En Alex woog minder dan jij.’

Dank je wel, dacht Erica terwijl ze nog steeds op de grond lag en haar trui over haar buik probeerde te trekken.

‘Nu moest de moordenaar haar alleen nog in het bad tillen.’ Hij maakte aanstalten om Erica’s voeten op te tillen, maar ze stond snel op en begon haar kleren af te kloppen.

'Nee, dat doen we niet, hoor. Ik heb voor één dag wel genoeg blauwe plekken opgelopen. En je krijgt me nooit in het bad waar Alex in heeft gelegen, dat is een ding dat zeker is.'

Met tegenzin accepteerde hij haar protest en ze gingen weer terug naar de woonkamer.

'Nadat de moordenaar Alex in bad had gelegd, was het niet moeilijk om de kraan aan te zetten en met een scheermesje haar polsen door te snijden. Het scheermesje lag in een zakje in het badkamerkastje. Daarna hoefde de moordenaar alleen nog maar schoon te maken. De glazen om te spoelen en de vingerafdrukken af te vegen. Ondertussen bloedde Alex in de badkamer langzaam dood. Heel, heel erg koelbloedig.'

'En de cv-ketel, die was al uit toen ze naar Fjällbacka kwam?'

'Daar lijkt het op. En dat is ons geluk. Als het lichaam een hele week bij kamertemperatuur was blijven liggen, was het veel moeilijker geweest om sporen op het lichaam te vinden. De vingerafdrukken van Anders waren waarschijnlijk helemaal niet zichtbaar geweest.'

Erica huiverde. De gedachte dat er vingerafdrukken van een lijk werden gehaald was haar iets te macaber.

Samen liepen ze door de rest van het huis. Erica nam nu alle tijd om de slaapkamer van Alex en Henrik goed te bekijken nadat haar vorige bezoekje zo abrupt was onderbroken. Ze vond echter niets nieuws. Ze had nog steeds het gevoel dat er iets ontbrak, en het irriteerde haar mateloos dat ze niet kon bedenken wat dat was. Ze besloot het tegen Patrik te zeggen en hij was er net zo gefrustreerd over als zij. Bovendien deed het haar deugd dat hij er nogal ongerust uitzag toen ze vertelde dat er een indringer was geweest en dat ze zich in de klerenkast had verborgen.

Patrik zuchtte diep en ging op de rand van het grote hemelbed zitten. Hij probeerde haar te helpen bedenken wat ze vergeten was. 'Was het iets groots of iets kleins?'

'Ik weet het niet, Patrik, waarschijnlijk iets kleins, anders was het me toch wel opgevallen, nietwaar? Als het hemelbed er niet meer had gestaan, had ik dat wel geweten.' Ze glimlachte en ging naast hem op het bed zitten.

'Maar waar in de kamer was het? Bij de deur? Bij het bed? Op de ladekast?'

Patrik bekeek een stukje leer dat hij op Alex' nachtkastje had gevonden. Het leek een clubteken en op de achterkant stond in kinderlijk handschrift een inscriptie gebrand. 'D.D.M. 1976.' Toen hij het omdraaide zag hij een paar vage vlekken van iets wat op oud, opgedroogd bloed leek. Hij vroeg zich af waar het vandaan kwam.

'Ik weet niet wat het was, Patrik. Als ik het had geweten, was ik nu niet zo wanhopig geweest.'

Ze keek tersluiks naar zijn profiel. Hij had fantastisch lange, donkere wimpers. De stoppeltjesbaard was perfect. Lang genoeg om als zacht schuurpapier te voelen, en kort genoeg om niet echt te schuren. Ze vroeg zich af hoe die tegen haar huid zou voelen.

'Wat is er? Zit er iets op mijn gezicht?' Patrik veegde geschrokken zijn mond af. Ze keek snel weg, want ze vond het gênant dat hij had gemerkt dat ze naar hem had zitten kijken.

'Nee, hoor. Alleen een klein stukje chocola. Maar dat is nu weg.'

Er viel een korte stilte.

'Wat dacht je ervan? We komen nu niet echt verder, hè?' zei Erica ten slotte.

'Nee, dat denk ik ook niet. Maar je moet me meteen bellen als je weet wat hier ontbreekt. Als het zo belangrijk is dat iemand het komt ophalen, dan is het ongetwijfeld ook belangrijk voor het onderzoek.'

 Ze sloten het huis zorgvuldig af en Erica legde de sleutel terug onder de mat.

‘Wil je een lift terug?’

‘Nee, dank je, Patrik. Ik loop graag.’

‘Dan zien we elkaar morgenavond.’ Patrik stampte op de grond en voelde zich weer een onhandige tiener.

‘Ja, om acht uur ben je welkom. Zorg dat je trek hebt.’

‘Dat zal ik proberen. Maar ik beloof niets. Op dit moment heb ik het gevoel dat ik nooit meer trek zal hebben,’ lachte Patrik terwijl hij over zijn buik wreef en naar het huis van Dagmar Petrén aan de overkant van de straat knikte.

Erica glimlachte en zwaaide enthousiast toen hij er in zijn Volvo vandoor ging. Bij de gedachte aan de volgende dag voelde ze het al kriebelen in haar buik en dat gevoel ging gepaard met onzekerheid, vrees en pure schrik.

Ze begon naar haar huis te lopen, maar had nog maar een paar meter afgelegd toen ze abrupt bleef staan. Ze had opeens een idee en dat moest ze controleren voordat ze het kon verwerpen. Met gedecideerde passen liep ze terug naar het huis, pakte de sleutel en ging weer naar binnen nadat ze zorgvuldig de sneeuw van haar schoenen had gestampt.

Wat zou een vrouw doen die op een man wachtte die niet kwam opdagen voor een romantisch dineetje? Ze zou hem bellen natuurlijk! Erica bad stilletjes dat Alex een moderne telefoon had en geen Ericofoon of erger nog, een oud bakelieten toestel. Ze had geluk. In de keuken hing een splinternieuwe Doro aan de muur. Met trillende vingers drukte ze op de herhaaltoets, duimend dat niemand de telefoon na Alex' dood had gebruikt.

De telefoon ging eindeloos over. Na zeven keer wilde ze bijna ophangen, maar toen kreeg ze eindelijk de voicemail van een mobiel nummer. Ze luisterde naar het bericht, maar verbrak de verbinding voor de piep. Bleek hing ze de hoorn terug. Ze kon bijna horen hoe de puzzelstukjes in haar hoofd op hun plek vielen. Plotseling wist ze ook precies wat er boven in de slaapkamer ontbrak.

Mellberg schuimbekte van woede. Als een furie liep hij door het politiebureau en als dat had gekund, dan hadden de medewerkers van bureau Tanumshede dekking gezocht onder hun bureau. Maar dat deden volwassenen niet en daarom moesten ze een hele dag naar zijn gevloek en getier en gescheld luisteren. Annika kreeg de ergste lading over zich heen en hoewel zij

 in de maanden dat ze voor Mellberg had gewerkt een dikke huid had gekregen, prikten haar nu voor het eerst sinds lange tijd de tranen in de ogen. Om vier uur had ze er genoeg van. Ze ontvluchtte haar werk, stopte bij de supermarkt en kocht een grote doos ijs. Eenmaal thuisgekomen zette ze *The Bold and the Beautiful* aan en liet haar tranen in het chocolade-ijs druppelen. Dit was gewoon zo'n dag.

Het ergerde Mellberg mateloos dat hij Anders Nilsson had moeten laten gaan. Hij was er tot in het diepst van zijn ziel van overtuigd dat Anders de moordenaar van Alex Wijkner was en dat hij hem de waarheid zou hebben ontfutseld als hij maar wat langer met hem alleen had kunnen zijn. Maar nee, hij had Anders moeten laten gaan vanwege een stomme getuige die hem vlak voor de een of andere tv-serie had zien thuiskomen. Hij was dus om zeven uur in zijn eigen flat geweest en Alex had om kwart over zeven met Birgit gesproken. Wat een ellende.

En dan die jonge agent, Patrik Hedström. Die probeerde hem het absurde idee op te dringen dat iemand anders dan Anders Nilsson de vrouw had vermoord. Nee, als hij in alle jaren bij de politie iets had geleerd, dan was het wel dat de meeste dingen precies waren wat ze leken. Geen verborgen motieven, geen gecompliceerde complotten. Alleen plebs dat eerbare burgers het leven zuur maakte. Vind het plebs, dan vind je de dader – dat was zijn motto in het leven.

Hij toetste het nummer van Patrik Hedströms mobiele telefoon in.

'Waar zit je, verdomme?' Geen beleefdheidsfrasen nu. 'Zit je ergens uit je neus te vreten? Wij hier op het bureau zijn druk bezig. Draaien overuren. Heb je daar weleens van gehoord? Zo niet, dan regel ik het graag zo dat je er ook nooit achter komt wat dat is. In elk geval niet hier.'

Hij voelde zich iets beter nu hij die melkmuil een beetje van katoen had kunnen geven. Je moet die groentjes kort houden, anders kregen ze veel te veel kapsones.

'Ik wil dat je met de getuige gaat praten die zegt dat Anders Nilsson om zeven uur thuis was. Zet haar onder druk, draai de duimschroeven maar een beetje aan en kijk wat je boven tafel kunt krijgen.'

'Ja, nú, verdomme.'

Hij gooide de hoorn op de haak en genoot ervan dat hij een positie had waarin hij anderen kon opdragen de rotklusjes te doen. Plotseling voelde zijn bestaan een stuk lichter. Mellberg leunde achterover in zijn stoel, opende de

 bovenste la en pakte een doos bonbons. Met zijn worstvingers pakte hij er een uit en stopte die genietend in zijn mond. Toen hij hem ophad, nam hij er nog een. Hardwerkende kerels als hij konden een beetje brandstof goed gebruiken.

Patrik was al afgeslagen om via Grebbestad naar Tanumshede te gaan toen Mellberg belde. Hij reed de oprit van de golfbaan van Fjällbacka op en keerde. Hij zuchtte diep. Het was al laat en hij moest nog van alles doen op het bureau. Hij had niet zo lang in Fjällbacka moeten blijven, maar het samenzijn met Erica had een speciale aantrekkingskracht op hem. Het was alsof hij naar een magneetveld werd gezogen en hij moest al zijn spier- en wilskracht gebruiken om zich ervan los te rukken. Nog een diepe zucht. Dit kon maar op één manier eindigen. Slecht. Hij had zijn verdriet over Karin nog maar net verwerkt en nu was hij al met volle vaart op weg naar een nieuwe pijn. Over masochisme gesproken. Het had hem ruim een jaar gekost om de scheiding te verwerken. Hij had vele nachten naar kwaliteitsseries als *Walker, Texas Ranger* en *Mission Impossible* zitten staren. Zelfs *TV Shop* had een beter idee geleken dan in zijn eentje in het tweepersoonsbed te liggen woelen, terwijl er beelden door zijn hoofd spookten van Karin die met een andere man in bed lag, alsof hij naar een slechte soap keek. Toch was de aantrekkingskracht die hij in het begin bij Karin had gevoeld niets vergeleken met wat hij nu voor Erica voelde. Logischerwijs moest de val dan ook des te groter zijn, fluisterde een duiveltje in hem.

Zoals altijd nam hij de laatste scherpe bochten voor Fjällbacka te snel. Deze zaak begon hem op de zenuwen te werken. Hij reageerde zijn frustratie af op de auto en was een gevaar op de weg toen hij afsloeg bij de heuvel waar de oude silo had gestaan. Nu was die gesloopt en lagen er ouderwets lijkende woningen en boothuizen. De huizen hier kostten een paar miljoen kronen per stuk en hij bleef zich verbazen over de hoeveelheid geld die mensen moesten hebben om voor zo'n bedrag een zomerhuis te kunnen kopen.

Uit het niets dook er in de bocht een motorrijder op en Patrik moest in paniek uitwijken. Zijn hart bonsde heftig en hij remde af tot hij net onder de toegestane snelheid reed. Dat had maar een haar gescheeld. Hij keek in zijn achteruitkijkspiegel om zich ervan te vergewissen dat de motorrijder overeind was gebleven en zijn rit kon vervolgen.

Zelf reed hij rechtdoor langs de midgetgolfbaan tot hij bij de kruising bij de benzinepomp kwam. Daar sloeg hij linksaf naar de huurflats. Weer realiseerde hij zich dat ze afschuwelijk lelijk waren. Bruin met witte gebouwen uit de jaren zestig die als vierkante blokken bij de zuidelijke inrit naar Fjällbacka leken te zijn neergesmeten. Hij vroeg zich af hoe de architect die ze had ontworpen, had gedacht. Had hij de huizen zo lelijk mogelijk willen maken, bij wijze van experiment? Of had het hem niet kunnen schelen? Waarschijnlijk waren ze het resultaat van een miljoenenproject in de jaren zestig. 'Woningen voor iedereen.' Jammer alleen dat ze er niet 'Mooie woningen voor iedereen' van hadden gemaakt.

Hij zette zijn auto op de parkeerplaats en liep naar de eerste portiek. Nummer 5. De portiek waar niet alleen Anders woonde, maar ook de getuige Jenny Rosén. Ze woonde twee hoog. Hij hijgde toen hij boven was en besefte dat hij de laatste tijd te weinig beweging en te veel koffiebroodjes had gehad. Niet dat hij ooit echt sportief was geweest, maar zo erg als nu was het nog nooit geweest.

Patrik bleef even voor de deur van Anders staan luisteren. Hij hoorde niets. Of Anders was niet thuis, of hij lag voor pampus.

Jenny's deur was rechts, recht tegenover die van Anders, die aan de linkerkant van de trapopgang woonde. Jenny had het standaard naamplaatje vervangen door een houten bordje waarop in sierschrift de namen Jenny en Max Rosén waren geschreven, versierd met decoratieve roosjes. Ze was dus getrouwd.

Ze had vanochtend vroeg het politiebureau gebeld om zich te melden als getuige en hij hoopte dat ze nog steeds thuis was. Toen ze gisteren bij alle bewoners in het trappenhuis hadden aangebeld, was ze er niet geweest en daarom hadden ze een visitekaartje achtergelaten met het verzoek het bureau te bellen zodra ze thuiskwam. Daardoor hadden ze vandaag pas gehoord hoe laat Anders was thuisgekomen op de vrijdagavond dat Alex vermoord was.

De voordeurbel echode in het appartement en werd meteen gevolgd door boos kindergehuil. Patrik hoorde voetstappen in de hal en hij voelde eerder dan dat hij het zag dat er iemand door het kijkgaatje in de deur naar hem keek. Er werd een veiligheidsketting losgemaakt en de deur ging open.

'Ja?'

Een vrouw met een kind van ongeveer een jaar oud deed open. Ze was heel slank en had sterk geblondeerd haar. Afgaande op de kleur bij de haarwortels was haar eigen kleur iets tussen donkerbruin en zwart in, wat werd bevestigd door haar kastanjebruine ogen. Ze droeg geen make-up en zag er moe uit. Ze had een versleten joggingbroek met duidelijke knieën aan en een T-shirt met een groot Adidas-logo op de borst.

'Jenny Rosén?'

'Ja, dat ben ik. Wie bent u?'

'Ik ben van de politie. Mijn naam is Patrik Hedström. Je hebt ons vanochtend gebeld en ik zou het graag nog even met je hebben over wat je ons hebt verteld.' Hij sprak zachtjes omdat hij niet wilde dat het in de flat aan de overkant te horen was.

'Kom binnen.' Ze deed een pas opzij om hem langs te laten.

Het was een kleine woning met maar één kamer en er woonde zeker geen man. In elk geval geen man die ouder was dan één jaar. De flat was één grote, roze explosie. Alles was roze. Vloerkleden, kleedjes, gordijnen, lampen, alles. Roosjes waren ook populair. Die zaten op de lampjes en kaarsenhouders, die er in overvloed waren. Aan de muren hingen afbeeldingen die de romantische inslag van de bewoonster nog verder benadrukten. Vrouwengezichten in soft focus met langsvliegende vogels. Boven het bed hing zelfs een schilderij met een huilend kind.

Ze gingen op een witte leren bank zitten en ze bood hem gelukkig geen koffie aan. Dat had hij al genoeg gehad vandaag. Ze nam het jongetje op schoot, maar hij wurmde zich los en werd toen op de grond gezet, waar hij met nog onzekere beentjes rondstapte.

Patrik realiseerde zich hoe jong ze was. Ze was bijna nog een tiener, hij zou haar leeftijd op achttien schatten. Maar hij wist dat het in dit soort kleine plaatsen niet ongebruikelijk was dat meisjes voor hun twintigste één of zelfs twee kinderen hadden. Omdat ze het kind Max noemde, concludeerde hij dat de vader hier niet woonde. Dat was ook niet ongebruikelijk. Tienerrelaties waren vaak niet bestand tegen de rompslomp die een baby met zich meebracht.

Hij pakte zijn notitieblok. 'Je hebt Anders Nilsson dus op vrijdag de vijfentwintigste, rond een uur of zeven zien thuiskomen? Hoe komt het dat je de tijd zo zeker weet?'

'Ik kijk altijd naar *Gescheiden werelden*. Dat begint om zeven uur en vlak daarvoor hoorde ik in het trappenhuis een hoop lawaai. Op zich is dat niet zo ongewoon. Bij Anders is het altijd een kabaal van jewelste. De maten met wie hij drinkt komen op elk moment van de dag langs en de politie komt ook weleens. Maar ik heb even door het kijkgaatje in de deur gekeken en toen zag ik hem. Hij was zo dronken als een tor en probeerde de deur te openen, maar het sleutelgat had een meter breed moeten zijn had hem dat willen lukken. Uiteindelijk slaagde hij er toch in en net toen hij naar binnen ging, hoorde ik de tune van *Gescheiden werelden* en dus ben ik gauw tv gaan kijken.'

Ze kauwde nerveus op een lok van haar lange haar. Patrik zag dat ze haar nagels helemaal had afgebeten. Op de nagelstompjes die ze nog had, zaten restjes van felroze nagellak.

Max was doelbewust om de salontafel heen gewaggeld en stond nu triomfantelijk aan Patriks broekspijp te trekken.

'Op, op, op,' dreunde hij en Patrik keek vragend naar Jenny.

'Doe maar. Hij vindt je blijkbaar aardig.'

Patrik tilde het kereltje onhandig op en gaf hem zijn sleutelbos om mee te spelen. Het kind straalde. Hij schonk Patrik een brede grijns en toonde twee piepkleine voortanden. Patrik glimlachte spontaan terug. Hij voelde een steek in zijn borst. Als de dingen anders waren gelopen, had hij nu zo'n kindje van zichzelf op zijn schoot kunnen hebben. Hij streek Max nadenkend over zijn donzige hoofdje.

'Hoe oud is hij?'

'Elf maanden. Het is een handenbindertje, hoor.'

Ze keek vertederd naar haar zoon en Patrik zag opeens hoe lief ze er achter haar vermoeide uiterlijk uitzag. Hij kon zich zelfs voorstellen hoe vermoeiend het moest zijn om op haar leeftijd een alleenstaande ouder te zijn. Ze zou moeten uitgaan en feestvieren, lol moeten maken met vriendinnen. In plaats daarvan was ze 's avonds druk met luiers verschonen en het huishouden. Alsof ze de innerlijke spanningen wilde illustreren, pakte ze een sigaret uit het pakje dat op de salontafel lag en stak die op. Ze nam genietend een diepe trek en hield Patrik vervolgens vragend het pakje voor. Hij schudde zijn hoofd. Roken in dezelfde ruimte als een klein kind vond hij maar niks, maar goed, dat was haar zaak, niet de zijne. Hij snapte sowieso niet hoe je op iets kon zuigen wat zo goor rook als sigaretten.

'Kan hij daarna nog weer zijn weggegaan?'

'Het is hier zo gehorig dat je in de portiek een speld kunt horen vallen. Iedereen die hier woont weet wie komt en gaat – en wanneer. Ik ben er absoluut zeker van dat Anders niet meer is weggegaan.'

 Patrik besefte dat hij niet veel verder kwam. Uit nieuwsgierigheid vroeg hij:

‘Wat dacht jij toen je hoorde dat Anders verdacht werd van moord?’

‘Dat het lulkoek was.’

Ze nam een diepe trek en blies de rook in cirkeltjes uit. Patrik moest zich inhouden om niet iets over de risico’s voor meerokers te zeggen. Max zat op zijn schoot druk op de sleutelbos te sabbelen. Hij hield hem met zijn bolle knuistjes vast en af en toe keek hij Patrik aan alsof hij hem wilde bedanken voor het geweldige speeltje.

Jenny ging verder: ‘Natuurlijk, Anders is er beroerd aan toe, maar hij zou niemand kunnen vermoorden. Hij is aardig. Soms belt hij aan om een sigaret te bietsen en of hij nou dronken is of nuchter, hij is altijd aardig. Ik heb hem zelfs weleens op Max laten passen als ik even een boodschapje moest doen. Dan was hij overigens wel nuchter, hoor. Anders zou ik dat nooit hebben gedaan.’

Ze drukte de sigaret uit in een overvolle asbak. ‘Eigenlijk zit er bij geen van de drop-outs hier ook maar een greintje kwaad. Het zijn zielenpoten die hun leven verzuipen. Ze doen alleen zichzelf kwaad.’

Ze zwiepte met een hoofdbeweging haar haar uit haar gezicht en reikte weer naar het pakje sigaretten. Haar vingers waren geel van de nicotine en deze sigaret smaakte kennelijk net zo lekker als de vorige. Patrik voelde zich een beetje doorrookt worden en vermoedde ook dat Jenny niets interessants meer te vertellen had. Max protesteerde toen hij hem optilde en aan Jenny gaf.

'Dank je wel voor je hulp. Je hoort waarschijnlijk wel weer van ons.'

'Prima. Ik ga nergens heen.'

De sigaret lag nu in de asbak en de rook kringelde naar Max, die geirriteerd met zijn ogen knipperde. Hij sabbelde nog steeds op de sleutels en keek Patrik nu aan alsof hij hem uitdaagde ze terug te pakken. Patrik moest ze wel meenemen, dus hij trok voorzichtig aan de bos, maar de kleine tandjes waren verbazingwekkend sterk. Bovendien zat de hele bos nu onder het kwijl en had hij niet veel grip. Hij trok iets harder en Max gromde boos. Gewend als ze aan dergelijke situaties was, pakte Jenny Max gedecideerd de bos af en gaf die aan Patrik. Max krijste luid om zijn ongenoegen te uiten. Met de sleutelbos tussen duim en wijsvinger probeerde Patrik hem onopvallend aan zijn broekspijp af te vegen voordat hij hem weer in zijn achterzak stak.

Jenny en de brullende Max liepen met hem mee naar de deur. Het laatste wat hij zag voordat de deur dichtsloeg, waren de grote tranen die over de wangen van het kind biggelden. Ergens in zijn hart schrijnde het weer.

Het huis was nu te groot voor hem. Henrik liep van de ene kamer naar de andere. Alles in huis deed hem aan Alexandra denken. Ze had elke centimeter ervan onderhouden en was er dol op geweest. Hij had zich weleens afgevraagd of ze vanwege het huis met hem was getrouwd. Pas toen hij haar had meegenomen naar het huis, was hun relatie serieus geworden, voor allebei. Zelf was hij al serieus geweest sinds hij haar op de universiteit bij een bijeenkomst voor buitenlandse studenten had ontmoet. Met haar lange postuur en haar blonde haar had ze een aura van ongenaakbaarheid gehad, die een grotere aantrekkingskracht op hem had gehad dan al het andere in zijn leven. Hij had niets zo vurig gewild als Alex. En hij was gewend dat hij kreeg waar hij zijn zinnen op had gezet. Zijn ouders waren altijd veel te druk geweest met hun eigen leven om energie in het zijne te steken.

De tijd die het bedrijf hun nog liet, was opgeslokt door sociale evenementen. Bals voor goede doelen, cocktailparty's, zakendiners. Henrik moest lief thuisblijven met het kindermeisje en wat hij zich het beste van zijn moeder herinnerde was de geur van haar parfum als ze hem een afscheidskusje gaf, in gedachten al onderweg naar het een of andere frivole gebeuren. Ter compensatie had hij maar naar iets hoeven wijzen of hij had het gekregen. In materieel opzicht had het hem aan niets ontbroken, maar het was hem allemaal onverschillig gegeven, net zoals je verstrooid een hond aait die om aandacht vraagt.

Alex was dan ook het eerste in Henriks leven geweest dat hij niet had kunnen krijgen door er alleen maar om te vragen. Ze was onbereikbaar en dwars en daarom onweerstaanbaar. Volhardend en intensief had hij haar het hof gemaakt. Rozen, dineetjes, cadeautjes en complimenten. Hij had kosten noch moeite gespaard. En zij had het zich aan laten leunen en was een relatie met hem begonnen. Niet protesterend – hij had haar nooit kunnen dwingen – maar onverschillig. Pas toen hij haar die eerste zomer had meegenomen naar Göteborg en ze het huis hier op Särö waren binnengestapt, werd ze actiever in hun relatie. Ze beantwoordde zijn omhelzingen met een nieuwe intensiteit en hij was gelukkiger dan ooit tevoren. Diezelfde zomer trouwden ze in Zweden, hoewel ze elkaar nog maar een paar maanden kenden. Nadat ze voor hun laatste studiejaar en examens weer naar Frankrijk waren geweest, keerden ze voorgoed terug naar het huis op Särö.

Nu hij eraan terugdacht, besefte hij dat hij Alex alleen echt gelukkig had gezien als ze met het huis bezig was. Hij ging in een van de Chesterfield-stoelen in de bibliotheek zitten, liet zijn hoofd tegen de rugleuning rusten en sloot zijn ogen. Beelden van Alex schoten flikkerend als een oude super 8-film door zijn hoofd. Het leer onder zijn vingers was koel en ruw, en met zijn wijsvinger volgde hij de slingerende weg van een ouderdomsscheurtje.

Het best herinnerde hij zich haar verschillende glimlachen. Als ze een meubelstuk voor het huis vond dat precies was wat ze had gezocht, of wanneer ze met een mes behang verwijderde en het oude behang eronder nog in goede staat bleek te zijn, was haar glimlach breed en intens. Als hij haar in haar nek kuste, haar wang streelde of haar vertelde hoeveel hij van haar hield, glimlachte ze ook, soms. Soms, maar niet altijd. Die glimlach was hij gaan haten, een verre, afwezige, toegeeflijke glimlach. Daarna wendde ze zich altijd af en hij kon zien hoe haar geheimen als slangen onder het oppervlak kronkelden.

Hij had nooit vragen gesteld. Uit pure lafheid. Hij was bang geweest een kettingreactie te veroorzaken waarvan hij de consequenties niet wilde aanvaarden. Het was beter haar in elk geval fysiek naast zich te hebben, in de hoop dat ze ooit helemaal de zijne zou zijn. Hij was bereid het risico te nemen dat hij nooit alles zou krijgen, zodat hij er tenminste zeker van was dat hij een deel mocht houden. Een flintertje van Alex was genoeg. Zoveel hield hij van haar.

Hij keek de bibliotheek rond. De boeken die alle wanden bedekten en die ze moeizaam bij antiquariaten in Göteborg bij elkaar had gezocht, waren alleen maar uiterlijke schijn. Hij kon zich niet herinneren dat hij haar ooit een boek had zien lezen, behalve studieboeken op de universiteit. Misschien had ze genoeg aan haar eigen pijn en hoefde ze niet over die van anderen te lezen.

Wat hij het moeilijkst kon accepteren was de zwangerschap. Zodra hij over kinderen was begonnen, had ze fanatiek haar hoofd geschud. Ze wilde geen kinderen op een wereld als deze zetten, zei ze.

De man had hij geaccepteerd. Henrik wist dat Alex niet elk weekend trouw naar Fjällbacka ging om alleen te kunnen zijn, maar daar kon hij mee leven. Hun eigen seksleven stelde al ruim een jaar niets meer voor. Daar kon hij ook mee leven. Zelfs met haar dood zou hij leren leven, na verloop van tijd. Wat hij echter niet kon accepteren was dat ze wel het kind van een andere man had willen dragen, maar niet het zijne. Dat hield hem 's nachts uit zijn slaap. Bezweet lag hij tussen de lakens te woelen, zonder ook maar slaperig te worden. Hij had donkere kringen onder zijn ogen gekregen en was flink afgevallen. Hij had het gevoel dat hij een elastiekje was dat steeds verder werd uitgerekt en dat vroeg of laat een punt moest bereiken waarop het met een knal knapte. Tot dan toe had hij zonder tranen gerouwd, maar nu boog Henrik Wijkner zich naar voren, legde zijn gezicht in zijn handen en huilde.

5

De beschuldigingen, de harde woorden, de beledigingen – alles stroomde als water van hem af. Wat waren een paar uur beledigingen vergeleken met jaren van schuld. Wat waren een paar uur beledigingen vergeleken met een leven zonder zijn ijsprinses.

Hij lachte om de pathetische pogingen om hem de schuld op zich te laten nemen. Daar had hij geen reden toe. Zolang hij geen reden zag, zouden zij er ook niet in slagen.

Maar misschien had ze gelijk gehad. Misschien was de dag des oordeels eindelijk aangebroken. Hij wist dat het oordeel niet werd geveld door iemand van vlees en bloed. Het enige dat hem kon veroordelen was iets wat groter was dan de mens, groter dan het vlees, maar gelijkwaardig aan de ziel. De enige die mij kan veroordelen is hij die mijn ziel kan zien, dacht hij.

Het was gek hoe tegenstrijdige gevoelens een heel nieuw gevoel konden vormen. Liefde en haat werden onverschilligheid. Wraaklust en vergeving werden vastberadenheid. Tederheid en bitterheid werden verdriet, een verdriet dat zo groot was dat het een man kon verpletteren. Voor hem was zij altijd een bijzondere mengeling van licht en donker geweest. Een januskop die nu eens oordeelde, dan weer begreep. Soms bedekte ze hem ondanks zijn weerzinwekkendheid met hete kussen. Soms vernederde en haatte ze hem om dezelfde reden. In de tegenstellingen bestond geen rust.

De laatste keer dat hij haar zag, was de keer dat hij het meest van haar hield. Eindelijk was ze helemaal de zijne. Eindelijk behoorde ze hem helemaal toe, kon hij met haar doen wat hij wilde. Haar liefhebben of haar haten. Zonder dat zij zijn liefde beantwoordde met onverschilligheid.

Vroeger had hij het gevoel gehad een sluier lief te hebben. Een ontwijkende, doorschijnende, verleidelijke sluier. De laatste keer dat hij haar zag, had de sluier zijn mystiek verloren en was alleen het vlees er nog. Maar dat maakte haar bereikbaar. Voor het eerst had hij het idee dat hij kon voelen wie ze was. Hij had haar verstijfde ledematen aangeraakt en de ziel gevoeld die nog altijd in haar bevroren gevangenis klopte. Nooit had hij zoveel van haar gehouden als toen. Nu was het tijd het lot tegemoet te treden, oog in oog. Hij hoopte dat het lot zich vergevingsgezind zou betonen. Al verwachtte hij dat niet.

❄

Ze werd wakker van de telefoon. Dat mensen toch niet op normale tijden konden bellen!

'Met Erica.'

'Hoi, met Anna.' Haar toon was afwachtend. En terecht, dacht Erica.

'Hoi.' Erica was niet van plan haar er zo makkelijk mee weg te laten komen.

'Hoe gaat het met je?' Anna liep door een mijnenveld.

'Goed, hoor. En met jou?'

'O, het gaat wel. Hoe gaat het met je boek?'

'Een beetje af en aan. Maar ik kom wel steeds verder. Met de kinderen ook alles goed?' Erica besloot iets inschikkelijker te zijn.

'Emma heeft een flinke verkoudheid opgelopen, maar Adrians koliek lijkt beter te worden. Dus nu kan ik 's nachts in elk geval een paar uurtjes slapen.' Anna lachte, maar Erica meende een bittere ondertoon te horen.

Er viel een korte stilte.

'Zeg, we moeten het over het huis hebben.'

'Ja, dat vind ik ook.' Nu was het Erica's beurt om bitter te klinken.

'We moeten het verkopen, Erica. Als je ons niet kunt uitkopen, moeten we het verkopen.'

Toen Erica geen antwoord gaf, kwebbelde Anna nerveus verder. 'Lucas heeft met de makelaar gepraat en hij vindt dat we de vraagprijs op drie miljoen kronen moeten vaststellen. Drie miljoen, Erica, hoor je dat? Met jouw anderhalf miljoen kun je in alle rust schrijven zonder je zorgen om je financiën te hoeven maken. Het is vast niet makkelijk voor je om rond te komen van het schrijven. Hoe groot is de oplage van je boeken? Tweeduizend? Drieduizend? En per boek verdien je toch niet veel? Begrijp je niet dat dit voor jou ook een kans is, Erica? Je hebt altijd gezegd dat je iets literairs wilt schrijven. Met dit geld kun je daar tijd voor vrijmaken. De makelaar vindt dat we het huis pas in april of mei op de markt moeten brengen, zodat er zoveel mogelijk belangstelling is. Maar als het eenmaal te koop staat, zou het met een week of twee geregeld moeten zijn. Je begrijpt toch wel dat we dit moeten doen?'

Anna klonk smekend, maar Erica was niet in de stemming om medeleven te voelen. Haar ontdekking de dag ervoor had haar uit haar slaap gehouden en ze voelde zich sowieso teleurgesteld en chagrijnig.

‘Nee, dat begrijp ik niet, Anna. Dit is ons ouderlijk huis. Wij zijn hier opgegroeid. Papa en mama hebben dit huis gekocht toen ze net getrouwd waren. Ze waren er dol op. Ik ook, Anna. Je kunt dit niet zomaar doen.’

‘Maar het geld...’

‘Wat kan mij dat geld schelen! Ik heb me tot nu toe gered en ik ben van plan me te kunnen blijven redden.’ Erica was zo boos dat haar stem trilde.

‘Maar Erica, je moet toch begrijpen dat je me er niet toe kunt dwingen het huis te houden als ik dat niet wil. De helft is van mij.’

‘Als jij dit echt zou willen, dan had ik dat heel erg vervelend gevonden, maar dan had ik je besluit geaccepteerd. Het probleem is alleen dat ik het besluit van iemand anders hoor. Lucas is degene die dit wil, niet jij. Het is maar de vraag of je weet wat je zelf wilt. Weet je wel wat je zelf wilt?’

Erica wachtte Anna’s antwoord niet af.

‘En ik laat mijn leven niet sturen door Lucas Maxwell. Jouw man is een klootzak. En je zou als de wiedeweerga hierheen moeten komen om me te helpen met de spullen van papa en mama. Ik ben al weken bezig om de boel hier op orde te krijgen en het werk wordt er niet minder om. Het is niet eerlijk dat ik dit in mijn eentje moet doen. Als je zo vastzit aan het aanrecht dat je je zelfs niet met de nalatenschap van je ouders bezig mag houden, zou je je eens moeten afvragen of je echt zo verder wilt leven.'

Erica smeet de hoorn zo hard op de haak dat de telefoon van het nachtkastje viel. Ze lag te trillen van woede.

In Stockholm zat Anna met de hoorn in haar hand op de grond. Lucas was op zijn werk en de kinderen sliepen, dus ze had even een moment voor zichzelf gehad en dat benut om Erica te bellen. Ze had het gesprek al een paar dagen uitgesteld, maar Lucas was maar blijven zeuren dat ze Erica moest bellen over het huis en ten slotte was ze gezwicht.

Anna voelde zich verscheurd in duizend stukjes, die allemaal een andere kant op wilden. Ze hield van Erica en ze hield ook van het huis in Fjällbacka, maar wat Erica niet begreep was dat haar gezin op de eerste plaats kwam. Er was niets dat ze niet voor haar kinderen wilde doen of opofferen, en als ze Lucas gelukkig kon maken ten koste van de relatie met haar oudere zus, dan was dat niet anders. Emma en Adrian waren de enige reden waarom ze 's ochtends uit haar bed kwam, waarom ze wilde blijven leven. Als ze Lucas maar gelukkig kon maken, dan kwam alles wel in orde. Dat wist ze. Omdat zijzelf zo lastig was en niet deed wat hij wilde, moest hij gewoon hard tegen haar zijn. En als ze dit voor hem over had, als ze haar ouderlijk huis voor hem opofferde, dan zou hij beseffen hoeveel ze voor hem en haar gezin wilde doen en dan zou alles weer goed komen.

Ergens diep vanbinnen hoorde ze een stem die iets heel anders zei. Maar Anna liet haar hoofd hangen en huilde. Haar tranen verdrongen de zwakke stem. De hoorn bleef op de grond liggen.

Geïrriteerd sloeg Erica haar dekbed open en zwaaide haar benen over de rand van het bed. Ze had spijt van haar harde woorden tegen Anna, maar doordat ze in een slechte bui was en niet genoeg had geslapen, was ze volledig van de wijs geraakt. Ze probeerde Anna terug te bellen om te redden wat er te redden viel, maar kreeg de ingesprektoon.

'Shit!'

Het krukje voor de toilettafel kreeg een flinke trap, maar ze voelde zich er niet beter door. Integendeel, het was zo'n voltreffer dat ze kermend op één been rondsprong en haar zere teen vastgreep. Zelfs een bevalling kon niet zo pijnlijk zijn, dacht ze. Toen de pijn was weggeebd, ging ze tegen beter weten in op de weegschaal staan.

Ze wist dat ze dat beter niet kon doen, maar de masochist in haar dwong haar ertoe zekerheid te verkrijgen. Ze trok het T-shirt uit waarin ze had geslapen. Dat scheelde toch altijd weer een paar gram, en misschien zou haar slipje ook nog verschil uitmaken. Waarschijnlijk niet. Ze zette haar rechtervoet op de weegschaal, maar ging er niet met haar volle gewicht op staan. Geleidelijk bracht ze haar gewicht van de linkervoet over op de rechter en toen de naald 60 aanwees, wenste ze dat ze iets kon doen waardoor die daar bleef staan. Maar nee. Toen ze ten slotte met haar hele gewicht op de weegschaal stond, liet die onbarmhartig 73 zien. Aha. Ongeveer wat ze had gevreesd. Ze had gegokt dat ze twee kilo was aangekomen sinds de laatste keer dat ze zich had gewogen, op de ochtend van de dag dat ze Alex had gevonden, maar het waren er drie.

Nu ze zich had gewogen, vond ze het eigenlijk totaal overbodig dat ze dat had gedaan. Niet dat ze het niet aan haar broekband had gevoeld dat ze dikker was geworden, maar tot het moment waarop ze het zwart op wit bevestigd had gekregen, had ze het nog kunnen ontkennen. Vocht in de klerenkast of kleren te heet gewassen waren excuses waar ze de afgelopen jaren ontelbare keren gebruik van had gemaakt. Nu voelde ze zich wanhopig en ze had de neiging het dineetje met Patrik af te zeggen. Als ze hem zag, wilde ze zich sexy, mooi en slank voelen, niet opgeblazen en dik. Ze keek somber naar haar buik en trok hem zo ver in als ze kon. Het had geen zin. Ze bekeek zichzelf en profil in de passpiegel en probeerde toen haar buik zo ver mogelijk naar voren te steken. Kijk, dat beeld paste beter bij hoe ze zich nu voelde.

Ze schoot met een zucht in een wijde joggingbroek met een vergevingsgezind elastiek in de taille en trok het T-shirt waarin ze had geslapen weer aan. Ze beloofde zichzelf dat ze maandag serieus zou gaan lijnen. Het had geen zin daar nu mee te beginnen, ze had voor vanavond al een driegangenmenu gepland en er viel niet aan te ontkomen: als je een man met je kookkunsten wilde verleiden, waren boter en room onontbeerlijke ingrediënten. Maandag was bovendien altijd een goede dag om een nieuw leven te beginnen. Voor de honderdduizendste keer beloofde ze zichzelf plechtig dat ze op maandag zou gaan bewegen en zich aan het dieet van de Weight Watchers zou houden. Ze zou een nieuw mens worden. Maar vandaag nog niet.

Een groter probleem was de reden waarom ze al sinds gisteren liep te piekeren. Ze had de verschillende mogelijkheden van alle kanten bekeken en overwogen wat ze moest doen, maar was geen meter opgeschoten. Plotseling wist ze iets wat ze diep vanbinnen liever nooit had geweten.

De koffie in het koffiezetapparaat begon te geuren en het leven werd iets lichter. Geweldig wat zo'n hete, zwarte drank voor een mens kon doen. Ze schonk zichzelf een kopje in en dronk het staand bij het aanrecht genietend op. Ze was nooit dol geweest op het ontbijt en als ze nu wat minder calorieën binnenkreeg, was dat alleen maar goed gezien het geplande avondeten.

Toen er aan de deur werd gebeld, schrok ze zo dat ze wat koffie op haar T-shirt knoeide. Ze vloekte luid en vroeg zich af wie er op dit vroege uur iets van haar kon willen. Ze keek op de keukenklok. Halfnegen. Ze zette het kopje neer en deed met een vragende blik open. Voor haar deur stond Julia Carlgren met haar armen te wapperen tegen de kou.

'Hoi?' zei Erica vragend.

'Hoi,' was alles wat Julia zei.

Erica vroeg zich af wat het jongere zusje van Alex zo vroeg op dinsdagochtend op haar stoep deed, maar ze was keurig opgevoed en nodigde Julia uit verder te komen.

Julia kloste naar binnen, hing haar jas op en liep voor Erica uit naar de woonkamer.

'Ik ruik koffie. Mag ik een kopje?'

'O ja, hoor.'

Erica schonk een kopje koffie in en sloeg buiten Julia's blikveld haar ogen ten hemel. Met die meid was toch echt iets niet in orde. Ze reikte Julia het kopje aan, en met haar eigen kopje in haar hand bood ze Julia een plek op de rotanbank op de veranda aan. Ze dronken hun koffie in stilte. Erica besloot dat ze zou wachten tot Julia wat zei. Ze moest zelf maar vertellen waarom ze hier was. De stilte was gespannen en het duurde een paar minuten voordat Julia haar mond opendeed.

'Woon je nu hier?'

'Nee, eigenlijk niet. Ik woon in Stockholm, maar ik moet het huis hier leeghalen.'

'Ja, ik heb het gehoord. Gecondoleerd.'

'Dank je. Jij ook.'

Julia liet even een merkwaardig lachje horen, dat Erica schokkend en misplaatst vond. Ze herinnerde zich het document dat ze in de prullenbak bij

Nelly Lorentz had gevonden en vroeg zich af hoe die puzzelstukjes in elkaar pasten.

'Je vraagt je vast af waarom ik hier ben.'

Julia keek Erica met haar wonderlijke, vaste blik aan. Ze knipperde bijna nooit met haar ogen.

Het viel Erica opnieuw op hoezeer ze verschilde van haar zus. Julia's huid werd getekend door acne en haar haar zag eruit alsof ze het zelf met een nagelschaartje had geknipt. Zonder spiegel. Haar uiterlijk had iets ongezonds. Een ziekelijke bleekheid lag als een grijzig vlies over haar huid. Wat kleren betreft had ze ook niet dezelfde smaak als Alex. Wat ze nu droeg leek uit winkels voor bejaarde dames te komen en was zo uit de mode als het maar kon zijn, tenzij je naar een gekostumeerd feest ging.

'Heb je ook foto's van Alex?'

'Sorry?' De directe vraag verbaasde Erica. 'Foto's? Ja, ik denk het wel. Verschillende zelfs. Mijn vader was dol op fotograferen, en toen we klein waren zette hij ons voortdurend op de foto. Alex kwam hier toen heel vaak, dus ze staat vast op meerdere foto's.'

 'Mag ik ze zien?' Julia keek Erica streng aan, alsof ze haar verweet dat ze de foto's nog niet had gepakt. Dankbaar nam Erica de gelegenheid te baat om even aan Julia's indringende blik te ontsnappen door de fotoalbums te gaan halen.

Die lagen op zolder in een koffer. Erica was er nog niet aan toegekomen daar op te ruimen, maar wist wel waar de koffer stond. Alle foto's van haar familie werden daarin bewaard en ze had het moment gevreesd waarop ze die zou moeten doornemen. Een groot deel van de foto's lag in ongeordende stapels, maar ze wist dat de foto's die ze nu zocht netjes in albums waren geplakt. Ze bladerde ze systematisch door, van voor naar achter, en in het derde album vond ze wat ze zocht. Ook in het vierde album zaten foto's van Alex, en met de beide albums onder haar arm klauterde ze voorzichtig de vlieringtrap weer af.

Julia zat nog in precies dezelfde houding als daarvoor. Erica vroeg zich af of ze zich überhaupt wel had bewogen terwijl zij weg was geweest.

'Hier heb ik wat foto's die je wel leuk zult vinden.' Erica pufte en legde de dikke fotoalbums op de salontafel waardoor het stof alle kanten op vloog.

Julia stortte zich geestdriftig op het bovenste album en Erica ging naast haar op de rotanbank zitten om de foto's te kunnen toelichten.

'Wanneer was dit?' Julia wees op de allereerste foto van Alex die ze tegenkwam, op de tweede pagina van het album.

'Even kijken. Dat moet in... 1974 zijn geweest. Ja, dat klopt geloof ik wel. We waren hier een jaar of negen, denk ik.'

Erica streek met haar vinger over de foto en voelde zich weemoedig. Het was zo lang geleden. De foto was op een warme zomerdag genomen en Alex en zij stonden in hun blootje in de tuin. Als ze het zich goed herinnerde, waren ze bloot geweest omdat ze schreeuwend door de straal van de tuinslang heen en weer renden. Wat een beetje vreemd was op de foto, was dat Alex gebreide winterwanten droeg.

'Waarom heeft ze wanten aan? Dit lijkt toch juli of zo?' Julia keek verbluft naar Erica, die lachte bij de herinnering.

'Je zus was dol op die wanten en wilde ze per se aan, niet alleen 's winters, maar vaak ook in de zomer. Ze was zo koppig als een ezel en niemand kon haar ervan overtuigen dat ze die gore wanten beter uit kon doen.'

'Ze wist wat ze wilde, nietwaar?'

Julia keek naar de foto in het album met iets wat bijna tederheid leek. Een tel later was die blik verdwenen en bladerde ze ongeduldig verder.

De foto's waren voor Erica net relikwieën uit een ander leven. Het was zo lang geleden en er was sindsdien zoveel gebeurd. Soms leek het alsof haar jeugdjaren met Alex een droom waren geweest.

'We waren eerder zusjes dan vriendinnen. Als we niet sliepen, waren we altijd samen en vaak gingen we ook bij elkaar logeren. Elke dag keken we wat er bij ieder van ons werd gekookt, en dan kozen we voor het lekkerste eten.'

'Jullie aten dus vaak hier.' Voor het eerst verscheen er een glimlachje op Julia's lippen.

'Ja, je kunt zeggen wat je wilt over je moeder, maar met koken zou ze de kost niet kunnen verdienen.'

Een speciale foto trok Erica's aandacht. Aarzelend streek ze er even over. Het was een ongelooflijk mooie foto. Alex zat op de achtersteven van Tores boot en lachte met haar hele gezicht. Haar blonde haar wapperde om haar hoofd en achter haar was het fraaie silhouet van Fjällbacka te zien. Ze waren ongetwijfeld onderweg geweest naar een plek waar ze in zee konden zwemmen en op de klippen konden zonnebaden. Er waren veel van dat soort dagen geweest. Haar moeder had zoals altijd niet meegekund. Ze had allerlei dingetjes die ze moest regelen en er dus voor gekozen thuis te blijven. Zo was het telkens gegaan. De keren dat Elsy was meegegaan kon Erica op de vingers van één hand tellen. Ze lachte zachtjes toen ze een foto van Anna zag tijdens hetzelfde boottochtje. Zoals gewoonlijk stelde Anna zich aan en op deze foto hing ze branieachtig over de reling terwijl ze een gek gezicht naar de camera trok.

'Je zus?'

'Ja, mijn zusje, Anna.' Erica klonk kortaf. Ze wilde het verder niet over dat onderwerp hebben. Julia begreep de hint en bladerde met haar korte, dikke vingers verder. Ze had afgebeten nagels en op sommige had ze zo zitten kluiven dat er wondjes langs de randen zaten. Erica moest zichzelf ertoe zetten niet naar de beschadigde vingers te kijken en richtte zich op de foto's die voorbijkwamen.

Aan het eind van het tweede album kwam Alex opeens niet meer voor op de foto's. Het was een schril contrast. Stond ze eerst op elke pagina, nu was er geen enkele foto meer van haar. Julia legde de albums voorzichtig op elkaar op de salontafel en leunde met het kopje koffie in haar hand achterover.

'Wil je misschien een nieuw kopje koffie? Deze is ondertussen vast koud geworden.'

Julia keek naar haar kopje en realiseerde zich dat Erica gelijk had. 'Ja, als er nog is, wil ik nog wel wat.'

Ze gaf haar kopje aan Erica, die alleen maar blij was dat ze even kon opstaan om haar benen te strekken. De rieten bank zag er mooi uit, maar was niet goed voor je rug of stuitje als je er te lang op zat. Julia's rug leek dezelfde mening te zijn toegedaan, aangezien zij ook opstond en met Erica meeliep naar de keuken.

'Het was een mooie begrafenis. En er kwamen veel vrienden bij jullie thuis voor het begrafenismaal.'

Erica stond met haar rug naar Julia en schonk nieuwe koffie in de kopjes. Een nietszeggend gemompel was het enige antwoord dat ze kreeg. Ze besloot wat driester te worden.

'Jij en Nelly Lorentz leken elkaar nogal goed te kennen. Waar kennen jullie elkaar eigenlijk van?'

Erica hield haar adem in. Het papiertje dat ze bij Nelly thuis in de prullenbak had gevonden maakte haar heel nieuwsgierig naar Julia's antwoord.

'Mijn vader heeft voor haar gewerkt.'

Julia sprak haar antwoord met tegenzin uit. Ze stopte haar vingers in haar mond, maar leek zich daar niet van bewust te zijn en begon als een bezetene te knagen.

'Maar dat was allemaal lang voordat jij was geboren.' Erica viste verder.

'Ik heb als tiener 's zomers in de conservenfabriek gewerkt.' De antwoorden kwamen nog steeds langzaam en Julia hield alleen even op met nagelbijten om te kunnen antwoorden.

'Jullie leken het goed met elkaar te kunnen vinden.'

'Ja, ik neem aan dat Nelly iets in mij ziet wat niemand anders ziet.'

Haar glimlach was bitter en in zichzelf gekeerd. Erica voelde plotseling veel sympathie voor Julia. Haar leven als lelijk eendje moest zwaar zijn geweest. Ze zei niets en na een poosje dwong de stilte Julia ertoe verder te gaan.

'We waren 's zomers altijd hier en in de zomer na de zesde klas belde Nelly mijn vader en vroeg of ik op kantoor wilde komen werken om wat bij te verdienen. Daar kon ik natuurlijk geen nee tegen zeggen en vanaf dat moment heb ik daar elke zomer gewerkt tot ik met de lerarenopleiding begon.'

Erica begreep dat dit antwoord het meeste wegliet. Dat kon niet anders. Maar ze begreep ook dat Julia haar niet veel meer zou vertellen over haar relatie met Nelly. Ze gingen weer op de bank op de veranda zitten en dronken in stilte van de koffie. Beiden keken zonder iets te zien uit over het ijs, dat tot de horizon reikte.

'Het moet moeilijk voor je zijn geweest toen mijn ouders met Alex verhuisden.' Julia was de eerste die weer het woord nam.

'Ja en nee. We speelden toen al niet meer met elkaar, en het was natuurlijk wel vervelend, maar zo dramatisch was het nu ook weer niet omdat we toch geen hartsvriendinnen meer waren.'

'Wat was er gebeurd? Waarom gingen jullie niet langer met elkaar om?'

'Als ik dat eens wist.' Het verbaasde Erica dat ze nog steeds zoveel pijn voelde bij de herinnering. Dat ze het verlies van Alex nog steeds zo sterk voelde. Er waren zoveel jaren verstreken en het was eerder regel dan uitzondering dat jeugdvriendinnen van elkaar weggleden. Ze dacht dat het misschien kwam doordat de vriendschap niet op een natuurlijke wijze was geëindigd en vooral doordat ze geen verklaring had gekregen. Ze hadden geen ruzie gemaakt, Alex had geen andere hartsvriendin gekozen, geen van al die redenen waardoor een vriendschap gewoonlijk doodbloedt. Ze had zich alleen maar teruggetrokken achter een muur van onverschilligheid en daarna was ze zonder een woord te zeggen verdwenen.

'Hadden jullie ergens ruzie over gehad?'

'Nee, niet dat ik weet. Alex verloor gewoon haar belangstelling. Ze belde niet meer en vroeg niet langer of we samen iets zouden doen. En als ik het aan haar vroeg zei ze geen nee, maar ik merkte dat ze helemaal niet geïnteresseerd was. Dus uiteindelijk vroeg ik haar ook niet meer.'

'Had ze geen nieuwe vrienden met wie ze omging?'

Erica vroeg zich af waarom Julia al die vragen over haar en Alex stelde, maar ze had er niets op tegen haar geheugen op te frissen. Dat kon nuttig zijn voor haar boek.

'Ik zag haar nooit met anderen. Op school was ze steeds op zichzelf. Maar toch...'

'Wat bedoel je?' Julia boog zich geïnteresseerd naar voren.

'Ik had toch het gevoel dat er iemand was. Maar ik kan er helemaal naast zitten. Het was alleen een gevoel.'

Julia knikte nadenkend en Erica kreeg het gevoel dat ze alleen maar iets bevestigde wat Julia al wist.

'Neem me niet kwalijk dat ik het vraag, maar waarom wil je eigenlijk zoveel weten over de tijd dat Alex en ik klein waren?'

Julia keek haar niet recht aan. Haar antwoord klonk ontwijkend. 'Ze was zoveel ouder dan ik en zat al in het buitenland toen ik werd geboren. Bovendien waren we heel verschillend. Ik heb het gevoel dat ik haar nooit goed heb leren kennen. En nu is het te laat. Ik heb thuis naar foto's van Alex gezocht, maar we hebben er maar weinig. En toen moest ik aan jou denken.'

Erica voelde dat Julia's antwoord zo weinig waarheid bevatte dat het misschien zelfs als een leugen kon worden beschouwd, maar met tegenzin besloot ze er toch genoegen mee te nemen.

'Nou, ik ga maar weer eens. Bedankt voor de koffie.'

Julia stond abrupt op, liep naar de keuken en zette haar kopje in de gootsteen. Ze had opeens haast gekregen om weg te gaan. Erica liep met haar mee naar de deur.

'Bedankt dat ik de foto's mocht bekijken. Dat betekende veel voor me.'

Toen was ze weg.

Erica bleef haar in de deuropening nakijken. Een grijze, vormeloze figuur die zich, met haar armen dicht tegen haar lichaam gedrukt ter bescherming tegen de bijtende kou, naar de weg haastte. Erica deed de deur langzaam dicht en ging de warmte in.

Hij had zich in geen tijden zo nerveus gevoeld. Het gevoel in zijn maag was heerlijk en verschrikkelijk tegelijk.

De stapel kleren op het bed werd alsmaar groter omdat hij steeds een nieuwe outfit uitprobeerde. Alle kleren die hij aantrok voelden te ouderwets, te slordig, te netjes, te stom of gewoonweg te lelijk. Bovendien zaten de meeste broeken vervelend strak om zijn middel. Met een zucht gooide hij nog een broek op de stapel en ging in zijn onderbroek op de rand van het bed zitten. Opeens maakten alle verwachtingen die hij van de avond had gehad, plaats voor een serieus gevoel van ouderwetse, eerzame angst. Misschien was het beter om af te bellen.

Patrik ging op het bed liggen en staarde met zijn handen achter zijn hoofd gevouwen naar het plafond. Hij had nog steeds het tweepersoonsbed dat hij met Karin had gedeeld en nu wreef hij in een aanval van sentimentaliteit met zijn hand over haar kant van het bed. Nog niet zo lang geleden was hij in zijn slaap vaak naar haar kant gerold. Misschien had hij meteen een nieuw bed moeten kopen toen zij verhuisde, maar daar had hij zich niet toe kunnen zetten.

Ondanks al het verdriet dat hij had gevoeld toen Karin hem had verlaten, had hij zich soms afgevraagd of hij Karin zelf miste, of dat hij de illusie miste die hij over het huwelijk als instituut had gehad. Zijn vader had zijn moeder voor een andere vrouw verlaten toen hij tien jaar was en de daaropvolgende scheiding was slopend geweest, vooral voor hem en zijn jongere zusje Lotta. Toen had hij zichzelf beloofd dat hij nooit ontrouw zou zijn, maar vooral dat hij nooit, nooit zou scheiden. Als hij trouwde, was dat voor altijd. Dus toen hij en Karin vijf jaar geleden in de kerk van Tanumshede waren getrouwd, had hij er geen moment aan getwijfeld dat dat voor altijd was. Maar het leven verloopt zelden volgens plan. Karin en Leif hadden al meer dan een jaar een verhouding gehad voordat hij hen betrapte. Een verdomd klassieke situatie!

Hij was op een dag wat eerder van zijn werk naar huis gegaan omdat hij zich niet helemaal lekker voelde, en toen lagen ze daar in de slaapkamer. In hetzelfde bed als waar hij nu in lag. Misschien huisde er een masochist in hem. Hoe kon hij anders verklaren dat hij dit bed niet allang van de hand had gedaan? Maar nu was dat passé. Het maakte niet langer uit.

Hij hees zich uit bed, nog steeds onzeker of hij vanavond wel of niet naar Erica wilde. Hij wilde. En hij wilde niet. Een plotseling gebrek aan zelfvertrouwen had in één klap alle verwachtingen weggevaagd die hij de hele dag, ja zelfs de hele week, had gekoesterd. Maar het was te laat om nu af te bellen, dus hij had niet veel keus.

Toen hij uiteindelijk een Chino-broek had gevonden die aanvaardbaar om zijn middel zat, en een blauw, pas gestreken overhemd had aangetrokken, voelde hij zich meteen wat beter en hij begon zich weer op de avond te verheugen. Hij deed wat mousse in zijn haar waardoor het er nonchalant verward uitzag, en na een 'veel-succes-gebaar' naar zijn spiegelbeeld voelde hij zich klaar om te gaan.

Buiten was het stikdonker hoewel het nog maar halfacht was, en toen hij naar Fjällbacka reed werd het zicht belemmerd door een lichte sneeuwbui. Hij was op tijd vertrokken en hoefde zich niet te haasten. De gedachten aan Erica werden eventjes verdrongen door de gebeurtenissen van de afgelopen dagen op zijn werk. Mellberg was niet blij geweest toen Patrik had moeten verklaren dat de getuige, Anders' buurvrouw Jenny, zeker leek van haar zaak en dat Anders werkelijk een alibi leek te hebben voor het kritieke tijdstip. Patrik had hierdoor misschien niet dezelfde mate van agressiviteit bereikt

 als Mellberg, maar hij kon niet ontkennen dat hij een zekere hopeloosheid voelde. Er waren drie weken verstreken sinds ze Alex hadden gevonden, en hij had niet het gevoel dat ze nu dichter bij een oplossing waren dan toen.

Het was belangrijk dat ze de moed niet zouden verliezen, maar zich vermanden en opnieuw begonnen. Elk aanknopingspunt, elke getuigenverklaring moest weer met nieuwe ogen worden bekeken. Patrik maakte in zijn hoofd een lijstje van de dingen die hij morgen op zijn werk zou gaan doen. Erachter komen wie de vader was van het kind dat Alex verwachtte, had de hoogste prioriteit. Iemand in Fjällbacka moest toch hebben gezien of gehoord wie ze in de weekends ontmoette. Niet dat het al helemaal zeker was dat Henrik niet de vader was. En Anders was ook nog een mogelijke kandidaat. Maar toch dacht hij niet dat Alex Anders als een geschikte kandidaat voor het vaderschap had beschouwd. Hij dacht dat wat Francine aan Erica had verteld erg dicht bij de waarheid lag. Er was iemand in haar leven die heel, heel belangrijk was. Iemand die ze belangrijk genoeg vond om samen een kind mee te willen krijgen. Iets wat ze met haar man niet had gekund of niet had gewild.

Hij wilde ook meer te weten komen over de seksuele relatie met Anders. Wat had een societydame uit Göteborg gemeen met een verlopen zuipschuit?

Iets zei hem dat als hij ontdekte hoe hun paden zich hadden gekruist en bij elkaar waren gekomen, hij veel van de antwoorden zou vinden die hij zocht. Dan was er het artikel over de verdwijning van Nils Lorentz. Alex was toen nog maar een kind geweest. Waarom had ze een vijfentwintig jaar oud krantenknipsel in een la verstopt? Er waren zoveel draden en die liepen zo door elkaar heen, dat hij het gevoel had dat hij naar zo'n plaatje keek waarop alles op onduidelijke stipjes lijkt, tot je op precies de juiste manier kijkt en er opeens een vorm verschijnt. Hij kon alleen die perfecte toestand niet vinden waarbij de stipjes een patroon vormden. Op zwakke momenten vroeg hij zich weleens af of hij als politieagent wel goed genoeg was om die toestand ooit te vinden. Misschien zou een moordenaar zijn straf ontlopen omdat hij niet competent genoeg was.

Een ree sprong voor de auto en Patrik werd met een schok uit zijn sombere gedachten gerukt. Hij ging op de rem staan en miste het achterste van de ree op een paar centimeter. De auto begon op de gladde weg te slippen en kwam pas na een paar lange, angstige seconden tot stilstand. Hij leunde met zijn hoofd op zijn handen, die nog steeds krampachtig het stuur omklemden, en wachtte tot zijn hartslag weer normaal werd. Zo bleef hij een paar minuten zitten. Daarna reed hij verder naar Fjällbacka, maar hij bleef een paar kilometer kruipen voordat hij harder durfde te gaan rijden.

Toen hij in Sälvik de gestrooide heuvel naar Erica's huis opreed, was hij vijf minuten te laat. Hij parkeerde de auto voor haar garage en pakte de fles wijn die hij als cadeautje had meegenomen. Een keer diep ademhalen en een laatste controle van zijn haar in de achteruitkijkspiegel, en toen was hij er klaar voor.

De stapel kleren op Erica's bed deed niet onder voor die van Patrik. Hij was zelfs iets groter. Haar klerenkast begon leeg te raken en een rij kleerhangers hing aan de stang te rammelen. Ze zuchtte zwaar. Niets zat echt goed. Door de extra kilo's die ze de laatste paar weken was aangekomen, zat geen enkel kledingstuk zoals zij wilde. Ze was boos op zichzelf en had er nog steeds veel spijt van dat ze zich die ochtend had gewogen. Erica bekeek zichzelf kritisch in de passpiegel.

Het eerste dilemma was ontstaan nadat ze had gedoucht, toen ze net als Bridget Jones, de heldin uit haar favoriete boek, voor de beslissing stond wat voor slipje ze aan zou trekken. Zou ze de mooie string met geborduurde kant doen, voor het geval dat Patrik en zij samen in bed belandden? Of zou ze de degelijke en enorm lelijke onderbroek met extra steun voor buik en billen nemen, waardoor de kans dat ze überhaupt in bed belandden enorm zou toenemen? Een moeilijke keuze, maar gezien de omvang van haar buik besloot ze na rijp beraad de ondersteunende variant te kiezen. Daaroverheen nog een panty die de boel goed strak trok. Met andere woorden: het zware geschut.

Ze keek op haar horloge en zag dat het tijd was om een beslissing te nemen. Na een blik op de stapel kleren op het bed pakte ze het kledingstuk dat ze als eerste had gepast en dat helemaal onderop lag. Zwart kleedde af en de klassieke tot de knieën reikende jurk in Jackie Kennedymodel met zowel oude als nieuwe accenten deed haar figuur goed uitkomen. Pareloorbellen en haar horloge werden de enige sieraden en haar haar liet ze los op de schouders hangen. Ze ging weer van opzij voor de spiegel staan en hield onderzoekend haar buik in. Jawel, met behulp van de steunslip, de panty en een licht ingehouden ademhaling zag ze er heel acceptabel uit. Ze moest toegeven dat die extra kilo's niet alleen een nadeel waren. De kilo's rond haar buik had ze liever niet gehad, maar het gewicht dat zich over haar borsten had verdeeld zorgde voor een niet onverdienstelijke welving in het decolleté van de jurk.

Weliswaar met een beetje hulp van een push-upbeha, maar dat soort hulpmiddelen zag je tegenwoordig bijna overal. De beha die ze nu aanhad was bovendien van de allernieuwste technologie, met gel in de cups, wat een natuurgetrouwe beweging van de borsten veroorzaakte. Een uitstekend bewijs van het succes van de wetenschap in dienst van de mens.

Door het kleren passen en de emotionele stress was ze onder haar armen gaan transpireren en met een diepe zucht ging ze zich weer wassen. Het aanbrengen van de make-up kostte bijna twintig minuten en toen ze klaar was, besefte ze dat het optutten een beetje te lang had geduurd en dat ze allang met de voorbereidingen van het eten had moeten beginnen. Snel ruimde ze de slaapkamer op. Het zou veel te lang duren om alle kleren weer op te hangen en daarom tilde ze de hele stapel gewoon op en dumpte die op de vloer van de klerenkast, waarna ze de deur dichtdeed. Voor het geval dát maakte ze het bed op, daarna keek ze de kamer rond om zich ervan te verzekeren dat er geen vieze slipjes op de vloer lagen. Een paar vieze, alledaagse Sloggi-slips zouden iedere man de lust ontnemen.

Buiten adem haastte Erica zich naar de keuken en door de stress wist ze zich helemaal geen raad. Ze wist opeens niet meer waar ze moest beginnen.

Erica dwong zichzelf even stil te staan en diep adem te halen. Er lagen twee recepten op de tafel en op basis daarvan probeerde ze een tijdsindeling te maken. Ze was geen chef-kok, maar kon wel redelijk koken, en de recepten had ze gevonden door te grasduinen in oude nummers van *Elle Gourmet*, waarop ze geabonneerd was. Het voorgerecht zou bestaan uit aardappelkoekjes met crème fraîche, nepkaviaar en fijngesnipperde rode ui. Als hoofdgerecht was ze van plan varkenshaas in bladerdeeg met portsaus en aardappelpuree te maken en als nagerecht was er een met chocola gegratineerde fruitsalade en vanille-ijs. Het nagerecht had ze godzijdank 's middags al voorbereid, dus dat kon ze van het werkrooster schrappen. Ze besloot de aardappels voor het hoofdgerecht op te zetten en daarna de aardappels voor het voorgerecht te gaan raspen.

Anderhalf uur lang werkte ze geconcentreerd door en ze schrok toen de deurbel rinkelde. De tijd was een beetje te snel gegaan en ze hoopte maar dat Patrik niet uitgehongerd was, want het zou nog even duren voordat het eten klaar was.

Erica was al bijna bij de deur toen ze bedacht dat ze nog steeds een schort om had, en er werd voor de tweede keer gebeld terwijl ze worstelde met de oudewijvenknoop die ze op haar rug had weten te leggen. Uiteindelijk kreeg ze hem los, trok de schort over haar hoofd en smeet die op een stoel in de hal. Ze wreef met haar hand over haar haar, zei tegen zichzelf haar buik in te houden en haalde een keer diep adem voordat ze met een glimlach de deur opende.

'Hallo Patrik. Leuk dat je er bent! Kom binnen.'

Ze omhelsden elkaar voorzichtig en Patrik overhandigde haar een in aluminiumfolie verpakte fles wijn.

'O, dank je, wat aardig!'

'Ja, ze raadden deze aan bij de slijter. Chileense wijn. Schijnt vol en rond te zijn met een smaak van rood fruit en een vleugje chocola. Zelf heb ik niet zoveel verstand van wijn, maar zij weten meestal wel waar ze het over hebben.'

'Hij is vast heel lekker.'

Erica lachte hartelijk en zette de fles op het oude gangkastje om Patrik uit zijn jas te helpen.

'Kom binnen. Ik hoop dat je niet uitgehongerd bent. Zoals gewoonlijk was mijn planning veel te optimistisch, dus het duurt nog wel even voordat het eten klaar is.'

'Nee hoor, ik hou het nog wel even uit.'

Patrik volgde Erica naar de keuken.

'Kan ik je ergens mee helpen?'

'Ja, pak maar een kurkentrekker uit de bovenste la daar en trek een fles wijn voor ons open. Zullen we beginnen met de wijn die jij hebt meegenomen?'

Hij gehoorzaamde gewillig en Erica zette twee grote wijnglazen op het aanrecht en begon daarna in pannen te roeren en de inhoud van de oven te controleren. De varkenshaas had nog wel even te gaan en toen ze in de aardappels prikte, merkte ze dat die nog maar halfgaar waren. Patrik gaf haar een wijnglas, dat inmiddels gevuld was met een dieprode wijn. Ze bewoog het glas voorzichtig heen en weer om de geuren van de wijn los te maken, stak haar neus diep in het glas en ademde daarna met dichte mond door haar neus in. De warme eikengeur van de wijn werd door haar neusgaten opgezogen en leek tot in haar tenen door te dringen. Heerlijk. Ze nam een klein slokje en liet de wijn in haar mond rollen, terwijl ze tegelijkertijd een beetje lucht door haar mond inademde. De smaak was even aangenaam als de geur en ze begreep dat Patrik flink wat had betaald voor deze fles.

 Patrik keek haar vol verwachting aan.

‘Fantastisch!’

‘Ja, ik begreep laatst dat jij hier verstand van hebt. Jammer genoeg denk ik niet dat ik het verschil zou proeven tussen een pak wijn van vijftig kronen en een fles van duizenden kronen.’

‘O jawel, dat zou je best. Maar het is natuurlijk ook een kwestie van wennen. En je moet er echt de tijd voor nemen en de wijn niet zomaar achteroverslaan.’

Patrik keek beschaamd naar het wijnglas in zijn hand. Het was al voor een derde leeg. Toen Erica zich omdraaide om iets bij het fornuis te regelen probeerde hij voorzichtig haar manier van proeven na te doen. Warempel, het smaakte echt als een heel nieuwe wijn. Hij liet een slok wijn in zijn mond rollen zoals hij Erica had zien doen en plotseling kwamen er duidelijke smaken naar voren. Hij meende zelfs een lichte smaak van chocola te proeven, pure chocola, en een tamelijk sterke smaak van rood fruit, rode bessen misschien, gemengd met aardbeien. Niet te geloven!

‘Hoe gaat het met het onderzoek?’ Erica deed haar best de vraag terloops te laten klinken, maar wachtte gespannen op het antwoord.

‘We zijn terug bij af, zou je kunnen zeggen. Anders heeft een alibi voor het tijdstip van de moord en op dit moment hebben we niet veel anders om op af te gaan. Helaas hebben we waarschijnlijk een klassieke fout gemaakt. We waren er zo zeker van dat we de juiste persoon te pakken hadden dat we andere mogelijkheden niet hebben onderzocht. Maar ik ben het met de hoofdinspecteur eens dat Anders schitterend is in de rol van Alex' moordenaar. Een dronkelap, die om de een of andere ondoorgrondelijke reden een seksuele relatie heeft met een vrouw die volgens alle regels ver, heel ver buiten het bereik van zo'n drop-out als Anders zou moeten vallen. Een crime passionnel als het onvermijdelijke einde nadert. Als er uiteindelijk een einde komt aan zijn onwaarschijnlijke geluk. Zijn vingerafdrukken waren overal op het lijk en in de badkamer te vinden. We hebben zelfs zijn voetafdrukken in de plas bloed op de vloer gevonden.'

'Maar dat moet toch voldoende zijn als bewijs?'

Patrik draaide zijn wijnglas rond en keek behoedzaam naar de rode rimpelingen die in het glas werden gevormd.

'Als hij geen alibi had gehad, was het misschien voldoende geweest. Maar nu heeft hij een alibi voor het tijdstip waarvan wij denken dat de moord is gepleegd en zoals ik al eerder zei, we kunnen alleen maar bewijzen dat hij ná de moord in de badkamer is geweest, niet tíjdens. Een klein maar cruciaal verschil als we hem gerechtelijk willen vervolgen.'

De geur die zich in de keuken verspreidde was heerlijk. Erica haalde de aardappelkoekjes die ze al eerder had gebakken uit de koelkast en zette ze in de oven om warm te worden. Ze pakte twee borden voor het voorgerecht, deed de deur van de koelkast weer open en pakte de crème fraîche en een potje nepkaviaar. De fijngesnipperde ui lag in een schaaltje op het aanrecht. Ze was zich intens bewust van Patriks nabijheid.

'En jij dan? Heb je wat meer over het huis gehoord?'

'Ja, helaas. De makelaar belde gisteren en stelde voor met Pasen mensen te laten komen kijken. Volgens hem vonden Anna en Lucas dat een geweldig idee.'

'Nou ja, het duurt nog een paar maanden voor het Pasen is. Voor die tijd kan er veel gebeuren.'

'Ja, ik kan natuurlijk altijd hopen dat Lucas een hartaanval krijgt of zoiets. Nee, neem me niet kwalijk, dat heb ik niet gezegd. Maar het maakt me allemaal zo enorm kwaad!'

Ze deed de ovendeur iets te hard dicht.

'Kijk uit voor je spullen.'

'Ik denk dat ik gewoon maar aan het idee moet wennen en na moet gaan denken wat ik met al het geld van de verkoop zal doen. Al moet ik eerlijk zeggen dat ik altijd had gedacht dat ik veel blijer zou zijn als ik miljonair werd.'

'Je hoeft je geen zorgen te maken dat je miljonair wordt. Met de belastingen in dit land denk ik dat het grootste deel van je winst opgaat aan het financieren van slechte scholen en een nog slechtere gezondheidszorg. Om maar niet te spreken van het ongelooflijke, fantastische, zeer capabele maar onderbetaalde politiekorps. Wij gaan waarschijnlijk een flink deel van jouw vermogen over de balk smijten.'

Ze kon het niet laten te lachen.

'Hè, gelukkig maar. Dan hoef ik er tenminste niet over na te denken of ik een nertsmantel of een vossenbontmantel moet kopen. Hé, geloof het of niet, maar nu is het voorgerecht echt klaar.'

Ze nam in elke hand een bord en ging Patrik voor naar de eetkamer. Ze had er lang over nagedacht of ze in de keuken of in de eetkamer zouden eten, maar uiteindelijk had ze voor de eetkamer met de mooie houten klaptafel gekozen, die alleen maar mooier werd in het schijnsel van brandende kaarsen.

Ze had ergens gelezen dat kaarsen het uiterlijk van een vrouw heel goed deden uitkomen en ze had er dan ook flink wat neergezet.

De tafel was gedekt met bestek en linnen servetten, en Rörstrands-borden voor het hoofdgerecht. Ze had het mooie servies van haar moeder tevoorschijn gehaald, het witte Rörstrands-porselein met de blauwe randjes, en ze herinnerde zich hoe voorzichtig haar moeder met de borden was geweest. Ze werden alleen bij heel bijzondere gelegenheden uit de kast gehaald. En dat waren niet de verjaardagen van de kinderen of andere feestelijke gebeurtenissen die met hen te maken hadden, dacht Erica verbitterd. Dan waren het gewone porselein en de keukentafel goed genoeg. Maar als de dominee en zijn vrouw, of de kloosterzuster kwamen eten, dan sloofde haar moeder zich enorm uit. Erica dwong zichzelf terug te keren naar het heden en zette de borden voor het voorgerecht op tafel.

'Dit ziet er fantastisch lekker uit.' Patrik sneed een stuk van de aardappelkoek, legde flink wat ui, crème fraîche en kaviaar op zijn vork en had die al tot halverwege zijn mond gebracht toen hij merkte dat Erica hem met geheven wijnglas en gefronste wenkbrauwen aankeek. Beschaamd legde hij zijn vork neer en pakte zijn wijnglas.

'Proost en welkom.'

'Proost.'

Erica glimlachte om zijn faux pas. Het was verfrissend en verkwikkend in vergelijking met de mannen met wie ze in Stockholm was omgegaan. Die waren allemaal zo welopgevoed en namen de etiquette zo in acht dat ze wel klonen van elkaar leken. Vergeleken met hen voelde Patrik heel puur, en wat haar betrof mocht hij met zijn vingers eten als hij dat wilde, dat vond ze helemaal niet erg. Bovendien zag hij er vreselijk lief uit als hij bloosde.

'Ik heb vandaag onverwacht bezoek gehad.'

'Zo, van wie dan?'

'Van Julia.'

Patrik keek Erica verbaasd aan en ze merkte tot haar vreugde dat hij het moeilijk leek te vinden zich los te rukken van het eten.

'Ik wist niet dat jullie elkaar kenden.'

'Dat doen we ook niet. We hebben elkaar voor het eerst ontmoet op de begrafenis van Alex. Maar vanochtend stond ze hier voor de deur.'

'Wat wilde ze?' Patrik schraapte zijn bord zo ijverig leeg dat het leek alsof hij de kleur van het porselein probeerde te schrapen.

‘Ze vroeg of ze foto’s mocht bekijken van toen Alex en ik klein waren. Ze hebben er zelf niet zoveel, volgens Julia, en ze hoopte dat ik er misschien meer had. Wat ook het geval is. Daarna stelde ze een heleboel vragen over de tijd dat we jong waren en zo. De mensen die ik heb gesproken, zeiden dat de zussen elkaar niet bijzonder na stonden, wat ook niet zo vreemd is gezien het leeftijdsverschil, en nu wilde ze geloof ik meer over Alex te weten komen. Haar leren kennen. Die indruk kreeg ik tenminste. Heb jij Julia trouwens ontmoet?’

‘Nee, dat heb ik niet, nog niet. Maar naar wat ik heb gehoord lijken, of liever gezegd leken, ze niet erg op elkaar.’

‘Nee, dat klopt inderdaad. Ze zijn eerder elkaars tegenpolen, in elk geval qua uiterlijk. Hun geslotenheid lijken ze gemeen te hebben gehad, hoewel Julia een stuursheid bezit die Alex volgens mij niet had. Alex leek eerder, hoe zal ik het zeggen... onverschillig, afgaande op wat ik heb gehoord. Julia is vooral boos. Of misschien zelfs woedend. Ik heb de indruk dat het bij haar onder de oppervlakte borrelt en gist. Een beetje vulkanisch. Klinkt dat warrig?’

‘Nee, dat vind ik niet. Ik neem aan dat je als schrijver een soort fingerspitzengefühl voor mensen moet hebben. Kennis van de menselijke natuur.’

'Ach toe, noem me geen schrijver. Ik vind zelf niet dat ik die benaming al heb verdiend.'

'Vier gepubliceerde boeken en jij beschouwt jezelf niet als schrijver?'

Patrik leek het echt niet te begrijpen en Erica probeerde hem uit te leggen wat ze bedoelde.

'Ja, vier biografieën, en ik ben met de vijfde bezig. Ik wil het niet bagatelliseren, maar voor mij is een schrijver iemand die vanuit zijn eigen hart en hersens schrijft. Die niet alleen over het leven van een ander vertelt. De dag dat ik iets schrijf wat van mij komt, kan ik me een schrijver noemen.'

Ze realiseerde zich plotseling dat het niet de hele waarheid was. Oppervlakkig gezien was er volgens de definitie geen verschil tussen de biografieën die zij over historische personen had geschreven en het boek over Alex waar ze nu aan werkte. Dat ging ook over het leven van iemand anders. Maar op een bepaalde manier was het toch niet hetzelfde. Deels raakte Alex' leven op een zeer concrete manier haar eigen leven en deels kon ze in dit boek iets van zichzelf uitdrukken. Ze kon binnen het kader van feitelijke gebeurtenissen toch de ziel van het boek sturen. Maar dat kon ze Patrik nog niet vertellen. Niemand mocht weten dat ze een boek over Alex schreef.

‘Julia wilde dus van alles over Alex weten. Heb je toevallig de gelegenheid gehad haar naar haar relatie met Nelly Lorentz te vragen?’

Erica vocht een zware strijd met zichzelf uit en besloot uiteindelijk dat ze Patrik deze informatie niet met goed fatsoen kon onthouden. Misschien kon hij er conclusies uit trekken die zij niet zag. Het was dat kleine, vitale puzzelstukje waarover ze niet had willen vertellen toen ze bij hem had gegeten. Maar omdat ze er niet veel verder mee was gekomen, zag ze geen reden er nog langer over te zwijgen. Maar eerst wilde ze het hoofdgerecht serveren.

Ze boog over de tafel om zijn bord te pakken en leunde daarbij expres een beetje extra naar voren. Ze wilde de troeven die ze had zo goed mogelijk uitspelen. Aan Patriks gezicht te zien dacht hij dat ze drie azen in haar hand had. Tot dusverre leek haar Wonderbra de vijfhonderd kronen die ze ervoor had moeten neertellen, meer dan waard te zijn. Al had het pijn gedaan in haar portemonnee.

‘Laat mij dit maar even doen.’

Patrik pakte de borden uit haar hand en volgde haar naar de keuken. Ze goot de aardappels af en vroeg hem of hij ze door de pureeknijper wilde drukken. Zelf legde ze de laatste hand aan de saus en proefde ervan. Nog een scheut port en flink wat boter erin, dan was die klaar. Deze keer geen slankroom. Daarna hoefde ze alleen de varkenshaas in bladerdeeg uit de oven te halen en die in plakjes te snijden. Het vlees zag er perfect uit. Licht rosé vanbinnen, maar zonder het rode sap dat aangaf dat het vlees niet helemaal gaar was. Als groente had ze peultjes en die deed ze over in eenzelfde Rörstrandsschaal als waarin de aardappels lagen te wachten. Ze brachten samen het eten naar de eetkamer. Ze liet hem eerst opscheppen voordat ze de bom liet barsten.

'Julia is de enige erfgenaam van Nelly Lorentz.'

Patrik wilde net een slok wijn nemen en kennelijk schoot die in het verkeerde keelgat, want hij begon te hoesten en klopte met zijn hand op zijn borst. Zijn ogen begonnen van het ongemak te tranen.

'Sorry, wát zei je?' zei Patrik met geforceerde stem.

'Ik zei dat Julia de enige erfgenaam is van Nelly's vermogen. Dat staat in Nelly's testament,' zei Erica kalm en ze schonk Patrik wat water in tegen het hoesten.

'Durf ik te vragen hoe jij dat weet?'

'Omdat ik in Nelly's prullenmand heb geneusd toen ze me had uitgenodigd een kopje thee te komen drinken.'

Patrik kreeg een nieuwe hoestaanval en keek Erica achterdochtig aan. Terwijl hij bijna het hele glas water in één teug leegdronk, ging Erica verder: ‘Er lag een kopie van het testament in de prullenbak. Daarin stond helder en duidelijk dat Julia Carlgren het vermogen van Nelly Lorentz zal erven. Ja, Jan krijgt natuurlijk zijn erfdeel, maar Julia krijgt de rest.’

‘Weet Jan dit?’

‘Dat weet ik niet. Maar als ik moet gokken zeg ik nee, waarschijnlijk weet hij het niet.’

Erica ging verder terwijl ze opschepte. ‘Toen ze hier was heb ik Julia gevraagd hoe het kwam dat ze Nelly Lorentz zo goed leek te kennen. Ik kreeg natuurlijk een onzinantwoord. Julia zei dat ze haar kende omdat ze een paar zomers een vakantiebaantje in de conservenfabriek had gehad. Ik twijfel er niet aan dat het waar is dat ze daar heeft gewerkt, maar ze heeft de rest van het verhaal weggelaten. Het was overduidelijk een onderwerp waar ze niet graag over wilde praten.’

Patrik keek nadenkend. ‘Is het jou opgevallen dat er twee paren in dit verhaal voorkomen die helemaal niet bij elkaar passen? Ik zou zelfs willen zeggen dat het twee onwaarschijnlijke paren zijn. Alex en Anders, en Julia en

Nelly. Wat is de kleinste gemene deler? Als we die vinden, vinden we volgens mij de oplossing van alles.'

'Alex. Is Alex niet de kleinste gemene deler?'

'Nee,' zei Patrik, 'volgens mij is dat te eenvoudig. Het is iets anders. Iets wat wij niet kunnen zien, of wat we niet begrijpen.'

Hij zwaaide heftig met zijn vork. 'En dan is er Nils Lorentz. Of beter gezegd zijn verdwijning. Jij woonde destijds toch in Fjällbacka, wat kun jij je daarvan herinneren?'

'Ik was toen nog niet zo oud en niemand vertelt iets aan een kind. Maar ik weet nog dat er heel veel over werd gefluisterd.'

'Gefluisterd?'

'Ja, je weet wel, gesprekken die werden afgebroken als ik de kamer binnenkwam. Volwassenen die zachtjes praatten. "Sst, kijk uit dat de kinderen het niet horen" en dat soort opmerkingen. Ik weet dus eigenlijk niet meer dan dat er veel over werd gepraat toen Nils verdween. Ik ben nooit iets te weten gekomen.'

'Hm, ik denk dat ik daar maar wat dieper in ga graven. Dat is een van de eerste dingen die ik morgen ga doen. Maar nu ben ik te gast bij een vrouw die niet alleen mooi is, maar die ook fantastisch lekker kookt. Proost, op de gastvrouw.'

Hij hief zijn glas en Erica werd vanbinnen warm van het compliment. Niet dat over het koken, maar dat ze mooi was. Wat zou het allemaal veel makkelijker zijn als je elkaars gedachten kon lezen. Dit hele spel zou dan overbodig zijn. Maar nu zat ze hier en hoopte dat hij een kleine hint zou geven of hij geïnteresseerd was of niet. Als je een tiener was, kon je je in het avontuur storten en de gok wagen, maar het leek wel of je hart met de jaren minder elastisch werd. Er stond meer op het spel en de invloed op je zelfvertrouwen werd ook elke keer groter.

Toen Patrik nog twee keer had opgeschept en ze het allang niet meer over moordzaken hadden, maar over dromen en het leven hadden gepraat en verschillende wereldkwesties hadden opgelost, verhuisden ze naar de veranda om het eten te laten zakken voordat ze aan het toetje begonnen. Ze zaten allebei in een hoek van de bank en nipten aan hun wijn. Fles nummer twee was bijna op en beiden voelden dat ze redelijk wat hadden gedronken. Hun ledematen waren zwaar en warm en hun hoofd voelde alsof het in zachte, heerlijke watten was gewikkeld. De nacht buiten was pikzwart zonder ook maar één ster die de hemel verlichtte. De compacte duisternis buiten gaf hun het gevoel dat ze in een grote cocon zaten. De illusie dat ze de enige mensen op aarde waren was compleet. Erica kon zich niet herinneren dat ze zich ooit zo tevreden had gevoeld, zo thuis in haar eigen bestaan. Ze gebaarde met haar hand dat het wijnglas vasthield naar de veranda en slaagde erin met dat gebaar te laten zien dat ze het hele huis bedoelde.

'Snap jij nou dat Anna dit huis wil verkopen? Dit is niet alleen het mooiste huis dat er bestaat, er zit ook geschiedenis in de muren. En dan bedoel ik niet alleen die van mij en Anna, maar ook de geschiedenis van de mensen die hier voor ons hebben gewoond. Weet je dat een zeekapitein dit huis in 1889 voor zichzelf en zijn gezin heeft laten bouwen? Kapitein Wilhelm Jansson. Het is eigenlijk best een triest verhaal. Zoals zoveel andere verhalen uit deze omgeving. Hij bouwde het huis voor zichzelf en zijn jonge vrouw, Ida. Ze kregen vijf kinderen in eenzelfde aantal jaren, maar bij de geboorte van het zesde kind overleed Ida in het kraambed. In die tijd bestonden er geen alleenstaande vaders, dus de oudere zus van kapitein Jansson, die ongetrouwd was, trok bij hen in en zorgde voor de kinderen als hij op zee was. Zijn zus, Hilda, was niet de beste keus als pleegmoeder. Ze was de meest religieuze vrouw in de wijde omtrek, en dat zegt veel als je bedenkt hoe religieus ze hier waren. De kinderen konden zich amper verroeren of ze werden er al van beschuldigd dat ze zondig waren, en vervolgens werden ze door Hilda met hardhandige en godvrezende hand afgeranseld. Tegenwoordig zou ze waarschijnlijk een sadist zijn genoemd, maar in die tijd kon je dat soort gedrag heel goed verborgen houden onder de dekmantel van de religie.

Kapitein Jansson was niet vaak genoeg thuis om te zien hoe het zijn kinderen verging, maar hij moet zo zijn vermoedens hebben gehad. Maar zoals de meeste mannen vond hij dat het opvoeden van kinderen een vrouwenaangelegenheid was, en hij was van mening dat hij zijn vaderlijke plichten vervulde door ervoor te zorgen dat ze een dak boven hun hoofd en eten op tafel hadden. Tot hij op een dag thuiskwam en ontdekte dat zijn jongste dochter Märta al een week met een gebroken arm rondliep. Toen stuurde hij Hilda met veel donder en geweld weg en de kapitein, die een man van daden was, zocht onder de ongetrouwde vrouwen uit de omgeving naar een geschikte nieuwe pleegmoeder voor zijn kinderen. Hij maakte een goede keus. Twee maanden later was hij getrouwd met een flinke boerendochter, Lina Månsdotter. Zij sloot de kinderen in haar hart alsof ze van haarzelf waren. Ze kregen er samen ook nog zeven, dus het moet hier behoorlijk vol zijn geweest. Als je goed kijkt, kun je nog sporen van ze zien. Kleine inkepingen en gaten en versleten plekken. Overal in het huis.'

'Hoe kwam het dat jouw vader het huis kocht?'

'Na verloop van tijd verspreidden de broers en zussen zich in alle windrichtingen. Kapitein Jansson en zijn Lina, die in de loop van de jaren veel van elkaar zijn gaan houden, gingen dood. De enige die thuis bleef wonen was de oudste zoon, Allan. Hij is nooit getrouwd en toen hij ouder werd, kon hij het huis niet in zijn eentje onderhouden en besloot hij het te verkopen. Mijn vader was net met mijn moeder getrouwd, en ze waren op zoek naar een huis. Mijn vader heeft verteld dat hij ter plekke verliefd werd op het huis. Hij heeft geen seconde geaarzeld.

Toen Allan het huis aan mijn vader verkocht, heeft hij ook het hele verhaal verteld. De geschiedenis van het huis, de geschiedenis van zijn familie. Hij vond het belangrijk, zei hij, dat mijn vader de mensen kende wier voeten de oude houten vloeren hadden afgesleten. Hij liet ook papieren na. Brieven die kapitein Jansson uit alle hoeken van de wereld naar huis had gestuurd, eerst naar zijn vrouw Ida, later naar Lina. Hij liet ook de zweep na waarmee Hilda de kinderen had gestraft. Die hangt nog steeds beneden in de kelder. Toen we klein waren, gingen Anna en ik soms naar beneden om de zweep aan te raken. We kenden het verhaal over Hilda en we probeerden ons voor te stellen hoe de ruwe haren van de zweep op je blote huid voelden. En we vonden het zo zielig voor de kleine kinderen die dit moesten meemaken.'

Erica keek Patrik aan. Ze ging verder: 'Begrijp je nu waarom het zo'n pijn doet als ik eraan denk dat ik dit huis moet verkopen? Als we dat doen krijgen we het nooit, echt nooit meer terug. Het is onherroepelijk. Ik word misselijk bij de gedachte dat een paar rijke Stockholmers hier binnen komen banjeren, de vloeren gaan schuren en behang met schelpjes plakken, om het maar niet te hebben over het panoramaraam dat hier op de veranda zal worden geplaatst, voordat ik ook maar "smakeloos" kan zeggen. Wie wil nou de potloodstrepen aan de binnenkant van de deur van de voorraadkast bewaren, waarmee Lina elk jaar aangaf hoeveel de kinderen waren gegroeid? Of de brieven lezen waarin kapitein Jansson zijn vrouwen, die nauwelijks buiten het dorp waren geweest, probeert te beschrijven hoe het er op de Stille Oceaan uitziet? Hun geschiedenis zou worden uitgewist en dan zou dit huis alleen maar... een huis zijn. Een huis zoals zoveel andere. Leuk, maar zonder ziel.'

Ze hoorde zichzelf kletsen, maar om de een of andere reden was het belangrijk voor haar dat Patrik het begreep. Ze keek hem aan. Hij sloeg haar intensief gade en ze kreeg het warm onder zijn blik. Er gebeurde iets. Een moment van absolute verstandhouding en voordat ze wist wat er gebeurde zat Patrik heel dicht naast haar en na een korte aarzeling drukte hij zijn lippen op de hare. Eerst proefde ze alleen de smaak van wijn, die op hun beider lippen zat, maar daarna proefde ze Patrik zelf. Voorzichtig opende ze haar mond voor hem en voelde hoe het puntje van zijn tong de hare zocht. Haar hele lichaam voelde of het elektrisch geladen was.

Na een poosje werd het bijna ondraaglijk en Erica stond op, pakte zijn hand en zonder een woord te zeggen leidde ze hem naar de slaapkamer. Ze gingen op het bed liggen en zoenden en streelden elkaar en na een tijdje begon Patrik met een vragende blik de knoopjes op de rug van haar jurk los te maken. Ze gaf haar zwijgende toestemming door zijn overhemd open te knopen. Ze realiseerde zich ineens dat de onderbroek die ze aanhad niet iets was wat ze Patrik de eerste keer wilde laten zien. En ook de panty die ze droeg was niet het meest sexy kledingstuk ter wereld. De vraag was alleen hoe ze zich uit de panty en onderbroek kon wurmen zonder dat Patrik ze zag. Erica kwam abrupt overeind.

‘Sorry, maar ik moet even naar de wc.’

Ze rende naar de badkamer en keek koortsachtig om zich heen. Ze had geluk, een stapel schone was die ze nog niet had opgeruimd lag op de wasmand. Ze wurmde zich uit de strakke panty en gooide die samen met de ouwewijvenonderbroek in de wasmand. Vervolgens trok ze een wit, dun, met kant afgezet slipje aan dat goed bij de beha paste. Ze trok de jurk weer omlaag en controleerde ook even haar uiterlijk in de spiegel. Haar krullerige haar zat een beetje in de war, haar ogen hadden een koortsachtige glans. Haar mond was roder dan gebruikelijk en licht gezwollen door al het kussen, en al zei ze het zelf: ze zag er best sexy uit. Zonder de steun gevende onderbroek was haar buik niet zo plat als ze eigenlijk wilde. Ze hield haar buik in en duwde haar borsten naar voren toen ze weer naar Patrik ging, die in dezelfde houding op het bed lag als zij hem had achtergelaten.

Er gingen steeds meer kleren uit, die allemaal op een hoop op de vloer belandden. De eerste keer was niet zo geweldig als die altijd in liefdesromans is, het was een mengeling van sterke gevoelens en een pijnlijk bewustzijn zoals het nu eenmaal in het echte leven is. Hoewel hun lichamen explosief op elkaars aanrakingen reageerden, waren ze zich sterk bewust van hun naaktheid, bezorgd over kleine onvolkomenheden, ongerust dat er pijnlijke geluiden zouden ontstaan. Ze waren onhandig en onzeker over wat de ander wel of niet prettig vond. Ze waren niet zeker genoeg van elkaar om er met woorden over te durven praten, maar maakten keelgeluidjes om te vertellen wat goed was en wat misschien een beetje anders moest. Maar de tweede keer was al beter. De derde keer was volstrekt aanvaardbaar. De vierde keer was heel goed en de vijfde was fantastisch. Ze vielen lepeltje-lepeltje liggend in slaap en het laatste wat Erica voelde voordat ze in slaap viel, was Patriks arm veilig om haar borsten en zijn vingers in de hare gevlochten. Ze viel met een glimlach op haar lippen in slaap.

Zijn hoofd barstte bijna uit elkaar. Zijn mond was zo droog dat zijn tong aan zijn gehemelte bleef plakken, maar er moest op een gegeven moment speeksel in hebben gezeten, want hij voelde een natte kwijlplek op het kussen. Hij had het gevoel of iets zijn oogleden naar beneden drukte en zijn pogingen om zijn ogen te openen tegenwerkte, maar na een paar inspannende pogingen lukte het toch.

 Naast hem lag een openbaring. Ook Erica lag op haar zij, naar hem gedraaid, en haar blonde haar lag verward rond haar gezicht. Haar rustige ademhaling gaf aan dat ze nog steeds in diepe slaap was. Waarschijnlijk droomde ze iets, want haar wimpers fladderden en haar oogleden bewogen licht. Patrik dacht dat hij uren naar haar kon blijven liggen kijken zonder er genoeg van te krijgen. Zijn hele leven als dat zo mocht zijn. Ze schokte even, maar kreeg weer snel haar diepe ademhaling terug. Het was waar dat het net als fietsen was. En dan bedoelde hij niet alleen de daad zelf, maar ook het gevoel om van een vrouw te houden. Tijdens zijn allerdonkerste dagen en nachten had hij het niet voor mogelijk gehouden dat hij dit ooit weer zou voelen. Nu leek het hem onmogelijk dit níét te voelen.

Erica bewoog onrustig en hij zag dat ze bezig was naar de oppervlakte te komen. Nadat ook zij een poosje had geworsteld om haar ogen te openen, sloeg ze ze op en hij verbaasde zich er opnieuw over hoe blauw ze waren.

'Goedemorgen, slaapkopje.'

'Goedemorgen.'

De glimlach die zich over haar gezicht verspreidde, gaf hem het gevoel een miljonair te zijn.

'Heb je lekker geslapen?'

Patrik keek naar de lichtgevende cijfers op de wekker. 'Ja, de twee uur dat ik heb geslapen, waren heerlijk. Maar de wakkere uren daarvoor waren eerlijk gezegd nog heerlijker.'

Erica glimlachte alleen maar als antwoord.

Patrik was bang dat hij enorm uit zijn mond stonk, maar hij kon het niet laten naar voren te buigen en haar te kussen. De kus werd intenser en algauw was er een uur verstreken. Na afloop lag Erica op zijn linkerarm en tekende met haar wijsvinger rondjes op zijn borst. Ze keek hem aan.

'Had jij gisteren gedacht dat we hier terecht zouden komen?'

Hij dacht even na voordat hij antwoordde, en legde zijn rechterhand onder zijn hoofd terwijl hij nadacht. 'Nee, ik kan niet zeggen dat ik dat dacht. Maar ik hoopte het wel.'

'Ik ook. Ik hoopte het, bedoel ik, ik had het niet gedacht.'

Patrik ging even bij zichzelf na hoe moedig hij zich voelde, maar met Erica op zijn arm had hij het gevoel dat hij alles durfde.

'Maar het verschil is dat jij pas kort geleden begon te hopen, toch? Weet je hoe lang ik al hoop?'

Ze keek hem vragend aan. 'Nee, hoe lang dan?'

Patrik wachtte even om zijn antwoord meer effect te geven. 'Al zolang ik me kan herinneren. Ik ben al zolang ik me kan herinneren verliefd op je.'

Toen hij zichzelf dit hardop hoorde zeggen, hoorde hij hoe waar het klonk. Zo was het.

Erica keek hem met grote ogen aan. 'Je maakt een grapje! Heb ik me daar zorgen lopen maken of je ook maar een heel klein beetje geïnteresseerd was, en nu vertel je me dat het was alsof je rijp fruit oppakte. Je kon jezelf er zo van bedienen.'

Haar toon was schertsend, maar hij merkte dat zijn woorden haar een beetje hadden geschokt.

'Nou ja, ik heb natuurlijk niet mijn hele leven celibatair in een emotionele woestijn geleefd. Ik ben ook verliefd geweest op andere vrouwen, op Karin bijvoorbeeld. Maar jij bent altijd bijzonder geweest. Elke keer dat ik je zag voelde ik hier iets.'

Hij markeerde de plek boven zijn hart met een vuist op zijn borstkas. Erica pakte zijn vuist, kuste die en legde hem tegen haar wang. Dat gebaar zei hem alles.

Ze gebruikten de ochtend om elkaar te leren kennen. Patriks antwoord op de vraag wat zijn grootste hobby was, riep een gefrustreerd gebrul bij Erica op. 'Neeeee! Niet weer zo'n sportgek! Waarom, waarom kan ik geen vent vinden die slim genoeg is om in te zien dat het een volstrekt normale bezigheid is om op een grasmat achter een bal aan te lopen – als je vijf bent! Of die zich afvraagt wat de mensheid eraan heeft dat iemand over een twee meter hoge lat kan springen.'

'Twee meter vijfenveertig.'

'Wat nou twee meter vijfenveertig?' zei Erica met een stem die aangaf dat ze niet bijster geïnteresseerd was in het antwoord.

'De beste hoogspringer ter wereld, Sotomayor, springt twee meter vijfenveertig. De vrouwen springen ruim twee meter.'

'Ja, ja, *whatever*!'

Ze keek hem argwanend aan. 'Heb jij Eurosport?'

'Yes.'

'Canal+, niet voor de films maar vanwege de sport?'

'Yes.'

'TV1000 om dezelfde reden?'

‘Yes. Maar om helemaal correct te zijn moet ik zeggen dat ik TV1000 om twee redenen heb.’

Erica sloeg hem bij wijze van grapje op zijn borst. ‘Ben ik nog iets vergeten?’

‘Yes, TV3 heeft veel sport.’

‘Ik moet zeggen dat ik een goed ontwikkelde radar voor sportfanaten heb. Een week of wat geleden heb ik een ongelooflijk vervelende avond doorgebracht bij mijn vriend Dan toen we naar een olympische ijshockeywedstrijd keken. Ik begrijp echt niet dat iemand het interessant kan vinden om kerels die op Michelin-mannetjes lijken achter een klein zwart ding aan te zien jagen.’

‘Het is in elk geval een stuk leuker en productiever dan hele dagen in kledingzaken rond te lopen.’

Als antwoord op deze ongemotiveerde aanval op haar allerslechtste eigenschap haalde Erica haar neus op en trok een lelijk gezicht naar Patrik. Toen zag ze dat zijn ogen plotseling begonnen te glimmen.

‘Verdomme.’ Hij ging rechtop in bed zitten.

‘Wat is er aan de hand?’

‘Godverdegodver, shit, verdomme.’

Erica keek hem met grote ogen aan.

'Hoe heb ik dat verdomme over het hoofd kunnen zien?' Hij sloeg zich een paar keer met zijn vuist op het voorhoofd.

'Hallo, ik ben er ook nog! Zou je me misschien kunnen vertellen wat er aan de hand is?'

Erica zwaaide demonstratief met haar handen voor zijn gezicht. Patrik verloor zijn concentratie even toen hij zag hoe haar blote borsten door de beweging op en neer gingen. Toen sprong hij snel uit bed, naakt als een pasgeborene, en rende de trap af. Hij kwam weer boven met een paar kranten in zijn hand, ging op bed zitten en begon koortsachtig te bladeren. Erica had het inmiddels opgegeven en keek hem alleen maar geïnteresseerd aan.

'Aha!' riep Patrik triomfantelijk uit. 'Wat een geluk dat je de oude televisiebijlagen niet hebt weggegooid!'

Hij zwaaide met een krant voor Erica's gezicht.

'Zweden-Canada!'

Nog steeds zwijgend fronste Erica met een vragend gezicht haar wenkbrauwen.

 Gefrustreerd probeerde Patrik het uit te leggen. 'Zweden heeft Canada tijdens een olympische wedstrijd verslagen. Vrijdag de vijfentwintigste januari. Op TV4.'

Ze keek hem nog steeds neutraal aan. Patrik zuchtte.

'De gewone programmering was afgelast vanwege de wedstrijd. Anders kan die vrijdag niet zijn thuisgekomen tijdens *Gescheiden werelden*, want dat programma werd niet uitgezonden. Begrijp je?'

Langzaam werd het Erica duidelijk wat hij zei. Anders had niet langer een alibi. Hoewel het een mager alibi was geweest, had de politie er niet omheen gekund. Nu konden ze Anders opnieuw oppakken op grond van het materiaal dat ze al hadden. Patrik knikte tevreden toen hij zag dat Erica het begreep.

'Maar je denkt toch niet dat Anders de moordenaar is?' vroeg Erica.

'Nee, dat niet. Maar enerzijds kan ik me weleens vergissen, al begrijp ik dat je dat moeilijk kunt geloven.' Hij gaf haar een knipoog. 'En anderzijds, als ik me niet vergis, durf ik er iets om te verwedden dat Anders beduidend meer weet dan hij zegt. Nu hebben we de mogelijkheid hem veel meer onder druk te zetten.'

Patrik begon in de slaapkamer naar zijn kleren te zoeken. Ze lagen her en der verspreid, maar het meest alarmerende was dat hij merkte dat hij zijn sokken nog aanhad. Snel trok hij zijn broek aan en hij hoopte maar dat Erica het in de hitte van de hartstocht ook niet had gezien. Je zag er niet direct uit als een seksgod als je witte sportsokken aanhad waarop 'Tanumshede IF' was geborduurd.

Plotseling had hij het gevoel dat hij enorm veel haast had en hij kleedde zich met onhandige vingers aan. Bij de eerste poging zijn overhemd dicht te knopen knoopte hij helemaal verkeerd en hij vloekte toen hij alle knopen weer los moest maken en opnieuw moest beginnen. Patrik realiseerde zich opeens wat voor indruk zijn overhaaste vertrek kon maken en ging op de rand van het bed zitten, pakte Erica's handen in de zijne en keek haar recht in de ogen.

'Het spijt me dat ik zo wegren, maar ik moet wel. Ik wil alleen maar dat je weet dat dit de heerlijkste nacht in mijn leven is geweest en ik kan nauwelijks wachten tot we elkaar weer zien. Wil jij dat we elkaar weer zien?'

Wat er tussen hen was, voelde nog steeds broos en gevoelig en hij hield zijn adem in terwijl hij op haar antwoord wachtte. Ze knikte alleen maar.

'Zal ik dan weer bij je komen, na mijn werk?'

Erica knikte opnieuw als antwoord. Hij leunde naar voren en kuste haar.

 Toen hij door de slaapkamerdeur liep, zat zij met opgetrokken knieën en de deken losjes om haar lichaam op het bed. De zon scheen door het kleine ronde raam in het schuine deel van het dak naar binnen en schiep de illusie van een aureool rond haar blonde hoofd. Het was het mooiste dat hij ooit had gezien.

De sneeuw was nat en drong hardnekkig door zijn dunne loafers naar binnen. De schoenen waren meer geschikt voor de zomer, maar alcohol was een effectieve manier om de kou te verdoven en de keuze tussen een paar winterschoenen en een liter brandewijn was dus snel gemaakt.

De lucht was op deze vroege woensdagochtend zo helder en zuiver en het licht zo broos dat Bengt Larsson een gevoel in zijn borst ervoer dat hij al heel lang niet had meegemaakt. Het leek verontrustend veel op vredigheid en hij vroeg zich af hoe een gewone woensdagochtend zo'n bijzondere sensatie teweeg kon brengen. Hij stopte en ademde de ochtendlucht met gesloten ogen in. Wat zou het mooi zijn geweest als zijn leven gevuld had kunnen zijn met dit soort ochtenden.

De tweesprong stond hem duidelijk voor ogen. Hij wist precies op welke dag in zijn leven de ongelukkige ommekeer had plaatsgevonden. Hij kon zelfs het tijdstip noemen. Eigenlijk had hij alle kansen op een goed leven gehad. Hij kon het niet aan mishandeling wijten. Ook niet aan armoede, honger of emotionele tekortkoming. Hij kon het alleen wijten aan zijn eigen domheid en een veel te groot vertrouwen in zijn eigen voortreffelijkheid. Natuurlijk was er ook een meisje bij betrokken geweest.

Hij was zeventien jaar geweest en in die tijd deed hij niets waar geen meisjes bij betrokken waren. Maar dit meisje was bijzonder. Maud, met haar weelderige blonde haren en gespeelde verlegenheid. Die zijn ego bespeelde als een goed gestemde viool. 'Lieve Bengt, ik wil zo graag...' 'Lieve Bengt, wil je alsjeblieft iets voor me kopen?' Zij had de riem vastgehouden en hij had gehoorzaam aan haar leiband gelopen. Het was nooit genoeg voor haar. Hij spaarde al het geld dat hij verdiende en kocht mooie kleren, parfums, alles waar ze maar naar wees. Maar zodra ze had gekregen waar ze zo ijverig om had gesmeekt, gooide ze het terzijde en vroeg ze om iets nieuws, het enige dat haar gelukkig kon maken.

Maud was als een koorts in zijn bloed geweest en ongemerkt waren de wielen steeds sneller gaan draaien tot hij niet meer wist hoe hij het had. Toen hij achttien werd, had Maud besloten dat ze alleen nog maar met hem in een

Cadillac Convertible wilde rondrijden. Die kostte meer dan hij in een jaar verdiende en hij had er nachtenlang over liggen piekeren en draaien hoe hij aan het geld moest komen. Terwijl hij hevig werd gekweld, had Maud een pruilmond opgezet en in steeds duidelijker bewoordingen te kennen gegeven dat als hij de auto niet kocht, er echt wel anderen waren die haar konden behandelen zoals zij behandeld hoorde te worden. In de doorwaakte, met angst vervulde nachten werd hij overvallen door jaloezie en uiteindelijk kon hij er niet langer tegen.

Op 10 september 1954 om precies twee uur 's middags was hij de bank in Tanumshede binnengestapt, uitgerust met een oud legerpistool dat zijn vader al die jaren thuis had gehad en met een nylonkous over zijn hoofd. Niets was goed gegaan. Het bankpersoneel had weliswaar snel bankbiljetten in de tas gestopt die hij bij zich had gehad, maar het leek in de verste verte niet op het bedrag waarop hij had gehoopt. Daarna had een van de klanten – de vader van een klasgenoot – Bengt ondanks de nylonkous herkend. Nog geen uur later was de politie bij hem thuis geweest en had de tas met geld onder het bed in zijn jongenskamer gevonden. Bengt zou de uitdrukking op het gezicht van zijn moeder nooit vergeten. Ze was nu al jaren dood, maar haar ogen achtervolgden hem nog steeds als hij in een dronken bui overvallen werd door angst.

Drie jaar in de gevangenis had alle hoop op een toekomst gedood. Toen hij vrijkwam was Maud allang verdwenen. Hij wist niet waarheen en het kon hem ook niet schelen. Al zijn oude vrienden waren verdergegaan; ze hadden een vaste baan en een gezinsleven en wilden niets met hem te maken hebben. Zijn vader was tijdens zijn gevangenschap verongelukt en hij trok in bij zijn moeder. Met de hoed in de hand probeerde hij werk te vinden, maar hij werd overal afgewezen. Niemand moest hem meer. Wat hem er uiteindelijk toe bracht zijn heil in de drank te zoeken, waren alle blikken die hem steeds achtervolgden.

Voor iemand die was opgegroeid in de geborgenheid van een kleine gemeenschap waar iedereen elkaar op straat groette, was het gevoel buitengesloten te zijn even pijnlijk als een pak slaag. Hij had overwogen uit Fjällbacka weg te gaan, maar waar moest hij heen? Dan was het makkelijker om te blijven en zich in de gezegende alcohol te laten hullen.

Anders en hij hadden elkaar meteen gevonden. De twee zielenpieten, zeiden ze en lachten dan verbitterd. Bengt koesterde een welhaast vaderlijke genegenheid voor Anders en hij voelde meer verdriet over Anders' lot dan over zijn eigen. Hij wenste vaak dat hij iets had kunnen doen om Anders' leven in een andere richting te sturen, maar aangezien hijzelf de verleidelijke loktonen van de alcohol maar al te goed kende, wist hij hoe onmogelijk het was om je los te rukken van zo'n veeleisende minnares als de alcohol in de loop van de jaren werd. Ze eiste alles en gaf niets terug, en het enige dat ze konden doen was elkaar een beetje troost en gezelschap bieden.

Het pad naar Anders' portiek was grondig geveegd en met zand bestrooid en hij hoefde niet voorzichtig te lopen vanwege de fles in zijn binnenzak, zoals hij deze strenge winter zo vaak had moeten doen wanneer het helemaal tot aan de trap glibberig en glad was geweest.

De twee trappen naar Anders' appartement waren altijd een uitdaging omdat er geen lift was. Hij moest een paar keer stoppen en twee keer maakte hij van de gelegenheid gebruik om een versterkende slok uit de fles in zijn binnenzak te nemen. Toen hij eindelijk voor de deur van Anders' appartement stond, hijgde hij zwaar en hij leunde even tegen de deurpost voordat hij de deur opende; hij wist dat Anders die nooit op slot deed.

Het was stil in het appartement. Misschien was Anders niet thuis? Als hij zijn roes lag uit te slapen, kon je zijn diepe ademhaling en snuivende gesnurk meestal al in het trappenhuis horen. Bengt keek in de keuken. Niemand, behalve de gebruikelijke bacterieculturen. De deur naar de badkamer stond wijd open en ook daar was niemand. Toen hij naar de kamer ging, had hij een naar gevoel in zijn buik. Wat hij in de woonkamer zag, deed hem abrupt stoppen. De fles die hij in zijn hand hield, viel met een zware plof op de grond, maar het glas brak niet.

Het eerste dat hij zag waren de voeten die een eindje boven de vloer bungelden. De blote voeten zwaaiden licht heen en weer in een pendelende beweging. Anders had een broek aan, maar zijn bovenlichaam was bloot. Zijn hoofd hing in een wonderlijke hoek. Zijn gezicht was gezwollen en verkleurd en zijn tong leek te groot voor zijn mond en stak een eindje door de lippen naar buiten. Dit was het meest bedroevende wat Bengt ooit had gezien. Hij draaide zich om en verliet het appartement langzaam, maar pas nadat hij de fles van de vloer had gepakt. Hij zocht als een blinde naar iets waaraan hij zich kon vasthouden, maar vond alleen maar leegte. Daarom greep hij naar de enige reddingsboei die hij kende. Hij ging op de drempel van Anders' appartement zitten, bracht de fles naar zijn mond en huilde.

Het was twijfelachtig of hij een toegestaan alcoholpromillage in zijn bloed had, maar daar maakte Patrik zich op dit moment niet al te druk om. Hij reed voor de zekerheid wat langzamer dan gewoonlijk, maar omdat hij tegelijkertijd verschillende telefoontjes pleegde met zijn mobieltje was het maar de vraag in hoeverre dat bijdroeg aan de verkeersveiligheid.

Het eerste gesprek was met TV4. Zij bevestigden dat *Gescheiden werelden* op vrijdag de vijfentwintigste was komen te vervallen in verband met de ijshockeywedstrijd. Daarna belde hij Mellberg, die zoals te verwachten viel verheugd was met het nieuws; hij eiste dat Anders onmiddellijk weer naar het bureau werd gebracht. Met het derde telefoontje kreeg hij de versterking waarom hij vroeg en hij reed rechtstreeks naar het appartementencomplex waar Anders woonde. Jenny Rosén had waarschijnlijk de dagen door elkaar gehaald. Een vergissing die getuigen wel vaker maakten.

Ondanks de opwinding over een eventuele wending in de zaak kon hij zich niet echt op zijn taak concentreren. Zijn gedachten gleden steeds terug naar Erica en de afgelopen nacht. Hij merkte dat hij onbenullig breeduit zat te grijnzen, en zijn handen trommelden als uit eigen wil korte roffels op het stuur. Hij zette de radio op een station met gouwe ouwen en hoorde Aretha

Franklin met het nummer 'Respect'. De vrolijke Motownsound paste perfect bij zijn stemming en hij zette de radio harder. Toen het refrein kwam, zong hij uit volle borst mee en swingde op zijn stoel. Hij vond zelf dat het verdomd goed klonk, tot de radio er plotseling mee ophield en hij alleen zijn eigen stem 'RESPECT' hoorde brullen. Zijn trommelvliezen deden pijn.

De hele afgelopen nacht voelde als een roes en dat kwam niet alleen door de hoeveelheid wijn die ze hadden gedronken. Het was alsof er een sluier of een rookgordijn van gevoelens, liefde en erotiek over de nachtelijke uren lag.

Toen hij de parkeerplaats van het appartementencomplex opreed, moest hij tegen zijn zin zijn gedachten aan de dag van gisteren loslaten. De versterking was ongewoon snel ter plaatse. Ze moesten in de buurt zijn geweest. Hij zag twee politiewagens met zwaailichten en fronste even zijn wenkbrauwen. Wat vreemd dat ze de instructies verkeerd hadden opgevat. Hij had om één wagen gevraagd, niet om twee. Toen hij dichterbij kwam, zag hij dat er een ambulance achter de politiewagens stond. Er was iets mis.

Hij herkende Lena, de blonde agente uit Uddevalla, en liep naar haar toe. Ze praatte in een mobiel, maar toen hij haar naderde, hoorde hij haar 'tot kijk' zeggen en ze stopte de mobiel in een houder aan haar riem.

‘Hallo Patrik.’

‘Hoi Lena. Wat is er aan de hand?’

‘Een drop-out heeft Anders Nilsson aan een strop in zijn appartement gevonden.’

Ze knikte in de richting van de portiek. Patrik kreeg een ijskoud gevoel in zijn maag. ‘Jullie hebben toch niets aangeraakt?’

‘Nee, wat denk je wel niet van ons? Ik heb net met de centrale in Uddevalla gebeld en ze sturen een team om de plaats delict te onderzoeken. We hebben net met Mellberg gesproken, dus ik nam aan dat hij jou had gestuurd.’

‘Nee, ik was sowieso op weg hierheen, om Anders weer voor een verhoor mee te nemen.’

‘Maar ik hoorde dat hij een alibi had?’

‘Ja, dat dachten we, maar zijn alibi klopte niet en daarom wilden we hem weer ophalen.’

‘Wat vervelend. Wat denk je dat dit betekent? Ik bedoel, de kans dat er twee moordenaars in Fjällbacka rondlopen is toch nagenoeg nul, dus waarschijnlijk is hij door dezelfde persoon vermoord die ook Alex Wijkner van het leven heeft beroofd. Hebben jullie eigenlijk andere verdachten dan Anders?’

Patrik wachtte even met zijn antwoord. Het was waar dat deze gebeurtenis alles op zijn kop zette, maar hij was nog niet bereid dezelfde conclusies te trekken als Lena, namelijk dat Anders door dezelfde persoon was vermoord als Alex. Statistisch gezien was het inderdaad vrijwel onmogelijk dat er hier decennia lang geen enkele moord werd gepleegd en dat er nu plotseling twee afzonderlijke moordenaars zouden rondlopen, maar hij was ook niet bereid het onmogelijke uit te sluiten.

'Laten we maar naar boven gaan, dan kun jij me vertellen wat je tot dusverre weet. Hoe is de melding bijvoorbeeld binnengekomen?'

Lena nam de leiding en liep voor hem uit het trappenhuis in.

'Ja, zoals ik al zei heeft een drinkmaatje van Anders, ene Bengt Larsson, hem gevonden. Hij kwam vanmorgen bij Anders om samen te gaan zuipen. Hij gaat dan gewoon naar binnen en dat deed hij vandaag ook. Toen hij in het appartement kwam, zag hij Anders aan een touw hangen dat was vastgemaakt aan de bevestiging van de plafondlamp in de woonkamer.'

'Sloeg hij meteen alarm?'

 'Nee, dat deed hij niet. Hij is op de drempel van het appartement gaan zitten en heeft zijn verdriet weggedronken met een fles Explorer en pas toen een buurman, die op weg was naar buiten, hem vroeg wat er aan de hand was heeft hij verteld wat er was gebeurd. Toen heeft de buurman ons gebeld. Bengt Larsson is te dronken om gedetailleerd ondervraagd te worden, dus ik heb hem net in een dronkemanscel laten opsluiten.'

Patrik vroeg zich af waarom Mellberg hem niet op de hoogte had gebracht van al deze gebeurtenissen, maar hij berustte in de situatie en nam genoegen met de verklaring dat de wegen van de hoofdinspecteur meestal volstrekt ondoorgrondelijk waren.

Patrik beklom de trap met twee treden tegelijk en haalde Lena in. Toen ze de tweede verdieping bereikten, stond de deur wijd open en hij zag mensen binnen heen en weer lopen. Jenny stond met Max op haar arm in de deuropening van haar appartement. Toen Patrik op hen afkwam, zwaaide Max enthousiast met zijn kleine vuistjes en liet met een glimlach zijn vrijwel tandeloze mond zien.

'Wat is er gebeurd?'

Jenny pakte Max, die zijn best deed zich uit haar armen te wurmen, steviger beet.

'Dat weten we nog niet. Anders Nilsson is dood, maar veel meer weten we niet. Heb jij iets ongewoons gezien of gehoord?'

'Nee, ik kan me niets bijzonders herinneren. Het eerste dat ik hoorde was dat mijn buurman met iemand in het trappenhuis begon te praten, en een tijdje later kwamen er politiewagens en een ambulance en werd het hier een drukke bedoening.'

'Maar eerder vandaag, gisteravond of vannacht niets bijzonders?' Patrik bleef doorvragen.

'Nee, eh nee, niks.'

Patrik liet het hier voorlopig bij. 'Oké, bedankt voor je hulp, Jenny.'

Hij lachte naar Max en liet hem zijn wijsvinger beetpakken, iets wat blijkbaar erg leuk was, want Max begon zo hard te lachen dat het leek of hij zou stikken. Met tegenzin maakte Patrik zich los en liep langzaam achteruit in de richting van Anders' appartement, terwijl hij naar Max bleef zwaaien en brabbelend in kindertaal 'doei' zei.

Lena stond met een spottende glimlach op haar lippen in de deuropening. 'Zo te zien lijkt dat je wel iets.'

Patrik merkte tot zijn ontzetting dat hij begon te blozen, waardoor Lena's glimlach alleen maar breder werd. Hij mompelde een onduidelijk antwoord. Zij liep voor hem uit het appartement in en zei over haar schouder: ‘Je hoeft maar een gil te geven. Ik ben vrij en single en heb een biologische klok die zo hard tikt dat ik ’s nachts maar amper kan slapen.’

Patrik wist dat ze een grapje maakte, dit was Lena’s gewone schertsende jargon, maar hij moest er toch nog harder van blozen. Hij reageerde niet en toen ze de woonkamer binnenstapten verdween bij beiden elk spoor van een glimlach.

Iemand had Anders’ lichaam losgemaakt van het touw waaraan hij had gehangen en hij lag nu op de vloer van de woonkamer. Recht boven hem hing nog het uiteinde van het touw, dat op tien centimeter van de bevestiging was losgesneden. De rest van het touw zat als een strop rond Anders’ hals en Patrik kon de diepe, donkerrode streep zien waar het touw tegen de huid had geschaafd. Wat hij altijd het moeilijkst vond bij dode mensen, was de onnatuurlijke gelaatskleur. Wurging veroorzaakte een nare blauwpaarse kleur waardoor het slachtoffer er heel vreemd uitzag. De dikke, gezwollen tong die door de lippen naar buiten stak, herkende hij ook als een veelvoorkomend symptoom bij slachtoffers die gewurgd of gestikt waren. Hoewel zijn ervaring met moordslachtoffers op zijn zachtst gezegd beperkt was, kreeg de politie elk jaar haar portie zelfmoorden en hij had in zijn loopbaan drie mensen los moeten snijden.

Toen hij rondkeek in de woonkamer was er echter iets wat deze scène heel duidelijk onderscheidde van de zelfmoorden door verhanging die hij had gezien. Het was absoluut onmogelijk dat Anders ergens op was geklommen en zijn hoofd door de strop aan het plafond had gestoken. Geen stoelen, geen tafels in de buurt. Anders had midden in de kamer gezweefd als een macabere menselijke mobile.

Onervaren als hij was met plaatsen delict bewoog Patrik voorzichtig in wijde cirkels rond het lichaam. Anders' ogen waren open en keken strak de lucht in. Patrik voelde dat hij zich naar het lichaam moest uitstrekken om de ogen van de dode te sluiten. Hij wist dat hij eigenlijk geen contact met het lichaam mocht hebben voordat de patholoog-anatoom was geweest, eigenlijk had het lichaam niet eens losgemaakt mogen worden, maar iets in de starende blik prikkelde zijn zenuwen. Hij had het gevoel alsof de ogen hem door de kamer volgden.

 Hij merkte op dat de kamer ongebruikelijk kaal was en zag toen dat alle schilderijen van de muren waren gehaald. Alleen de grote lelijke plekken waar de schilderijen hadden gehangen waren te zien. Verder was het er net zo smerig als hij zich van de vorige keer herinnerde, maar toen hadden de schilderijen de kamer toch een beetje opgefleurd. Ze hadden Anders' woning een zekere decadentie gegeven, door de combinatie van smerigheid en schoonheid. Nu zag het er alleen maar smerig en walgelijk uit.

Lena sprak onafgebroken in haar mobiel. Na een gesprek waarin Patrik haar alleen met eenlettergrepige woorden hoorde antwoorden, klapte ze haar kleine Ericsson-telefoon dicht en draaide zich naar hem om.

'We krijgen versterking van mensen van de Forensische Eenheid die de plaats delict komen onderzoeken. Ze vertrekken nu uit Göteborg. We mogen niets aanraken. Ik stel voor dat we voor de zekerheid buiten wachten.'

Ze liepen naar het halletje en Lena deed voorzichtig de deur dicht en draaide die op slot met een sleutel die aan de binnenkant van de deur had gezeten. De kou buiten was doordringend en Lena en Patrik stampten licht met hun voeten.

'Waar is Janne eigenlijk?' Patrik vroeg naar Lena's collega die bij haar in de auto had moeten zitten.

'Hij heeft vandaag vrijgenomen omdat een van zijn kinderen ziek is. Door alle bezuinigingen was er niemand die op zo korte termijn met me mee kon, dus ben ik in mijn eentje gegaan toen de melding binnenkwam.'

Patrik knikte afwezig. Hij was geneigd Lena's mening te delen. Veel wees erop dat ze één en dezelfde moordenaar zochten. Het trekken van te snelle conclusies was weliswaar een van de gevaarlijkste dingen die een politieagent kon doen, maar de kans dat het in dit kleine plaatsje om twee verschillende moordenaars ging, was enorm klein. En die werd nog kleiner vanwege de link tussen de beide slachtoffers.

Ze wisten dat de reis vanuit Göteborg minstens anderhalf uur zou duren, waarschijnlijk zelfs twee, en om de kou het hoofd te bieden gingen Patrik en Lena in zijn auto zitten, waar ze de verwarming aandeden. Ook de radio ging aan en lange tijd zaten ze zwijgend naar vrolijke popmuziek te luisteren. Dat voelde als een welkom contrast met de reden voor het lange wachten. Na een uur en veertig minuten zagen ze twee politiewagens het parkeerterrein oprijden en ze stapten uit om de versterking te begroeten.

‘Lieve Jan, kunnen we niet een eigen huis kopen? Ik zag dat een van de huizen bij Badholmen te koop staat. Kunnen we niet gaan kijken? Het heeft een fantastisch uitzicht en er is ook een klein boothuis bij. Alsjeblieft?’

Lisa’s zeurderige toon wekte zijn irritatie op. Dat gebeurde tegenwoordig bijna altijd. Hun huwelijk zou beduidend aangenamer zijn als ze haar mond wist te houden en er lief uitzag. De laatste tijd hadden zelfs haar grote stevige borsten en ronde billen hem niet het gevoel gegeven dat het de moeite waard was. Haar gezeur was alleen maar erger geworden en op dit soort momenten betreurde hij het enorm dat hij zich had laten overhalen om met haar te trouwen.

Lisa werkte als serveerster bij café Röde Orm in Grebbestad toen hij haar voor het eerst zag. Alle mannen hadden gekwijld toen ze haar diepe decolleté en lange benen zagen en hij had ter plekke besloten dat hij haar zou hebben. Meestal kreeg hij wat hij wilde en Lisa bleek geen uitzondering te zijn. Hij zag er helemaal niet slecht uit, maar wat bijna altijd de definitieve doorslag gaf, was dat hij zich voorstelde als Jan Lorentz. Het noemen van zijn achternaam deed de ogen van de vrouwen oplichten en daarna had hij vrij spel.

In het begin was hij bezeten geweest van Lisa’s lichaam. Hij kon niet genoeg van haar krijgen en wist zijn oren te sluiten voor de onnozele opmerkingen die ze voortdurend met haar schelle stem uitte. De jaloerse blikken van andere mannen als hij met Lisa aan zijn arm arriveerde, vergrootten haar aantrekkingskracht ook. Aanvankelijk waren haar stille wenken dat hij haar tot een eerzame vrouw moest maken vruchteloos gebleven en als hij eerlijk was, moest hij toegeven dat haar onnozelheid haar aantrekkelijkheid teniet begon te doen, maar wat voor hem de doorslag gaf en het allemaal zo onweerstaanbaar maakte, was Nelly's heftige verzet tegen een huwelijk. Ze had vanaf het allereerste moment een hekel gehad aan Lisa en maakte van elke gelegenheid gebruik om haar standpunt te verkondigen. Een kinderlijke wens om weerstand te bieden had hem in zijn huidige situatie gebracht en hij vervloekte zijn eigen domheid.

Liggend op hun grote tweepersoonsbed tuitte Lisa haar lippen. Ze was naakt en deed haar best er verleidelijk uit te zien, maar het raakte hem niet meer. Hij wist dat ze op een antwoord wachtte.

'Je weet dat we niet bij mama weg kunnen. Ze is niet gezond en kan dit grote huis in haar eentje niet aan.'

 Hij keerde Lisa de rug toe en strikte zijn das voor de grote spiegel op haar toilettafel. In de spiegel zag hij dat ze haar wenkbrauwen geïrriteerd fronste. Dat stond haar niet.

‘Waarom verhuist die oude heks niet naar een gezellig tehuis zodat ze haar familie niet tot last is? Snapt ze niet dat wij recht hebben op een eigen leven? Wij moeten dag in dag uit voor dat mens zorgen. En wat heeft ze eraan om zo op haar centen te zitten? Ik durf er wat om te verwedden dat ze ervan geniet dat wij ons vernederen door voor de kruimels te moeten kruipen die van haar bord vallen. Begrijpt ze niet hoeveel jij voor haar doet? Je werkt je te pletter op dat bedrijf en de rest van de tijd ben je haar oppas. Dat mens wil ons niet eens de mooiste kamers van het huis geven als dank voor alle hulp. Nee, wij moeten in de kelder wonen terwijl zij in de mooie salons rondhangt.’

Jan draaide zich om en keek zijn vrouw met een koude blik aan. ‘Ik heb je toch gezegd niet op die manier over mijn moeder te praten.’

‘Je moeder.’ Lisa snoof. ‘Je verbeeldt je toch niet dat ze je echt als een zoon beschouwt, Jan. Jij zult voor haar nooit meer zijn dan een zielig geval van liefdadigheid. Als haar geliefde Nils niet was verdwenen, zou jij vroeg of laat zijn weggestuurd. Jij bent niets anders dan een noodoplossing, Jan. Wie zou zich anders vierentwintig uur per dag vrijwel gratis voor haar uitsloven? Het enige dat je hebt is een belofte dat jij al het geld krijgt als ze ooit een keer de pijp uitgaat. In de eerste plaats wordt dat mens zeker honderd en in de tweede plaats heeft ze ongetwijfeld haar geld nagelaten aan een asiel voor straathonden en lacht ze ons achter onze rug uit. Soms ben je zo ontzettend dom, Jan.'

Lisa draaide zich op haar rug en bestudeerde haar keurig gemanicuurde nagels. Met ijskoude kalmte deed Jan een stap in de richting van Lisa. Hij hurkte neer, draaide het lange blonde haar dat over de bedrand hing om zijn hand en begon eerst zachtjes en toen harder en harder te trekken tot haar gezicht vertrok van de pijn. Hij bracht zijn gezicht vlak bij het hare en siste met zachte stem: 'Je moet mij nooit, nooit dom noemen, hoor je me. En geloof me, dat geld zal ooit van mij zijn. Maar het is nog maar de vraag of jij hier lang genoeg mag blijven om ervan te genieten.'

Tot zijn voldoening zag hij dat er een vonkje angst in haar ogen verscheen. Hij zag hoe haar domme maar tegelijkertijd primitief sluwe brein de informatie verwerkte en tot de conclusie kwam dat het tijd was om van tactiek te veranderen. Ze strekte zich uit op het bed, tuitte haar lippen en legde haar handen rond haar borsten. Ze streelde haar tepels langzaam met haar wijsvingers tot ze hard werden en zei met spinnende stem: 'Sorry, dat was dom van me, Jan. Je weet toch hoe ik ben. Ik zeg soms dingen zonder na te denken. Kan ik het op de een of andere manier goedmaken?'

Ze zoog suggestief op haar ene wijsvinger en bracht vervolgens haar hand naar beneden.

Jan merkte tegen zijn zin dat zijn lichaam reageerde en besloot toen dat er tenminste iets was waarvoor hij haar kon gebruiken. Hij knoopte zijn das weer los.

Mellberg krabde nadenkend in zijn kruis zonder te merken dat dit gebaar bij de mensen die om hem heen zaten een gevoel van weerzin opwekte. Ter ere van deze dag had hij een pak aangetrokken. Weliswaar zat dat iets te krap, maar dat kwam volgens hem doordat iemand bij de stomerij onvoorzichtig was geweest en het pak op een te hoge temperatuur had gereinigd. Hij hoefde zich niet te wegen om bevestigd te krijgen dat hij sinds zijn dienstplicht geen gram was aangekomen en vond daarom dat de aanschaf van een nieuw pak zonde van het geld was. Goede kwaliteit was tijdloos. Dat die idioten van de stomerij hun werk niet goed deden was niet zijn schuld.

Hij schraapte zijn keel om de aandacht van alle aanwezigen te krijgen. Het gebabbel en heen en weer geschuif met de stoelen hield op en alle blikken richtten zich op de man achter het bureau. Uit het hele bureau waren stoelen verzameld, die in een halve cirkel voor hem waren neergezet. Mellberg keek hen een poosje met een plechtig gezicht aan. Dit was een moment waar hij zoveel mogelijk uit wilde halen. Met gefronst voorhoofd merkte hij dat Patrik er afgepeigerd uitzag. Het personeel mocht weliswaar zelf weten wat het in zijn vrije tijd deed, maar gezien het feit dat het midden in de werkweek was moest je toch kunnen verlangen dat ze matigheid betrachtten in feestvieren en drinken. Mellberg verdrong met succes de herinnering aan de kwart liter sterkedrank die gisteravond door zijn eigen keel was gegleden. Hij besloot later een gesprekje met de jonge Patrik te hebben over diens kijk op het alcoholbeleid van dit bureau.

'Zoals jullie allemaal weten, heeft er inmiddels nog een moord plaatsgevonden in Fjällbacka. De kans dat er sprake is van twee moordenaars is erg klein en daarom denk ik dat we ervan uit kunnen gaan dat Alexandra Wijkner en Anders Nilsson door een en dezelfde persoon zijn vermoord.'

Hij genoot van het geluid van zijn eigen stem en van de ijver en belangstelling die hij op de gezichten voor hem zag. Hij was in zijn element. Hiervoor was hij geboren.

Mellberg ging verder: 'Anders Nilsson is vanochtend gevonden door Bengt Larsson, een van Anders' drinkmaatjes. Hij is opgehangen en volgens de eerste voorlopige berichten van het team uit Göteborg heeft hij daar zeker sinds gisteravond gehangen. Tot we meer exacte informatie krijgen is dat de hypothese waarvan we uitgaan.'

De manier waarop het woord 'hypothese' op zijn tong rolde gaf hem een aangenaam gevoel. De verzameling mensen voor hem was niet bijzonder groot, maar in zijn hoofd waren het er veel meer en hun belangstelling was tastbaar. En ze zaten allemaal op zijn woorden en orders te wachten. Tevreden keek hij om zich heen. Annika tikte ijverig op een laptop, haar bril zat bijna op het puntje van haar neus. Haar goed geproportioneerde vrouwelijke vormen waren gehuld in een zeer goed zittend geel colbertje met bijbehorende rok en hij knipoogde naar haar. Dat moest genoeg zijn. Het was beter haar niet te erg te verwennen. Naast haar zat Patrik, die eruitzag alsof hij elk moment kon instorten. Zijn oogleden waren zwaar en de ogen daaronder waren zichtbaar roodoorlopen. Hij moest inderdaad zo snel mogelijk met hem praten. Hij mocht toch zeker wel een zekere stijl van zijn personeel verwachten.

Naast Patrik en Annika had het politiebureau in Tanumshede nog drie werknemers. Gösta Flygare was de oudste op het bureau en hij deed er alles aan om tot aan zijn pensioen, dat nog maar een paar jaar verwijderd was, zo min mogelijk uit te voeren. Daarna zou hij al zijn tijd kunnen besteden aan zijn grote passie – golf. Hij was tien jaar geleden met golfen begonnen toen zijn vrouw aan kanker was overleden en de weekends hem plotseling veel te lang en te eenzaam waren geworden. De sport was algauw een gif in zijn bloed geworden en tegenwoordig beschouwde hij zijn werk, waar hij trouwens nooit veel belangstelling voor had gehad, alleen als een storend element dat hem belette naar de golfbaan te gaan.

Hoewel zijn salaris mager was, was het hem gelukt voldoende geld opzij te leggen om een appartement aan de Spaanse kust te kunnen kopen en binnenkort kon hij de zomermaanden in Zweden doorbrengen met golfen en de rest van het jaar op de banen in Spanje staan. Maar hij moest toegeven dat deze moorden voor het eerst in lange tijd een zekere belangstelling bij hem hadden weten te wekken. Al had hij liever een achttienholesbaan gelopen als het jaargetijde dat had toegelaten.

Naast hem zat de jongste medewerker van het bureau. Martin Molin riep bij iedereen – bij de een wat meer dan bij de ander – ouderlijke gevoelens op en ze probeerden hem allemaal op hun eigen manier te helpen. Maar ze zorgden er wel voor dat hij daar nooit iets van merkte. Ze gaven hem alleen opdrachten die een kind aan zou kunnen, en om de beurt namen ze de rapporten door die hij had geschreven voordat ze op Mellbergs bureau belandden.

Hij was nog geen jaar geleden afgestudeerd aan de politieacademie en het had iedereen verbaasd dat hij aan de strenge toelatingseisen had weten te voldoen en daarna zelfs de opleiding met goed gevolg had weten af te sluiten. Maar Martin was lief en goedhartig en ondanks zijn naïviteit, die hem volstrekt ongeschikt maakte voor het politievak, vond iedereen dat hij hier in Tanumshede niet veel schade kon aanrichten, en ze hielpen hem graag met alle obstakels die hij tegenkwam. Vooral Annika had hem in haar grote hart gesloten en soms toonde ze tot ieders vermaak haar gevoelens door hem spontaan tegen haar boezem te drukken.

Zijn gelaatskleur kon zich dan meten met zijn vuurrode haar, dat altijd rechtovereind stond, en zijn even rode sproeten. Maar hij aanbad Annika en hij had vele avonden bij haar en haar man doorgebracht als hij haar om raad had moeten vragen over een ongelukkige liefde. En ongelukkige liefdes waren bij hem schering en inslag. Zijn naïviteit en goedheid werkten magnetisch op vrouwen die mannen als ontbijt nuttigden en vervolgens de restjes uitspuugden. Gelukkig was Annika er altijd voor hem. Ze luisterde naar zijn verhalen, lapte zijn gedeukte zelfvertrouwen op en stuurde hem vervolgens weer de wereld in, hopend dat hij op een dag een vrouw zou tegenkomen die deze gouden vent die onder het sproetige oppervlak schuilging, op waarde wist te schatten.

Het laatste lid van de groep was tegelijk het minst populaire. Ernst Lundgren was een kontlikker van formaat en hij nam elke gelegenheid te baat om zichzelf op de voorgrond te plaatsen, bij voorkeur ten koste van anderen. Het verbaasde niemand dat hij nog steeds niet getrouwd was. Hij was een zeer onaantrekkelijke man, en hoewel lelijker mannen dan hij dankzij een redelijk aangename persoonlijkheid een partner hadden gevonden, miste Ernst deze eigenschap. Daarom woonde hij met zijn oude moeder op een boerderij tien kilometer ten zuiden van Tanumshede. Het gerucht ging dat zijn vader, die in de omgeving bekend had gestaan als een buitengewoon agressieve alcoholist, een helpende hand van zijn vrouw had gehad toen hij van de hooizolder viel en op een hooivork terechtkwam. Dat was echter allemaal lang geleden gebeurd en geruchten deden gauw de ronde als mensen geen spannende dingen hadden waarover ze konden praten. Het was in elk geval waar dat alleen een moeder van Ernst kon houden, met zijn vooruitstekende tanden, piekhaar en grote oren die vergezeld gingen van een cholerisch temperament en een overduidelijke aanwezigheid. Nu hing hij aan Mellbergs lippen alsof zijn woorden parels waren, en hij nam elke gelegenheid te baat om 'sst' te roepen als de anderen het waagden ook maar het kleinste geluid te maken dat de aandacht van Mellbergs betoog afleidde. Nu stak hij ijverig als een schooljongen zijn hand op om een vraag te stellen.

'Hoe weten we dat Anders niet door die dronkelap is vermoord en dat die daarna gewoon deed alsof hij hem vanochtend heeft gevonden?'

Mellberg knikte waarderend naar Ernst Lundgren. 'Een goede vraag, Ernst, een heel goede vraag. Zoals ik al zei, gaan we ervan uit dat het dezelfde persoon is die ook Alex Wijkner heeft vermoord. Maar controleer voor de zekerheid Bengt Larssons alibi voor gisteren.'

Mellberg wees met zijn pen naar Ernst Lundgren terwijl hij zijn blik over de anderen liet glijden. 'Een dergelijke opmerkzaamheid hebben we nodig om dit te kunnen oplossen. Ik hoop dat jullie luisteren en van Ernst leren. Jullie hebben nog een lange weg te gaan om zijn niveau te bereiken.'

Ernst sloeg bescheiden zijn ogen neer, maar zodra Mellberg zijn aandacht op iets anders richtte kon hij het niet laten om een triomfantelijke blik naar zijn collega's te werpen. Annika snoof luid en in antwoord op Lundgrens woedende blik staarde ze hem zonder te knipperen aan.

'Waar was ik gebleven?'

Mellberg plaatste zijn duimen achter de bretels die hij onder zijn colbertje droeg, en draaide zijn stoel zodat hij met zijn gezicht naar het bord kwam te zitten dat ze aan de muur achter hem hadden opgehangen en waarop de zaak Alex Wijkner in kaart was gebracht. Er was eenzelfde bord naast gehangen, maar het enige dat daarop hing was een polaroidfoto die genomen was van Anders voordat het ambulancepersoneel zijn lichaam had losgesneden.

'Wat weten we tot dusverre? Anders Nilsson is vanochtend gevonden en hij is, volgens een eerste voorlopige conclusie, sinds gisteren dood, tijdstip nog onbekend. Hij is opgehangen door een of meer onbekende personen, waarschijnlijk meer omdat het aanzienlijke kracht vereist om een volwassen man zo hoog op te tillen dat hij aan het plafond kan worden opgehangen. Wat we niet weten, is hoe ze te werk zijn gegaan. Er zijn geen sporen van een worsteling, noch in het appartement, noch op Anders' lichaam. Geen blauwe plekken die wijzen op een hardhandige behandeling van het lichaam, niet voor en niet na het intreden van de dood. Zoals ik al zei, dit zijn nog maar voorlopige gegevens, maar we krijgen waarschijnlijk meer zekerheid als er sectie is verricht op Anders' lichaam.'

Patrik zwaaide met zijn pen. 'Wanneer kunnen we het sectierapport verwachten?'

'Ze hebben een hele stapel lijken liggen, dus helaas heb ik geen bericht ontvangen wanneer ze klaar kunnen zijn.'

Niemand keek verbaasd.

'Verder weten we dat er een duidelijke link bestaat tussen Anders Nilsson en ons eerste moordslachtoffer, Alexandra Wijkner.'

Mellberg stond nu rechtop en wees naar de foto van Alexandra, die in het midden van het eerste bord was bevestigd. Ze hadden de foto van haar moeder gekregen en het viel iedereen opnieuw op hoe mooi ze was geweest toen ze nog leefde. Daardoor leek de foto die ernaast hing, van Alexandra in de badkuip, met een blauwachtig, bleek gezicht en ijs in haar haren en wenkbrauwen, nog vreselijker.

'Dit absoluut niet bij elkaar passende paar had een seksuele relatie, dat heeft Anders zelf toegegeven en we hebben zoals jullie weten zelfs bepaalde bewijzen die deze bewering staven. Wat we niet weten, is hoe lang deze relatie heeft geduurd, hoe ze met elkaar in contact kwamen en vooral niet hoe het komt dat een mooie vrouw uit de hogere kringen zo'n merkwaardige bedgenoot kiest als deze smerige en onsmakelijke alcoholist. Daar zit een luchtje aan, dat mag duidelijk zijn.'

Mellberg tikte een paar keer met zijn wijsvinger op de zijkant van zijn volumineuze, geaderde neus.

'Martin, jij krijgt als opdracht hier dieper in te graven. Je moet in elk geval Henrik Wijkner veel meer onder druk zetten dan we tot nu toe hebben gedaan. Die man weet meer dan hij vertelt, let op mijn woorden.'

Martin knikte ijverig en schreef alsof zijn leven ervan afhing in zijn notitieboekje. Annika keek hem van over de rand van haar leesbril vertederd en moederlijk aan.

'Helaas brengt dit ons wat betreft de verdachten van de moord op Alex terug naar af. Anders leek heel veelbelovend in die rol en tja, nu is de situatie anders geworden. Patrik, jij moet al het materiaal over de Wijknermoord nog een keer doornemen. Controleer alle details opnieuw, niet één maar twee keer. Ergens in het materiaal bevindt zich het aanknopingspunt dat wij over het hoofd hebben gezien.'

Mellberg had die woorden ooit in een detectiveserie op de tv gehoord en ze voor toekomstig gebruik in zijn geheugen opgeslagen.

Gösta was nu de enige die nog geen opdracht had gekregen en Mellberg keek naar het overzichtsbord en dacht even na.

'Gösta, jij gaat met de familie van Alex Wijkner praten. Er zijn misschien dingen die ze nog niet hebben verteld. Vraag naar haar vrienden en vijanden, haar jeugd, haar persoonlijkheid, alles. Maakt niet uit wat. Praat zowel met de ouders als met de zus, maar zorg ervoor dat je iedereen apart te spreken krijgt. Het is mijn ervaring dat je dan meer uit de mensen krijgt. Overleg wel even met Molin, die met de echtgenoot gaat praten.'

Gösta zakte door de last van een concrete opdracht ineen en zuchtte berustend. Niet dat dit midden in de ijskoude winter tijd aan het golfen kon onttrekken, maar hij was er de laatste jaren aan gewend geraakt geen echt werk te hoeven verrichten. Hij had de kunst om er drukbezet uit te zien verfijnd en zat meestal op zijn computer te patiencen om de tijd te verdrijven. Dat hij nu met concrete resultaten moest komen drukte zwaar op zijn schouders. Nu was het gedaan met de rust. Ze zouden waarschijnlijk niet eens betaald krijgen als ze moesten overwerken. Hij mocht blij zijn als de benzinekosten naar en van Göteborg werden vergoed.

Mellberg klapte in zijn handen en stuurde hen vervolgens de kamer uit. 'Hup, aan het werk. We kunnen niet op ons gat blijven zitten als we deze zaak willen oplossen. Ik reken erop dat jullie harder werken dan ooit, en wat vrije tijd betreft, die hebben jullie pas weer als dit voorbij is. Tot die tijd beschik ik over jullie tijd zoals mij goeddunkt. Dat was het.'

Als iemand er al bezwaar tegen had om als een klein kind te worden weggestuurd, dan zei hij er niets van. Ze stonden op, pakten de stoel waarop ze hadden gezeten in de ene hand en hun notitieblok en pennen in de andere. Alleen Ernst Lundgren bleef dralen, maar Mellberg was vreemd genoeg niet in de stemming voor vleierij en stuurde ook hem weg.

Het was een heel vruchtbare dag geweest. Het was weliswaar een streep door de rekening dat zijn hoofdverdachte van de Wijknermoord nu zelf vermoord was, maar dat werd meer dan goedgemaakt door het feit dat één en één veel meer werd dan twee. Eén moord was een gebeurtenis, twee moorden waren voor zo'n klein district als dit een sensatie. Was hij eerder vrij zeker geweest van een enkele reis naar daar waar het allemaal gebeurde als hij de Wijknerzaak had opgelost, nu was hij er rotsvast van overtuigd dat ze hem op hun knieën zouden smeken terug te komen als hij met een pasklare oplossing van de moorden kwam.

Met die zonnige toekomstvooruitzichten binnen bereik leunde Bertil Mellberg achterover in zijn stoel, strekte geoefend zijn hand uit naar de derde la, pakte er een bonbon uit en stopte die genietend in zijn mond. Toen vouwde hij zijn handen achter zijn hoofd, deed zijn ogen dicht en besloot dat hij even een uiltje ging knappen. Het was tenslotte bijna lunchtijd.

Nadat Patrik was vertrokken had ze geprobeerd een paar uur te slapen. Dat lukte niet echt goed. Door alle gevoelens die zich verdrongen, woelde ze alleen maar onrustig heen en weer in bed en er verscheen steeds een glimlach op haar gezicht, waardoor haar mondhoeken omhoog werden getrokken. Het zou verboden moeten zijn om zo gelukkig te zijn. Het gevoel van welbehagen was zo sterk dat ze amper wist wat ze met zichzelf aan moest. Ze ging op haar zij liggen en leunde met haar rechterwang op haar handen.

Alles voelde vandaag lichter aan. De moord op Alex, het boek waarop haar uitgever ongeduldig wachtte en waarvoor ze maar niet het juiste ritme kon vinden, het verdriet om haar ouders en niet in de laatste plaats de verkoop van het huis waarin ze was opgegroeid, alles voelde vandaag lichter te dragen. De problemen waren niet verdwenen, maar voor het eerst voelde ze zich er echt van overtuigd dat haar wereld niet instortte en dat ze alle problemen die haar pad kruisten aankon.

Wat een verschil kon één dag, vierentwintig onbeduidende uren, toch maken. Gisteren om deze tijd was ze bedrukt wakker geworden. Op weg naar een eenzaamheid waarvan het einde niet in zicht leek. Nu was het alsof ze Patriks strelingen op haar huid fysiek nog steeds kon voelen. Fysiek was eigenlijk niet het goede woord, het was een te beperkte benaming.

Haar hele wezen voelde dat de eenzaamheid was vervangen door een tweezaamheid, en de stilte in de slaapkamer was nu vreedzaam terwijl die hiervoor dreigend en eindeloos had gevoeld. Natuurlijk miste ze hem al, maar ze voelde zich veilig omdat ze zeker wist dat waar hij ook was, hij in gedachten bij haar was.

Erica had het gevoel alsof ze een mentale bezem had beetgepakt waarmee ze resoluut alle oude spinnenwebben in de hoeken en al het stof dat zich binnen in haar had verzameld wegveegde. Maar door deze nieuwe helderheid besefte ze ook dat ze niet langer kon wegvluchten van de dingen die sinds een paar dagen door haar hoofd speelden.

Sinds het haar duidelijk was geworden wie de vader was van Alex' kind had ze gehuiverd voor de confrontatie. Ze keek er nog steeds niet naar uit, maar een nieuwe innerlijke kracht maakte het mogelijk er iets mee te doen en het niet zoals gewoonlijk voor zich uit te schuiven. Ze wist wat haar te doen stond.

Ze nam een lange douche onder een gloeiend hete straal. Deze ochtend voelde alles als een nieuw begin en ze wilde de dag helemaal schoon beginnen. Na het douchen en een blik op de thermometer kleedde ze zich warm aan en deed een schietgebedje dat de auto zou starten. Ze had geluk. De motor startte bij de eerste poging.

Tijdens de rit dacht Erica na over hoe ze het onderwerp ter sprake zou brengen. Ze oefende een paar inleidingen, maar de ene klonk nog beroerder dan de andere en ze besloot te improviseren. Ze had niet veel om op af te gaan, maar haar gevoel zei haar dat ze het bij het rechte eind had. Een fractie van een seconde overwoog ze Patrik te bellen en hem over haar vermoedens te vertellen, maar ze schoof die gedachte snel weg en besloot dat ze het eerst zelf moest controleren. Er stond te veel op het spel.

Hoewel het niet ver was naar haar bestemming, had ze het gevoel dat de rit een eeuwigheid duurde. Toen ze het parkeerterrein bij het Badhotel opreed, zwaaide Dan vrolijk vanaf de boot. Ze had erop gegokt dat hij hier zou zijn. Erica zwaaide terug, maar ze lachte niet. Ze deed de auto op slot en met haar handen in de zakken van haar lichtbruine duffel slenterde ze naar Dan op de boot. Het was een mistige, grijze dag, maar de lucht voelde fris aan en ze haalde een paar keer diep adem in een poging de laatste wolken in haar hoofd te verdrijven die een gevolg waren van de rijkelijke hoeveelheid wijn van gisteravond.

'Hoi Erica.'

'Hoi.'

Dan bleef doorwerken op zijn boot, maar hij was blij dat hij gezelschap had gekregen. Erica keek een beetje nerveus rond of ze Pernilla ook zag, omdat de manier waarop Dans vrouw hen de vorige keer had aangekeken haar nog steeds verontrustte. Maar in het licht van de waarheid begreep ze dat plotseling veel beter.

Voor het eerst zag Erica hoe mooi de versleten oude vissersboot eigenlijk was. Dan had de boot overgenomen van zijn vader en hij had hem met tederheid verzorgd. De visserij zat hem in het bloed en het deed hem enorm veel verdriet dat het een beroep was waarmee je tegenwoordig geen gezin meer kon onderhouden. Hij vond zijn baan als leraar op de Tanumsschool best leuk, maar dit was zijn echte roeping in het leven. Als hij op de boot werkte, dreigde er altijd een glimlach op zijn gezicht te verschijnen. Het zware werk stoorde hem geenszins en de winterkou hield hij op afstand met warme kleding. Hij hees een zware rol touw op zijn schouders en draaide zich om naar Erica.

‘Wat is dit nou? Heb je geen eten meegenomen? Ik hoop niet dat dat een gewoonte gaat worden.’

Een lok van zijn blonde pony stak onder de gebreide muts uit en hij stond groot en sterk als een massieve pilaar voor haar. Hij straalde kracht en vreugde uit en het deed haar pijn dat ze die vreugde kapot moest slaan. Maar als zij het niet deed, zou iemand anders het doen. In het ergste geval de politie. Ze hield zichzelf voor dat ze hem een dienst bewees, maar ze wist dat ze zich emotioneel in een grijze zone bevond. De voornaamste reden van haar komst was dat ze het zelf wilde weten. Moest weten.

Dan liep met het touw naar de voorsteven, gooide het op de grond en liep terug naar Erica, die op de achtersteven tegen de reling leunde.

Erica keek met nietsziende ogen naar de horizon. 'Ik kocht mijn liefde met geld, ik kon niemand anders krijgen.'

Dan glimlachte en ging verder: 'Zing schoon, knarsende strengen, zing toch schoon over de liefde.'

Erica glimlachte niet. 'Is Fröding nog steeds je lievelingsdichter?'

'Dat is hij altijd geweest, en dat zal hij ook altijd blijven. De kinderen op school zeggen dat ze binnenkort moeten kotsen van Fröding, maar volgens mij kun je niet genoeg van zijn gedichten lezen.'

'Ja, ik heb die Frödingbundel nog steeds die je mij gaf toen we verkering hadden.'

Ze sprak nu tegen zijn rug, omdat Dan zich had omgedraaid om een paar kisten met netten te verplaatsen die bij de andere reling stonden. Ze ging meedogenloos verder. 'Geef je die altijd aan je vrouwen?'

Hij stopte abrupt met zijn bezigheden en draaide zich met een onthutste uitdrukking op zijn gezicht om naar Erica.

‘Wat bedoel je? Jij hebt er een gekregen en ja, Pernilla heeft er ook een gekregen, al vraag ik me af of ze ooit de moeite heeft genomen erin te lezen.’

Erica zag een ongeruste blik in zijn ogen, maar ze pakte de reling waar ze tegenaan leunde wat steviger beet met haar in wanten gehulde handen en keek hem vastberaden recht aan.

‘En Alex? Heeft zij ook een exemplaar gekregen?’

Het gezicht van Dan kreeg dezelfde kleur als de sneeuw op het ijs achter hem, maar ze zag ook opluchting die snel over zijn gezicht trok.

‘Wat bedoel je? Alex?’ Hij was nog niet bereid te capituleren.

‘Ik vertelde je laatst toch dat ik vorige week op een avond in Alex’ huis was. Wat ik niet vertelde, was dat er iemand binnenkwam toen ik daar was. Iemand die rechtstreeks naar de slaapkamer liep en daar iets meenam. Ik wist eerst niet wat dat was, maar toen ik ontdekte dat het laatste telefoontje dat Alex vanuit haar huis had gepleegd naar jouw mobiel was, herinnerde ik me wat er in de kamer ontbrak. Ik heb immers precies dezelfde bundel thuis liggen.’

Dan stond zwijgend voor haar terwijl ze verder ging: ‘Het was niet zo moeilijk te bedenken waarom iemand bij Alex zou binnendringen om vervolgens alleen maar zoiets simpels als een dichtbundel te stelen. Er stond een opdracht in, toch? Een opdracht die de man zou aanwijzen die haar minnaar was?'

'"Met al mijn liefde bied ik je mijn hartstocht – Dan."'

Hij declameerde met een stem die zwaar was van emotie. Nu was het zijn beurt om met nietsziende ogen te staren. Bruusk ging hij op een kist zitten en rukte zijn muts van zijn hoofd. Zijn haar stond wild alle kanten op en hij trok zijn wanten uit en haalde zijn handen door zijn haar. Toen keek hij Erica recht aan.

'Ik kon het niet laten uitkomen. Wat wij samen hadden was waanzin. Een intense en verterende waanzin. Niet iets wat we konden laten botsen met onze echte levens. We wisten allebei dat er een eind aan moest komen.'

'Was het de bedoeling dat jullie elkaar die vrijdag dat ze doodging zouden zien?'

Bij de herinnering bewogen een paar spieren in Dans gezicht. Sinds Alex was overleden moest hij ontelbare keren hebben nagedacht over wat er zou zijn gebeurd als hij wel was gekomen. Of ze dan nog steeds in leven zou zijn.

'Ja, we zouden elkaar die vrijdagavond ontmoeten. Pernilla zou met de kinderen naar haar zus in Munkedal gaan. Ik verzon een smoesje en zei dat ik me niet lekker voelde en liever thuis wilde blijven.'

'Maar Pernilla ging niet?'

Een lange stilte volgde.

'Jawel. Pernilla vertrok, maar ik bleef thuis. Ik deed mijn mobieltje uit en ik wist dat Alex nooit naar onze vaste telefoon zou durven bellen. Ik bleef thuis omdat ik laf was. Ik durfde haar niet in de ogen te kijken en te zeggen dat het voorbij was. Hoewel ik wist dat zij ook begreep dat het vroeg of laat zo zou moeten lopen, durfde ik niet degene te zijn die die stap nam. Ik dacht dat ze wel genoeg van me zou krijgen en het uit zou maken als ik me langzaam terugtrok. Heel macho, vind je ook niet?'

Erica wist dat het moeilijkste deel nog moest komen, maar ze moest wel verder gaan. Hij kon het maar beter van haar horen.

'Maar helaas was het zo, Dan, dat ze niet begreep dat het voorbij moest zijn. Ze zag een toekomst voor jullie. Een toekomst waarin jij je gezin en zij Henrik zou verlaten en daarna zouden jullie nog lang en gelukkig leven.'

Bij elk woord leek hij dieper weg te zakken en nog had hij het ergste niet gehoord.

'Dan, ze was in verwachting. Van jou. Waarschijnlijk had ze het die vrijdag aan je willen vertellen. Ze had een feestelijk dineetje voorbereid en een fles champagne in de koelkast gelegd.'

Dan was niet in staat haar aan te kijken. Hij probeerde zijn blik op de zee te richten, weg, maar de tranen begonnen te stromen waardoor alles in een nevel veranderde. Het huilen ontstond ergens diep vanbinnen en de tranen biggelden over zijn wangen. Terwijl hij steeds harder moest huilen, veegde hij de hele tijd met zijn wanten onder zijn neus om het snot tegen te houden. Uiteindelijk steunde hij zijn hoofd op zijn handen en gaf hij de pogingen om zijn gezicht af te drogen op.

Erica hurkte naast hem neer en sloeg haar armen om hem heen in een poging hem te troosten. Maar Dan schudde haar armen van zich af en ze begreep dat hij op eigen kracht uit de hel moest zien te komen waarin hij zich nu bevond. Daarom wachtte ze met over elkaar geslagen armen tot zijn tranen langzamer stroomden en hij weer leek te kunnen ademen.

'Hoe weet je dat ze zwanger was?' De woorden kwamen stotend.

'Ik was met Birgit en Henrik bij de politie toen ze het vertelden.'

'Weten ze dat het niet Henriks kind is?'

‘Henrik weet het kennelijk, maar nee, Birgit weet het niet, zij denkt dat het Henriks kind is.’

Hij knikte. Het leek hem een beetje te troosten dat haar ouders het niet wisten.

‘Hoe hebben jullie elkaar leren kennen?’ Erica wilde zijn gedachten van zijn ongeboren kind afleiden, al was het maar voor eventjes, om hem wat respijt te geven.

Hij glimlachte verbitterd. ‘Op een vrij klassieke manier. Waar ontmoet je op onze leeftijd iemand in Fjällbacka? In café Galären natuurlijk. We zagen elkaar dwars door de zaal en het was alsof ik een stomp in mijn maag kreeg. Ik heb me nooit eerder zo tot iemand aangetrokken gevoeld.’

Bij die woorden voelde Erica een steekje jaloezie. Dan ging verder: ‘Er is toen niets gebeurd, maar een paar weken later belde ze me op mijn mobieltje. Ik ben naar haar toe gegaan. Daarna ging het allemaal vanzelf. Gestolen momenten als Pernilla weg was. Niet zoveel avonden en nachten dus, we zagen elkaar vooral overdag.’

‘Was je niet bang dat de buren je zouden zien als je naar Alex ging? Je weet zelf maar al te goed hoe snel hier gepraat wordt?’

'Natuurlijk heb ik daaraan gedacht. Ik sprong meestal over het hek aan de achterkant en ging dan door de kelderingang naar binnen. Als ik eerlijk ben, was dat ook een groot deel van de spanning tussen ons. Het gevaar en het risico.'

'Maar begreep je niet hoeveel je riskeerde?'

Dan draaide zijn muts in zijn handen en hield zijn blik strak op de vloer gericht terwijl hij praatte. 'Natuurlijk wel. In zekere mate. Maar ergens voelde ik me onkwetsbaar. Het overkomt altijd anderen, maar mij niet. Zo is het toch?'

'Weet Pernilla het?'

'Nee. In elk geval niet expliciet. Maar ik denk dat ze iets vermoedt. Je hebt zelf gezien hoe ze reageerde toen ze ons hier zag. Zo is ze al een paar maanden, jaloers, ze houdt me in de gaten. Volgens mij voelt ze dat er iets aan de hand is.'

'Je begrijpt toch wel dat je het haar nu moet vertellen?'

Dan schudde heftig zijn hoofd en de tranen kwamen weer in zijn ogen. 'Dat gaat niet, Erica. Ik kan het niet. Pas sinds mijn relatie met Alex heb ik echt begrepen hoeveel Pernilla voor me betekent. Alex was een passie, maar Pernilla en de kinderen zijn mijn leven. Ik kan het niet!'

Erica leunde naar voren en legde haar hand op die van Dan. Haar stem was rustig en helder en verried niets van de opwinding die ze vanbinnen voelde.

'Dan, je moet het vertellen. De politie moet het weten en nu kun je het nog op je eigen manier aan Pernilla vertellen. Vroeg of laat komt de politie er zelf achter, en dan heb je die kans niet meer. Dan heb je geen keus meer. Je zei toch zelf dat ze waarschijnlijk iets weet of in elk geval vermoedt. Misschien is het zelfs een bevrijding voor jullie allebei als jullie erover praten. Je moet de lucht zuiveren.'

Ze zag dat Dan luisterde en dat haar woorden zelfs tot hem doordrongen, en ze voelde ook dat hij huiverde.

'Wat als ze bij me weggaat? Wat als ze de kinderen meeneemt en bij me weggaat, Erica, wat moet ik dan beginnen? Ik ben niets zonder hen.'

Een klein, klein stemmetje in Erica fluisterde gemeen dat hij daar wat eerder aan had kunnen denken, maar dit werd overstemd door sterkere stemmen die zeiden dat de tijd van verwijten voorbij was. Er waren belangrijker dingen te doen. Ze leunde naar voren, sloeg haar armen om hem heen en streelde troostend met haar handen over zijn rug. Zijn gehuil nam eerst in kracht toe en ebde daarna weg en toen hij zich uit haar omhelzing losmaakte en zijn tranen droogde, zag ze aan hem dat hij had besloten het onvermijdelijke niet voor zich uit te schuiven.

Toen ze van de kade wegreed, zag ze hem in de achteruitkijkspiegel, onbeweeglijk op zijn geliefde boot met zijn blik gericht op de horizon. Ze duimde dat hij de juiste woorden zou weten te vinden. Dat zou moeilijk worden.

Hij had het gevoel dat hij helemaal vanuit zijn tenen gaapte en dat de geeuwen zich door zijn hele lichaam verspreidden. Hij was nog nooit van zijn leven zo moe geweest. Maar ook nog nooit zo gelukkig.

Hij vond het moeilijk zich op de hoge stapels papieren te concentreren die voor hem lagen. Een moordzaak genereerde onwaarschijnlijk veel documenten en het was zijn werk om alles tot in het kleinste detail door te nemen, om dat kleine, vitale puzzelstukje te vinden dat het onderzoek verder zou kunnen brengen. Hij wreef met zijn duim en wijsvinger in zijn ogen en haalde diep adem om energie te verzamelen voor die taak.

Om de tien minuten moest hij van zijn stoel opstaan om zich uit te strekken, koffie te halen, op en neer te springen, het maakte niet uit, als hij maar wakker en geconcentreerd bleef. Zijn hand was verschillende keren als uit eigen beweging op weg geweest naar de telefoon om Erica te bellen, maar hij hield zich in. Als ze even moe was als hij lag ze nog lekker te slapen. Hij hoopte dat ze dat deed. Hij was namelijk van plan haar de komende nacht zo lang mogelijk wakker te houden, als het aan hem lag.

Een stapel die gegroeid was sinds hij de vorige keer de papieren had doorgenomen, was die met informatie over de familie Lorentz. Annika had, ijverig als altijd, verder gezocht naar oude artikelen en krantenberichten waarin zij werden genoemd, en die had ze vervolgens netjes op de stapel op Patriks bureau gelegd. Hij werkte systematisch en friste zijn geheugen op door de stapel om te keren zodat hij eerst de artikelen las die hij al eerder had gelezen. Twee uur later was zijn fantasie nog steeds niet in beweging gezet. Hij had nog steeds het gevoel dat hij iets over het hoofd zag, maar hij kon er maar niet opkomen wat het was.

De eerste echt interessante nieuwe informatie kwam toen hij al een flink deel van de stapel had doorgewerkt. Annika had een krantenbericht gevonden over een brandstichting in Bullaren, dat ongeveer vijftig kilometer van Fjällbacka lag. Het bericht dateerde uit 1975 en de *Bohusläningen* had er bijna een hele pagina aan gewijd. Een huis was in de nacht van 6 op 7 juli 1975 in een rap tempo afgebrand. Toen het vuur was gedoofd, was er vrijwel niets meer over van het huis en werden de stoffelijke resten gevonden van Stig en Elisabeth Norin, de eigenaars van het huis. Miraculeus genoeg had hun tienjarige zoon aan de brand weten te ontkomen en hij werd gevonden in een van de bijgebouwen. De omstandigheden rond de brand waren volgens de *Bohusläningen* verdacht en de politie beschouwde het als brandstichting.

Het artikel was met een paperclip boven op een map bevestigd en in de map trof Patrik het onderzoek van de politie aan. Hij snapte nog steeds niet wat het artikel met de familie Lorentz te maken had, tot hij de map opende en de naam van de tienjarige zoon van het echtpaar Norin zag. De jongen heette Jan, en in de map bevond zich ook een rapport van Maatschappelijk Werk, waarin zijn plaatsing als pleegkind bij de familie Lorentz werd vermeld. Patrik floot zachtjes. Het was nog steeds onduidelijk wat dit met de dood van Alex te maken had, en trouwens ook met die van Anders, maar langzaam begon iets te dagen. Schaduwen die verdwenen en opzijgingen zodra hij zich erop probeerde te concentreren, maar die aangaven dat hij op het goede spoor zat. Hij maakte een aantekening en ploeterde toen verder door het materiaal voor hem.

Zijn notitieblok raakte langzaam gevuld met aantekeningen. Zijn handschrift was zo onregelmatig dat Karin altijd schertsend had gezegd dat hij eigenlijk arts had moeten worden, maar hij kon het zelf lezen en daar ging het om. Een nog-te-doen-lijstje kreeg vorm, maar het belangrijkste in de aantekeningen waren alle vragen die het materiaal opriep, gemarkeerd met grote, zwarte vraagtekens. Wie verwachtte Alex voor het feestelijke etentje? Wie was de man die ze in het geheim ontmoette en wiens kind ze verwachtte? Kon het Anders zijn, hoewel hij zelf het tegendeel had beweerd, of was het iemand die ze nog niet in het vizier hadden? Hoe kwam het dat een vrouw als Alex, met haar uiterlijk, stijl en geld, een relatie had met iemand als Anders? Waarom had Alex een artikel over de verdwijning van Nils Lorentz in een la liggen?

De lijst met vragen werd steeds langer. Patrik was al met zijn derde A4'tje bezig toen hij bij de vraagtekens kwam die met Anders' dood te maken hadden. De stapel papieren over Anders was tot nog toe veel kleiner. Dat zou nog wel veranderen, maar voorlopig waren er slechts een stuk of tien papieren, onder andere het materiaal dat tijdens de huiszoeking bij Anders in beslag was genomen. Het grootste vraagteken wat Anders betreft was de manier waarop hij was gestorven. Patrik onderstreepte die vraag diverse keren, met zwarte, boze strepen. Hoe hadden de moordenaar of de moordenaars Anders aan de haak aan het plafond weten te hangen? De sectie zou antwoorden verschaffen, maar voor zover Patrik had kunnen zien vertoonde het lichaam geen sporen van een worsteling, precies zoals Mellberg vanmorgen tijdens het werkoverleg had opgemerkt. Een slap lichaam is ongekend zwaar en Anders' lichaam had een flink eind omhoog getild moeten worden om het touw aan de haak te kunnen bevestigen.

Het was niet zo dat hij bij wijze van uitzondering dacht dat Mellberg gelijk had, dat het inderdaad om meerdere personen ging die elkaar hadden geholpen. Maar hij had het gevoel dat het niet klopte met de moord op Alex, en Patrik durfde er vergif op in te nemen dat ze naar één en dezelfde moordenaar zochten. Na zijn aanvankelijke twijfel raakte hij er nu meer en meer van overtuigd dat dat het geval was.

Hij keek naar de papieren die ze in Anders' appartement hadden gevonden en spreidde ze als een waaier uit op zijn bureau. Hij had een potlood in zijn mond waarop hij zoveel had gekauwd dat het onherkenbaar was veranderd en hij voelde dat zijn mond vol zat met gele potloodschilfers. Hij spuugde voorzichtig en probeerde de rest van de schilfers met zijn vingers van zijn tong te halen. Dat lukte niet bijzonder goed. Nu zaten de schilfers op zijn vingers. Hij zwaaide een paar keer met zijn hand in de lucht om te proberen ze weg te krijgen, maar gaf het toen op en richtte zijn aandacht weer op de waaier van papieren op zijn bureau. Geen van de papieren wekte echte belangstelling en vermoeid pakte hij de telefoonrekening van Telia als een uitgangspunt. Anders belde erg weinig, maar als alle vaste kosten werden meegerekend was het toch een aanzienlijk bedrag. De specificatie vormde een bijlage bij de telefoonrekening en Patrik zuchtte bij de gedachte dat hij alle nummers zou moeten controleren. Dit was niet de goede dag voor vervelende routineklussen.

Systematisch werkte hij de nummers op de specificatie af en hij zag algauw dat Anders maar een heel klein aantal nummers had gebeld. Maar één nummer viel op. In het begin van de specificatie kwam het niet voor, maar nadat het ergens halverwege voor het eerst opdook, was dit het nummer dat het vaakst was gebeld. Patrik toetste het nummer in.

Toen de telefoon acht keer was overgegaan en hij op het punt stond om op te hangen, hoorde hij een antwoordapparaat. Bij het horen van de naam aan de andere kant schoot hij rechtovereind op zijn stoel, waardoor zijn dijspieren zich pijnlijk spanden omdat hij vergeten was dat zijn benen lui op het bureau lagen. Hij zwaaide zijn benen naar beneden en masseerde een spier aan de binnenkant van zijn rechterdij die door de heftige beweging iets te veel was gestrekt, ongetraind als die was.

Langzaam legde Patrik de hoorn op de haak voordat de piep, die aangaf dat je een boodschap kon inspreken, was opgehouden. Hij tekende een cirkel om een van de aantekeningen op zijn blok en na even nagedacht te hebben, tekende hij nog een cirkel. De ene klus wilde hij zelf doen, maar de andere kon hij aan Annika overlaten. Met de aantekeningen in zijn hand liep hij naar Annika, die met de computerbril op het puntje van haar neus druk zat te tikken. Ze keek hem vragend aan.

'Je komt zeker vragen of je een paar van mijn taken kunt overnemen om zo mijn onredelijk zware last te verlichten?'

'Nee, dat was niet echt mijn bedoeling.' Patrik glimlachte.

'Nee, daar was ik al bang voor.' Annika keek Patrik gespeeld streng aan.

 'En, waarmee kom je mijn beginnende maagzweer erger maken?'

'Een heel klein klusje maar.' Patrik liet zien hoe klein dat klusje was door met zijn duim en wijsvinger een millimeter aan te geven.

'Goed, laat maar horen.'

Patrik pakte een stoel en ging voor Annika's bureau zitten. Haar kamer was, hoewel uitermate klein, zonder twijfel de gezelligste kamer van het politiebureau. Ze had heel veel planten neergezet, die hier buitengewoon goed leken te gedijen, wat toch een klein wonder mocht heten omdat het enige licht in de kamer door het glazen luik naar de entree kwam. De koude betonnen muren waren bedekt met foto's van de twee grote passies van Annika en haar man Lennart: hun honden en dragracing. Ze hadden twee grote labradors, die in de weekends met Annika en Lennart mee mochten als ze in het land gingen dragracen. Lennart was degene die de echte wedstrijden reed, maar Annika ging altijd mee om hem aan te moedigen en ze stond ook altijd klaar met de picknickmand. In principe kwamen ze telkens dezelfde mensen tegen als ze wedstrijden afliepen en in de loop van de jaren had zich een hechte groep gevormd die elkaar als echte vrienden beschouwde. Minstens twee weekends per maand waren er wedstrijden en dan was het zinloos om te vragen of Annika wilde werken.

Hij keek naar zijn aantekeningen.

'Ja, ik zou je willen vragen of je me kunt helpen een kleine inventarisatie van Alexandra Wijkners leven te maken. Begin bij haar dood en controleer alle informatie over tijden die we hebben gekregen. Hoe lang ze getrouwd was met Henrik. Hoe lang ze in Zweden heeft gewoond. Controleer de informatie over haar schooltijd in Frankrijk en Zwitserland enzovoort, enzovoort. Begrijp je waar ik heen wil?'

Terwijl hij zat te praten, had Annika aantekeningen gemaakt in een notitieblok en nu keek ze met een bevestigende blik op. Hij was er zeker van dat hij alles te horen zou krijgen wat belangrijk genoeg was om te weten en hij zou vooral te horen krijgen of een van de inlichtingen die hij had gekregen, het papier waarop die geschreven was níét waard was. Want er moest iets zijn wat niet klopte, daar was hij van overtuigd.

'Bedankt voor je hulp, Annika. Je bent een parel.'

Patrik kwam al overeind, maar toen hij Annika met barse stem 'Zitten!' hoorde zeggen, bevroor hij midden in de beweging en liet hij zijn achterwerk weer op het stoelkussen zakken. Hij begreep plotseling waarom haar labradors zo goed gedresseerd waren.

Ze leunde met een tevreden glimlach achterover en hij begreep zijn vergissing. Hij had niet persoonlijk naar haar kamer moeten gaan, maar gewoon een briefje voor haar klaar moeten leggen. Hij had moeten weten dat ze altijd dwars door hem heen keek en bovendien had ze een bovennatuurlijk goede neus voor romances. Je kon alleen maar de witte vlag hijsen en capituleren en hij leunde dan ook achterover in afwachting van het spervuur van vragen dat in aantocht was. Ze begon vriendelijk maar verraderlijk.

'Wat zie jij er uitgeput uit vandaag!'

'Hm...'

'Had je gisteren een feestje?' Annika viste verder terwijl ze met machiavellistische listigheid naar barsten in zijn verhaal zocht.

'Tja, ik weet niet of je het een feestje moet noemen. Het ligt eraan hoe je daar tegenaan kijkt. Hoe definieer je eigenlijk een feestje?'

Ze spreidde haar armen en sperde haar lichtblauwe ogen onschuldig wijd open. 'Draai er maar niet omheen, Patrik. Vertel. Wie is het?'

Hij zei niets en liet haar in stilte lijden. Na een paar tellen zag hij dat haar een lichtje opging.

'Aha!'

Haar uitroep weergalmde triomfantelijk en Annika zwaaide als een overwinnaar met haar wijsvinger in de lucht.

'Zij is het, hoe heet ze, hoe heet ze toch...'

Ze knipte met haar vingers terwijl ze koortsachtig in haar geheugen zocht.

'Erica! Erica Falck!' Tevreden leunde ze weer achterover in haar stoel.

'Zooo, Patrik... Vertel eens, hoe lang is dit al aan de gang?'

Zoals gewoonlijk verbaasde hij zich weer over de feilloze precisie waarmee ze het in één keer goed had geraden. Het had ook geen enkele zin iets te ontkennen. Hij voelde dat hij van top tot teen begon te blozen en dat zei meer dan hij in woorden kon zeggen. Daarna kon hij een brede glimlach niet onderdrukken en dat was voldoende voor Annika.

Na een vijf minuten durend kruisverhoor lukte het Patrik uiteindelijk Annika's kamer te verlaten en hij had het gevoel of hij door een mangel was gehaald. Maar het was niet onaangenaam geweest om het onderwerp Erica te bespreken en hij vond het moeilijk terug te keren naar de klus die hij zichzelf had opgelegd. Hij trok zijn jack aan, liet Annika weten waar hij heen ging en begaf zich naar buiten, waar inmiddels grote sneeuwvlokken zachtjes op de grond vielen.

Erica zag de sneeuwvlokken voor het raam neerdalen. Ze zat achter haar computer, maar had die uitgezet en staarde nu naar een zwart scherm. Ondanks de denderende hoofdpijn had ze zichzelf ertoe gedwongen tien bladzijden over Selma te schrijven. Ze voelde geen enthousiasme meer voor het boek, maar ze zat vast aan het contract en over een paar maanden moest het klaar zijn. Het gesprek met Dan had een domper op haar goede humeur gezet en ze vroeg zich af of hij zijn verhaal nu aan Pernilla vertelde. Ze besloot haar zorgen om Dan voor iets creatiefs te gebruiken en zette de computer weer aan.

Via een snelkoppeling op het bureaublad opende ze het concept voor het boek over Alex dat inmiddels ruim honderd pagina's bevatte. Ze las de pagina's van begin tot eind door. Het was goed. Het was zelfs heel goed. Maar het baarde haar zorgen hoe alle personen in Alex' omgeving zouden reageren als het boek uitkwam. Erica had het verhaal weliswaar gedeeltelijk gemaskeerd, ze had personages en plaatsen andere namen gegeven en er zelfs het een en ander bij gefantaseerd, maar de basis van het boek werd onmiskenbaar gevormd door Alex' leven, gezien vanuit Erica's ogen. Vooral het gedeelte over Dan bezorgde Erica behoorlijke kopzorgen. Hoe kon ze hem en zijn gezin op zo'n manier aan het publiek uitleveren? Tegelijkertijd voelde ze dat ze dit móést schrijven. Voor het eerst had een idee voor een boek haar echt geestdriftig gemaakt. Ze had zoveel andere ideeën gehad die ondermaats waren geweest en die ze in de loop van de jaren had verworpen en ze wist dat ze het zich niet kon veroorloven dit los te laten. Eerst zou ze het boek afmaken, daarna zou ze erover nadenken hoe ze met de gevoelens van de betrokkenen moest omgaan.

Ze had bijna een uur lang ijverig zitten schrijven toen er aan de deur werd gebeld. Eerst raakte ze geïrriteerd omdat ze werd gestoord nu ze eindelijk op gang was gekomen, maar toen bedacht ze dat het misschien Patrik was en ze sprong op van haar stoel. Ze keek vlug in de spiegel voordat ze de trap naar de voordeur afrende. De glimlach op haar lippen verdween snel toen ze zag wie er voor de deur stond. Pernilla zag er vreselijk uit. Ze leek tien jaar ouder sinds de vorige keer dat Erica haar had gezien. Haar ogen waren gezwollen en rood van het huilen, haar haar zat door de war en in de haast leek ze vergeten te zijn een jas aan te trekken en nu stond ze daar in een dun vest te huiveren. Erica liet haar binnen in de warmte en met een impulsief gebaar sloeg ze haar armen om Pernilla heen en omhelsde haar, terwijl ze troostend over haar rug wreef, net zoals ze een paar uur geleden bij Dan had gedaan. Daardoor brak het laatste stukje zelfbeheersing dat Pernilla nog had en ze huilde met lange snikken op Erica's schouder. Toen ze na een poosje haar hoofd optilde, was de mascara nog verder uitgelopen, wat haar een clownachtig uiterlijk gaf.

'Sorry.'

Pernilla keek door de mist van tranen naar Erica's schouder. De witte trui die Erica aan had was zwart van de mascara.

'Het geeft niet. Vergeet het. Kom binnen.'

Erica sloeg een arm om Pernilla's schouders en liep samen met haar naar de woonkamer. Ze voelde dat Pernilla over haar hele lijf trilde en volgens haar kwam dat niet alleen door de kou. Heel even vroeg ze zich af waarom Pernilla juist naar haar was gekomen. Erica was altijd veel meer Dans vriendin geweest dan die van Pernilla en ze vond het een beetje raar dat Pernilla niet naar een van haar eigen vriendinnen of haar zus was gegaan. Maar nu was ze hoe dan ook hier en Erica zou doen wat ze kon om haar te helpen.

'Ik heb een kan koffie klaarstaan. Wil je een kopje? Hij staat er weliswaar al een uurtje, maar ik denk dat hij nog goed te drinken is.'

'Graag.'

Pernilla ging op de bank zitten en sloeg haar armen stevig om zich heen, alsof ze bang was uit elkaar te vallen en ze zichzelf zo bijeen wilde houden. In zekere zin was dat waarschijnlijk ook zo.

Erica kwam terug met twee kopjes koffie. Ze zette het ene kopje voor Pernilla op de salontafel neer en het andere voor zichzelf en ging in de grote oorfauteuil zitten zodat ze met haar gezicht naar Pernilla zat. Ze wachtte tot Pernilla zou beginnen.

'Wist jij het?'

Erica aarzelde. 'Ja, maar pas sinds kort.' Weer een aarzeling. 'Ik heb tegen Dan gezegd dat hij met jou moest praten.'

Pernilla knikte. 'Wat moet ik doen?'

Het was een retorische vraag en Erica liet hem daarom onbeantwoord wegsterven.

Pernilla ging verder: 'Ik weet dat ik in het begin voor Dan alleen maar een manier was om jou te vergeten.'

Erica wilde protesteren, maar Pernilla hield haar met een handbeweging tegen.

 'Ik weet dat het zo was, maar ik dacht dat het in de loop van de tijd veel meer was geworden en dat we echt van elkaar hielden. We hadden het goed en ik vertrouwde hem volledig.'

'Dan houdt van je, Pernilla. Ik weet dat hij dat doet.'

Pernilla leek haar niet te horen en praatte verder terwijl ze in haar koffiekopje staarde. Erica zag dat ze het kopje zo stevig beetpakte dat haar knokkels wit werden.

'Ik zou ermee kunnen leven dat hij een verhouding had, dat zou ik aan een vroege midlifecrisis of zo kunnen wijten, maar dat hij die vrouw zwanger heeft gemaakt, kan ik hem nooit vergeven.'

Er klonk zoveel woede in Pernilla's stem dat Erica een impuls om terug te deinzen moest onderdrukken. Toen Pernilla haar hoofd ophief en Erica aankeek was de haat in haar ogen zo groot dat Erica een ijzingwekkend voorgevoel kreeg. Ze had nooit eerder zo'n gloeiend intense woede gezien en heel even vroeg ze zich af hoe lang Pernilla eigenlijk al op de hoogte was van Dans relatie met Alex. En hoe ver ze zou gaan om wraak te nemen. Toen wuifde ze die gedachte even snel weg als die was gekomen. Dit was Pernilla, huisvrouw met drie kinderen, al vele jaren getrouwd met Dan, geen razende furie die als een engel der wrake optrad tegen de minnares van haar man. Maar toch, Pernilla's blik had iets kouds wat Erica bang maakte.

'Wat gaan jullie nu doen?'

'Ik weet het niet. Op dit moment weet ik helemaal niets. Ik moest gewoon het huis uit. Dat was de enige gedachte in mijn hoofd. Ik kon hem zelfs niet aankijken.'

Erica dacht met medeleven aan Dan. Hij bevond zich op dit moment waarschijnlijk in zijn eigen privéhel. Het zou natuurlijker hebben gevoeld als Dan bij haar was gekomen om troost te zoeken. Dan had ze wel geweten wat ze moest zeggen, welke woorden de pijn konden verzachten. Misschien was het voldoende om alleen maar te luisteren.

'Waarom denk je dat hij het heeft gedaan? Wat kreeg hij niet van mij dat hij wel van haar kreeg?'

Erica begreep ineens waarom Pernilla bij haar was gekomen en niet naar haar eigen vriendinnen was gegaan. Ze dacht dat Erica antwoorden over Dan had. Dat zij Pernilla zou kunnen vertellen waarom Dan dit had gedaan. Helaas zou Erica haar moeten teleurstellen. Ze had Dan altijd gekend als de eerlijkheid zelve en het was nooit bij haar opgekomen dat hij ontrouw zou kunnen zijn. Ze was nog nooit zo verbaasd geweest als toen ze de herhaaltoets op

Alex' telefoon had ingedrukt en Dans stem op zijn voicemail hoorde. Als ze helemaal eerlijk was, moest ze zeggen dat ze op dat moment een enorme teleurstelling had gevoeld. Het was de teleurstelling die je voelt als iemand die je heel na staat, niet de persoon is die je altijd had gedacht. Daarom begreep ze dat Pernilla zich niet alleen verraden en in de steek gelaten voelde, maar zich ook afvroeg wie de man met wie ze zoveel jaren had samengeleefd, eigenlijk was.

'Ik weet het niet, Pernilla. Het heeft me eerlijk gezegd enorm verbaasd. Zo ken ik Dan helemaal niet.'

Pernilla knikte en het leek haar enigszins te troosten dat ze niet de enige was die om de tuin was geleid. Ze plukte nerveus aan onzichtbare pluisjes op haar vest. Haar lange, donkerbruine haar met restjes permanent zat in een slordige staart en ze maakte een onverzorgde indruk. Erica had altijd een beetje neerbuigend gedacht dat Pernilla veel meer aandacht aan haar uiterlijk kon besteden. Ze permanentte haar haar nog steeds, hoewel permanenten ongeveer gelijk met de korte herencolbertjes uit de mode waren geraakt, en haar kleren kocht ze altijd via goedkope postorderbedrijven met lage prijzen en een even lage modekwaliteit. Maar zoals ze er nu bijliep, had Erica haar nog nooit gezien.

'Pernilla, ik weet dat het op dit moment ongelooflijk zwaar is, maar jullie zijn een gezin, Dan en jij. Jullie hebben drie prachtmeiden en jullie hebben samen vijftien goede jaren gehad. Handel niet overhaast. Begrijp me goed, ik praat niet goed wat hij heeft gedaan. Misschien kunnen jullie niet samen verder na wat er is gebeurd. Misschien is het niet mogelijk om te vergeven. Maar neem nog geen beslissingen en laat het eerst allemaal een beetje zakken. Denk goed na voordat je iets doet. Ik weet dat Dan van je houdt, dat zei hij vandaag nog, en ik weet ook dat hij enorm veel spijt heeft. Hij zegt dat hij van plan was een eind aan de verhouding te maken en ik geloof hem.'

'Ik weet gewoon niet wat ik nog moet denken, Erica. Niets waarin ik geloofde is waar geweest, dus wat moet ik nu denken?'

Daar was geen antwoord op en de stilte viel zwaar tussen hen.

'Hoe was ze?'

Erica zag voor de tweede keer diep in Pernilla's ogen een koud vuur branden. Ze hoefde niet te vragen wie Pernilla bedoelde.

 'Het is allemaal zo lang geleden. Ik kende haar niet meer.'

‘Ze was mooi. Ik heb haar ’s zomers hier gezien. Ze was precies zoals ik had willen zijn. Mooi, elegant, mondain. Ik voelde me altijd een boerentrien als ik haar zag en ik zou er alles voor over hebben gehad om eruit te zien zoals zij. In zekere zin kan ik Dan begrijpen. Zet mij en Alex naast elkaar en het is duidelijk wie er wint.’

Ze trok gefrustreerd aan haar praktische maar onmodieuze kleren alsof ze wilde laten zien wat ze bedoelde.

‘Ik ben ook altijd jaloers op jou geweest. Zijn grote jeugdliefde die naar de grote stad vertrok en hem smachtend achterliet. De schrijfster uit Stockholm die echt iets van haar leven had gemaakt en zich af en toe stralend aan ons gewone stervelingen vertoonde. Dan verheugde zich altijd al weken van tevoren op jouw bezoekjes.’

De bitterheid in Pernilla’s stem vervulde Erica met ontzetting en voor het eerst schaamde ze zich echt voor haar neerbuigende gedachten over Pernilla. Wat had ze er weinig van begrepen. Toen ze erover nadacht, moest ze toegeven dat ze het op een bepaalde manier best leuk had gevonden de verschillen tussen haarzelf en Pernilla te demonstreren. Tussen haar knipbeurt bij een kapper aan het Stureplan die vijfhonderd kronen kostte en Pernilla’s thuispermanent. Tussen haar merkkleren die ze op de Biblioteksgatan kocht en Pernilla's goedkope blouses en lange rokken. Wat had dat voor rol gespeeld? Waarom was ze op zwakkere momenten blij geweest over dat verschil? Zij was toch degene geweest die het had uitgemaakt met Dan? Was het alleen maar om haar eigen ego te strelen, of was ze eigenlijk jaloers geweest omdat Pernilla en Dan zoveel meer hadden dan zijzelf? Was ze ergens diep vanbinnen jaloers geweest op hun gezin en had ze misschien zelfs spijt gehad dat ze niet was gebleven? Omdat zij niet het gezin had dat Pernilla nu had? Had ze bewust geprobeerd Pernilla te kleineren omdat ze eigenlijk jaloers op haar was? Dat was een nare gedachte die ze niet kon wegdrukken. Ze schaamde zich tot in het diepst van haar ziel. Tegelijkertijd vroeg ze zich af hoe ver ze zelf zou zijn gegaan om te verdedigen wat Pernilla had. Hoe ver had Pernilla willen gaan? Erica keek haar nadenkend aan.

'Wat zullen de kinderen zeggen?'

Het leek alsof het nu pas tot Pernilla doordrong dat dit meer mensen zou raken dan alleen Dan en haarzelf.

'Het moet bekend worden, toch? Over het kind, bedoel ik. Wat zullen de meisjes zeggen?'

Die gedachte leek paniek op te roepen bij Pernilla en Erica deed haar best haar gerust te stellen.

'De politie moet weten dat Dan een relatie met Alex had, maar dat betekent niet dat iedereen dat te weten komt. Jullie kunnen zelf bepalen wat jullie aan de meisjes vertellen. Je hebt er nog steeds controle over, Pernilla.'

Dat leek Pernilla gerust te stellen en ze nam een paar grote slokken koffie. Die moest inmiddels koud zijn geworden, maar daar leek ze zich niets van aan te trekken. Voor het eerst voelde Erica een sterke woede jegens Dan. Het verbaasde haar dat ze dat niet eerder had gevoeld, maar nu merkte ze hoe de woede binnen in haar groeide. Hoe stom was hij eigenlijk? Hoe kon hij alles wat hij had weggooien, aantrekkingskracht of niet? Begreep hij niet hoe goed hij het had? Ze vouwde haar handen op haar schoot en probeerde haar sympathie over de tafel heen naar Pernilla over te brengen. Of die overkwam of niet, wist ze niet.

'Bedankt dat je hebt willen luisteren. Dat vind ik echt heel aardig van je.'

Hun blikken ontmoetten elkaar. Er was nog geen uur verstreken sinds Pernilla had aangebeld, maar Erica voelde dat ze veel had geleerd in deze tijd, vooral over zichzelf.

'Red je je? Kun je ergens naartoe?'

'Ik ga naar huis.' Pernilla's stem was helder en resoluut. 'Ik laat me door haar niet uit mijn huis en van mijn gezin verjagen. Die lol gun ik haar niet. Ik ga naar huis en naar mijn man en we gaan dit oplossen. Maar niet zonder slag of stoot. Vanaf nu zullen de dingen anders worden geregeld.'

Erica kon ondanks alle ellende een glimlach niet onderdrukken. Dan zou het niet makkelijk krijgen, dat was duidelijk. Maar dat was zijn verdiende loon.

Ze omhelsden elkaar onhandig bij de deur. Toen Pernilla de auto in stapte en naar de weg reed, wenste Erica haar en Dan met heel haar hart succes toe. Tegelijk knaagde er ook een onrustig gevoel aan haar. Het beeld van Pernilla's met haat vervulde blik bleef in haar hoofd zitten. In die blik had geen mildheid gezeten.

Alle foto's lagen voor haar uitgespreid op de keukentafel. Het enige dat ze nu nog van Anders had waren foto's. De meeste waren oud en vergeeld. Het was al heel lang geleden dat er een reden was geweest om een foto van hem te maken. De foto's van zijn babytijd waren zwart-wit, daarna kwamen de verbleekte kleurenfoto's toen hij ouder werd. Hij was een vrolijk kind geweest. Een beetje wild, maar altijd vrolijk. Zorgzaam en lief. Hij had voor haar gezorgd en de rol als man in huis serieus genomen. Soms misschien een beetje te serieus, maar ze had hem zijn gang laten gaan. Goed of fout. Dat was moeilijk te zeggen. Misschien had ze zoveel dingen anders moeten doen, maar misschien had dat ook wel niets uitgemaakt. Wie zou het zeggen?

Vera glimlachte toen ze een van haar lievelingsfoto's zag. Anders zat op zijn fiets, trots als een pauw. Ze had veel avonden en weekends overgewerkt om die fiets voor hem te kunnen kopen. Hij was donkerblauw en had een langwerpig, smal zadel, en volgens Anders was deze fiets het enige dat hij zich in zijn hele leven zou wensen. Naar deze fiets had hij meer verlangd dan naar wat dan ook in zijn leven en nooit zou ze zijn gezicht vergeten toen hij hem op zijn achtste verjaardag kreeg. Elk vrij moment reed hij rond op die fiets en op deze foto had ze hem weten te vangen. Hij had lang krullend haar dat over de kraag van het gladde, strakke Adidas-jack met gestreepte mouwen viel. Zo wilde ze zich hem herinneren. Voordat alles mis begon te lopen.

Ze had al heel lang op deze dag gewacht. Elk telefoontje, elke klop op de deur had angst met zich meegebracht. Misschien dat net dat telefoontje, of die klop, zou brengen wat ze al zo lang had gevreesd. Toch had ze niet echt geloofd dat die dag zou komen. Het was tegennatuurlijk dat je kind vóór jou overleed en waarschijnlijk was het daarom zo moeilijk je die mogelijkheid voor te stellen. De hoop was het laatste dat doodging en ergens had ze altijd gedacht dat het wel goed zou komen. Al was het door een wonder. Maar wonderen bestaan niet. En er bestond geen hoop. Het enige dat er nu nog over was, was hopeloosheid, en een stapel vergeelde foto's.

De keukenklok tikte luid in de stilte. Voor het eerst zag ze hoe uitgewoond haar huis eruitzag. In al die jaren had ze er niets aan gedaan en dat was te zien. Het vuil had ze weggehouden, maar de onverschilligheid had ze niet weten weg te vegen en die zat als het ware aan de muren en het plafond vastgeplakt. Alles was grauw en levenloos. Verspild. Dat drukte nog het meest op haar. Dat alles verspild en vergooid was.

Anders' vrolijke gezicht keek haar honend aan vanaf de foto's. Het vertelde duidelijker dan wat dan ook dat ze had gefaald. Het was haar taak geweest die glimlach op zijn gezicht vast te houden, hem vertrouwen te geven, hoop, en vooral liefde voor de toekomst. In plaats daarvan had ze stilzwijgend toegekeken toen dat alles hem werd ontnomen. Ze had haar taak als moeder verzaakt en die schande zou ze nooit uit haar bewustzijn kunnen poetsen.

Ze bedacht hoe weinig bewijzen er eigenlijk waren voor het feit dat Anders echt had geleefd. De schilderijen waren weg, de weinige meubels in zijn appartement zouden weldra worden weggegooid als niemand ze wilde hebben. In haar huis stond niets van zijn spullen. Die had hij verkocht of in de loop van de jaren vernield. Het enige echte bewijs voor zijn bestaan was een handvol foto's op de tafel voor haar. En haar herinneringen. Hij zou natuurlijk ook voorkomen in de herinnering van andere mensen, maar dan als een verlopen alcoholist, niet als iemand die werd gemist of om wie werd gehuild. Zij was de enige die nog lichte herinneringen aan hem had. Soms was het moeilijk geweest die tevoorschijn te halen, maar ze waren er en op een dag als vandaag waren dat de enige herinneringen aan hem die bovenkwamen. Niets anders mocht er zijn.

De minuten werden uren en Vera zat aan haar keukentafel met de foto's voor zich. Haar gewrichten werden stijf en haar ogen kregen moeite om de details op de foto's te onderscheiden omdat de winterduisternis het licht langzaam smoorde, maar dat maakte niet uit. Ze was nu volledig, onverbiddelijk alleen.

De deurbel weerklonk in het huis. Het duurde zo lang voordat hij iemand hoorde bewegen dat hij al op het punt stond zich om te draaien en terug te lopen naar zijn auto, maar na een tijdje wachten hoorde hij iemand voorzichtig aan komen lopen. De deur ging langzaam naar binnen toe open en hij zag Nelly Lorentz, die hem met een vragende blik aankeek. Het verbaasde hem dat ze de deur zelf opendeed. Hij had een stijve butler in livrei verwacht, die hem genadig binnenliet. Maar waarschijnlijk hadden de mensen tegenwoordig geen butler.

'Ik ben Patrik Hedström van de politie in Tanumshede. Ik ben op zoek naar uw zoon, Jan.'

Hij had eerst naar het kantoor gebeld, maar daar had hij te horen gekregen dat Jan vandaag thuis werkte.

Zonder blikken of blozen deed de vrouw een stap opzij en liet hem binnen. 'Ik zal Jan roepen, een ogenblikje.'

 Langzaam maar elegant liep Nelly naar een deur die naar een trap naar beneden bleek te leiden. Patrik had gehoord dat Jan de kelder in het luxueuze huis bewoonde en hij concludeerde dat de trap daarheen voerde.

'Jan, er is bezoek voor je. De politie.'

Patrik betwijfelde of Nelly's iele stem beneden te horen was, maar voetstappen op de trap maakten duidelijk dat dat wel degelijk het geval was. Toen Jan in de hal verscheen werd een betekenisvolle blik tussen moeder en zoon uitgewisseld, maar daarna knikte Nelly naar Patrik en vertrok naar haar eigen kamers. Jan liep met uitgestoken hand en een glimlach die veel tanden liet zien op Patrik af. Patrik kreeg het beeld van een alligator in zijn hoofd. Een glimlachende alligator.

'Dag, ik ben Patrik Hedström van het politiebureau in Tanumshede.'

'Jan Lorentz. Aangenaam kennis te maken.'

'Ik werk aan het onderzoek naar de moord op Alex Wijkner en ik zou u een paar vragen willen stellen, als dat schikt.'

'Maar natuurlijk. Ik weet niet hoe ik kan helpen, maar het is uw werk dat uit te maken, niet het mijne, toch?'

Weer die alligatorglimlach. Patrik voelde zijn vingers jeuken, hij wilde niets liever dan die glimlach van Jans gezicht vegen. Die had iets wat zijn weerzin opriep.

'Laten we naar mijn appartement beneden gaan, dan heeft moeder geen last van ons.'

'Ja natuurlijk, dat is goed.'

Patrik vond de woonsituatie nogal wonderlijk. In de eerste plaats had hij moeite met volwassen kerels die nog steeds bij hun moeder woonden, en in de tweede plaats kon hij niet begrijpen dat Jan zich erin schikte dat hij naar een donkere kelder werd verwezen, terwijl zijn moeder hierboven op minstens tweehonderd vierkante meter in weelde woonde. Jan zou niet menselijk zijn als het niet bij hem was opgekomen dat Nils waarschijnlijk nooit naar de kelder zou zijn verbannen als hij vandaag de dag hier was geweest.

Patrik volgde Jan de trap af. Hij moest toegeven dat het voor een kelderwoning lang niet slecht was. Kosten noch moeite waren gespaard en het appartement was ingericht door iemand die graag zijn welstand wilde etaleren. Veel gouden franjes, fluweel en brokaat, waarschijnlijk van de duurste merken, maar helaas kwam de inrichting niet tot haar recht omdat er geen daglicht was. Daardoor leek het eerder op een bordeel. Patrik wist dat Jan getrouwd was en hij vroeg zich af wie van hen beiden op deze inrichting had aangedrongen. Als hij op zijn eigen ervaring afging, gokte hij op de vrouw.

Jan nam hem mee naar een kleine werkkamer, waar behalve een bureau met computer ook een bank stond. Ze gingen allebei aan een kant van de bank zitten en Patrik pakte een notitieblok uit zijn tas. Hij had besloten niet meteen te vertellen dat Anders Nilsson dood was en niets tegen Jan te zeggen voordat hij daartoe werd gedwongen. Strategie en timing waren belangrijk wilde hij iets nuttigs uit Jan Lorentz krijgen.

Hij keek onderzoekend naar de man naast hem. Hij zag er gewoon te perfect uit. Zijn overhemd en zijn pak vertoonden geen enkele kreukel. De das was perfect gestrikt en hij had zich net geschoren. Geen haartje zat verkeerd en zijn hele persoon straalde kalmte en zelfvertrouwen uit. Te veel kalmte en zelfvertrouwen. Patrik wist uit ervaring dat alle mensen die door de politie werden ondervraagd zich min of meer nerveus gedroegen, ook als ze niets te verbergen hadden. Een volstrekt kalm uiterlijk duidde erop dat de persoon in kwestie iets te verbergen had, dat was Patriks eigen, zelfbedachte theorie. En die klopte opvallend vaak.

'Gezellig is het hier.' Het kon geen kwaad beleefd te zijn.

'Ja, Lisa, mijn vrouw, heeft het hier ingericht. Ik vind zelf dat ze daar best goed in is geslaagd.'

Patrik keek om zich heen in de kleine donkere werkkamer die overdadig was versierd met kussens met gouden franje en glanzend marmer. Een uitstekend voorbeeld van wat een slechte smaak in combinatie met te veel geld kon bewerkstelligen.

'Zijn jullie dichter bij een oplossing gekomen?'

'We hebben vrij veel informatie gevonden en beginnen een idee te krijgen van wat er kan zijn gebeurd.'

Niet helemaal waar, maar hij kon altijd proberen Jan een beetje in verwarring te brengen.

'Hebt u Alex Wijkner gekend? Ik hoorde dat uw moeder bij het begrafenismaal aanwezig was.'

'Nee, ik kan niet zeggen dat ik haar kende. Ik wist natuurlijk wie ze was, en in Fjällbacka kent iedereen elkaar min of meer, maar ze zijn jaren geleden verhuisd. We groetten elkaar op straat als we elkaar tegenkwamen, maar meer was het niet. Wat mijn moeder betreft, daar kan ik niets van zeggen. Dat moet u haar vragen.'

‘Tijdens het onderzoek is onder andere naar voren gekomen dat Alex Wijkner een, hoe zal ik het noemen... een relatie had met Anders Nilsson. Die ken je toch wel, neem ik aan?’

Jan glimlachte. Een scheve, neerbuigende glimlach.

‘Ja, wie kent hem niet? Hij is eerder berucht dan bekend, zou ik willen zeggen. Zei je dat hij en Alex een relatie hadden? Neem me niet kwalijk, maar dat kan ik me moeilijk voorstellen. Een paar apart, op zijn zachtst gezegd. Ik kan begrijpen wat hij in haar zag, maar ik kan me nauwelijks voorstellen wat voor belang zij erbij had om met hem om te gaan. Weten jullie dat echt zeker?’

‘We weten zeker dat het zo was. Anders dus. Ken je hem?’

Weer zag hij een superieure glimlach op Jans lippen, maar deze keer was die nog breder. Jan schudde geamuseerd zijn hoofd.

‘Nee, stel je voor. We bewegen ons niet direct in dezelfde kringen, zou je kunnen zeggen. Ik zie hem soms op het plein met de andere alcoholisten, maar dat ik hem ken, nee echt niet.’ Hij straalde duidelijk uit hoe absurd die gedachte was. ‘Wij gaan met mensen uit een heel andere maatschappelijke klasse om, en alcoholisten horen daar echt niet bij.’

Jan wuifde Patriks vraag weg alsof het een grapje was, maar zag Patrik niet een glimp van bezorgdheid in zijn ogen? Als dat al zo was, dan was die even snel verdwenen als hij was gekomen, maar hij was zeker van zijn zaak. Jan werd onaangenaam getroffen door de vragen over Anders. Mooi, Patrik wist nu dat hij op de goede weg was. Hij stond zichzelf toe van zijn volgende vraag te genieten voordat hij die stelde en laste een theatrale pauze in voor hij met onschuldige verbazing vroeg: 'Maar hoe komt het dan dat Anders de laatste tijd zo vaak hierheen heeft gebeld?'

Tot zijn grote tevredenheid zag hij de glimlach van Jans gezicht verdwijnen. De vraag had hem duidelijk van zijn stuk gebracht en heel even kon Patrik achter het dandy-achtige imago kijken dat Jan zo zorgvuldig cultiveerde. Achter de façade zag hij nu onvervalste schrik. Toen vermande Jan zich, maar hij probeerde tijd te winnen door omstandig een sigaar aan te steken terwijl hij het vermeed Patrik in de ogen te kijken.

'Vind je het erg als ik rook?'

Hij verwachtte geen antwoord en Patrik gaf hem dat ook niet.

'Dat Anders hierheen zou hebben gebeld begrijp ik echt niet. Ik heb in elk geval niet met hem gesproken en ik denk dat ik ook voor mijn vrouw kan antwoorden. Nee, dat is echt heel vreemd.'

Hij zoog aan de sigaar en leunde achterover met zijn arm nonchalant op de kussens van de bank.

Patrik zei niets. Uit ervaring wist hij dat je mensen vaak meer kon laten zeggen dan ze van plan waren door gewoon te zwijgen. Er bestond een behoefte om de stilte op te vullen als die te lang duurde, en dit was een spel dat Patrik goed beheerste. Hij wachtte.

'Hé, ik geloof dat ik weet wat er is gebeurd.' Jan leunde naar voren en zwaaide geanimeerd met zijn sigaar. 'Iemand heeft ons antwoordapparaat gebeld en niets gezegd. We hebben alleen maar iemand op het bandje horen ademen. En ik heb een paar keer de telefoon opgenomen en dan was er niemand aan de andere kant. Dat moet Anders zijn geweest die aan ons nummer is gekomen.'

'Waarom zou hij jullie bellen?'

'Hoe moet ik dat weten?' Jan spreidde zijn armen. 'Jaloezie misschien. Wij hebben veel geld en dat is velen een doorn in het oog. Mensen als Anders geven graag anderen de schuld van hun eigen ellende en dan het liefst mensen die, in tegenstelling tot henzelf, wel iets van hun leven hebben weten te maken.'

Patrik vond dat het magertjes klonk. Het zou moeilijk zijn om dit te weerleggen, maar hij geloofde Jan geen moment.

'Ik neem aan dat jullie dat bandje van het antwoordapparaat niet hebben bewaard?'

'Helaas.' Jan fronste zijn voorhoofd in een poging er spijtig uit te zien. 'Er zijn andere gesprekken overheen opgenomen. Helaas, ik had jullie graag willen helpen. Maar als hij weer belt, zal ik het bandje natuurlijk bewaren.'

'Je kunt er zeker van zijn dat Anders niet meer naar jullie zal bellen.'

'Ach zo, waarom niet?'

Patrik kon onmogelijk uitmaken of de vragende blik oprecht of geveinsd was.

'Omdat Anders vermoord is.'

Een askegel van de sigaar trilde neer op Jans knieën.

'Is Anders vermoord?'

'Ja, hij is vanochtend gevonden.'

Patrik keek Jan onderzoekend aan. Kon hij maar horen wat er op dit moment door Jans hoofd ging. Wat zou het dan allemaal makkelijker zijn. Was zijn verbazing oprecht, of was hij gewoon een uitstekende toneelspeler?

'Is het dezelfde dader als bij Alex?'

‘Het is te vroeg om daar iets over te kunnen zeggen.’ Hij wilde Jan nog even laten bungelen. ‘Je weet dus heel zeker dat je Alexandra Wijkner noch Anders Nilsson kent?’

‘Ik weet echt wel met wie ik omga en met wie niet. Ik ken hen alleen van gezicht, meer niet.’

Jan was weer op weg terug naar zijn glimlachende, kalme ik.

Patrik besloot de ondervraging een andere wending te geven.

‘In het huis van Alex Wijkner lag een krantenartikel over de verdwijning van je broer dat ze uit de *Bohusläningen* had geknipt. Weet jij waarom zij een artikel over die zaak heeft bewaard?’

Opnieuw spreidde Jan zijn armen en de manier waarop hij zijn ogen opensperde, zei dat het hem volstrekt onbegrijpelijk voorkwam.

‘Jaren geleden was dat hét gesprek van de dag in Fjällbacka. Misschien heeft ze het artikel puur uit belangstelling bewaard.’

‘Misschien. Hoe kijk jij tegen de verdwijning aan? Er deden verschillende theorieën de ronde.’

‘Ja, volgens mij leidt Nils een vrolijk leven in een of ander warm land. Mijn moeder daarentegen is ervan overtuigd dat hij een ongeluk heeft gehad.’

‘Stonden jullie elkaar na?’

‘Nee, dat zou ik niet willen zeggen. Nils was een stuk ouder dan ik en hij vond het volgens mij ook niet zo leuk dat hij een pleegbroer kreeg met wie hij de aandacht van zijn moeder moest delen. Maar we waren ook geen vijanden, we stonden gewoon onverschillig tegenover elkaar.’

‘Nadat Nils was verdwenen ben jij door Nelly geadopteerd, is het niet?’

‘Ja, dat klopt. Ongeveer een jaar na zijn verdwijning.’

‘En daarmee kreeg je ook het halve koninkrijk.’

‘Ja, zo zou je het misschien kunnen zeggen.’

Alleen het stompje van de sigaar was nog over, waardoor Jan bijna zijn vingers brandde. Hij drukte de sigaar met een bruusk gebaar uit in een opzichtige asbak.

‘Het was natuurlijk niet leuk dat dat ten koste van iemand anders ging, maar ik kan gerust zeggen dat ik me in de loop van de jaren heb bewezen. Toen ik de leiding van de conservenfabriek overnam gingen de zaken slecht, maar ik heb het hele bedrijf vanaf de bodem geherstructureerd en tegenwoordig exporteren we vis- en schaaldierconserven over de hele wereld, naar de VS, Australië, Zuid-Amerika...’

‘Waarom denk je dat Nils naar het buitenland is gevlucht?’

‘Ik zou dit eigenlijk niet moeten vertellen, maar vlak voor Nils’ verdwijning is er veel geld van de fabriek verdwenen. Bovendien ontbraken er kleren, een koffer en zijn paspoort.’

‘Waarom is er nooit aangifte gedaan bij de politie dat er geld was verdwenen?’

‘Mijn moeder weigerde dat. Ze zei dat het een vergissing moest zijn en dat Nils zoiets nooit zou hebben kunnen doen. Je weet hoe moeders zijn. Het is tenslotte hun baan om alleen maar het goede in hun kinderen te zien.’

Een nieuwe sigaar werd aangestoken. Patrik vond dat het behoorlijk rokerig werd in de kleine kamer, maar hij zei niets.

‘Wil jij er ook een? Het zijn Cubaanse. Met de hand gerold.’

‘Nee dank je, ik rook niet.’

‘Jammer. Je weet niet wat je mist.’ Jan bestudeerde genietend zijn sigaar.

‘Ik heb in ons archief over de brand gelezen waarbij jouw ouders omkwamen. Dat moet zwaar zijn geweest. Hoe oud was je? Negen, tien?’

‘Ik was tien. En je hebt gelijk. Het was zwaar. Maar ik heb geluk gehad. De meeste kinderen die hun ouders verliezen worden niet geholpen door mensen als de familie Lorentz.'

Patrik vond het nogal smakeloos om in dit verband over geluk te praten.

'Voor zover ik het heb begrepen vermoedde men dat de brand was aangestoken. Zijn ze ooit meer te weten gekomen?'

'Nee, je hebt de rapporten toch gelezen. De politie is nooit verder gekomen. Persoonlijk denk ik dat mijn pa zoals gewoonlijk in bed lag te roken en in slaap is gevallen.'

Voor de eerste keer tijdens het gesprek toonde hij ongeduld. 'Mag ik vragen wat dit met de moorden te maken heeft? Ik heb al gezegd dat ik geen van beiden kende en ik snap niet goed wat mijn moeilijke jeugd hiermee te maken heeft.'

'Op dit moment trekken we alles na. De telefoontjes van Anders' huis naar jullie waren voor mij een reden dit verder te onderzoeken. Mijn excuses als ik je tijd onnodig in beslag heb genomen.'

Patrik stond op en stak zijn hand uit. Jan stond ook op en legde de sigaar in de asbak voordat hij Patriks uitgestoken hand aannam.

'Het geeft niet, het geeft helemaal niet. Het was leuk je te ontmoeten.'

Die zogenaamde onderdanigheid was nog erger, dacht Patrik. Hij volgde Jan de trap op. Het contrast was groot toen hij op de zeer smaakvol ingerichte bovenverdieping kwam. Jammer dat Jans vrouw het nummer van Nelly's binnenhuisarchitect niet had gekregen.

Hij nam beleefd afscheid en verliet het huis met het gevoel dat hij de mug had gezift en de kameel had verzwolgen. Aan de ene kant had hij het gevoel dat hij bij Jan thuis iets had gezien waarvan hij de betekenis had moeten begrijpen. Iets wat hem in de royaal ingerichte kamer was opgevallen. Aan de andere kant klopte er iets niet helemaal aan Jan Lorentz. Patrik kwam terug bij zijn eerdere gedachte. De man was te perfect.

Het was bijna zeven uur en het was harder gaan sneeuwen toen Patrik eindelijk bij Erica op de stoep stond. Erica verbaasde zich over het sterke gevoel dat ze kreeg toen ze hem zag en hoe vanzelfsprekend het was om hem om de hals te vliegen en zich in zijn armen te nestelen. Hij zette twee boodschappentassen op de vloer in de hal en beantwoordde haar omhelzing warm en lang.

'Ik heb je gemist.'

'Ik jou ook.'

Ze kusten elkaar teder. Na een poosje begon Patriks maag zo luid te knorren dat ze dat maar als een aansporing beschouwden om de tassen mee te nemen naar de keuken. Hij had veel te veel eten gekocht, maar Erica zette de spullen die ze niet nodig hadden in de koelkast. Als volgens een stilzwijgende afspraak praatten ze tijdens het koken niet over wat er die dag was voorgevallen. Pas toen ze hun honger hadden gestild en voldaan tegenover elkaar aan de eettafel zaten, begon Patrik te vertellen wat er was gebeurd.

'Anders Nilsson is dood. Hij is vanmorgen in zijn appartement gevonden.'

'Heb jij hem gevonden toen je daarheen reed?'

'Nee, maar dat scheelde maar een paar minuten.'

'Hoe is hij overleden?'

Patrik aarzelde even. 'Hij is opgehangen.'

'Opgehangen. Je bedoelt dat hij is vermoord.' Erica kon haar opwinding niet verbergen. 'Door dezelfde persoon die Alex heeft vermoord?'

Patrik vroeg zich af voor de hoeveelste keer hij die vraag vandaag hoorde. Maar het was ontegenzeggelijk een belangrijke vraag.

'We denken van wel.'

 'Hebben jullie meer aanwijzingen? Heeft iemand iets gezien? Hebben jullie iets concreets gevonden dat de moorden met elkaar in verband brengt?'

'Hé, rustig aan.' Patrik stak afwerend zijn handen omhoog. 'Ik kan niet meer vertellen. We kunnen trouwens ook wel over leukere dingen praten. Hoe jouw dag is geweest, bijvoorbeeld.'

Erica glimlachte scheef. Hij moest eens weten dat haar dag niet veel leuker was geweest dan de zijne. Maar dat kon ze hem niet vertellen. Dat moest Dan zelf doen.

'Ik heb lang geslapen en de rest van de dag heb ik voornamelijk zitten schrijven. Een stuk minder spannend dan jouw dag.'

Hun handen hadden elkaar over de tafel heen gezocht. Hun vingers vlochten zich samen. Het was veilig en prettig om zo samen te zijn terwijl de compacte duisternis het huis omsloot. Grote sneeuwvlokken dwarrelden nog steeds als kleine vallende sterren uit de nachtelijke zwarte hemel neer.

'Verder heb ik nagedacht over Anna en het huis. Laatst heb ik midden in een gesprek zomaar de hoorn erop gegooid en sindsdien heb ik daar een rotgevoel over. Misschien was ik egoïstisch. Ik heb er alleen maar aan gedacht wat het mij zou doen als het huis werd verkocht, wat ik zou verliezen. Maar Anna heeft het ook niet zo makkelijk. Zij probeert het beste van haar situatie te maken en hoewel ik vind dat ze er verkeerd aan doet, doet ze het niet om mij dwars te zitten. Ze kan soms best onnadenkend en naïef zijn, maar ze is altijd zorgzaam en ruimhartig geweest en ik heb haar de laatste tijd de schuld gegeven van mijn verdriet en teleurstelling. Misschien is het toch het beste om het huis te verkopen. Met een schone lei te beginnen. Ik kan zelfs een nieuw maar veel kleiner huis voor het geld kopen. Misschien ben ik te sentimenteel. Het is tijd om verder te gaan, niet langer te treuren over wat had kunnen zijn, maar juist te kijken naar wat ik wel heb.'

Patrik begreep dat ze het niet alleen over het huis had.

'Hoe is het ongeluk met je ouders gebeurd? Als je het tenminste niet vervelend vindt om erover te praten.'

'Nee, dat is wel goed.' Ze haalde diep adem. 'Ze waren bij mijn tante in Strömstad geweest. Het was donker, het had geregend en door de kou was de weg spekglad. Mijn vader reed altijd voorzichtig, maar ze denken dat er een dier voor de auto is gesprongen. Hij week uit, raakte in een slip en reed toen recht tegen een boom aan. Ze waren waarschijnlijk op slag dood. Dat is Anna en mij in elk geval verteld. Maar je weet natuurlijk niet of dat ook echt zo is.'

 Een eenzame traan liep zachtjes over Erica's wang en Patrik leunde naar voren en veegde die weg. Hij pakte haar bij de kin beet en dwong haar hem recht aan te kijken.

'Dat zouden ze nooit zeggen als het niet waar was. Ik weet zeker dat ze niet hebben geleden, Erica. Dat weet ik echt heel zeker.'

Ze knikte zonder iets te zeggen. Ze geloofde hem en had het gevoel alsof er een zware last van haar af was gevallen. De auto was in brand gevlogen en ze had nachtenlang wakker gelegen, huiverend bij de gedachte dat haar ouders misschien nog lang genoeg hadden geleefd om het vuur te kunnen voelen. Patriks woorden namen haar ongerustheid weg en voor de eerste keer voelde ze een soort rust als ze aan het ongeluk dacht waarbij haar ouders waren omgekomen. Het verdriet was er nog, maar de angst was weg. Met zijn duim veegde Patrik een paar tranen weg die over haar wang waren gelopen.

'Arme Erica. Arme, arme Erica.'

Ze pakte zijn hand en legde die tegen haar wang.

'Je hoeft helemaal geen medelijden met me te hebben, Patrik. Ik ben nog nooit zo gelukkig geweest als nu, op dit moment. Het is raar, ik voel me zo ongelooflijk veilig bij jou. Ik merk niets van de onzekerheid die je meestal voelt als je net met iemand samen bent. Hoe zou dat komen denk je?'

'Ik denk dat het komt omdat we voor elkaar bestemd zijn.'

Erica bloosde toen ze zijn woorden hoorde. Maar ze moest toegeven dat ze hetzelfde voelde. Het was alsof ze thuiskwam.

Als op een afgesproken signaal stonden ze op, lieten de afwas voor wat die was en liepen innig verstrengeld de trap op naar de slaapkamer. Buiten woedde nu een ware sneeuwstorm.

Het was raar om weer in haar oude meisjeskamer te slapen. Vooral omdat haar smaak was veranderd naarmate ze ouder was geworden, terwijl de kamer nog steeds hetzelfde was. Veel roze en veel kant had tegenwoordig niet echt haar voorkeur.

Julia lag op haar rug op haar smalle meisjesbed en staarde met haar handen op haar buik gevouwen naar het plafond. Alles was bezig in te storten. Haar hele leven viel in duigen en vormde een hoop scherven. Het was alsof ze haar hele leven in een huis met lachspiegels had gewoond, waardoor niets was wat het leek te zijn. Ze wist niet hoe het met haar studie zou gaan. Al het enthousiasme was in één keer van haar afgegleden en nu ging het semester zonder haar verder. Niet dat ze dacht dat iemand haar zou missen. Ze had nooit makkelijk vrienden gemaakt.

Julia had het gevoel dat ze net zo goed in haar roze kamer naar het plafond kon blijven staren tot ze oud en grijs was. Birgit en Karl-Erik zouden haar dat niet durven te verbieden. Als het nodig was, kon ze de rest van haar leven op hen teren. Een slecht geweten zou hun portemonnee voor de hele toekomst openhouden.

Het was alsof ze door water bewoog. Al haar bewegingen waren zwaar en moeizaam en alle geluiden bereikten haar als door een filter. In het begin was het niet zo geweest. Toen was ze vervuld geweest van een oprechte woede en een haat die zo sterk was dat ze er bang van werd. Ze haatte nog steeds, maar met berusting in plaats van energie. Ze was het zo gewend zichzelf te verachten dat ze zelfs lichamelijk kon voelen hoe de haat van richting veranderde; in plaats van zich naar buiten te richten, was die nu naar binnen gekeerd en groef grote gaten in haar borst. Oude gewoonten veranderde je niet zomaar. Zelfhaat was een kunstvorm die ze tot in de perfectie had leren beoefenen.

Ze draaide zich op haar zij. Op het bureau stond een foto van haar en Alex en ze bedacht dat ze niet moest vergeten die weg te gooien. Zodra ze genoeg puf had om overeind te komen, zou ze de foto in duizend stukjes scheuren en weggooien. De aanbidding die ze in haar blik op de foto zag, deed haar een lelijk gezicht trekken. Alex was zoals altijd koel en mooi, terwijl het lelijke jonge eendje ernaast haar met een rond gezichtje aanbiddend aankeek. In haar ogen had Alex nooit iets fout kunnen doen, en heel diep vanbinnen had ze altijd stiekem gehoopt dat op een dag de cocon zou openbarsten en ze er even mooi en zelfverzekerd als Alex uit zou stappen. Ze lachte schamper om haar eigen naïviteit. Wat een grap. De grap was bovendien altijd ten koste van haarzelf gegaan. Ze vroeg zich af of er achter haar rug over was gepraat. Of ze die domme, lelijke, kleine Julia hadden uitgelachen.

Toen er voorzichtig op de deur werd geklopt, trok Julia zich samen in de foetushouding. Ze wist wie het was.

'Julia, we maken ons zorgen om je. Waarom kom je niet even beneden bij ons zitten?'

Ze antwoordde Birgit niet. In plaats daarvan bestudeerde ze uiterst geconcentreerd een sliert van haar haar.

'Alsjeblieft, lieve Julia.'

Birgit ging op de stoel bij het bureau zitten, met haar gezicht naar Julia gekeerd.

'Ik begrijp dat je boos bent en dat je ons misschien zelfs haat, maar geloof me, het was niet onze bedoeling je pijn te doen.'

Het schonk Julia voldoening dat Birgit er afgemat en gekweld uitzag. Ze zag eruit alsof ze nachtenlang niet had geslapen. Wat ze misschien inderdaad niet had gedaan. Rond haar ogen hadden zich nieuwe rimpels gevormd en Julia dacht vals dat de facelift die Birgit zichzelf volgend jaar voor haar vijfenzestigste verjaardag wilde geven misschien eerder zou moeten plaatsvinden. Birgit schoof de stoel wat dichterbij en legde haar hand op Julia's schouder. Julia duwde de hand meteen weg en Birgit deinsde gekwetst terug.

'Lieverd, we houden allemaal van je. Dat weet je toch.'

Of ze dat wist. Waar was deze poppenkast goed voor? Ze wisten toch wat ze aan elkaar hadden en Birgit had er geen idee van wat liefde was. De enige van wie ze had gehouden was Alex. Altijd Alex.

'We moeten er toch over praten, Julia. We moeten elkaar in deze tijd steunen.'

Birgits stem beefde. Julia vroeg zich af hoe vaak Birgit had gewenst dat zij,

Julia, was doodgegaan in plaats van Alex. Ze zag dat Birgit het opgaf en hoe haar hand trilde toen ze de stoel terugzette. Birgit wierp een laatste smekende blik naar Julia. Demonstratief draaide Julia zich zo om dat ze met haar gezicht naar de muur kwam te liggen. Birgit deed de deur zachtjes achter zich dicht.

De ochtend was gewoonlijk niet Patriks favoriete tijdstip van de dag, en deze ochtend was bijzonder vervelend. In de eerste plaats moest hij opstaan uit Erica's warme bed en haar daar achterlaten om naar zijn werk te gaan. In de tweede plaats moest hij een halfuur sneeuwruimen voordat hij in de auto kon stappen. En in de derde plaats startte die rotwagen niet toen hij hem onder de sneeuw vandaan had gehaald. Na herhaalde pogingen moest hij het opgeven en Erica's huis binnengaan om haar te vragen of hij haar auto mocht lenen. Dat was goed en gelukkig startte die wel bij de eerste poging.

Een halfuur te laat kwam hij het bureau binnenhollen. Door het sneeuwruimen was hij bezweet geraakt en in een poging zichzelf wat verkoeling te geven trok hij een paar keer aan zijn overhemd. Het koffiezetapparaat was een noodzakelijke stop voordat hij met zijn werk kon beginnen, en pas toen hij met een kopje koffie in zijn hand achter zijn bureau zat, voelde hij dat zijn pols weer normaal werd. Hij stond het zichzelf toe even weg te dromen en in het gevoel van onbezonnen, uitzinnige verliefdheid weg te zakken. De afgelopen nacht was net zo heerlijk geweest als de eerste, maar ze waren er toch in geslaagd een greintje gezond verstand te gebruiken zodat ze nog een paar uur slaap kregen. Het zou overdreven zijn om te zeggen dat hij was uitgerust, maar hij was in elk geval niet comateus zoals gisteren.

Hij begon met de aantekeningen van het gesprek dat hij de vorige dag met Jan had gevoerd. Hij was geen nieuwe details te weten gekomen die zijn belangstelling wekten, maar hij beschouwde het bezoek toch niet als verloren tijd. Het was minstens zo belangrijk voor het onderzoek dat hij de mensen die bij de zaak betrokken waren, of dat konden zijn, enigszins leerde kennen. 'Moordonderzoeken gaan over mensen', had een van zijn docenten op de politieacademie dikwijls gezegd en die woorden waren in Patriks geheugen gegrift. Bovendien meende hij dat hij een echte mensenkenner was en tijdens gesprekken met getuigen en verdachten probeerde hij altijd een poosje kille feiten uit te schakelen, om op die manier een indruk te krijgen van de persoon voor hem. Jan had bij Patrik geen positieve indruk achtergelaten. Toen hij probeerde de kenmerken van Jans persoonlijkheid samen te vatten, kwamen woorden als onbetrouwbaar, glad en wellustig in hem op. Het was volstrekt duidelijk dat Jan meer achterhield dan dat hij vertelde. Opnieuw pakte Patrik de stapel papieren die over de familie Lorentz gingen. Hij kon nog steeds geen concreet verband leggen tussen hen en de twee moordzaken. Behalve de telefoontjes van Anders naar Jan, maar hij kon niet bewijzen dat Jans verhaal over de hinderlijke telefoontjes naar het antwoordapparaat niet klopte. Patrik pakte de map over de dood van Jans ouders. Iets aan de toon van Jans stem toen hij het over die gebeurtenis had gehad, baarde Patrik zorgen. Er was iets wat niet klopte. Hij kreeg een inval. Patrik nam de hoorn van de haak en toetste een nummer in dat hij uit zijn hoofd kende.

'Hallo Vicky, hoe is het met jou?'

De persoon aan de andere kant van de lijn zei dat het goed met haar ging. Na de inleidende beleefdheidsfrasen kon Patrik ter zake komen.

'Ik wil je om een gunst vragen. Ik ben bezig een man te checken die rond 1975 met Maatschappelijk Werk te maken heeft gehad. Tien jaar oud, Jan Norin heette hij destijds. Denk je dat jullie daar nog informatie over hebben? Oké, ik wacht wel even.'

Hij trommelde ongeduldig met zijn vingers op het bureau terwijl Vicky Lind op het kantoor van Maatschappelijk Werk in het computersysteem zocht. Na een tijdje hoorde hij haar weer.

'Heb je iets gevonden? Geweldig. Kun je zien wie de zaak heeft behandeld? Siv Persson. Dat is mooi, ik ken Siv wel. Heb je haar telefoonnummer?'

Patrik noteerde het nummer ijverig op een Post-it briefje en hing op nadat hij beloofd had Vicky een keer mee uit eten te nemen. Hij toetste het nummer in dat hij had gekregen en hoorde al snel een frisse stem door de hoorn. Siv bleek zich de zaak met Jan Norin heel goed te herinneren en ze vond het goed als Patrik meteen langskwam.

Patrik rukte zijn jack met zo'n haast van de kapstok dat het ding omviel. Met maximaal ongelukkige precisie nam de kapstok in zijn val een schilderij van de muur en een bloempot uit de boekenkast mee, wat een behoorlijk lawaai veroorzaakte. Patrik liet alles liggen en toen hij in de gang kwam, zag hij uit elke deuropening een hoofd naar buiten steken. Hij zwaaide alleen maar en rende door de deur naar buiten, terwijl nieuwsgierige ogen zijn tocht volgden.

Het kantoor van Maatschappelijk Werk lag maar een paar honderd meter van het politiebureau en Patrik baggerde door de sneeuw in de richting van de winkelstraat. Aan het einde van de straat ging hij bij Tanumshede Gestgifveri linksaf en hij liep een klein stukje rechtdoor. Het kantoor lag in hetzelfde pand als het gemeentehuis en Patrik nam de trap naar boven. Na de receptioniste, iemand bij wie hij in de bovenbouw in de klas had gezeten, vrolijk te hebben begroet werd hij bij Siv binnengelaten. Siv Persson stond niet op om hem te begroeten toen hij binnenkwam. Hun wegen hadden elkaar in de jaren dat Patrik bij de politie werkte al vele malen gekruist en ze respecteerden elkaars professionaliteit, hoewel ze het er niet altijd over eens waren wat de beste aanpak van een zaak was. Dat kwam misschien ook doordat Siv een van de aardigste mensen was die hij kende en als maatschappelijk werkster was het misschien niet altijd even handig als je alleen het beste in de mensen zag. Tegelijkertijd bewonderde hij haar omdat ze ondanks alle mislukkingen die ze in de loop van de jaren had meegemaakt, toch haar onwrikbare positieve kijk op de menselijke natuur had weten te bewaren. Patrik had zelf het gevoel dat het bij hem eerder de andere kant was opgegaan.

'Hallo Patrik! Het is je gelukt je door de sneeuwchaos heen te worstelen.'

Patrik reageerde instinctief op haar onnatuurlijk opgewekt klinkende stem.

‘Ja, ik had bijna een sneeuwscooter nodig om hier te komen.’

Ze zette haar bril op, die aan een koordje rond haar hals hing. Siv hield van felle kleuren en vandaag paste haar rode bril bij haar kleding. Ze had al zolang hij haar kende hetzelfde kapsel. Een kaarsrecht pagekapsel dat bij haar kaak ophield, en een korte pony die tot vlak boven haar wenkbrauwen kwam. Haar haar was glimmend koperrood en de felle kleuren zorgden ervoor dat Patrik zich alleen al door naar haar te kijken fitter voelde.

‘Je zei dat je naar een van mijn oude zaken wilde kijken? Jan Norin.’

Nog steeds een veel te geforceerde toon. Ze had het materiaal voor zijn komst tevoorschijn gehaald en op het bureau voor haar lag een dikke map.

‘Ja, zoals je ziet hebben we flink wat materiaal over die jongen. Beide ouders waren aan de drugs en als ze niet waren verongelukt, hadden we vroeg of laat moeten ingrijpen. Ze lieten de jongen aan zijn lot over en hij moest in feite zichzelf opvoeden. Kwam in vieze en kapotte kleren op school en werd door zijn klasgenoten gepest omdat hij stonk. Kennelijk sliep hij in de oude stal en daarna moest hij in de kleren waarin hij had geslapen naar school.’

Ze keek hem van over de rand van haar bril aan.

‘Ik neem aan dat je mijn vertrouwen niet zult beschamen, en dat je voor de vereiste toestemming zorgt om de gegevens over Jan te krijgen, eventueel later?'

Patrik knikte alleen maar. Hij wist dat het belangrijk was om de regels te volgen, maar soms vereiste een onderzoek een zekere effectiviteit en dan moesten de ambtelijke molens maar later malen. Siv en hij hadden al lange tijd een goede werkrelatie en hij wist dat ze die vraag moest stellen. Hij ging verder: 'Waarom hebben jullie niet eerder ingegrepen? Hoe heeft het zo ver kunnen komen? Het klinkt alsof Jan sinds zijn geboorte is verwaarloosd, en toch was hij al tien jaar toen zijn ouders omkwamen.'

Siv zuchtte diep. 'Ja, ik begrijp wat je bedoelt en geloof me, ik heb dikwijls hetzelfde gedacht. Maar toen ik hier begon te werken, dat was trouwens een maand voor de brand, waren de tijden heel anders. Er moest heel wat aan de hand zijn wilde de staat het recht van de ouders om hun kinderen naar eigen inzicht op te voeden beperken. Veel mensen waren ook voor een vrije opvoeding, en daar leden kinderen als Jan helaas onder. En er zijn nooit sporen van lichamelijk geweld bij hem aangetroffen. Als je het cynisch wilt zeggen dan was het voor hem misschien het beste geweest als hij was geslagen en in het ziekenhuis was beland. Dan hadden we tenminste een oogje in het zeil kunnen houden. Maar vermoedelijk werd hij op een zodanige manier mishandeld dat het van buitenaf niet te zien was, of misschien verwaarloosden ze hem "alleen maar".' Siv tekende de aanhalingstekens in de lucht.

Tegen zijn zin voelde Patrik een golf van sympathie voor de kleine Jan. Hoe kon je verdorie een normaal mens worden als je onder dergelijke omstandigheden opgroeide?

'Maar het ergste heb je nog niet gehoord. We hebben het nooit kunnen bewijzen, maar veel wijst erop dat de ouders Jan voor geld, of drugs, door mannen lieten misbruiken.'

Patrik voelde dat zijn mond openviel van verbazing. Dit was veel erger dan hij ooit had kunnen vermoeden.

'We hebben het zoals ik net al zei, nooit kunnen bewijzen, maar met de kennis van nu kunnen we zien dat Jan heel goed aan het beeld beantwoordde van kinderen die seksueel misbruikt zijn. Hij had onder andere veel moeite met de discipline op school. De andere kinderen pestten hem, maar ze waren ook bang voor hem.'

Siv sloeg de map open en bladerde in de papieren tot ze vond wat ze zocht. 'Hier is het. Toen hij in de tweede klas zat, had hij een mes mee naar school genomen waarmee hij een van de ergste treiteraars bedreigde. Hij heeft hem zelfs in het gezicht gestoken, maar de schoolleiding heeft de hele zaak in de doofpot gestopt en voor zover ik kan zien, is hij niet gestraft. Er volgden meer van dat soort gebeurtenissen waarbij Jan enorm agressief was jegens zijn klasgenoten, maar het incident met het mes was het ernstigste. Er is ook een paar keer melding gemaakt van onzedelijk gedrag tegenover de meisjes in de klas. Voor zo'n jong kind waren zijn seksuele toenaderingspogingen en insinuaties zeer geavanceerd. Maar ook die meldingen hebben nergens toe geleid. Men wist gewoon niet hoe om te gaan met een kind dat dit soort stoornissen vertoonde jegens de mensen in zijn omgeving. Tegenwoordig zou men zeker hebben gereageerd op de uiterlijke tekenen en actie hebben ondernomen, maar je moet niet vergeten dat dit allemaal in het begin van de jaren zeventig speelde. Dat was een heel andere wereld.'

Patrik voelde medelijden én woede omdat men een kind op die manier had behandeld.

'En na de brand? Hebben zich toen meer van dit soort gebeurtenissen voorgedaan?'

'Nee, dat is het vreemde. Na de brand is hij bijna meteen bij de familie Lorentz geplaatst en daarna hebben we nooit gehoord dat Jan weer problemen had. Ik ben zelf een paar keer naar de familie Lorentz gegaan om te zien hoe de situatie was, en toen ontmoette ik een heel andere jongen. Hij zat daar met nat gekamde haren in zijn pak en staarde me zonder met zijn ogen te knipperen aan, terwijl hij beleefd al mijn vragen beantwoordde. Vrij eng eigenlijk. Iemand verandert niet van de ene dag op de andere op die manier.'

Patrik schrok op. Dit was de eerste keer dat hij Siv iets negatiefs hoorde zeggen over een van haar zaken. Hij begreep dat dit iets was waar hij verder in moest duiken. Er was iets wat ze wilde zeggen, maar hij zou ernaar moeten vragen.

'Wat de brand betreft...'

Hij liet de woorden even in de lucht hangen en zag dat Siv rechter op haar stoel ging zitten. Dat betekende dat hij op de goede weg was.

'Ik heb bepaalde geruchten over de brand gehoord.' Hij keek Siv vragend aan.

'Ik ben niet verantwoordelijk voor geruchten. Wat heb je gehoord?'

'Dat de brand was aangestoken. In ons onderzoek staat zelfs "vermoedelijk" aangestoken, maar er is nooit enig spoor van de daders gevonden. De brand begon op de benedenverdieping van het huis. Het echtpaar Norin sliep in een kamer op de bovenverdieping en maakte geen enkele kans. Heb jij ooit gehoord dat er iemand was die de Norins zo erg haatte dat hij zoiets zou doen?'

'Ja.' Haar antwoord was kort en kwam zo zacht dat hij niet zeker wist of hij het werkelijk had gehoord.

Ze herhaalde met krachtiger stem: 'Ja, ik weet wie de Norins voldoende haatte om hen levend te laten verbranden.'

Patrik zei niets en liet haar in haar eigen tempo verdergaan.

'Ik ben met de politie meegeweest naar het huis. De brandweer was als eerste ter plaatse en een van de brandweerlieden was op pad gegaan om de plek te onderzoeken, om te kijken of er geen vonken van het huis waren weggevlogen die nu kracht lagen te verzamelen voor een tweede brand. De brandweerman vond Jan in de stal en omdat Jan die weigerde te verlaten, namen ze contact met ons op. Ik was nieuw als maatschappelijk werkster en zo achteraf moet ik toegeven dat ik het allemaal best spannend vond. Jan zat in de stal, helemaal achterin, met zijn rug tegen de muur en hij werd bewaakt door een brandweerman die erg opgelucht was toen wij arriveerden. Ik stuurde de politie weg en ging zelf naar binnen om, zo dacht ik in elk geval, Jan te troosten en mee te nemen. Zijn handen bewogen de hele tijd in het donker, maar ik kon niet zien wat hij deed. Maar toen ik dichterbij kwam, zag ik dat hij ergens mee zat te spelen. Het was een doosje lucifers. Met oprecht plezier sorteerde hij de lucifers: aangestoken, zwarte lucifers in de ene helft van het doosje en onaangestoken, rode lucifers in de andere helft. De uitdrukking op zijn gezicht was er een van pure vreugde. Het hele kind straalde als door een innerlijke gloed en zoiets engs heb ik in mijn hele leven niet gezien, Patrik. Ik zie dat gezicht nog steeds af en toe voor me als ik 's avonds in bed lig. Toen ik bij hem kwam, pakte ik hem voorzichtig het lucifersdoosje af. Toen keek hij me aan en zei: "Zijn ze nu dood?" Alleen dat. "Zijn ze nu dood?" Toen gniffelde hij en liet zich gewillig uit de oude stal leiden. Het laatste dat ik zag toen we daar weggingen, waren een deken, een zaklantaarn en een stapel kleren in een hoek van het gebouw. Toen begreep ik dat wij medeschuldig waren aan de dood van zijn ouders. We hadden veel en veel eerder moeten ingrijpen.'

'Heb je dit ooit aan iemand verteld?'

'Nee, wat had ik moeten zeggen? Dat hij zijn ouders had vermoord omdat hij met lucifers zat te spelen? Nee, ik heb nooit iets gezegd tot jij vragen kwam stellen. Maar ik heb altijd vermoed dat hij op de een of andere manier bij de politie zou opduiken. Waar is hij bij betrokken?'

'Ik kan op dit moment niets zeggen, maar ik beloof dat ik je op de hoogte zal brengen zodra ik dat kan. Ik ben je ongelooflijk dankbaar dat je me dit hebt verteld, en ik zal meteen de administratieve rompslomp regelen zodat jullie geen problemen krijgen.'

Hij zwaaide en was verdwenen.

Toen hij weg was, bleef Siv Persson achter haar bureau zitten. De rode bril hing aan het koordje om haar hals en ze wreef met haar duim en wijsvinger over haar neus terwijl ze haar ogen dicht hield.

Op het moment dat Patrik buiten de sneeuw in stapte, ging zijn mobieltje over. Zijn vingers waren in de bittere kou al snel stijf geworden en hij had moeite om het klepje van de telefoon open te krijgen. Hij hoopte dat het Erica was en was teleurgesteld toen hij het nummer van de receptie van het politiebureau op het display zag knipperen.

'Patrik Hedström. Dag, Annika. Nee, ik ben op weg naar het bureau. Ja, maar wacht daar nog even mee, ik ben er zo.'

Hij deed het klepje dicht. Het was Annika weer gelukt. Ze had iets gevonden wat niet klopte in Alex' levensbeschrijving.

Het kraakte onder zijn voeten toen hij zich naar het politiebureau haastte. Terwijl hij bij Siv zat was de sneeuwschuiver langs geweest en hij hoefde niet hetzelfde gevecht te leveren als op de heenweg. Er waren niet veel mensen buiten in de kou en de winkelstraat lag er verlaten bij; slechts een enkeling haastte zich met opgestoken kraag en neergetrokken muts ter bescherming tegen de kou voort.

Toen hij het bureau binnenstapte, stampte hij de sneeuw van zijn schoenen. Hij realiseerde zich dat sneeuw in combinatie met lage schoenen je sokken onbehaaglijk nat maakte. Dat had hij natuurlijk ook eerder kunnen bedenken.

Hij liep linea recta naar Annika's kamer. Ze zat al op hem te wachten en uit haar voldane blik concludeerde hij dat wat ze had gevonden goed was, echt goed.

'Zitten al je kleren in de was of zo?'

Patrik begreep haar vraag eerst niet, maar naar haar plagerige lachje te oordelen stak ze de draak met hem. Een tel later viel het kwartje en hij keek naar zijn kleren. Verdomme, hij droeg nog steeds dezelfde kleren die hij eergisteren aan had gehad toen hij naar Erica ging. Hij herinnerde zich het sneeuwruimen van die ochtend en vroeg zich af of hij gewoon niet fris rook of dat hij echt stonk.

Hij mompelde een soort antwoord op Annika's opmerking en probeerde haar zo boosaardig mogelijk aan te kijken. Dat vond ze alleen maar nog amusanter.

'Ja ja, hartstikke leuk. Kom nu maar ter zake. Voor de dag ermee, vrouw!'

Hij sloeg met gespeelde woede met zijn vuist op haar bureau. Een vaas met bloemen reageerde meteen door om te vallen en water over het bureau te verspreiden.

'O, sorry. Dat was niet de bedoeling. Wat ben ik toch onhandig...'

Hij zocht iets om de boel mee te deppen, maar Annika was zoals gebruikelijk sneller en toverde ergens vanachter het bureau een rol keukenpapier tevoorschijn. Ze begon rustig het bureau droog te vegen terwijl ze Patrik een inmiddels bekend commando gaf.

'Zitten!'

Hij gehoorzaamde meteen en vond het bijna onrechtvaardig dat hij niet beloond werd met een koekje omdat hij zo braaf was.

'Zullen we dan maar beginnen?'

Annika wachtte niet op Patriks antwoord en begon van haar computerscherm te lezen. 'Laten we eens kijken. Ik ben begonnen met het moment dat ze doodging en daarna ben ik teruggegaan in de tijd. In de periode dat ze in Göteborg woonde lijkt alles te kloppen. In 1989 is ze samen met haar vriendin een galerie begonnen. Daarvoor heeft ze vijf jaar aan een universiteit in Frankrijk gestudeerd, met kunstgeschiedenis als hoofdvak. Ik heb haar cijfers vandaag per fax ontvangen en ze heeft haar tentamens op tijd en met goed gevolg afgelegd. Ze heeft op het Hvitfeldtska in Göteborg op de middelbare school gezeten. De schoolrapporten heb ik ook ontvangen. Ze was geen geweldige leerling, maar ook geen slechte, een echte middenmoter.'

Annika stopte even en keek naar Patrik, die zich naar voren had gebogen en de tekst op haar beeldscherm probeerde te lezen. Ze draaide het scherm een eindje weg zodat hij haar ontdekking niet voortijdig kon zien.

'Voor die tijd had ze op een kostschool in Zwitserland gezeten. Een internationale school, L'Ecole de Chevalier, en die is poepieduur.'

Annika legde veel nadruk op het laatste woord.

'Volgens de informatie die ik kreeg toen ik daarheen belde, kost het zo'n honderdduizend kronen per semester en daar komen kost en inwoning, kleding en boeken nog bij. En ik heb het gecontroleerd, de prijzen waren toen Alexandra Wijkner daar naar school ging net zo hoog.'

Patrik nam haar woorden bedachtzaam in zich op terwijl hij hardop nadacht: 'Het is dus de vraag hoe de familie Carlgren het zich kon veroorloven Alex daarheen te sturen. Birgit is voor zover ik weet altijd huisvrouw geweest en Karl-Erik kan met geen mogelijkheid zoveel hebben verdiend dat hij zich dergelijke uitgaven kon permitteren. Heb je gecontroleerd...'

Annika onderbrak hem.

'Ja, ik heb gevraagd wie de rekeningen voor Alexandra betaalde, maar dat soort informatie verstrekken ze niet. Dat doen ze alleen op bevel van de Zwitserse politie, maar door alle bureaucratische rompslomp zou dat ons minstens een halfjaar kosten. In plaats daarvan ben ik maar aan de andere kant begonnen en ik probeer nu de financiële situatie van de Carlgrens door de jaren heen te controleren. Misschien hebben ze van een of ander familielid geld geërfd, weet ik veel. Ik wacht op bericht van de bank, maar het zal een paar dagen duren voordat we die informatie krijgen. Maar,' een nieuwe kunstmatige pauze, 'dat is toch niet het meest interessante. Volgens de familie Carlgren begon Alex in het voorjaar van 1977 op de kostschool. Volgens het register van de school begon ze echter pas in het voorjaar van 1978.'

Annika leunde triomfantelijk achterover en sloeg haar armen over elkaar.

'Weet je dat zeker?' Patrik kon zijn opwinding maar amper beteugelen.

'Ik heb het niet één, niet twee, maar drie keer gecontroleerd. Het jaar tussen het voorjaar van 1977 en het voorjaar van 1978 ontbreekt in Alex' leven. We weten absoluut niet waar ze toen was. Ze zijn hier in maart 1977 weggegaan en daarna is er niets, geen enkele informatie tot Alex het jaar daarop naar de school in Zwitserland gaat. In diezelfde tijd duiken haar ouders op in Göteborg. Ze kopen een huis en Karl-Erik begint zijn nieuwe baan als chef van een middelgroot bedrijf in de groothandelsbranche.'

'We weten dus ook niet waar zij zich in die periode bevonden?'

'Nee, nog niet. Maar ik blijf zoeken. Het enige dat we weten is dat er geen gegevens zijn die erop wijzen dat ze dat jaar in Zweden waren.'

Patrik telde op zijn vingers. 'Alex is geboren in 1965, ze was dus, even kijken, twaalf in 1977.'

Annika keek weer naar het beeldscherm. 'Ze is geboren op 3 januari, dus dat klopt, ze was twaalf jaar toen ze verhuisden.'

Patrik knikte nadenkend. De informatie die Annika had weten op te graven was waardevol, maar op dit moment leidde die alleen maar tot nog meer vraagtekens. Waar was de familie Carlgren tussen 1977 en 1978 geweest? Een heel gezin kon niet zomaar verdwijnen. De sporen waren er, ze moesten ze alleen zien te vinden. Maar er moest nog meer zijn. De informatie dat Alex vroeger een kind had gekregen, hield hem nog steeds bezig.

'Heb je echt geen ander hiaat in haar levensverhaal gevonden? Zou iemand anders in haar naam de tentamens op de universiteit hebben kunnen doen, bijvoorbeeld? Of zou haar partner de galerie een tijdje alleen hebben kunnen runnen? Niet dat ik niet geloof wat jij hebt ontdekt, maar zou je de gegevens nog een keer willen checken? En controleer de ziekenhuizen om te kijken of ene Alexandra Carlgren of Wijkner daar een kind heeft gebaard. Begin met de ziekenhuizen in Göteborg, en als je daar niets

vindt, ga dan verder het land in, met Göteborg als uitgangspunt. Er moet ergens iets over te vinden zijn. Een kind gaat niet zomaar in rook op.'

'Kan ze het kind niet in het buitenland hebben gekregen? In de tijd op de kostschool bijvoorbeeld? Of in Frankrijk?'

'Ja, natuurlijk kan dat, waarom heb ik daar niet aan gedacht? Probeer of je iets kunt vinden via de internationale kanalen. Kijk of er een manier is om erachter te komen waar de Carlgrens naartoe zijn gegaan. Paspoort, visum, ambassades. Ergens moet informatie zijn over waar ze heen zijn gegaan.'

Annika maakte aantekeningen alsof haar leven ervan afhing.

'Heeft een van de anderen trouwens al iets zinnigs ontdekt?'

'Ernst heeft het alibi van Bengt Larsson gecontroleerd en dat klopt, dus die kunnen we doorstrepen. Martin heeft Henrik Wijkner telefonisch gesproken en hij is niets meer te weten gekomen over het verband tussen Anders en Alex. Hij gaat nu met de drinkmaten van Anders praten om te horen of Anders misschien iets tegen hen heeft gezegd. En Gösta... Gösta zit op zijn kamer en heeft medelijden met zichzelf en probeert moed te verzamelen voor een tochtje naar Göteborg om de Carlgrens te spreken. Ik schat dat hij op zijn vroegst maandag vertrekt.'

Patrik zuchtte. Als ze deze zaak wilden oplossen was het waarschijnlijk beter dat hij niet al te veel op zijn collega's rekende, maar zelf het grove werk uitvoerde.

'Je hebt niet overwogen het de Carlgrens rechtstreeks te vragen? Misschien is er helemaal niets verdachts aan de hand. Misschien is er een natuurlijke verklaring,' zei Annika.

'Zij hebben de informatie over Alex gegeven. Om de een of andere reden probeerden ze te verhullen wat ze tussen 1977 en 1978 hebben gedaan. Ik zal met ze praten, maar ik wil eerst wat meer weten. Ze moeten niet de kans krijgen eronderuit te komen.'

Annika leunde achterover en glimlachte arglistig. 'Wanneer gaan jullie trouwen?'

Patrik besefte dat ze dit lekkere hapje niet een-twee-drie zou loslaten. Hij moest zich er maar op instellen dat hij de komende tijd een bron van vermaak op het bureau zou zijn.

'Tja, dat is misschien nog ietsjepietsje aan de vroege kant. We moeten toch wel minstens een week samen zijn geweest voordat we de kerk regelen.'

'Zo zo, jullie zijn dus een stel.'

Hij besefte dat hij met open ogen in de val was gelopen.

‘Nee, of jawel, of ja, misschien zijn we dat wel... Ik weet het niet, we vinden het tot nu toe fijn om bij elkaar te zijn, maar het is allemaal zo nieuw en misschien gaat ze binnenkort wel terug naar Stockholm, ach, ik weet het niet. Voorlopig moet je hier maar genoegen mee nemen.’

Patrik kronkelde als een worm op zijn stoel.

‘Oké, maar ik verlang doorlopende informatie over de ontwikkelingen, als je dat maar weet.’ Annika zwaaide waarschuwend met haar wijsvinger.

Hij knikte berustend. ‘Ja, ik hou je op de hoogte. Ik beloof het. Tevreden?’

‘Ja, voorlopig is dat wel genoeg.’

Ze stond op, liep om het bureau heen en voordat hij wist wat er gebeurde, was hij gevangen in een stevige omhelzing en werd hij tegen Annika’s weelderige boezem gedrukt.

‘Ik vind het zo fijn voor je. Pak dit nu goed aan, Patrik, beloof me dat.’

Ze drukte hem nog een keer tegen zich aan en zijn ribben begonnen te protesteren. Omdat hij op dat moment geen lucht kreeg, kon hij haar niet antwoorden, maar ze vatte zijn zwijgen kennelijk op als een bevestiging en liet hem los, maar pas nadat ze hem flink in zijn wang had geknepen.

‘Naar huis jij, je moet schone kleren aantrekken. Je stinkt!’

En met die opmerking werd hij naar de gang verwezen, met een pijnlijke wang en ribben. Hij voelde voorzichtig aan zijn borstkas. Hij mocht Annika heel graag, maar soms wenste hij dat ze een beetje voorzichtiger omging met een arme man van vijfendertig wiens lichamelijke gesteldheid snel bergafwaarts ging.

Badholmen lag er verlaten bij. 's Zomers was het hier stampvol vrolijke badgasten en luidruchtige kinderen, maar nu gierde de wind troosteloos over de sneeuw die de afgelopen nacht als een dikke deken was gevallen. Erica stapte voorzichtig door de sneeuw die op de klippen lag. Ze had een sterke behoefte aan frisse lucht gevoeld en hier vanaf Badholmen kon ze vrij over de eilanden en het ogenschijnlijk oneindige witte ijs turen. In de verte waren auto's te horen, maar verder was het barmhartig stil en ze kon zichzelf bijna horen denken. De duiktoren verrees hoog naast haar. Niet even hoog als ze in haar kinderjaren had gevonden, toen leek die tot aan de hemel te reiken, maar toch zo hoog dat ze op een mooie zomerdag nooit van de hoogste plank zou durven springen.

Ze zou hier eeuwig kunnen staan. Warm gekleed weerstond ze de kou die door haar kleren probeerde te dringen, en vanbinnen voelde ze het ijs ontdooien. Ze had zelf niet ingezien hoe eenzaam ze zich had gevoeld, tot ze het niet meer was. Maar wat zou er met Patrik en haar gebeuren als ze terug moest naar Stockholm? Dat waren heel veel kilometers en ze voelde zich veel te oud voor een relatie op afstand.

Als ze het huis inderdaad moest verkopen, was er dan toch nog een mogelijkheid om te blijven? Ze wilde pas bij Patrik intrekken als hun relatie een flinke tijd op de proef was gesteld en dat zou betekenen dat ze andere woonruimte in Fjällbacka moest vinden.

Het probleem was dat dat idee haar niet aantrok. De belangrijkste reden was dat als ze het huis verkochten, ze dan liever alle banden met Fjällbacka verbrak, ze wilde dan niet hier komen en vreemde mensen door het huis van haar jeugd zien lopen. Ze kon zich ook niet indenken hier een flat te huren, dat zou heel vreemd voelen. Ze voelde de vreugde wegglijden in hetzelfde tempo als de negatieve gedachten zich opstapelden. Natuurlijk moest er een oplossing zijn, en hoewel ze niet stokoud was, hadden de vele jaren waarin ze alleen aan zichzelf had hoeven denken hun sporen nagelaten en voelde ze zich niet zo flexibel meer. Na rijp beraad had ze besloten dat ze bereid was haar leven in Stockholm op te geven, maar alleen als ze in het vertrouwde huis kon blijven wonen. Anders veranderde er gewoon te veel in haar universum en verliefd of niet, dat was haar echt te veel.

Misschien kwam het ook door de dood van haar ouders dat ze minder zin had in grote veranderingen. Die verandering was groot genoeg voor de komende jaren en nu verlangde ze naar een geborgen, veilig en voorspelbaar bestaan. Terwijl ze vroeger bang was geweest om zich te binden, wilde ze nu niets liever dan dat Patrik deel zou uitmaken van die geborgenheid en voorspelbaarheid. Ze wilde haar leven in alle gebruikelijke stappen kunnen plannen. Samenwonen, zich verloven, trouwen, kinderen krijgen en daarna een lange reeks gewone dagen die elkaar opvolgden, tot ze elkaar op een dag aankeken en ontdekten dat ze samen oud waren geworden. Dat was toch niet te veel gevraagd?

Voor het eerst voelde ze een steek verdriet bij de gedachte aan Alex. Het was alsof ze nu pas besefte dat Alex' leven onherroepelijk was afgelopen. Hoewel hun wegen elkaar jarenlang niet hadden gekruist, had ze toch af en toe aan haar gedacht en geweten dat Alex' leven doorging, parallel met haar eigen leven. Nu was zij de enige die een toekomst had, die al het verdriet en alle vreugde zou mogen meemaken die de jaren in zich droegen. Als ze nu aan Alex dacht, zou het beeld dat bij haar opkwam altijd dat van Alex' bleke lijk in het bad zijn. Het bloed op de tegels en het haar dat eruit had gezien als een bevroren aureool. Misschien had ze daarom wel besloten het boek over Alex te schrijven. Het was een manier om de jaren dat ze elkaar na hadden gestaan opnieuw te beleven en tegelijk de persoon te leren kennen die Alex was geworden nadat hun wegen zich hadden gescheiden.

Wat haar de afgelopen dagen had verontrust, was dat het materiaal een beetje te plat voelde. Het was alsof ze maar van één kant naar een driedimensionale figuur mocht kijken. De andere kanten, die even belangrijk waren om een idee te krijgen van hoe de figuur eruitzag, had ze nog niet mogen zien. Ze had ontdekt dat ze meer naar de mensen in de omgeving moest kijken, niet alleen naar de hoofdpersonen, maar naar alle figuranten die rondom Alex hadden bestaan. Ze had vooral nagedacht over dingen die ze met de voelsprieten van een kind had aangevoeld, maar waar ze nooit een duidelijk beeld van had gekregen.

Er was iets gebeurd in het jaar voordat Alex verhuisde en niemand had ooit de moeite genomen om haar te vertellen wat. Het gefluister was gestopt zodra zij in de buurt kwam en men had haar beschermd tegen iets wat ze nu wanhopig graag wilde weten. Het probleem was alleen dat ze niet wist waar ze moest beginnen. Het enige dat ze zich kon herinneren van de keren dat ze geprobeerd had de gefluisterde gesprekken van de volwassenen af te luisteren, was dat ze het woord 'school' een aantal keren had gehoord. Dat was niet veel om op af te gaan, maar het was het enige dat ze had. Erica wist dat Alex' meester van de lagere school, en dus ook die van haarzelf, nog steeds in Fjällbacka woonde en bij gebrek aan beter besloot ze bij hem te beginnen.

Het was harder gaan waaien en de kou begon door haar dikke kleren heen te dringen. Erica voelde dat het tijd was om in beweging te komen. Ze wierp een laatste blik op Fjällbacka, dat beschut lag door de berg die zich achter het dorp verhief. Wat 's zomers gehuld was in een goudgeel licht was nu grauw en schraal, maar Erica vond dit toch mooier. 's Zomers leek het meer op een mierenhoop waar een voortdurende activiteit heerste. Nu lag er een vredige rust over de kleine gemeenschap en ze kon zich bijna voorstellen dat het dorp sliep. Tegelijkertijd wist ze dat de rust bedrieglijk was. Onder de oppervlakte waren evenveel slechte kanten van de mens vertegenwoordigd als overal elders waar mensen leefden. Daar had ze in Stockholm het een en ander van gezien, maar Erica dacht dat het hier misschien zelfs gevaarlijker was. Haat, jaloezie, gierigheid en wraak, alles werd onder één groot deksel verborgen dat gevormd werd door 'wat zullen de mensen er wel niet van zeggen?' Al het kwade, kleingeestige en gemene kon rustig gisten onder een oppervlak dat altijd schoongeboend was. Nu Erica op de klippen van Badholmen naar de kleine, met sneeuw bedekte gemeenschap keek, vroeg ze zich af welke geheimen daar werden bewaakt.

Ze huiverde, stopte haar handen diep in haar zakken en liep naar het centrum.

Het leven was elk jaar bedreigender geworden. Hij ontdekte de hele tijd nieuwe gevaren. Het was begonnen toen hij zich plotseling bewust was geworden van de vele miljoenen bacillen en bacteriën die om hem heen draaiden. Hij vond het vreselijk iets te moeten aanraken en als hij dat toch moest doen, zag hij legers bacteriën die op hem kropen en dreigden ontelbare bekende en onbekende ziekten met zich mee te brengen, die hem zeker een langdurig en pijnlijk sterfbed zouden bezorgen. Vervolgens was de omgeving zelf bedreigend geworden. Grote oppervlakken brachten hun eigen gevaren mee, net als kleine oppervlakken. Als hij in een menigte terechtkwam, begon het zweet uit alle poriën van zijn lichaam te sijpelen en zijn ademhaling werd snel en oppervlakkig. De oplossing was eenvoudig. De enige omgeving die hij in elk geval gedeeltelijk kon beheersen, was zijn eigen huis en hij besefte al snel dat hij in feite zijn eigen leven kon leiden zonder ooit nog buiten de deur te hoeven komen.

De laatste keer dat hij buiten was geweest, was acht jaar geleden en hij verdrong elk eventueel verlangen om de buitenwereld te betreden zo effectief, dat hij niet langer wist of dat verlangen eigenlijk nog wel bestond. Hij was tevreden met zijn leven en zag geen reden om daar iets aan te veranderen.

Axel Wennerström bracht zijn dagen volgens een inmiddels vaste routine door. Elke dag volgde hij hetzelfde rooster en deze dag was dat niet anders. Hij stond om zeven uur op, ontbeet en maakte daarna de hele keuken met krachtige schoonmaakmiddelen schoon om alle eventuele bacteriën uit te roeien die zijn ontbijt had kunnen verspreiden nadat het uit de koelkast was gehaald. Daarna bracht hij een paar uur door met het stoffen, vegen en opruimen van de rest van het huis. Pas rond enen kon hij zich een pauze veroorloven en dan ging hij met de krant op de veranda zitten. Volgens een speciale afspraak met Signe, de postbode, kreeg hij de krant elke ochtend in een plastic tas, zodat hij het beeld van alle vieze mensenhanden die de krant hadden aangeraakt voordat die bij hem in de brievenbus viel, enigszins kon verdringen.

Een klop op de deur bezorgde hem een adrenalinestoot. Op dit tijdstip kwam er nooit iemand langs. De boodschappen werden meestal vroeg op de vrijdagochtend gebracht. Dat was in principe het enige bezoek dat hij kreeg. Moeizaam bewoog hij zich centimeter voor centimeter naar de deur. Er werd nog een keer hardnekkig geklopt. Hij strekte een bevende hand uit naar het bovenste slot en deed dat open. Hij wenste dat hij een spionnetje had gehad, dat zag je wel vaker bij voordeuren van een flat, maar in het oude gebouw waar hij woonde, zat niet eens een raam bij de deur waardoor hij kon zien wie de indringer was. Hij deed ook het onderste slot open en met bonzend hart opende hij de deur. Hij onderdrukte het verlangen om de aanblik van het vreselijke, naamloze dat hem achter de deur te wachten stond, buiten te sluiten.

'Axel? Axel Wennerström?'

Hij ontspande. Vrouwen waren minder bedreigend dan mannen. Voor de zekerheid liet hij de deurketting erop zitten.

'Ja, dat ben ik.'

Hij probeerde zo afwijzend mogelijk te klinken. Hij wilde alleen maar dat zij, wie ze ook was, zou verdwijnen en hem met rust zou laten.

'Dag, meneer Wennerström. Ik weet niet of u zich mij nog kunt herinneren, maar ik heb bij u in de klas gezeten. Erica Falck?'

Hij zocht in zijn geheugen. Hij had zoveel jaar lesgegeven en zoveel leerlingen gehad. Vaag kwam het beeld van een klein blond meisje boven. Ja, dat was ook zo, de dochter van Tore.

'Ik zou u graag even spreken als dat kan.'

Ze keek hem door de deurspleet dwingend aan. Axel zuchtte diep, maakte de deurketting los en liet haar binnen. Hij probeerde er niet aan te denken hoeveel onbekende organismen ze in zijn schone huis mee naar binnen bracht. Hij wees op een schoenenplank om aan te geven dat ze haar laarzen moest uittrekken. Ze gehoorzaamde beleefd en hing ook haar jas op. Om te voorkomen dat haar vuil in de rest van zijn huis kwam, wees hij naar de rieten meubels op de veranda. Ze ging op de bank zitten en in gedachten maakte hij een aantekening dat hij de kussens moest wassen zodra ze weer weg was.

'Het is een tijd geleden dat ik u heb gezien.'

'Ja, als ik het goed heb, zat je vijfentwintig jaar geleden bij mij in de klas.'

'Ja, dat klopt. De tijd gaat snel.'

Axel vond het frustrerend om over koetjes en kalfjes te moeten praten, maar hij schikte zich er met tegenzin in. Hij wilde dat ze ter zake kwam, zodat ze weer snel zou vertrekken en hij zijn huis weer voor zichzelf had. Hij begreep absoluut niet wat ze van hem moest. Hij had door de jaren heen honderden leerlingen gehad en tot nu toe was hij verschoond gebleven van hun bezoek. Maar nu zat Erica Falck voor hem en hij zat op hete kolen in de rieten fauteuil tegenover haar en wilde niets liever dan van haar afkomen. Zijn ogen zochten de hele tijd het kussen waarop ze zat, en hij kon letterlijk zien hoe alle bacteriën die ze bij zich droeg krioelend van de bank naar beneden bewogen en zich over de vloer verspreidden. Het zou niet genoeg zijn het kussen te wassen, hij zou het hele huis moeten schoonmaken en desinfecteren als ze weer weg was.

'U vraagt zich zeker af waarom ik hier ben.'

Hij knikte alleen maar ten antwoord.

'U hebt vast wel gehoord dat Alexandra Wijkner vermoord is.'

Dat had hij inderdaad en het had dingen naar boven gebracht die hij een groot deel van zijn leven had geprobeerd te verdringen. Nu wilde hij nog liever dat Erica Falck zou opstaan en door de deur zou verdwijnen. Maar ze bleef zitten, en hij onderdrukte een kinderlijke impuls om zijn handen tegen zijn oren te plaatsen en luid te gaan neuriën, om zo alle woorden waarvan hij wist dat ze zouden komen buiten te sluiten.

'Ik heb zo mijn redenen om een aantal zaken over Alex en haar dood te onderzoeken en ik zou u een paar vragen willen stellen, als u dat goedvindt?'

Axel sloot zijn ogen. Hij had geweten dat deze dag ooit zou komen.

'Ja, dat is goed.'

Hij nam niet de moeite te vragen wat voor redenen ze had om hem vragen over Alex te stellen. Hij vond het best als ze dat voor zichzelf wilde houden. Hij was niet geïnteresseerd. Ze mocht best vragen stellen, maar er was niets dat zei dat hij ze moest beantwoorden. Tegelijkertijd voelde hij tot zijn verbazing een sterk verlangen om alles aan de blonde vrouw tegenover hem te vertellen. Om de last die hij vijfentwintig jaar lang had gedragen op iemand anders over te laden, op wie dan ook. Het had zijn leven vergiftigd. Het was diep in zijn geweten als een zaadje gegroeid en vervolgens had het zich als een gif door zijn lichaam en gemoed verspreid. Op heldere momenten wist hij dat het de wortel was van zijn behoefte aan reinheid en van zijn steeds groter wordende angst voor alles wat zijn controle over de omgeving kon bedreigen. Erica Falck kon vragen wat ze wou, maar hij zou alles doen om de lust tot vertellen te bedwingen. Als hij zijn greep verloor, zouden de dijken rondom zijn zorgvuldig opgebouwde bescherming doorbreken. Dat mocht niet gebeuren.

'Kunt u zich Alexandra herinneren?'

Inwendig glimlachte hij bitter. De meeste kinderen die hij in de klas had gehad, hadden alleen maar zwakke, vage herinneringen achtergelaten, maar Alexandra stond hem vandaag de dag even duidelijk voor de geest als vijfentwintig jaar geleden. Maar dat kon hij natuurlijk niet zeggen.

'Ja, ik herinner me Alexandra. Maar dan als Alexandra Carlgren, niet als Wijkner natuurlijk.'

'Ja, dat spreekt voor zich. Hoe was ze op school?'

'Stil, een beetje teruggetrokken, nogal vroegrijp.'

Hij merkte dat het Erica frustreerde dat hij zo weinig zei, maar hij probeerde bewust zo min mogelijk te zeggen, alsof de woorden het van hem zouden overnemen en uit zichzelf zouden gaan stromen als het er te veel werden.

'Was ze een goede leerling?'

'Tja, niet echt goed, maar ook niet slecht. Als ik het me goed herinner, hoorde ze niet tot de meest ambitieuze leerlingen, maar ze was op een rustige manier intelligent en eigenlijk was ze een echte middenmoter.'

Erica aarzelde even en Axel realiseerde zich dat ze nu bij de vragen zouden komen waar ze eigenlijk antwoord op wilde hebben. De vragen die ze tot nog toe had gesteld waren voor haar alleen een aanloopje geweest.

'Ze verhuisden midden in het semester. Weet u nog wat voor reden Alex' ouders opgaven?'

Hij deed of hij nadacht, plaatste zijn vingertoppen tegen elkaar en steunde gemaakt peinzend zijn kin op zijn handen. Hij zag dat Erica een beetje naar voren schoof op de bank en heel benieuwd was naar het antwoord op die vraag. Hij moest haar teleurstellen. Het enige dat hij haar niet kon vertellen was de waarheid.

'Ja, ik meen dat haar vader elders een baan had gekregen. Om je de waarheid te zeggen weet ik het niet goed meer, maar ik meen me vaag te herinneren dat het zoiets was.'

 Erica kon haar teleurstelling niet verbergen. Opnieuw voelde hij de behoefte om zijn borst open te splijten en te ontbloten wat daar al die jaren verborgen had gelegen. Om zijn geweten te zuiveren door de hele naakte waarheid eruit te gooien. Maar in plaats daarvan haalde hij diep adem en drukte dat wat naar boven en naar buiten wilde, weg.

Ze ging koppig verder. 'Maar het kwam toch nogal plotseling? Had u er eerder al iets over gehoord, had Alex gezegd dat ze zouden verhuizen?'

'Tja, ik vond het niet zo raar. Het kwam inderdaad nogal onverwacht, maar zulke dingen kunnen snel gaan en haar vader kreeg misschien op heel korte termijn een mooi aanbod, ik weet het ook niet.'

Hij spreidde zijn armen alsof hij wilde zeggen dat hij net zo weinig wist als Erica, en de frons tussen haar wenkbrauwen werd dieper. Dit was niet het antwoord dat ze wilde horen. Maar ze moest er genoegen mee nemen.

'Ja, dan is er nog iets. Ik herinner me vaag dat er in die tijd over Alex werd gepraat. Ik weet ook nog dat de volwassenen iets over de school zeiden. Weet u misschien wat dat was? Ik heb alleen maar heel vage herinneringen, maar het was iets wat wij kinderen niet mochten horen.'

Axel voelde dat alle gewrichten in zijn lichaam ineens stijf werden. Hij hoopte dat zijn verbijstering niet even duidelijk te zien was als hij die kon voelen. Hij wist natuurlijk dat het gerucht de ronde moest hebben gedaan, zo ging dat altijd. Je kon niets geheim houden, maar hij dacht toch dat de schade beperkt was gebleven. Hij had zelf geholpen die te beperken. Dat vrat nog steeds aan hem. Erica wachtte op een antwoord.

'Nee, ik heb geen idee wat dat geweest zou moeten zijn. Maar er wordt zoveel gepraat. Je weet hoe de mensen zijn. De meeste dingen zijn helemaal niet waar. Ik zou er niet te veel belang aan hechten als ik jou was.'

De teleurstelling was op haar hele gezicht te lezen. Ze had geen enkel antwoord gekregen op de vragen waarvoor ze was gekomen, dat begreep hij. Maar hij had geen keus. Het was als een snelkookpan. Als hij het deksel ook maar een heel klein beetje optilde, zou alles kunnen exploderen. Tegelijkertijd was er nog steeds iets wat zich opdrong om verteld te mogen worden. Het was alsof iemand bezit had genomen van zijn lichaam; hij voelde dat zijn mond openging en zijn tong de woorden begon te vormen, de woorden die niet gezegd mochten worden. Tot zijn opluchting stond Erica op en het moment ging voorbij. Ze trok haar jas en laarzen aan en stak haar hand uit. Hij keek naar de hand en slikte een paar keer voordat hij die beetpakte. Hij moest zijn best doen om geen vies gezicht te trekken. Het contact met de huid van een ander mens vond hij onbeschrijflijk walgelijk. Eindelijk stapte ze naar buiten, maar ze draaide zich om toen hij op het punt stond de deur dicht te doen.

'Ik ben nog iets vergeten. Had Nils Lorentz voor zover u weet iets met Alex te maken, of met de school?'

Axel aarzelde, maar nam toen een besluit. Ze zou er toch achter komen, als hij het niet zei deed een ander dat wel.

'Weet je dat niet meer? Hij heeft een semester als invalkracht gewerkt.'

Toen deed hij de deur dicht, draaide van beide sloten de sleutels om, zette de deurketting vast, leunde met zijn rug tegen de deur en sloot zijn ogen.

Snel pakte hij de schoonmaakspullen en veegde alle sporen van de onwelkome bezoekster weg. Pas daarna voelde zijn wereld weer veilig.

De avond was niet goed begonnen. Lucas had al een slecht humeur toen hij thuiskwam en ze probeerde hem steeds een stap voor te zijn om hem niet nog meer redenen tot ergernis te geven. Ze wist inmiddels dat als hij slechtgehumeurd thuiskwam, hij naar een excuus zocht om zijn woede te botvieren.

Ze besteedde extra veel aandacht aan het eten, maakte zijn lievelingsgerecht klaar en dekte de tafel met zorg. Ze hield de kinderen uit de buurt door hen in Emma's kamer naar *De leeuwenkoning* te laten kijken en Adrian eten uit een flesje te geven zodat hij in slaap viel. Ze zette Lucas' lievelings-cd op, Chet Baker, en ten slotte kleedde ze zich extra feestelijk en besteedde ze meer aandacht aan haar kapsel en make-up dan gewoonlijk. Maar ze merkte al snel dat het deze avond niet uitmaakte wat ze deed. Lucas had kennelijk een heel vervelende dag op zijn werk gehad en de woede die zich in hem had opgebouwd, moest naar buiten. Anna zag de glimp in zijn ogen en ze kon niet anders doen dan wachten tot de bom zou barsten.

De eerste klap kwam zonder waarschuwing. Een oorvijg van rechts waardoor haar oor begon te suizen. Ze pakte haar wang beet en keek op naar Lucas, alsof ze nog steeds hoopte dat iets in hem zou smelten als hij de sporen zag die hij op haar lichaam achterliet. Maar dat maakte de lust om haar nog meer pijn te doen alleen maar groter. Het had haar heel veel tijd gekost om te begrijpen en te accepteren dat hij er echt van genoot haar te verwonden. Jarenlang had ze hem geloofd als hij haar verzekerde dat de klappen hem evenveel pijn deden als haar, maar dat geloofde ze nu niet langer. Ze had het monster in hem al eerder gezien en inmiddels was het haar bekend.

Ze dook instinctief ineen om zich te beschermen tegen de klappen die nog zouden volgen. Toen die over haar heen begonnen te regenen, probeerde ze zich te concentreren op een punt in haar binnenste, een plek waar Lucas niet bij kon. Dat was iets waar ze steeds beter in was geworden en hoewel ze zich bewust was van de pijn, kon ze zich er het grootste deel van de tijd van distantiëren. Het was alsof ze tegen het plafond zweefde en naar haar eigen ik keek, dat ineengerold op de grond lag terwijl Lucas zijn woede op haar uitleefde.

Ze hoorde een geluid, waardoor ze snel terugkeerde naar de werkelijkheid en weer in haar lichaam terechtkwam. Emma stond in de deuropening, met haar duim in haar mond en haar knuffeldeken in haar armen. Anna had haar meer dan een jaar geleden zover gekregen dat ze niet meer op haar duim zoog, maar nu zoog ze heel hard en luid om troost te vinden. Lucas had haar nog niet gezien omdat hij met zijn rug naar Emma's kamer stond, maar hij draaide zich om toen hij zag dat Anna's blik gericht was op iets achter hem.

Met snelle pas liep hij voordat Anna hem kon tegenhouden naar zijn dochter; hij tilde haar hardhandig op en schudde haar zo hard door elkaar dat

Anna kon horen hoe Emma's tanden klapperden. Anna probeerde overeind te komen, maar ze had het gevoel alsof alles in slowmotion gebeurde. Ze wist dat ze deze scène altijd voor zich zou kunnen zien. Lucas die Emma door elkaar schudde, Emma die met grote, niet-begrijpende ogen naar haar geliefde vader keek die in een angstaanjagende vreemdeling was veranderd.

Anna wierp zich naar voren om Emma tegen Lucas te beschermen, maar voordat ze hem kon bereiken moest ze lamgeslagen toezien hoe Lucas het kleine kinderlijfje tegen de muur wierp. Er klonk een akelig krakend geluid en Anna wist dat haar leven nu onherroepelijk was veranderd. Lucas' ogen waren bedekt met een glanzend vlies en hij keek bijna niet-begrijpend naar het kind in zijn handen, voordat hij haar voorzichtig en liefdevol op de grond zette. Daarna tilde hij haar weer op, alsof ze een kleine baby was, en hij keek met glanzende, robotachtige ogen naar Anna.

'Ze moet naar het ziekenhuis. Ze is van de trap gevallen en heeft zich bezeerd. We moeten het ze uitleggen. Ze is van de trap gevallen.'

Hij praatte onsamenhangend en liep zonder te kijken of Anna hem volgde naar de voordeur. Ze bevond zich in een shocktoestand en volgde slapjes. Het was alsof ze in een droom bewoog, waaruit ze elk moment kon ontwaken.

Lucas herhaalde keer op keer: 'Ze is van de trap gevallen. Ze moeten ons geloven, als we maar hetzelfde zeggen, Anna. Want we zeggen toch hetzelfde, Anna, ze is van de trap gevallen, toch?'

Lucas praatte maar door, Anna kon alleen knikken. Ze wilde Emma, die nu hysterisch huilde van pijn en verwarring, uit Lucas' armen rukken, maar ze durfde niet. Op het laatste moment, toen ze al in het trappenhuis stonden, ontwaakte ze uit haar nevelige toestand en realiseerde zich dat Adrian alleen in het appartement lag. Ze haastte zich weer naar binnen en wiegde hem de hele weg naar de Spoedeisende Hulp beschermend in haar armen, terwijl de knoop in haar maag steeds groter werd.

'Heb je zin om te komen lunchen?'

'Ja graag. Wanneer zal ik komen?'

'Ik kan over een uur iets klaar hebben, komt dat uit?'

'Ja, dat is perfect. Dan kan ik hier nog wat afmaken. Tot over een uurtje.'

Er viel een korte stilte, toen zei Patrik aarzelend: 'Kusje, tot straks.'

Erica merkte dat ze licht begon te blozen van deze eerste, maar veelbetekenende stap voorwaarts in hun relatie. Ze antwoordde met dezelfde woorden en ze hingen op.

Terwijl ze de lunch voorbereidde, schaamde ze zich een beetje over haar plannen. Tegelijkertijd voelde ze dat ze niet anders kon, en toen er een uur later werd aangebeld haalde ze diep adem en deed de deur open. Het was Patrik en hij kreeg een hartstochtelijk onthaal, dat Erica noodgedwongen moest onderbreken toen de eierwekker ging ten teken dat de spaghetti klaar was.

'Wat eten we?' Patrik klopte op zijn buik om aan te geven dat hij trek had.

'Spaghetti bolognese.'

'Mmm, lekker. Je bent een droomvrouw, wist je dat?'

Patrik kwam achter haar staan, sloeg zijn armen om haar heen en begon voorzichtig in haar hals te bijten.

'Je bent sexy, intelligent, fantastisch in bed, maar vooral, en dat is het aller-, allerbelangrijkste, je kunt goed koken. Wat wil een man nog meer...'

De deurbel ging. Patrik keek vragend naar Erica, die haar ogen neersloeg en wegliep om open te doen na eerst haar handen aan de keukenhanddoek te hebben afgeveegd. Het was Dan. Hij zag er gekweld en afgemat uit. Zijn hele lichaam hing slap en zijn ogen waren doods. Erica schrok hevig toen ze hem zag, maar ze vermande zich en probeerde niets te laten merken.

Toen Dan de keuken binnenkwam, keek Patrik Erica nog steeds vragend aan. Ze schraapte haar keel en stelde de mannen aan elkaar voor.

'Patrik Hedström – Dan Karlsson. Dan wil je iets vertellen. Maar laten we eerst gaan zitten.'

Met de pan met gehaktsaus in haar handen ging ze hen voor naar de eetkamer. Ze schoven aan tafel en de stemming was bedrukt. Ze voelde zich zwaar te moede, maar ze wist dat dit nodig was. Ze had Dan die ochtend gebeld en hem overgehaald de politie over zijn relatie met Alex te vertellen en ze had voorgesteld dat hij dat bij haar thuis zou doen, zodat het hopelijk wat makkelijker voor hem was.

Ze negeerde Patriks vragende blik en stak van wal. 'Patrik, Dan is hier vandaag omdat hij je iets moet vertellen, in jouw hoedanigheid van politieagent.'

Ze gebaarde naar Dan dat hij kon beginnen. Dan keek naar zijn bord, het eten had hij nog niet aangeraakt. De onaangename stilte hield nog even aan, toen begon hij te praten. 'Ik ben de man met wie Alex een relatie had. De vader van de baby die ze verwachtte.'

Ze hoorden een rammelend geluid toen Patrik zijn vork op zijn bord liet vallen. Erica legde haar hand op zijn arm en zei: 'Dan is een van mijn oudste en beste vrienden, Patrik. Ik heb gisteren ontdekt dat Dan degene is die Alex hier in Fjällbacka ontmoette. Ik heb jullie voor de lunch uitgenodigd omdat ik dacht dat het makkelijker zou zijn om er hier over te praten dan op het politiebureau.'

Ze zag aan Patrik dat hij het niet leuk vond dat ze zich er op deze manier mee had bemoeid, maar dat kwam later wel. Dan was een goede vriend en ze wilde er alles aan doen om de situatie niet nog erger te maken. Toen ze hem door de telefoon had gesproken, had hij verteld dat Pernilla met de kinderen naar haar zus in Munkedal was gegaan. Ze moest nadenken, had ze gezegd. Ze wist niet hoe het verder zou gaan. Ze kon niets beloven. Dan zag zijn hele leven instorten. In zekere zin zou het een bevrijding zijn om zijn verhaal aan de politie te vertellen. De afgelopen weken waren zwaar geweest. Aan de ene kant had hij in stilte om Alex moeten rouwen, aan de andere kant was hij bij elk telefoontje en elke klop op de deur opgesprongen, ervan overtuigd dat het de politie was die had ontdekt dat hij de man was met wie Alex een relatie had. Nu Pernilla het wist, was hij niet langer bang om het aan de politie te vertellen. Het kon niet erger worden dan het al was. Het kon hem niet schelen wat er met hem gebeurde, als hij zijn gezin maar niet kwijtraakte.

'Dan heeft niets met de moord te maken, Patrik. Hij is bereid alles te vertellen wat jullie over Alex en hem willen weten, maar hij zweert dat hij haar op geen enkele manier kwaad heeft gedaan, en ik geloof hem. Ik hoop dat je dit zoveel mogelijk binnen de muren van het bureau houdt. Je weet hoeveel er wordt gepraat en Dans gezin heeft al genoeg geleden. Dan trouwens ook. Hij heeft een fout gemaakt, en geloof me, daar betaalt hij een heel hoge prijs voor.'

Patrik keek nog steeds niet bijster tevreden, maar hij knikte ten teken dat hij luisterde naar wat ze zei. 'Ik zou graag alleen met Dan willen praten, Erica.'

Ze protesteerde niet, maar stond op en liep naar de keuken om op te ruimen. Vanuit de keuken hoorde ze hen de ene keer luider, de andere keer weer zachter praten. Dans zware, diepe stem en Patriks wat lichtere. De discussie klonk af en toe verhit, maar toen ze na ruim een halfuur de keuken in kwamen zag Dan er opgelucht uit, terwijl Patrik nog steeds grimmig keek. Dan omhelsde Erica voordat hij vertrok en gaf Patrik een hand.

'Ik neem contact met je op als we meer willen weten,' zei Patrik. 'Misschien moet je naar het bureau komen om ook een schriftelijke verklaring af te leggen.'

Dan knikte alleen maar zonder iets te zeggen en vertrok na een laatste zwaai naar hen beiden.

De blik in Patriks ogen voorspelde niet veel goeds. 'Dit moet je nooit, nooit meer doen, Erica. We onderzoeken een moord en we moeten alles op de juiste manier doen.'

Als hij boos was, fronste hij zijn hele voorhoofd en ze moest zich inhouden om de rimpels niet weg te zoenen.

'Ik weet het, Patrik. Maar de vader van het kind stond boven aan jullie lijstje van verdachten en ik wist dat als hij naar het bureau zou gaan, jullie hem in een verhoorkamer zouden zetten en hem waarschijnlijk hard aan zouden pakken. Dan zou dat op dit moment niet aankunnen. Zijn vrouw heeft de kinderen meegenomen en hem verlaten en hij weet niet of ze nog wel terugkomen. Bovendien heeft hij iemand verloren die, hoe je er ook tegenaan kijkt, iets voor hem betekende. Alex. En hij heeft zijn verdriet met niemand kunnen delen, met niemand kunnen praten. Daarom dacht ik dat we in elk geval konden beginnen met een gesprek hier thuis, in een neutrale omgeving, zonder andere politiemensen erbij. Ik begrijp dat jullie hem nog verder moeten verhoren, maar nu is het ergste achter de rug. Het spijt me oprecht dat ik je om de tuin heb geleid, Patrik. Denk je dat je het me kunt vergeven?'

Ze tuitte haar lippen zo verleidelijk ze maar kon en vlijde zich tegen hem aan. Ze pakte zijn armen, legde die om haar middel en ging toen op haar tenen staan om zijn mond met de hare te kunnen bereiken. Onderzoekend stak ze de punt van haar tong in zijn mond en het duurde maar een paar tellen voor ze een reactie van hem voelde. Na een poosje duwde hij haar van zich af en keek haar rustig in de ogen.

'Voor deze keer is het je vergeven, maar doe het niet nog een keer, hoor je me? En nu stel ik voor dat we de rest van de lunch in de magnetron opwarmen, zodat het geknor in mijn buik ophoudt.'

Erica knikte en innig verstrengeld liepen ze naar de eetkamer, waar de lunch vrijwel onaangeroerd op de borden lag.

Toen Patrik weer terug moest naar het bureau en al bijna buiten stond, herinnerde Erica zich dat er nog iets was wat ze hem had willen vertellen.

'Ik vertelde je toch dat ik me vagelijk herinner dat er over Alex werd gepraat vlak voordat ze verhuisden, en dat het iets met de school te maken had. Ik heb geprobeerd het te checken, maar ben niet veel wijzer geworden. Maar ik kreeg wel te horen dat er inderdaad nog een verband is tussen Alex en Nils, behalve dat Karl-Erik op de conservenfabriek werkte. Nils is namelijk een semester ingevallen als meester op de lagere school. Ik heb hem nooit als leraar gehad, maar ik weet dat hij in Alex' klas inviel. Ik weet niet of het belangrijk is, maar ik wilde het je toch vertellen.'

'Zo, Alex heeft Nils dus als leraar gehad.'

Patrik bleef nadenkend op het trapje bij de voordeur staan.

'Misschien is het inderdaad niet belangrijk, maar op dit moment zijn alle lijnen tussen Nils Lorentz en Alex van belang. We hebben verder niet zoveel om op af te gaan.'

Hij keek haar ernstig aan.

'Dan zei iets wat ik maar niet kan vergeten. Hij zei dat Alex het er de laatste tijd vaak over had gehad dat je schoon schip moest maken met je verleden. Dat je lastige kwesties onder ogen moest durven zien, om verder te kunnen gaan. Ik vraag me af of dat te maken kan hebben met wat jij net zei, Erica.' Patrik zweeg even, maar kwam toen weer met een ruk terug naar het heden en zei: 'Ik kan Dan niet als verdachte uitsluiten, ik hoop dat je dat begrijpt.'

'Ja, ik begrijp het, Patrik. Maar pak het alsjeblieft voorzichtig aan. Kom je vanavond?'

'Ja, ik moet alleen wel even naar huis om schone kleren en zo te halen. Maar ik kom rond zevenen.'

Ze kusten elkaar ten afscheid. Patrik nam nu zijn eigen auto mee en Erica bleef op het trapje staan en keek hem na tot de auto uit het zicht was verdwenen.

Patrik reed niet rechtstreeks terug. Hij wist eigenlijk niet waarom hij het had gedaan, maar voordat hij van het bureau was vertrokken had hij de sleutels van Anders' appartement meegenomen. Hij besloot daarheen te gaan en in alle rust rond te kijken. Wat hij nu nodig had was een nieuw aanknopingspunt, het maakte niet uit wat. Hij had het gevoel dat alle sporen die hij onderzocht doodliepen en dat het hun nooit zou lukken de moordenaar of de moordenaars te vinden. De geheime minnaar van Alex had, precies zoals Erica zei, boven aan de lijst van verdachten gestaan, maar nu was hij daar niet zo zeker meer van. Hij wilde Dan nog niet helemaal afschrijven, maar hij moest toegeven dat het spoor niet langer even heet voelde.

In Anders' appartement hing een spookachtige atmosfeer. Patrik zag nog steeds het beeld voor zich van Anders die zachtjes heen en weer bungelde aan zijn strop, hoewel hij al was losgemaakt toen Patrik hem zag. Hij wist niet waar hij naar zocht, maar trok een paar handschoenen aan om de plaats delict intact te laten. Hij ging precies onder de haak aan het plafond staan waar de strop had vastgezeten en probeerde zich voor te stellen hoe het was gegaan toen Anders werd opgehangen. Het klopte gewoon niet. Het was een hoog plafond en de strop was vlak onder de haak vastgemaakt. Er moest aanzienlijke kracht zijn gebruikt om Anders' lichaam zo ver omhoog te krijgen. Hij was weliswaar vrij mager geweest, maar gezien zijn lengte moest hij toch redelijk wat hebben gewogen. Patrik bedacht dat hij Anders' gewicht moest controleren als het sectierapport binnenkwam. Volgens hem moest Anders wel door meerdere mensen zijn opgetild. Maar hoe kwam het dan dat er geen sporen op Anders' lichaam zaten? Ook als hij verdoofd was geweest, had het optillen van het lichaam sporen moeten hebben achtergelaten. Het klopte gewoon niet.

Hij liep verder door het appartement en keek rond. Omdat er behalve de matras in de woonkamer en een keukentafel met twee stoelen niet veel meubels waren, viel er niet veel te onderzoeken. Patrik ontdekte dat de keukenladen de enige opbergplek waren, en die doorzocht hij systematisch. Ze waren al eerder doorzocht, maar hij wilde er toch zeker van zijn dat ze niets over het hoofd hadden gezien.

In de vierde la vond hij een notitieblok dat hij op de keukentafel legde voor nader onderzoek. Hij hield het blok bij het raam omhoog om in het heldere daglicht te kunnen zien of er afdrukken op stonden. En inderdaad, wat op het bovenste papier was geschreven, had afdrukken achtergelaten op het papier eronder en hij paste een beproefde methode toe om te zien of hij iets van de tekst zichtbaar kon maken. Met een potlood dat hij in dezelfde keukenla had gevonden, veegde hij voorzichtig grafiet over het vel papier. Er kwamen alleen fragmenten van de tekst tevoorschijn, maar daaruit kon hij wel opmaken waar het over ging. Patrik floot zachtjes. Dit was interessant, heel interessant. De radertjes kwamen piepend in beweging. Voorzichtig legde hij het blok in een van de plastic zakken die hij uit de auto had meegenomen.

Patrik ging verder met het onderzoeken van de laden. Het meeste was rotzooi, maar in de allerlaatste la vond hij iets interessants. Hij keek naar het stukje leer dat hij tussen zijn vingers hield. Het was precies eenzelfde stukje als hij bij Alex thuis had gezien toen hij en Erica daar waren. Het had op haar nachtkastje gelegen en hij had dezelfde ingebrande inscriptie gelezen als hier. 'D.D.M. 1976.'

Toen hij het omdraaide, zag hij dat er net als bij Alex een paar vage bloedvlekken op de achterkant zaten. Dat er tussen Alex en Anders een link bestond die zij nog niet hadden ontdekt, was niets nieuws. Wat hem daarentegen verbluftte was het knagende gevoel dat hij kreeg als hij naar het stukje leer keek.

Iets in zijn onderbewustzijn vroeg om aandacht en probeerde hem te zeggen dat het kleine stukje leer hem iets belangrijks kon vertellen. Hij wist dat hij een overduidelijk detail over het hoofd zag, maar het weigerde zich kenbaar te maken. Maar het stukje leer vertelde hem in elk geval dat het verband tussen Alex en Anders heel ver terugging. In elk geval tot 1976. Het jaar voordat Alex en haar ouders uit Fjällbacka verhuisden en een jaar lang spoorloos verdwenen. Een jaar voordat Nils Lorentz voorgoed verdween. Nils, die volgens Erica leraar was geweest op de school waar zowel Alex als Anders op had gezeten.

Patrik besefte dat hij met de ouders van Alex moest praten. Als de vermoedens die nu vorm begonnen te krijgen klopten, hadden zij de laatste antwoorden; antwoorden die de stukken die hij al meende te onderscheiden konden samenvoegen.

Hij stopte het stukje leer in een ander zakje en wierp een laatste blik op de woonkamer voordat hij vertrok. Opnieuw zag hij het beeld van Anders' bleke, magere, bungelende lichaam voor zijn geestesoog en hij beloofde zichzelf dat hij deze kwestie, die ervoor had gezorgd dat Anders zijn treurige leven in een strop had geëindigd, tot de bodem zou uitzoeken. Als dat waarvan hij nu de contouren begon te zien inderdaad was gebeurd, dan was dat een tragedie die alle begrip te boven ging. Hij hoopte van harte dat hij het mis had.

Patrik zocht Gösta's naam op in het adressenboek en toetste zijn doorkiesnummer op het bureau in. Waarschijnlijk stoorde hij hem in een spelletje patience.

'Hoi, met Patrik.'

'Dag Patrik.'

Gösta's stem aan de andere kant van de lijn klonk even vermoeid als altijd.

'Heb je al een afspraak gemaakt met de familie Carlgren in Göteborg?'

‘Nee, daar heb ik nog geen tijd voor gehad. Er waren allerlei andere dingen.’

Gösta klonk afwachtend. Hij schoot in de verdediging door Patriks vraag en was bang dat hij kritiek zou krijgen omdat hij nog niet aan zijn opdracht was begonnen. Hij had zich er gewoonweg niet toe kunnen zetten. De hoorn van de haak tillen en bellen voelde als een onmogelijkheid, in de auto stappen en naar Göteborg rijden als een onoverkomelijkheid.

‘Zou je het erg vinden als ik het van je overneem?’

Patrik wist dat het een retorische vraag was. Hij was zich er terdege van bewust dat Gösta dolgelukkig zou zijn als hij niet hoefde te gaan. En inderdaad antwoordde Gösta met hervonden vreugde in zijn stem: ‘Nee, absoluut niet! Als jij wilt gaan, dan graag. Ik heb nog zoveel andere dingen te doen, ik weet gewoon niet hoe ik die anders voor elkaar moet krijgen.’

Ze wisten beiden dat ze een spel speelden, maar zo deden ze het al jaren en het werkte voor allebei. Patrik kon doen wat hij wilde doen, en Gösta kon, in de geruststellende wetenschap dat het werk toch werd gedaan, terugkeren naar zijn computerspel.

‘Zou je me hun telefoonnummer kunnen geven, dan bel ik ze meteen.’

‘Ja, natuurlijk, ik heb het hier. Even kijken...’ Hij las het nummer voor.

Patrik noteerde het in het notitieblok dat altijd op het dashboard in de auto zat. Hij bedankte Gösta en beëindigde het gesprek om meteen de Carlgrens te kunnen bellen. Hij duimde dat ze thuis zouden zijn. Hij had geluk. Karl-Erik nam op nadat de telefoon drie keer was overgegaan. Toen Patrik zei waarom hij belde, klonk Karl-Erik eerst aarzelend, maar daarna zei hij dat het goed was dat Patrik langskwam om een paar vragen te stellen. Karl-Erik probeerde erachter te komen waar het precies om ging, maar daar gaf Patrik geen antwoord op; hij zei alleen dat er een paar vraagtekens waren en dat hij hoopte dat zij hem daarbij konden helpen.

Hij reed achteruit het parkeerterrein van het appartementencomplex af, sloeg eerst rechts- en op de volgende kruising linksaf en zat toen op de weg richting Göteborg. Het eerste stuk schoot het niet op, met kronkelende weggetjes door het bos, maar toen hij op de snelweg kwam, ging het aanzienlijk sneller. Hij passeerde eerst Dingle en vervolgens Munkedal. Toen hij bij Uddevalla kwam, wist hij dat hij halverwege was. Zoals altijd wanneer hij autoreed, had hij de muziek hard staan. Hij vond autorijden rustgevend. Toen hij de grote lichtblauwe villa in Kålltorp had bereikt, bleef hij nog even in de auto zitten om moed te verzamelen. Als zijn vermoedens klopten, zou hij de gezinsidylle nu onverbiddelijk kapot maken. Maar soms was dat zijn werk.

Er kwam een auto de oprit oprijden. Ze zag hem niet, maar hoorde het geluid op het grind. Erica deed de voordeur open en keek naar buiten. Haar mond viel open van verbazing toen ze zag wie er uitstapte. Anna zwaaide vermoeid naar haar en deed toen de achterportieren open om de kinderen uit hun kinderstoeltjes te tillen. Erica deed een paar klompen aan en liep naar buiten om haar te helpen. Anna had niet gebeld om te zeggen dat ze op bezoek kwam en Erica vroeg zich af wat er aan de hand was.

Anna zag er bleek uit in haar zwarte jas. Voorzichtig zette ze Emma op de grond terwijl Erica de gordel van Adrians kinderstoeltje losmaakte en hem eruit tilde. Ze kreeg een grote tandeloze grijns als dank en voelde hoe een glimlach zich als antwoord over haar gezicht verspreidde. Daarna keek ze vragend naar haar zus, maar Anna schudde slechts haar hoofd om aan te geven dat ze niets moest vragen. Erica kende haar zus goed genoeg om te weten dat Anna haar verhaal zou vertellen als ze zelf vond dat de tijd daar rijp voor was, eerder kon je niets uit haar krijgen.

'Wat krijg ik vandaag leuk bezoek. Dat jullie zomaar je tante komen opzoeken.'

Erica brabbelde en glimlachte naar de baby in haar armen en keek daarna verder rond de auto om ook Emma te begroeten, maar deze keer beantwoordde Emma haar glimlach niet. In plaats daarvan hield ze de jas van haar moeder krampachtig vast en staarde alleen maar achterdochtig naar Erica.

Erica liep met Adrian het huis in en Anna volgde vlak daarachter met Emma aan haar ene hand en een kleine tas in de andere. Erica zag tot haar verbazing dat de kofferruimte van de combi was volgepakt, maar ze hield haar vragen voor zich.

Onhandig trok ze Adrians jas uit en Anna deed hetzelfde bij Emma, maar dat ging veel vlugger en handiger. Toen pas zag Erica dat Emma's ene arm tot aan de elleboog in het gips zat en ze keek verschrikt naar Anna, die opnieuw bijna onmerkbaar haar hoofd schudde. Emma keek nog steeds met grote, ernstige ogen naar Erica en bleef de hele tijd vlak bij Anna staan. Ze had haar duim in haar mond gestopt en dat was voor Erica nog een bewijs dat er iets ernstigs was gebeurd. Anna had een jaar geleden al verteld dat Emma niet langer op haar duim zoog.

Met Adrians warme kinderlijfje stevig in haar armen liep Erica de woonkamer in en ze ging met hem op de bank zitten. Adrian keek haar gefascineerd aan en kleine glimlachjes kwamen en verdwenen weer, alsof hij niet kon beslissen of hij zou lachen of niet. Hij was zo lief dat Erica hem wel wilde opeten.

'Hebben jullie een goede reis gehad?'

Erica wist niet goed wat ze moest zeggen, ze moesten maar over koetjes en kalfjes praten tot Anna besloot te vertellen wat er aan de hand was.

'Ja, het is natuurlijk best ver. We zijn via Dalsland gereden. Emma werd misselijk op de kronkelende bosweggetjes, dus hebben we een paar keer moeten stoppen zodat ze wat frisse lucht kreeg.'

'Dat was vast niet leuk, Emma?'

Erica deed een poging om contact te krijgen met Emma. Het kind schudde haar hoofd, maar keek nog steeds vanonder haar pony en hield zich vast aan haar moeder.

'Volgens mij moeten jullie even gaan slapen, denk je ook niet, Emma? Jullie hebben de hele weg geen oog dichtgedaan, jullie moeten doodop zijn.'

Emma knikte goedkeurend op het voorstel en begon als op commando met haar gezonde hand in haar ogen te wrijven.

‘Kan ik ze boven neerleggen, Erica?’

‘Ja, natuurlijk. Leg ze maar in de slaapkamer van papa en mama. Ik slaap daar tegenwoordig, dus het bed is opgemaakt.’

Anna pakte Adrian uit Erica’s armen en het jongetje liet tot haar vreugde protesterende geluidjes horen toen hij bij zijn leuke tante werd weggehaald.

‘De deken, mama,’ zei Emma toen ze al halverwege de trap waren en Anna liep weer naar beneden om de tas te pakken die ze in de gang had laten staan.

‘Heb je hulp nodig?’

Erica vond dat het er nogal eng uitzag toen Anna met Adrian op haar ene arm en de tas in haar andere hand de trap opliep, terwijl Emma haar de hele tijd probeerde vast te houden.

‘Nee, dank je, het lukt wel. Ik ben het gewend.’ Anna glimlachte een scheve, verbitterde glimlach die Erica niet goed kon interpreteren.

Terwijl Anna de kinderen naar bed bracht, zette Erica verse koffie. Ze vroeg zich af hoeveel kannen koffie ze de laatste tijd had gedronken. Haar maag zou binnenkort gaan protesteren. Ze huiverde even toen ze met een schepje koffie boven het koffiefilter stond. Verdomme. Patriks kleren lagen door de hele slaapkamer verspreid en Anna zou wel heel dom zijn als ze niet zag wat er aan de hand was. Het spottende glimlachje van Anna, die even later de trap afkwam, bevestigde dit.

'Zo, zusje. Er is iets wat je mij niet hebt verteld. Wie is de man die zijn kleren niet netjes kan ophangen?'

Onwillekeurig begon Erica te blozen. 'Ja, eh, het is allemaal nogal snel gegaan.'

Ze hoorde dat ze stotterde en Anna vond het alleen maar amusanter worden. De vermoeide lijnen in haar gezicht verdwenen en Erica zag glimpen van haar zus zoals ze vroeger was geweest, voordat ze Lucas had ontmoet.

'Nou, vertel, wie is het? Stop nou maar met je gemompel en geef je zusje wat pikante details. Je zou bijvoorbeeld met zijn naam kunnen beginnen. Is het iemand die ik ken?'

'Ja, dat zou best kunnen. Ik weet niet of je je Patrik Hedström nog kunt herinneren?'

Anna sloeg zich gillend op de knieën. 'Patrik! Natuurlijk weet ik nog wie Patrik is! Hij liep vroeger als een jong hondje met zijn tong uit zijn mond achter je aan. Heeft hij dus eindelijk de kans gekregen...'

'Ja, ik bedoel, ik wist natuurlijk wel dat hij me best leuk vond toen we jong waren, maar ik wist niet hoe leuk...'

'Allemachtig, je moet stekeblind zijn geweest! Hij was hartstikke verliefd op je. God, wat romantisch. Hij heeft al deze jaren dus naar je lopen smachten en eindelijk kijk je hem diep in de ogen en ontdek je de grote liefde.'

Anna legde dramatisch haar hand op haar hart en Erica moest wel om haar lachen. Dit was de zus die ze kende en van wie ze hield.

'Nou, zo is het nu ook weer niet helemaal. Hij is getrouwd geweest, maar zijn vrouw heeft hem een jaar geleden verlaten en nu is hij gescheiden en woont in Tanumshede.'

'Wat doet hij? Zeg niet dat hij bouwvakker is. Dan word ik zo jaloers. Ik heb altijd gedroomd van een echte kerel.'

Erica stak als een klein kind haar tong uit naar Anna, die hetzelfde terug deed.

'Nee, hij is *geen* bouwvakker. Hij is politieman, als je het per se wilt weten.'

'Politieman, kijk eens aan. Met andere woorden een man met een wapenstok. Ja, dat is ook helemaal niet gek...'

Erica was bijna vergeten wat een pestkop haar zus kon zijn en ze schudde alleen maar vermoeid haar hoofd, terwijl ze koffie in twee kopjes schonk. Anna liep gewoontegetrouw naar de koelkast, pakte de melk en schonk een beetje in haar kopje, en een beetje in dat van Erica. Het plagerige lachje verdween van haar gezicht en Erica begreep dat ze nu bij de reden van Anna's plotselinge komst naar Fjällbacka waren aanbeland.

'Ja, mijn sprookjeshuwelijk is voorbij. Definitief. Dat is het in feite al een aantal jaren, maar ik heb het nu pas echt begrepen.'

Ze zweeg en keek verdrietig naar haar koffiekopje.

'Ik weet dat je Lucas nooit hebt gemogen, maar ik hield echt van hem. Op de een of andere manier kon ik rationaliseren dat hij me sloeg, hij vroeg immers altijd om vergeving en verzekerde me dat hij van me hield, dat deed hij vroeger in elk geval. Ik heb mezelf aangepraat dat het mijn schuld was. Als ik maar een beetje een betere echtgenote kon zijn, een betere minnares en moeder, dan zou hij me niet hoeven slaan.'

Anna beantwoordde Erica's onuitgesproken vragen.

'Ja, ik weet hoe belachelijk het klinkt, maar ik kon mezelf heel goed voor de gek houden. En hij was een goede vader voor Emma en Adrian, en in mijn ogen maakte dat veel goed. Ik wilde hun vader niet van hen afpakken.'

'Maar er is iets gebeurd?'

Erica hielp Anna op dreef. Ze zag hoe moeilijk Anna het vond om haar verhaal te vertellen. Ook haar trots was geknakt, en Anna was altijd een enorm trotse vrouw geweest, die het niet makkelijk toegaf als ze het mis had.

'Ja, er is iets gebeurd. Gisteravond begon hij me weer te slaan, zoals gewoonlijk. Dat gebeurde de laatste tijd steeds vaker. Maar gisteren...' Haar stem brak en Anna slikte een paar keer om het huilen te onderdrukken.

'Gisteren heeft hij Emma geslagen. Hij was zo kwaad en zij kwam binnen toen hij met mij bezig was en hij kon zich niet beheersen.' Anna slikte weer. 'We zijn naar de Spoedeisende Hulp gegaan waar ze een scheurtje in haar arm hebben geconstateerd.'

'Ik neem aan dat je aangifte hebt gedaan bij de politie?' Erica voelde hoe de woede een harde bal in haar maag vormde, een bal die steeds groter werd.

'Nee.' Het woord kwam bijna onhoorbaar uit Anna's mond en de tranen begonnen over haar bleke wangen te stromen. 'Nee, we zeiden dat ze van de trap was gevallen.'

'Maar allemachtig, geloofden ze dat echt?'

Anna glimlachte scheef. 'Je weet hoe charmant Lucas kan zijn. Hij bracht de arts en de verpleegkundigen volledig het hoofd op hol en ze vonden hem bijna even zielig als Emma.'

'Maar Anna, je moet aangifte doen. Je laat hem hier toch niet mee wegkomen?'

Ze keek naar haar huilende zus. Haar medelijden wedijverde met haar woede. Anna kromp ineen toen ze Erica's blik zag.

'Het zal nooit meer gebeuren, daar zal ik voor zorgen. Ik deed alsof ik naar zijn verontschuldigingen luisterde en zodra hij naar zijn werk was gegaan heb ik de auto gepakt en zijn we weggereden. Ik ben niet van plan ooit nog naar hem terug te gaan, Lucas mag de kinderen niet nog een keer pijn doen. Als ik aangifte had gedaan, hadden ze vast en zeker Maatschappelijk Werk ingeschakeld en dan hadden ze de kinderen misschien van ons allebei afgepakt.'

'Maar Lucas zal jou nooit zomaar de kinderen laten houden, Anna. Zonder aangifte en zonder onderzoek, hoe wil je er bijvoorbeeld voor zorgen dat alleen jij de voogdij over de kinderen krijgt?'

'Ik weet het niet, ik weet het niet, Erica. Ik kan er nu niet over nadenken, ik moest gewoon bij hem weg. Het andere moet later worden opgelost. Wees alsjeblieft niet boos op me!'

Erica zette haar kopje op tafel, stond op van haar stoel en sloeg haar armen om haar zus. Ze streelde haar haar en maakte sussende geluiden. Ze liet Anna flink uithuilen tegen haar schouder en voelde dat haar trui steeds natter werd. Tegelijkertijd nam haar haat jegens Lucas toe. Ze zou die klootzak maar al te graag op zijn bek slaan.

Birgit spiedde naar de straat, verborgen achter het gordijn. Karl-Erik zag aan haar opgetrokken schouders hoe gespannen ze was. Sinds de politieman had gebeld, had ze bezorgd heen en weer gedrenteld. Zelf had hij voor het eerst sinds lange tijd een innerlijke rust gevoeld. Karl-Erik was van plan de politieman alle antwoorden te geven – als hij de juiste vragen stelde.

De geheimen droeg hij nu al zoveel jaren in zich mee. In zekere zin was het voor Birgit makkelijker geweest. Zij had met de situatie om weten te gaan door alles te verdringen. Ze weigerde erover te praten en fladderde verder door het leven alsof er niets was gebeurd. Maar alles was wel gebeurd. En er was geen dag voorbijgegaan zonder dat hij eraan had gedacht, en elke keer was de last zwaarder geworden om te dragen. Hij wist dat het van buitenaf leek of Birgit de sterkste van hun tweeën was. Op alle feestjes en bijeenkomsten straalde zij als een ster, terwijl hij de grijze, onzichtbare man naast haar was. Zij droeg haar mooie kleren, haar dure sieraden en haar make-up als een pantser.

Als ze dan thuiskwamen, na weer zo'n stralende, uitbundige avond, en zij haar uitrusting afdeed, was het alsof ze inzakte en er niets van haar overbleef. Ze was dan niets meer, behalve een bevend, onzeker kind dat zich aan hem vastklampte om steun te krijgen. Tijdens hun hele huwelijk had hij geworsteld met zijn gevoelens voor zijn vrouw. Haar schoonheid en broosheid wekten tederheid en een beschermersinstinct op, gaven hem het gevoel een man te zijn, maar haar onwil om de confrontatie met de zwaardere kanten van het leven aan te gaan irriteerde hem soms zo erg dat hij er bijna gek van werd. Wat hem het meest boos maakte, was dat hij wist dat ze in feite helemaal niet dom was, maar ze was opgevoed met de idee dat een vrouw koste wat kost moest verbergen dat ze een of andere vorm van intelligentie bezat en zich alleen maar moest inspannen om mooi en hulpeloos te zijn. Om te behagen. Toen ze net getrouwd waren had hij dit niet zo vreemd gevonden, de tijdgeest was toen zo. Maar de tijden waren veranderd en stelden heel andere eisen aan zowel vrouwen als mannen. Hij had zich aangepast, maar zij niet. Deze dag zou daarom heel moeilijk voor haar worden. Karl-Erik dacht dat ze diep vanbinnen wist wat hij van plan was. Om die reden had ze bijna twee uur lang door de kamers gedrenteld. Maar hij wist ook dat ze hem hun familiegeheimen niet zonder slag of stoot zou laten prijsgeven.

'Waarom moet Henrik erbij zijn?' Birgit draaide zich naar hem om en wreef ongerust in haar handen.

'De politie wilde met de familie praten en Henrik hoort toch bij de familie?'

'Jawel, maar ik vind het gewoon niet nodig hem daarvoor hierheen te laten komen. De politie wil waarschijnlijk alleen maar wat algemeenheden weten.'

Haar stem ging op en neer bij de onuitgesproken vragen. Hij kende haar zo goed.

'Daar is hij.'

Birgit liep snel weg van het raam. Het duurde even voordat er werd aangebeld. Karl-Erik haalde een paar keer diep adem en ging opendoen, terwijl Birgit zich snel terugtrok in de woonkamer, waar Henrik al op de bank zat, diep verzonken in zijn eigen gedachten.

'Dag. Ik ben Patrik Hedström.'

'Karl-Erik Carlgren.'

Ze schudden elkaar beleefd de hand en Karl-Erik schatte dat de politieman van Alex' leeftijd was. Dat deed hij tegenwoordig vaak. Nadenken over mensen in termen van Alex.

'Kom binnen. We kunnen in de woonkamer praten.'

Patrik keek enigszins verbaasd toen hij Henrik zag, maar hij herstelde zich snel en begroette ook Birgit beleefd, en vervolgens Henrik. Ze gingen rond de salontafel zitten en er volgde een vrij lange, bedrukte stilte. Ten slotte nam Patrik het woord.

'Ja, dit kwam allemaal nogal onverwachts, maar ik ben blij dat jullie me zo snel konden ontvangen.'

'We vroegen ons net af of er iets bijzonders is gebeurd. Hebben jullie iets nieuws ontdekt? We hebben al een tijdje niets van jullie gehoord...' De zin stierf weg en Birgit keek Patrik hoopvol aan.

'We komen langzaam maar zeker verder, dat is het enige dat ik op dit moment kan zeggen. De moord op Anders Nilsson heeft de zaak ook in een ander licht geplaatst.'

'Ja, natuurlijk, hebben jullie ontdekt of hij door dezelfde persoon is vermoord als onze dochter?'

Birgit sprak geagiteerd en Karl-Erik moest zich inhouden om zich niet naar voren te buigen en geruststellend zijn hand op de hare te leggen. Vandaag moest hij zich harden tegen de rol van beschermer, die zo bij hem zat ingebakken.

Even stond hij zich toe weg te zweven in zijn eigen gedachten, weg van het heden naar een verleden dat hem nu zo ver verwijderd toescheen. Met een blik die vervuld leek van weerzin keek hij om zich heen in de woonkamer. Wat waren ze makkelijk voor de verleiding bezweken, je kon de geur van bloedgeld bijna ruiken. Het huis in Kålltorp was meer dan waar ze ooit van hadden durven dromen toen de kinderen nog klein waren. Het was groot en licht, met details die typerend waren voor de jaren dertig, maar tegelijk van alle gemakken voorzien. Met het salaris dat hij in Göteborg verdiende, hadden ze het zich eindelijk kunnen veroorloven.

De kamer waar ze nu in zaten was de grootste kamer van het huis. Overgemeubileerd naar zijn smaak, maar Birgit had een voorliefde voor glimmende en schitterende spullen en alles was zo goed als nieuw. Ongeveer eens in de drie jaar begon Birgit te klagen dat alles er zo versleten uitzag en dat ze genoeg had van alle spullen die ze hadden, en na een paar weken gaf hij meestal toe en trok hij zijn portefeuille weer. Het was alsof ze door alles te vernieuwen zichzelf en haar leven steeds opnieuw kon uitvinden. Momenteel zat ze in een Laura Ashley-periode en de kamer was vol rozenpatronen en stroken en voelde verstikkend vrouwelijk aan. Maar hij wist dat hij het hoogstens een paar jaar hoefde uit te houden en misschien had hij de volgende keer wel geluk en ontwikkelde Birgit een zwak voor Chesterfield-meubels en Engelse jagersmotieven. Maar als hij pech had werden het tijgerprints.

Patrik schraapte zijn keel. 'Ik heb een aantal vraagtekens waarbij ik jullie hulp nodig heb.'

Niemand zei iets en hij ging verder: 'Weten jullie waar Alex en Anders Nilsson elkaar van kenden?'

Henrik keek verbluft, en Karl-Erik begreep dat hij niets wist. Dat deed hem verdriet, maar er was niets aan te doen.

'Ze zaten bij elkaar in de klas, maar dat is heel lang geleden.'

Birgit bewoog nerveus op de bank naast haar schoonzoon. Henrik zei: 'Ik herken de naam. Had Alex niet een paar van zijn schilderijen in de galerie te koop staan?'

 Patrik knikte en Henrik ging verder: 'Ik begrijp het niet, zouden ze ook op een andere manier iets met elkaar te maken hebben gehad? Wat zou de reden kunnen zijn dat iemand mijn vrouw en een van haar exposanten vermoordt?'

'Daar proberen we juist achter te komen.'

Patrik aarzelde even voordat hij verder ging.

'Helaas hebben we ook vastgesteld dat ze een relatie hadden.'

In de stilte die volgde zag Karl-Erik allerlei emoties op de gezichten van Birgit en Henrik verschijnen. Zelf voelde hij alleen milde verbazing, maar die maakte snel plaats voor de overtuiging dat de politieman de waarheid sprak. Het was tamelijk vanzelfsprekend als je naar de omstandigheden keek.

Birgit hield ontzet haar hand voor haar mond en Henriks gezicht verloor langzaam alle kleur. Karl-Erik zag dat Patrik zich niet prettig voelde in de rol van boodschapper van slecht nieuws.

'Dat kan niet waar zijn.' Besluiteloos keek Birgit om zich heen, maar ze kreeg geen bijval van de anderen.

'Waarom zou Alex een relatie met zo iemand hebben?' Ze keek naar Karl-Erik, maar hij weigerde haar blik te kruisen en keek in plaats daarvan naar zijn handen. Henrik zei niets, maar het was alsof hij ineenzakte.

'Jullie weten niet of ze na de verhuizing contact bleven houden?'

'Nee, dat kan ik me niet indenken. Alex heeft alle banden volledig verbroken toen we uit Fjällbacka verhuisden.' Opnieuw was het Birgit die sprak, terwijl Henrik en Karl-Erik zwegen.

'Ik wilde jullie nog iets anders vragen. Jullie verhuisden midden in het schooljaar toen Alex in de zesde klas zat. Hoe kwam dat? En het gebeurde ook op stel en sprong.'

'Dat was helemaal niet raar. Karl-Erik kreeg een fantastische baan aangeboden, die hij gewoon niet kon weigeren. Hij moest snel beslissen en ze hadden per direct iemand nodig, daarom ging het allemaal zo snel.' Terwijl ze sprak, wreef ze onafgebroken met haar handen over haar knieën.

'Maar jullie hebben Alex niet op een school in Göteborg ingeschreven. In plaats daarvan ging ze naar een kostschool in Zwitserland. Waarom was dat?'

'Door Karl-Eriks nieuwe werk kregen we het financieel veel beter en we wilden Alex gewoon de beste mogelijkheden geven,' zei Birgit.

'Maar waren er geen goede scholen in Göteborg waar ze heen had kunnen gaan?'

 Patrik ging onverbiddelijk door met zijn vragen en Karl-Erik moest zijn doortastendheid wel bewonderen. Ooit was hij zelf even jong en enthousiast geweest. Nu was hij alleen maar moe.

Birgit ging verder: 'Natuurlijk waren die er wel, maar denk eens aan het netwerk dat ze op zo'n kostschool kon opbouwen. Er zaten zelfs een paar prinsen op school, en het is toch geweldig als je met dergelijke contacten het leven in kunt gaan.'

'Hebben jullie haar naar Zwitserland gebracht?'

'Natuurlijk gingen we mee om haar in te schrijven, als u dat bedoelt. Natuurlijk.'

'Tja, dat was niet echt wat ik bedoelde.'

Patrik keek op zijn notitieblok, maar wat hij ging zeggen zat ook in zijn geheugen.

'Alexandra ging in het voorjaar van 1977 van school af. Ze werd in het voorjaar van 1978 ingeschreven op de kostschool en toen begon ook Karl-Erik zijn baan hier in Göteborg. Mijn vraag is dus: waar zijn jullie die tussenliggende tijd geweest?'

Op Henriks voorhoofd begon zich een rimpel te vertonen en hij keek afwisselend van Birgit naar Karl-Erik. Beiden ontweken zijn blik en Karl-Erik voelde een zeurende pijn in zijn hartstreek, die langzaam erger werd.

'Ik begrijp niet wat u met deze vragen wilt bereiken. Wat maakt het uit of we in 1977 of in 1978 zijn verhuisd? Onze dochter is dood en u komt ons hier dingen vragen alsof wij verdachten zijn. Er zal wel ergens een vergissing zijn gemaakt. Iemand heeft een fout gemaakt in een of ander register, zo moet het zijn. We zijn hier in het voorjaar van 1977 naartoe verhuisd en toen is Alexandra op de school in Zwitserland begonnen.'

Patrik keek met een medelijdende blik naar Birgit, die zich steeds meer opwond. 'Mevrouw Carlgren, het spijt me voor het ongemak. Ik weet dat jullie het momenteel heel moeilijk hebben, maar ik moet deze vragen stellen. En mijn informatie klopt. Jullie zijn hier pas in het voorjaar van 1978 komen wonen en we hebben niets kunnen vinden dat erop wijst dat jullie in de twaalf maanden daarvoor zelfs maar in Zweden waren. Dus ik moet het nog een keer vragen: waar waren jullie tussen het voorjaar van 1977 en het voorjaar van 1978?'

Met wanhoop in haar blik keek Birgit naar Karl-Erik om hulp, maar hij wist dat hij haar niet langer de hulp kon bieden die zij wenste. Hij dacht dat dit op langere termijn het beste voor het gezin zou zijn, maar hij wist ook dat het haar op korte termijn kapot zou kunnen maken. Desondanks was er geen keus. Hij keek verdrietig naar zijn vrouw en schraapte toen zijn keel.

‘We waren in Zwitserland, mijn vrouw, ik en Alex.’

‘Stil, Karl-Erik, je moet niets meer zeggen!’

Hij negeerde haar. ‘We waren in Zwitserland omdat onze twaalfjarige dochter zwanger was.’

Het verbaasde Karl-Erik niet toen hij zag dat Patrik Hedström uit verbijstering over het antwoord zijn pen liet vallen. Wat de politieman ook had verwacht, of vermoed, het was toch anders nu het hardop werd gezegd. Hoe zou iemand zich zoiets vreselijks trouwens voor kunnen stellen?

‘Mijn dochter werd misbruikt – verkracht. Ze was nog maar een kind.’

Hij hoorde dat zijn stem brak en hij drukte zijn vuist hard tegen zijn lippen om zich te vermannen. Na een poosje kon hij verder gaan. Birgit weigerde hem aan te kijken, maar nu was er geen weg meer terug.

‘We merkten dat er iets fout zat, maar we wisten niet wat het was. Voor die tijd was Alex altijd vrolijk geweest, had ze zich veilig gevoeld. Ergens in het begin van de zesde klas begon ze te veranderen. Ze werd stil en in zichzelf gekeerd. Ze nam geen vriendjes of vriendinnetjes meer mee naar huis en ze kon uren wegblijven zonder dat wij wisten waar ze was. We namen het allemaal niet zo serieus en dachten dat het een fase was waar ze doorheen ging. Een voorstadium van haar puberteit misschien, ik weet het niet.'

Hij moest zijn keel weer schrapen. De pijn in zijn borst werd heviger.

'Pas in haar vierde maand ontdekten we dat ze zwanger was. We hadden daar waarschijnlijk eerder tekenen van moeten zien, maar wie kon denken dat... We konden ons niet eens voorstellen...'

'Karl-Erik, alsjeblieft.'

Birgits gezicht was een grauw masker. Henrik leek wel verdoofd, alsof hij niet kon geloven wat hij hoorde. En dat kon hij waarschijnlijk ook niet. Ook Karl-Erik klonk het onwaarschijnlijk in de oren nu hij het hardop uitsprak. Vijfentwintig jaar lang hadden de woorden aan zijn ingewanden geknaagd. Uit consideratie voor Birgit had hij zijn behoefte om het eruit te gooien bedwongen, maar nu stroomden ze eruit, ongeremd.

'Abortus kwam niet bij ons op. Zelfs niet onder die omstandigheden. We hebben Alex ook niet laten kiezen, als ze dat al had gekund. We hebben haar nooit gevraagd hoe ze zich voelde, of wat ze wilde. In plaats daarvan zwegen we het dood, we haalden haar van school, reisden naar het buitenland en bleven daar tot het kind was geboren. Niemand mocht iets weten. Want wat zouden de mensen ervan zeggen?'

Hij hoorde zelf hoe verbitterd die laatste woorden klonken. Niets was belangrijker geweest dan dat. Dat was zelfs belangrijker geweest dan het geluk en het welzijn van hun eigen dochter. Hij kon niet eens Birgit alle schuld van die keuze geven. Zij had er altijd de meeste waarde aan gehecht hoe dingen naar buiten toe overkwamen, maar na jaren van zelfonderzoek had hij voor zichzelf moeten bekennen dat hij haar haar zin had gegeven vanuit zijn eigen wens om de schone schijn op te houden. Hij voelde maagzuur in zijn keel omhoog komen, slikte hardnekkig en ging verder: 'Nadat ze het kindje had gekregen, schreven we haar in op de kostschool, reisden terug naar Göteborg en gingen verder met ons leven.'

Elk woord droop van verbittering en zelfverachting. Birgits ogen stonden vol woede, misschien zelfs haat, toen ze hem intens aanstaarde, alsof ze probeerde hem met pure wilskracht te laten ophouden. Maar hij wist dat het proces was begonnen op het moment dat Alex dood in de badkuip werd gevonden. Hij wist dat ze zouden gaan rondneuzen, de onderste steen boven zouden halen en alles zouden bekijken wat naar het zonlicht kroop. Het was beter dat ze zelf in hun eigen woorden de waarheid vertelden. Of in zijn woorden, naar het zich nu liet aanzien. Misschien hadden ze dat eerder moeten doen, maar de moed had geleidelijk opgebouwd moeten worden. Het telefoontje van Patrik Hedström was het laatste zetje geweest dat hij nodig had gehad.

Hij wist dat hij veel had weggelaten, maar een vermoeidheid viel als een deken over hem en hij liet Patrik verder gaan met het stellen van vragen die de gaten konden vullen. Hij leunde achterover in zijn fauteuil en pakte de armleuning stevig beet. Henrik begon als eerste te praten. Zijn stem trilde merkbaar.

'Waarom hebben jullie nooit iets gezegd? Waarom heeft Alex niets gezegd? Ik wist dat ze iets voor me verborg, maar dít?'

Karl-Erik spreidde in een berustend gebaar zijn handen. Hij kon niets tegen de echtgenoot van Alex zeggen.

Patrik had zijn best gedaan professioneel te blijven, maar je kon zien dat hij geschokt was. Hij pakte de pen die hij had laten vallen van de vloer en probeerde zich te concentreren op het notitieblok voor hem.

'Wie vergreep zich aan Alex? Was het iemand op school?'

Karl-Erik knikte alleen maar.

'Was het...' Patrik aarzelde. 'Was het Nils Lorentz?'

'Wie is Nils Lorentz?' vroeg Henrik.

Birgit antwoordde hem, met een ijzeren toon in haar stem. 'Hij was invalkracht op school. Hij is de zoon van Nelly Lorentz.'

'Maar waar is hij nu? Hij moet toch zeker in de gevangenis zijn beland voor wat hij Alex heeft aangedaan?'

Het leek Henrik veel moeite te kosten het verhaal van Karl-Erik te begrijpen.

'Hij is vijfentwintig jaar geleden spoorloos verdwenen. Niemand heeft hem sindsdien gezien. Maar ik zou ook graag willen weten waarom er geen aangifte tegen hem is gedaan. Ik heb in onze archieven gezocht. Klopt het dat er nooit aangifte tegen hem is gedaan bij de politie?'

Karl-Erik deed zijn ogen dicht. Patriks vraag klonk niet als een beschuldiging, maar zo voelde het wel. Elk woord prikte als een naald in zijn huid en herinnerde hem aan de vreselijke vergissing die ze vijfentwintig jaar geleden hadden begaan.

'We hebben nooit aangifte gedaan. Toen we begrepen dat Alex zwanger was en zij ons vertelde wat er was gebeurd, ben ik naar Nelly gestormd en heb ik haar verteld wat haar zoon had gedaan. Ik was absoluut van plan om hem bij de politie aan te geven en dat heb ik ook tegen Nelly gezegd, maar...'

'Maar Nelly kwam met mij praten en stelde voor het zonder inmenging van de politie te regelen. Ze zei dat er geen reden was om Alex nog meer te vernederen door heel Fjällbacka te laten fluisteren over wat er was gebeurd. We moesten het wel met haar eens zijn en het leek ons veel beter voor Alex als we het binnen de familie konden houden. Nelly beloofde dat ze Nils op een gepaste manier onder handen zou nemen,' zei Birgit, die kaarsrecht op de bank zat.

'Nelly regelde ook een heel goed betaalde baan voor mij in Göteborg. We hebben ons door geld en groene bossen laten verblinden.'

Karl-Erik was meedogenloos eerlijk tegen zichzelf. De tijd van ontkenning was voorbij.

'Dat had er niets mee te maken. Hoe kun je zoiets zeggen, Karl-Erik! We hadden alleen het beste met Alex voor. Wat zou ze eraan hebben gehad als iedereen wist wat er was gebeurd? We hebben haar een kans gegeven om verder te gaan met haar leven.'

 'Nee, Birgit, we hebben onszelf een kans gegeven om verder te gaan met óns leven. Alex verloor die kans toen wij ervoor kozen het allemaal dood te zwijgen.'

Ze keken elkaar over de tafel aan en Karl-Erik wist dat bepaalde zaken nooit meer ongedaan konden worden gemaakt. Ze zou het nooit begrijpen.

'En het kind? Wat is daarmee gebeurd? Hebben jullie het afgestaan voor adoptie?'

Stilte. Toen hoorden ze een stem uit de deuropening. 'Nee, het kind is niet voor adoptie afgestaan. Ze besloten het kind te houden en haar voor te liegen wie ze was.'

'Julia! Ik dacht dat je op je kamer was!' Karl-Erik draaide zich om en zag Julia in de deuropening staan. Ze moest op haar tenen de trap zijn afgeslopen, want niemand had haar horen komen. Hij vroeg zich af hoe lang ze daar had gestaan.

Ze leunde met over elkaar geslagen armen tegen de deurpost. Heel haar vormeloze lichaam straalde opstandigheid uit. Hoewel het al vier uur in de middag was, had ze nog steeds haar pyjama aan. Ze leek ook dagenlang niet te hebben gedoucht. Karl-Erik voelde hoe het medelijden zich vermengde met de pijn in zijn borst. Mijn arme, arme lelijke eendje.

'Als Nelly, of moet ik "oma" zeggen, er niet was geweest, hadden jullie nooit iets gezegd, toch? Jullie zouden nooit hebben verteld dat mijn moeder niet mijn moeder is, maar mijn oma, en dat mijn vader niet mijn vader is, maar mijn opa, en vooral dat mijn zus mijn zus niet is, maar mijn moeder. Kun je het nog volgen, of zal ik het een keer herhalen? Het is tenslotte behoorlijk ingewikkeld.'

De sarcastische vraag was aan Patrik gericht en het leek bijna alsof Julia genoot van de ontzette uitdrukking op zijn gezicht. 'Pervers, vind je ook niet?'

Ze liet haar stem dalen alsof ze op het toneel moest fluisteren en drukte haar wijsvinger tegen haar lippen. 'Maar, sst, je mag het aan niemand vertellen. Want wat zouden de mensen wel niet zeggen? Stel je voor dat ze over de keurige familie Carlgren beginnen te roddelen.'

Ze verhief haar stem weer. 'Maar godzijdank heeft Nelly me van de zomer alles verteld toen ik een vakantiebaantje op de fabriek had. Ze vertelde me wat ik allang had moeten weten, waar ik recht op had om het te weten. Wie ik eigenlijk ben. Mijn hele leven heb ik me een buitenstaander gevoeld. Ik heb gevoeld dat ik niet in dit gezin paste. Het was ook niet makkelijk om een oudere zus als Alex te hebben, maar ik aanbad haar. Zij was alles wat ik wilde zijn, alles wat ik niet was. Ik heb gezien hoe jullie naar haar keken en hoe jullie naar mij keken. En Alex, die net deed alsof ze zich niet noemenswaardig om mij bekommerde, waardoor ik haar alleen maar nog meer verafgoodde. Nu begrijp ik waarom. Ze kon het nauwelijks verdragen me te zien. De bastaard die geboren werd na een verkrachting, en daar werd ze elke keer dat ze mij zag weer aan herinnerd. Snappen jullie echt niet hoe wreed dat was?'

Karl-Erik huiverde bij haar woorden alsof hij een draai om zijn oren had gekregen. Hij wist dat ze gelijk had. Het was verschrikkelijk wreed geweest om Julia te houden en op die manier Alex ertoe te dwingen keer op keer de verschrikkingen te beleven die een eind hadden gemaakt aan haar jeugd. Het was ook niet juist geweest tegenover Julia. Birgit en hij hadden nooit kunnen vergeten hoe ze was verwekt. Waarschijnlijk had ze dat al vanaf het eerste begin gevoeld, want ze was krijsend ter wereld gekomen en daarna had ze haar hele jeugd tegen de hele wereld gekrijst en geschopt. Julia had nooit een kans voorbij laten gaan om zich onmogelijk te maken en Birgit en hij waren te oud geweest om een klein kind aan te kunnen, laat staan zo'n veeleisend kind als Julia.

In zekere zin was het een opluchting geweest toen ze afgelopen zomer op een dag was thuisgekomen en hen witheet van woede met haar verhaal had geconfronteerd. Het had hen niet verbaasd dat Nelly op eigen gezag Julia de waarheid had verteld. Nelly was een vals oud kreng, dat zich alleen om haar eigen belangen bekommerde, en als ze er baat bij had om het aan Julia te vertellen, dan zou ze dat zeker doen. Daarom hadden ze geprobeerd Julia ervan te weerhouden het vakantiebaantje te accepteren, maar Julia had, eigenwijs als altijd, voet bij stuk gehouden.

Toen Nelly de waarheid aan Julia had verteld, was er een nieuwe wereld voor haar opengegaan. Voor het eerst was er iemand die haar werkelijk wilde hebben, die bij haar wilde horen. Hoewel Nelly Jan had, waren bloedbanden het belangrijkst voor haar, en ze had tegen Julia gezegd dat ze van plan was haar bezittingen aan Julia na te laten, als het eenmaal zover was. Karl-Erik begreep heel goed welke invloed dit op Julia had. Ze zat vol woede tegenover de mensen van wie ze had gedacht dat het haar ouders waren, en ze verafgoodde Nelly met dezelfde intensiteit als waarmee ze Alex had aanbeden. Dit schoot allemaal door zijn hoofd toen hij haar in de deuropening zag staan, met het zachte licht uit de keuken achter haar rug. Hoewel het waar was dat ze vele keren naar Julia hadden gekeken en herinnerd waren aan de vreselijke gebeurtenis uit het verleden, was het heel treurig dat ze nooit zou begrijpen dat ze echt van haar hielden. Maar ze was thuis als een koekoeksjong geweest en ze hadden zich onhandig en hulpeloos gevoeld tegenover haar. Zo voelden ze zich nog steeds en nu zouden ze waarschijnlijk moeten accepteren dat ze haar voorgoed kwijt waren. Fysiek bevond ze zich nog steeds in hun huis, maar mentaal had ze hen al verlaten.

Henrik zag eruit alsof hij amper lucht kreeg. Hij boog zijn hoofd naar zijn knieën en deed zijn ogen dicht. Even vroeg Karl-Erik zich af of het juist was geweest om Henrik te vragen hierbij aanwezig te zijn. Hij had het gedaan omdat hij vond dat Henrik het verdiende de waarheid te weten. Ook hij had van Alex gehouden.

'Maar Julia...'

Birgit strekte in een onhandig, smekend gebaar haar armen uit naar Julia, maar Julia keerde haar alleen maar verachtelijk de rug toe en ze hoorden haar de trap op stampen.

'Ik vind het écht heel erg. Ik begreep dat er iets niet klopte, maar dit had ik nooit verwacht. Ik weet niet wat ik moet zeggen.' Patrik spreidde gelaten zijn handen.

‘Nee, wij weten zelf ook niet wat we moeten zeggen. Vooral niet tegen elkaar.’ Karl-Erik keek zijn vrouw onderzoekend aan.

‘Hoe lang heeft het misbruik geduurd, weten jullie dat?’

‘We weten het niet precies. Alex wilde er niet over praten. Waarschijnlijk toch wel een paar maanden, misschien zelfs een jaar.’ Hij aarzelde. ‘En daar hebt u ook het antwoord op uw eerdere vraag.’

‘Welke?’ zei Patrik.

‘Over het verband tussen Alex en Anders. Anders was ook een slachtoffer. De dag voordat we zouden verhuizen, hebben we een briefje gevonden dat Alex aan Anders had geschreven. Daaruit bleek dat ook hij door Nils was misbruikt. Kennelijk hadden ze op de een of andere manier begrepen of te horen gekregen dat ze zich in dezelfde situatie bevonden, hoe weet ik niet, en hadden ze troost bij elkaar gezocht. Ik heb het briefje meegenomen en ben er zelf mee naar Vera Nilsson gegaan. Ik vertelde haar wat er met Alex was gebeurd en wat er waarschijnlijk met Anders gebeurde. Het was een van de moeilijkste dingen die ik ooit heb gedaan. Anders is, of was,’ verbeterde hij zich snel, ‘het enige dat ze had. Ergens hoopte ik waarschijnlijk dat Vera zou doen waar wij niet moedig genoeg voor waren geweest – namelijk dat ze aangifte zou doen tegen Nils, zodat hij verantwoordelijk werd gesteld voor zijn daden. Maar er gebeurde niets, dus ik neem aan dat Vera even zwak was als wij.'

Onbewust was hij met zijn vuist zijn borst gaan masseren. De pijn werd steeds maar erger en was uitgestraald naar zijn vingers.

'En jullie hebben er geen idee van waar Nils heen is gegaan?'

'Nee, absoluut niet. Maar waar hij ook is, ik hoop dat die klootzak lijdt.'

De pijn nam nu explosief toe. Zijn vingers werden gevoelloos en hij begreep dat er iets mis was. Serieus mis. Door de pijn werd zijn gezichtsveld kleiner en hoewel hij de monden van de anderen zag bewegen, was het alsof alle beelden en alle geluiden in slow motion binnenkwamen. Heel even verheugde hij zich over het feit dat de woede uit Birgits ogen verdween, maar toen hij zag dat daar angst voor in de plaats kwam begreep hij dat er iets ernstigs aan de hand was. Toen werd alles donker om hem heen.

Na de paniekerige ambulancerit naar het Sahlgrenska-ziekenhuis probeerde Patrik in de auto weer op adem te komen. Hij was met zijn eigen auto achter de ambulance aan gereden en bij Birgit en Henrik gebleven tot het bericht kwam dat Karl-Eriks hartaanval weliswaar ernstig was geweest, maar dat zijn toestand niet langer kritiek was.

Vandaag was een van de meest schokkende dagen in zijn leven geweest. Hij had veel ellende gezien in zijn jaren als politieman, maar nog nooit had hij zo'n hartverscheurend verhaal gehoord als Karl-Erik deze middag had verteld.

Hoewel Patrik de waarheid herkende als hij die hoorde, vond hij het toch moeilijk om te accepteren wat hij had gehoord. Hoe kon je verder gaan met je leven als je zoiets als Alex had meegemaakt? Ze was niet alleen misbruikt en beroofd van haar jeugd, ze had ook daarna altijd moeten leven met een constante herinnering aan die gebeurtenissen. Hoezeer hij ook zijn best deed, hij kon het handelen van haar ouders niet begrijpen. Hij kon zich van zijn leven niet voorstellen dat hij de dader zou laten ontkomen als zijn kind was misbruikt, en hij kon zich nog minder indenken dat hij ervoor zou kiezen het dood te zwijgen. Hoe kon uiterlijk vertoon belangrijker zijn dan het leven en welzijn van je kind? Dat vond hij onbegrijpelijk.

Hij zat met gesloten ogen en leunde tegen de hoofdsteun. Het was gaan schemeren en hij moest eigenlijk terug naar huis, maar hij voelde zich zwak en willoos. Zelfs de gedachte dat Erica op hem wachtte kon hem er niet toe zetten de motor te starten en naar huis te rijden. Zijn onwrikbare positieve houding tegenover het leven had op haar grondvesten geschud en voor het eerst twijfelde hij eraan of het goede in de mens werkelijk het kwade overheerste.

Ergens voelde hij zich ook een beetje schuldig: het verschrikkelijke verhaal had hem weliswaar tot diep in zijn hart geraakt, maar tegelijk had hij een professionele voldoening gevoeld toen de puzzelstukjes een voor een op hun plaats vielen. Deze middag waren er zoveel vragen beantwoord. Toch voelde hij nu een grotere frustratie dan voorheen. Want hoewel hij voor veel dingen een verklaring had gekregen, tastte hij nog steeds in het duister waar het de moordenaar, of moordenaars, van Alex en Anders betrof. Misschien lag het motief verborgen in het verleden, misschien had het niets met het verleden te maken, al leek hem dat onwaarschijnlijk. Ondanks alles was dit het enige duidelijke verband dat hij tussen Alex en Anders had gevonden.

Maar waarom zou iemand hen willen vermoorden op grond van vergrijpen die meer dan vijfentwintig jaar geleden waren begaan? En als het toch zo was, waarom nu pas? Wat was het dat iets in beweging had gezet wat zoveel jaren had liggen rusten, en wat in een periode van een paar weken tot twee moorden had geleid? Het meest frustrerende was dat hij geen flauw idee had in welke richting hij verder moest gaan.

Deze middag betekende een grote doorbraak in het onderzoek, maar leidde tegelijkertijd tot een impasse. Patrik ging in gedachten na wat hij deze dag had gedaan en gehoord, en toen realiseerde hij zich dat hij een zeer concrete aanwijzing in de auto had liggen. Iets wat hij was vergeten in de nasleep van het bezoek bij de Carlgrens en het tumult dat volgde toen Karl-Erik zo ziek werd. Nu voelde hij weer hetzelfde enthousiasme dat hij die ochtend had gehad en hij besefte dat hij bovendien een unieke kans had om de aanwijzing nader te onderzoeken. Hij had alleen wat geluk nodig.

Hij zette zijn mobiele telefoon aan, negeerde de boodschap dat er drie berichten op zijn voicemail stonden en belde Inlichtingen om het nummer van het Sahlgrenska-ziekenhuis te vragen. Hij kreeg het algemene nummer en vroeg of ze hem wilden doorverbinden.

'Het Sahlgrenska-ziekenhuis.'

'Dag, u spreekt met Patrik Hedström. Ik wilde weten of ene Robert Ek bij jullie op de forensisch-geneeskundige afdeling werkt.'

 'Een ogenblikje, ik zal even kijken.'

Patrik hield zijn adem in. Robert was een oud-klasgenoot van de politieacademie, die zich na zijn studie had gespecialiseerd tot forensisch technicus. In hun studietijd waren ze heel intensief met elkaar omgegaan, maar daarna hadden ze het contact verloren. Patrik meende dat hij iemand had horen zeggen dat Robert tegenwoordig in het Sahlgrenska werkte en hij duimde dat dat inderdaad het geval was.

'Eens even kijken. Ja, er werkt een Robert Ek op die afdeling. Zal ik u doorverbinden?'

Patrik jubelde inwendig. 'Heel graag.'

De telefoon ging een paar keer over en toen hoorde Patrik Roberts stem. 'Forensisch-geneeskundige afdeling, met Robert Ek.'

'Hallo, Robban, raad eens wie ik ben?'

Het was een paar seconden stil. Patrik dacht nooit dat Robert zijn stem zou herkennen en hij stond net op het punt hem een hint te geven. Maar toen hoorde hij een kreet in de hoorn.

'Patrik Hedström, ouwe reus! Dat is een tijd geleden! Hoe komt het dat jij belt? Dat gebeurt niet dagelijks, bedoel ik maar.'

Roberts stem was plagerig en Patrik schaamde zich een beetje. Hij wist dat hij heel slecht was in het onderhouden van sociale contacten. Robert was daar veel beter in geweest, maar hij had het opgegeven toen Patrik steeds niet van zich liet horen. Hij schaamde zich nog meer toen hij bedacht dat hij alleen maar belde omdat hij zijn hulp nodig had. Maar nu kon hij moeilijk terugkrabbelen.

'Ik weet het, ik ben niet zo'n beller. Maar op dit moment zit ik op de parkeerplaats voor het ziekenhuis en toen bedacht ik dat ik iemand had horen zeggen dat jij hier werkt. Vandaar dat ik bel om te horen of ik even langs kan komen wippen.'

'Ja natuurlijk. Ga maar naar binnen, hartstikke leuk!'

'Hoe moet ik je vinden? Waar zit je?'

'We zitten in de kelder. Je gaat door de hoofdingang naar binnen, neemt de lift naar beneden, dan rechtsaf en vervolgens loop je de hele gang door. Helemaal aan het eind is een deur en daarachter zitten wij. Bel maar aan, dan laat ik je binnen. Hartstikke leuk om je weer te zien.'

'Vind ik ook. Goed, dan zien we elkaar over een paar minuten.'

Opnieuw schaamde Patrik zich omdat hij op het punt stond misbruik te maken van een oude vriend, maar aan de andere kant stond Robert bij hem in het krijt. Toen ze nog studeerden was Robert verloofd geweest met een meisje dat Susanne heette, ze woonden zelfs al samen. Tegelijk had hij ook iets gehad met een van hun vrouwelijke klasgenoten, Marie, die ook een vriend had. Het had bijna twee jaar geduurd en Patrik wist niet meer hoe vaak hij Roberts huid had gered. Hij had heel, heel vaak smoesjes verzonnen en blijk gegeven van een enorme fantasie als Susanne weer eens belde om te vragen of hij wist waar Robert was.

Achteraf vond hij het allemaal niet zo achtenswaardig, van hem noch van Robert. Maar destijds waren ze jong en onvolwassen geweest en als hij eerlijk was, moest hij toegeven dat hij het best spannend had gevonden en misschien zelfs een beetje jaloers was geweest op Robert, die twee vrouwen had. Maar natuurlijk was de zeepbel uiteindelijk gebarsten en het eind van het liedje was dat Robert zonder woning en zonder vrouw kwam te zitten. Maar hij was een geboren charmeur en hij had niet lang bij Patrik op de bank hoeven slapen voordat hij een nieuwe vriendin had gevonden bij wie hij was ingetrokken.

Toen Patrik had gehoord dat Robert in het Sahlgrenska werkte, had hij ook begrepen dat Robert inmiddels getrouwd was en kinderen had, en dat was iets wat hij zich maar moeilijk kon voorstellen. Hij zou er nu wel achter komen hoe dat zat.

Hij zocht zijn weg door de ogenschijnlijk oneindige ziekenhuisgangen en hoewel het zo eenvoudig had geklonken toen Robert de weg had beschreven, verdwaalde Patrik twee keer voordat hij eindelijk voor de goede deur stond. Hij belde aan en wachtte. De deur vloog open.

'Hallo!'

Ze omhelsden elkaar hartelijk en deden vervolgens allebei een stap achteruit om te zien wat de tijd met de ander had gedaan. Patrik zag dat de tijd Robert goedgezind was geweest en hij hoopte dat Robert hetzelfde over hem dacht. Voor de zekerheid hield hij zijn buik in en zette zijn borstkas een beetje op.

'Kom binnen, kom binnen.'

Robert ging hem voor naar zijn kantoor, dat een klein hok bleek te zijn dat maar amper plaats bood aan één persoon, laat staan aan twee. Patrik bestudeerde Robert wat beter nadat hij tegenover hem was gaan zitten op een stoel voor het bureau. Zijn blonde haar was even netjes gekamd als toen ze jonger

 waren, en de kleren onder de witte laboratoriumjas waren nog steeds keurig gestreken. Patrik had altijd gedacht dat Roberts behoefte aan netheid een tegenwicht moest bieden aan de chaos die hij zo vaak in zijn privéleven schiep. Zijn blik viel op een foto op een plank achter het bureau.

'Is dat jouw gezin?'

Hij kon zijn verbaasde toon niet goed verbergen.

Robert glimlachte trots en pakte de foto van de plank.

'Ja, dit zijn mijn vrouw Carina en mijn twee kinderen, Oscar en Maja.'

'Hoe oud zijn ze?'

'Oscar is twee en Maja is zes maanden.'

'Leuk zijn ze. Hoe lang ben je al getrouwd?'

'Drie jaar nu. Dat had je zeker nooit gedacht, dat ik nog een keer huisvader zou worden?'

Patrik lachte. 'Nee, ik moet toegeven dat ik dat niet had verwacht.'

'Ach, je kent het wel, toen David oud werd, maakte hij psalmen. En jij dan? Jij hebt vast een hele horde kinderen?'

'Nee, zo is het niet helemaal gelopen. Ik ben gescheiden. Geen kinderen, wat misschien wel een geluk is in zo'n situatie.'

'Vervelend om te horen.'

'Zo erg is het niet. Ik heb iemand ontmoet en dat lijkt veelbelovend, dus we zullen zien.'

'Vertel, hoe komt het dat je hier na al die jaren als een duveltje uit een doosje opduikt?'

Patrik aarzelde even. Hij vond het nog steeds pijnlijk dat hij zo lang niets van zich had laten horen en nu om een gunst kwam vragen.

'Ik was voor mijn werk in de stad en bedacht dat jij op deze afdeling werkte. Ik heb ergens hulp bij nodig, en ik heb gewoon geen tijd om het via de gebruikelijke langzame bureaucratische kanalen te doen. Het zou weken duren voordat ik antwoord krijg en dat geduld heb ik niet.'

Robert keek alsof zijn nieuwsgierigheid was gewekt. Hij plaatste zijn vingertoppen tegen elkaar en wachtte tot Patrik verder ging.

Patrik boog omlaag en pakte een in plastic gewikkeld vel papier uit zijn tas. Hij gaf het aan Robert, die het onder de sterke bureaulamp legde om het beter te kunnen bekijken.

'Het papier komt van een notitieblok van een moordslachtoffer. Ik zie dat er afdrukken zijn van iets wat op het vel erboven is geschreven, maar omdat ze zo vaag zijn kan ik maar gedeeltelijk zien wat er staat. Jullie hebben toch apparatuur om dit soort afdrukken zichtbaar te maken?'

'Ja, dat hebben we inderdaad.' Robert antwoordde nogal aarzelend, terwijl hij het vel papier onder de lamp bestudeerde.

'Maar zoals je zelf al zei, zijn er vrij strikte regels hoe en in welke volgorde zaken dienen te worden behandeld. We hebben hier nog stapels werk liggen.'

'Ja ja, ik weet het. Maar ik dacht dat dit redelijk snel en eenvoudig gecheckt kon worden en dat ik jou wel kon vragen of het mogelijk is iets zichtbaar te maken...'

Robert fronste zijn wenkbrauwen terwijl hij nadacht over wat Patrik zei. Toen glimlachte hij ondeugend en stond op van zijn bureaustoel.

'Ja, je moet ook niet te bureaucratisch zijn. Het kost tenslotte inderdaad maar een paar minuten. Kom maar mee.'

Hij liep voor Patrik het krappe kantoor uit naar de deur die tegenover zijn eigen deur lag. De kamer was groot en licht en stond vol vreemd uitziende apparatuur. Het was er glimmend schoon en de kamer had door de witte muren en alle chromen werkbanken en kasten een klinisch uiterlijk. Het apparaat dat Robert nodig had stond achter in de kamer. Hij pakte het vel papier met de grootst mogelijke voorzichtigheid uit het plastic en legde het op een plaat. Hij drukte op de aanknop aan de zijkant en een blauwachtig licht begon te branden. De woorden verschenen meteen duidelijk op het papier.

'Zie je het? Had je hierop gehoopt?'

Patrik las snel de tekst door.

'Dit is precies wat ik had gehoopt. Kun je het even laten liggen zodat ik het over kan schrijven?'

Robert glimlachte.

'Ik weet iets veel beters. Met dit apparaat kan ik een foto maken van de tekst, die je kunt meenemen.'

Een brede glimlach verspreidde zich over Patriks gezicht.

'Geweldig! Dat zou perfect zijn. Bedankt!'

Een halfuur later vertrok Patrik met een kopie van Anders' notitieblok. Hij had Robert plechtig en heilig beloofd wat vaker van zich te laten horen, en hij hoopte dat hij zich aan die belofte kon houden. Helaas kende hij zichzelf maar al te goed.

Tijdens de terugreis was hij in gedachten verzonken. Hij vond het heerlijk om in het donker te rijden. De stilte toen hij werd omsloten door de pikzwarte nacht, die alleen af en toe werd onderbroken door het licht van een paar tegenliggers, zorgde ervoor dat hij veel helderder kon denken. Stukje voor stukje voegde hij de dingen die hij al wist samen met de tekst die hij net op het vel papier had gelezen, en toen hij de oprit van zijn huis in Tanumshede opreed, was hij er vrij zeker van dat hij in elk geval één van de raadsels die hem kwelden had opgelost.

Het voelde vreemd om zonder Erica naar bed te gaan. Het was gek hoe snel je ergens aan wende, aan leuke dingen in elk geval, en hij merkte dat hij nu moeite had om in zijn eentje in slaap te vallen. Het had hem verbaasd dat hij zo teleurgesteld was geweest toen Erica hem tijdens de terugrit op zijn mobieltje had gebeld om te zeggen dat haar zus onverwachts was langsgekomen en dat het beter was als hij in zijn eigen huis sliep. Hij had meer willen vragen, maar hoorde aan Erica's stem dat ze niet kon antwoorden en daarom zei hij alleen maar dat ze elkaar morgen zouden bellen en dat hij haar miste.

Nu verdreven zowel de beelden van Erica als de gedachten aan wat hij de volgende dag moest doen zijn slaap en voor Patrik werd het een heel lange nacht.

Toen de kinderen die avond sliepen hadden ze eindelijk tijd om te praten. Omdat Anna eruitzag alsof ze wel wat kon eten, had Erica snel wat eten uit de vriezer ontdooid. Bovendien was ze zelf vergeten te eten en nu knorde haar maag.

Anna at niet veel en prikte af en toe met haar vork in het eten en Erica voelde de bekende ongerustheid over haar zusje in haar buik. Net als toen ze klein waren wilde ze Anna in haar armen nemen, haar wiegen en zeggen dat alles goed zou komen, het pijnlijke plekje kussen en de pijn laten verdwijnen. Maar inmiddels waren ze volwassen en Anna's problemen waren veel erger dan de pijn van een geschaafde knie. Erica voelde zich machteloos en hulpeloos in deze situatie. Voor het eerst in haar leven had ze het gevoel dat haar zusje een vreemde was en ze merkte dat ze zich onhandig voelde en niet goed wist hoe ze met haar moest praten. Dus zweeg ze en wachtte tot Anna het initiatief zou nemen. Dat deed ze pas na een lange stilte.

'Ik weet niet wat ik moet doen, Erica. Wat gaat er met mij en de kinderen gebeuren? Waar moet ik heen? Hoe moet ik in mijn levensonderhoud voorzien? Ik ben zo lang huisvrouw geweest, ik kan helemaal niets.'

Erica zag hoe Anna's knokkels wit werden toen ze, in een poging om fysiek grip op de situatie te houden, de tafel beetpakte.

'Stil maar, daar moet je nu niet aan denken. Alles zal goed komen. Je bekijkt alles eerst gewoon van dag tot dag en jij en de kinderen kunnen zo lang blijven als je maar wilt. Het huis is immers ook van jou.'

Ze glimlachte voorzichtig en zag tot haar vreugde dat Anna dat ook deed. Anna veegde met de rug van haar hand een beetje snot van haar neus en plukte nadenkend aan het tafelkleed.

'Ik kan mezelf maar niet vergeven dat ik het zo ver heb laten komen. Hij heeft Emma pijn gedaan, hoe heb ik hem Emma pijn kunnen laten doen?'

Het snot begon weer te stromen en nu veegde ze het weg met een zakdoek.

'Waarom heb ik hem Emma pijn laten doen? Wist ik diep vanbinnen dat het zou gebeuren, maar sloot ik uit gemakzucht mijn ogen?'

'Anna, als er iets is wat ik honderd procent zeker weet, dan is het wel dat je nooit bewust zou toestaan dat iemand je kinderen pijn deed.'

Erica strekte haar arm over de tafel uit en pakte Anna's hand. Die was verontrustend mager. Haar botten leken wel vogelbotjes, die konden breken als ze er te hard op drukte.

'Wat ik ook niet begrijp is dat een stuk van mij, ondanks alles wat hij heeft gedaan, toch nog van hem houdt. Ik heb zo lang van Lucas gehouden dat die liefde als het ware een deel van mij is geworden, een deel van wie ik ben, en wat hij ook heeft gedaan, het lukt me niet om dat deel kwijt te raken. Ik zou het weg willen snijden met een mes, puur fysiek. Ik voel me walgelijk en smerig.'

Bevend wreef ze met haar vrije hand over haar borst alsof ze wilde laten zien waar het kwaad zat.

'Dat is heel normaal, Anna. Je hoeft je niet te schamen. Nu moet je alleen zorgen dat je je weer goed gaat voelen.'

Ze pauzeerde even.

'Maar je moet wel aangifte doen bij de politie tegen Lucas.'

'Nee, Erica, nee, dat kan ik niet.'

De tranen stroomden over haar wangen en een paar druppels bleven op haar kin hangen, voordat ze omlaag vielen en natte vlekken op het tafelkleed veroorzaakten.

'Jawel, Anna, dat moet je wel doen. Hij mag hier niet mee wegkomen. Zeg niet dat je met jezelf kunt leven als je hem bijna de arm van je dochter laat breken zonder dat hij zich daarvoor hoeft te verantwoorden!'

'Nee, ja, ik weet het niet, Erica. Ik kan niet helder denken, het is alsof mijn hele hoofd vol watten zit. Ik kan er nu niet over denken, misschien later.'

'Nee, Anna. Niet later. Nu. Later is het te laat. Je moet het nu doen! Ik ga morgen met je mee naar het politiebureau, maar jij moet het doen, niet alleen voor de kinderen, maar ook voor jezelf.'

'Ik weet niet of ik daar sterk genoeg voor ben.'

'Ik weet dat je dat wel bent. In tegenstelling tot jou en mij hebben Emma en Adrian een moeder die van hen houdt en bereid is alles voor hen te doen.'

Ze kon niet verhinderen dat haar stem bitter klonk.

Anna zuchtte.

'Je moet dat loslaten, Erica. Ik heb al lang geleden geaccepteerd dat papa de enige ouder was die we in feite hadden. Ik denk er ook niet meer over na waarom dat *zo* was. Hoe zou ik dat moeten weten? Misschien wilde mama eigenlijk geen kinderen? Misschien waren wij niet de kinderen die ze had gewild? We zullen het nu nooit meer weten, en het heeft geen enkele zin om erover door te zeuren. Al heb ik waarschijnlijk meer geluk gehad dan jij. Ik had tenslotte ook jou. Ik heb het misschien nooit tegen je gezegd, maar ik weet wat jij voor mij hebt gedaan en wat je voor mij hebt betekend toen we opgroeiden. Jij had niemand die in plaats van mama voor je zorgde, maar je moet niet verbitterd raken, Erica, dat moet je me beloven. Ik heb heus wel gezien dat je je terugtrekt zodra je iemand tegenkomt met wie het misschien serieus kan worden. Je trekt je terug voordat je serieus wordt gekwetst. Je moet leren het verleden los te laten, Erica. Het lijkt erop dat je nu iets heel moois hebt, en dat mag je deze keer niet verliezen. Ik wil tenslotte ook een keer tante worden.'

Nu lachten ze beiden door hun tranen heen en was het Erica's beurt om snot met het servet weg te vegen. Hun heftige emoties leken de kamer een zware atmosfeer te geven, maar tegelijkertijd voelde het als een voorjaarsschoonmaak van de ziel. Er was zoveel wat niet was uitgesproken, er lag zoveel stof in de hoeken en ze voelden beiden dat het tijd was er de bezem door te halen.

Ze praatten de hele nacht door, tot de winterduisternis werd verdreven door een grauwe ochtendnevel. De kinderen sliepen langer dan gebruikelijk en toen Adrian door doordringend te gaan krijsen eindelijk kenbaar maakte dat hij wakker was, bood Erica aan 's ochtends voor de kinderen te zorgen zodat Anna een paar uur kon slapen.

Ze voelde zich lichter te moede dan ze in haar herinnering ooit was geweest. Wat er met Emma was gebeurd drukte natuurlijk nog steeds op haar, maar zij en Anna hadden die nacht veel tegen elkaar gezegd wat veel eerder gezegd had moeten worden. Sommige waarheden waren onprettig maar noodzakelijk geweest om aan te horen, en het verbaasde haar hoe makkelijk haar zusje haar doorzag. Erica moest bekennen dat ze Anna waarschijnlijk had onderschat, dat ze misschien zelfs af en toe een beetje laatdunkend was geweest en haar alleen als een groot kind zonder verantwoordelijkheidsgevoel had gezien. Maar Anna was veel meer en ze was blij dat ze eindelijk de echte Anna had kunnen zien.

Ze hadden ook veel over Patrik gepraat en Erica probeerde hem nu met Adrian op haar arm te bellen. Thuis werd er niet opgenomen, daarom probeerde ze zijn mobieltje. Bellen bleek een grote uitdaging te zijn omdat Adrian het fantastische speelgoed in haar hand erg leuk vond en wanhopig probeerde het van haar af te pakken. Toen Patrik na de eerste toon zijn mobieltje opnam, verdween de nachtelijke vermoeidheid als bij toverslag.

'Dag lieverd.'

'Mmm, ik vind het leuk als je me zo noemt.'

'Hoe is het?'

'Het gaat. We zitten hier midden in een familiecrisis. Ik vertel je er meer over als we elkaar zien. Er is veel gebeurd en Anna en ik hebben de hele nacht zitten praten en nu zorg ik voor de kinderen zodat zij een paar uurtjes kan slapen.'

Hij hoorde hoe ze een geeuw onderdrukte.

'Je klinkt moe.'

'Ik ben ook moe. Enorm. Maar Anna heeft haar slaap nu meer nodig dan ik, dus ik moet nog een paar uur wakker blijven. De kinderen zijn nog niet groot genoeg om zichzelf te redden.'

Adrian brabbelde instemmend.

Patrik nam direct een beslissing.

'Er is een andere oplossing.'

'Zo, wat dan? Moet ik ze een paar uur aan de trapleuning vastbinden?' Ze lachte.

'Ik kom op ze passen.'

Erica giechelde argwanend. 'Jij? Op de kinderen passen?'

 Hij liet zijn meest gekwetste stem horen. 'Wil je soms zeggen dat ik dat niet zou kunnen? Als ik in mijn eentje twee inbrekers kan neerslaan, moet ik twee extreem kleine mensjes toch zeker wel aankunnen? Of vertrouw je me soms niet?’

Hij pauzeerde even kunstmatig en hoorde hoe Erica aan de andere kant van de lijn een theatrale zucht slaakte.

‘Tja, misschien kun je het wel aan. Maar ik waarschuw je, het zijn twee wildebrassen. Weet je zeker dat je hun tempo aankunt, op jouw leeftijd bedoel ik?’

‘Ik zal het proberen. Ik zal voor de zekerheid mijn hartmedicijnen meenemen.’

‘Goed, dan is het aanbod aangenomen. Wanneer kom je?’

‘Nu meteen. Ik was al op weg naar Fjällbacka voor iets anders en ben net voorbij de midgetgolfbaan. We zien elkaar over een minuut of vijf.’

Ze stond in de deuropening op hem te wachten toen hij uit zijn auto stapte. Ze had een jongetje met bolle wangen en druk zwaaiende armen op haar arm. Daarachter, nauwelijks zichtbaar, stond een klein meisje met haar duim in haar mond en een gegipste arm in een mitella. Hij wist nog steeds niet waarom Erica's zus zo onverwachts was gekomen, maar op grond van wat

Erica over haar zwager had verteld bekroop hem bij de aanblik van de gegipste arm van het meisje een angstig voorgevoel. Hij vroeg niets, Erica zou hem vertellen wat er was gebeurd als daar gelegenheid toe was.

Hij begroette hen een voor een. Erica kreeg een zoen op haar mond, Adrian een aai over zijn wang en vervolgens ging hij op zijn hurken zitten om een ernstige Emma te begroeten. Hij pakte haar gezonde hand en zei: 'Hallo, ik heet Patrik. Hoe heet jij?'

Het antwoord kwam pas na enige tijd.

'Emma.'

Toen stopte ze haar duim weer in haar mond.

'Ze ontdooit nog wel.'

Erica gaf Adrian aan Patrik en draaide zich om naar Emma.

'Mama en tante Erica moeten even slapen, daarom komt Patrik op jullie passen. Vind je dat goed? Hij is een vriend van mij en hij is hartstikke, hartstikke lief. En als jij hartstikke, hartstikke lief bent krijg je misschien van Patrik een ijsje uit de vriezer.'

Emma keek Erica wantrouwig aan, maar de kans op een ijsje vormde een onweerstaanbare verleiding en ze knikte met tegenzin.

'Dan laat ik ze aan jou over, we zien elkaar straks weer. Probeer ervoor te zorgen dat ze nog leven als ik wakker word.'

Erica verdween naar boven en hij draaide zich om naar Emma, die hem nog steeds wantrouwend aankeek.

'Goed, wat zullen we gaan doen? Zullen we een potje schaken? Nee? Wat vind je van een ijsje als ontbijt? Dat lijkt je wel wat. Oké. Maar wie het laatst bij de vriezer is, die krijgt een wortel.'

Langzaam probeerde Anna weer bij bewustzijn te komen. Ze had het gevoel alsof ze honderd jaar had geslapen, als Doornroosje. Toen ze haar ogen opende, had ze eerst moeite om zich te oriënteren. Toen herkende ze het behang van haar meisjeskamer en de werkelijkheid stortte zich over haar heen als een ton bakstenen. Ze kwam snel overeind. De kinderen! Toen hoorde ze Emma's vrolijke gegil van de benedenverdieping en herinnerde ze zich dat Erica had beloofd op hen te passen terwijl zij lag te slapen. Ze ging weer liggen en besloot nog een paar minuten in het warme bed te blijven. Zodra ze opstond, zou ze met het echte leven aan de gang moeten gaan, en op deze manier kon ze dat nog een paar minuten ontvluchten.

Langzaam drong het tot haar door dat het niet Erica's stem was die zich beneden vermengde met het gelach van Emma en Adrian. Een koud, ijzingwekkend moment dacht ze dat Lucas hier was, maar toen besefte ze dat Erica hem liever ter plekke neer zou schieten dan dat ze hem binnen zou laten. Ze had wel zo'n vermoeden wie de bezoeker was en nieuwsgierig sloop ze naar de trap en keek door de spijlen van de trapleuning. De woonkamer zag eruit alsof er een bom was ontploft. De kussens van de bank waren in combinatie met vier eetkamerstoelen en een deken een hut geworden en Adrians blokken lagen verspreid over de hele vloer. Op de salontafel lagen zoveel ijspapiertjes dat Anna hoopte dat Patrik een grootverbruiker van ijs was. Het zou waarschijnlijk heel moeilijk worden haar dochter vandaag nog een echte maaltijd te laten eten. De dochter in kwestie zat op de schouders van een donkerharige man met een sympathiek uiterlijk en warme, bruine ogen. Ze stikte bijna van het lachen en Adrian, die in zijn luier op een kleed op de vloer lag, deelde kennelijk in haar vreugde. Maar degene die het het allermeest naar zijn zin leek te hebben was Patrik, en op dat moment won hij voor eeuwig een plaatsje in Anna's hart.

Ze kwam overeind en schraapte voorzichtig haar keel om de aandacht van de drie speelkameraadjes te trekken.

‘Mama, kijk, ik heb een paard gekregen.’

Emma demonstreerde haar totale macht over ‘het paard’ door hard aan zijn haren te trekken, maar Patriks protesten waren veel te mild en de kleine dictator trok zich er niets van aan.

‘Emma, je moet voorzichtig zijn met je paard. Anders mag je er misschien niet meer op rijden.’

Die opmerking zette de ruiter aan het denken en voor de zekerheid aaide ze Patriks manen met haar gezonde hand om zich ervan te verzekeren dat ze haar ruiterprivileges niet kwijt zou raken.

‘Hallo, Anna, dat is een tijd geleden.’

‘Zeg dat wel. Ik hoop dat ze je niet volledig hebben uitgeput.’

‘Nee, we hebben het hartstikke leuk gehad.’

Hij keek plotseling een beetje bezorgd. ‘Ik ben heel voorzichtig geweest met haar arm.’

‘Dat geloof ik zeker. Ze lijkt zich heel goed te voelen. Ligt Erica te slapen?’

‘Ja, ze klonk zo moe toen we elkaar vanochtend spraken, dat ik aanbood te komen.’

‘En dat is kennelijk goed gegaan.’

'Ja, al hebben we er een behoorlijke rommel van gemaakt. Ik hoop maar dat Erica niet boos is als ze wakker wordt en ziet dat ik haar woonkamer volledig heb geruïneerd.'

Anna vond zijn bezorgde gezicht heel vermakelijk. Het leek alsof Erica hem al flink onder de duim had.

'Ik zal je helpen met opruimen. Maar eerst heb ik een kop koffie nodig. Wil jij ook?'

Ze dronken koffie en praatten met elkaar alsof ze oude vrienden waren. De weg naar Anna's hart ging via de kinderen en de verering in Emma's ogen toen ze om Patrik heen hing, was onmiskenbaar. Anna probeerde haar dochter zover te krijgen dat ze hem even met rust liet, maar Patrik wuifde haar bezwaren weg. Toen Erica een uurtje later met een slaapdronken gezicht beneden kwam, had Anna Patrik over van alles uitgehoord, van zijn schoenmaat tot de reden van zijn scheiding. Toen Patrik uiteindelijk zei dat hij moest gaan, protesteerden alle vrouwen, en Adrian zou zeker ook hebben geprotesteerd als hij niet dodelijk vermoeid in slaap was gevallen.

Toen ze zijn auto hoorden wegrijden, draaide Anna zich met opengesperde ogen om naar Erica.

'Jee, hij is echt de droom van iedere schoonmoeder geworden. Weet je of hij toevallig nog een jongere broer heeft?'

Erica glimlachte alleen maar gelukkig als antwoord.

Patrik had zichzelf met het oppassen een paar uur uitstel gegeven, maar nu wachtte dan toch de taak die hem die nacht uit zijn slaap had gehouden. Zelden had hij meer opgezien tegen iets waarvan hij wist dat het een onvermijdelijk deel was van het beroep dat hij had gekozen. Hij had een van de twee moorden opgelost, maar daar was hij helemaal niet blij mee.

Patrik reed langzaam van Sälvik naar het centrum. Hij wilde het zo lang mogelijk uitstellen, maar het was niet ver en hij was er sneller dan hij had gehoopt. Hij parkeerde de auto op de parkeerplaats bij Evas Liv en legde het laatste stuk te voet af. Het huis lag helemaal aan het eind van een van de straten die steil omlaag liepen naar de boothuizen aan het water. Het was een mooi oud huis, maar het leek jarenlang te zijn verwaarloosd. Voordat hij op de deur klopte, haalde hij even diep adem, maar zodra zijn knokkels op het hout hadden geslagen moest hij zich professioneel opstellen. Persoonlijke gevoelens mochten geen rol spelen. Hij was politieagent en als zodanig gedwongen zijn werk te doen, ongeacht zijn eigen emoties in dezen.

Vera deed bijna meteen open. Ze keek hem vragend aan, maar deed snel een pas opzij toen hij vroeg of hij binnen mocht komen. Ze liep voor hem uit naar de keuken en ze gingen aan de keukentafel zitten. Het viel Patrik op dat ze niet vroeg waar hij voor kwam en even dacht hij dat dat misschien was omdat ze het al wist. Hoe dan ook, hij moest een manier zien te vinden om zijn boodschap zo tactvol mogelijk te brengen.

Kalm keek ze hem aan, maar hij zag donkere kringen onder haar ogen als een teken van het verdriet om de dood van haar zoon. Op de tafel lag een oud fotoalbum en hij vermoedde dat hij foto's van een jonge Anders zou zien als hij het opensloeg. Het voelde zwaar om hier te komen, bij een moeder die verdriet had over haar zoon die nog maar een paar dagen dood was, maar weer moest hij zijn natuurlijke beschermersinstinct opzijschuiven en zich concentreren op de taak waarvoor hij was gekomen. Om de waarheid over Anders' dood te horen.

'Vera, toen we elkaar de vorige keer zagen was dat onder heel verdrietige omstandigheden en ik wil je daarom eerst oprecht condoleren.'

 Ze knikte alleen maar en wachtte zwijgend tot hij verder zou gaan.

'Ik begrijp maar al te goed hoe moeilijk het voor je is, maar het is nu eenmaal mijn werk om uit te zoeken wat er met Anders is gebeurd, ik hoop dat je dat begrijpt.'

Patrik sprak duidelijk, alsof hij het tegen een kind had. Hij wist niet goed waarom hij dat deed, maar hij voelde dat het belangrijk voor hem was dat ze werkelijk begreep wat hij bedoelde.

'We hebben de dood van Anders als een moord onderzocht en we hebben ook gezocht naar een verband met de moord op Alexandra Wijkner, met wie hij een relatie had. We hebben geen sporen van een eventuele moordenaar gevonden en het is ons ook niet duidelijk geworden hoe de moord heeft plaatsgevonden. Om je de waarheid te vertellen heeft het ons zelfs echte kopzorgen bezorgd, en niemand heeft er een goede verklaring voor kunnen vinden hoe het kan zijn gebeurd. Maar toen vond ik dit bij Anders thuis.'

Patrik legde de kopie van het vel papier op de keukentafel, voor Vera, met de tekst naar haar gekeerd. Er gleed een uitdrukking van verbazing over haar gezicht en ze keek herhaalde malen van het papier naar Patriks gezicht. Ze pakte het papier op en draaide het om. Voelde met haar vingers aan de letters en legde het toen terug, nog steeds met een verbijsterde gelaatsuitdrukking.

'Waar heb je dit gevonden?' Haar stem was hees van verdriet.

'Thuis bij Anders. Je bent verbaasd omdat je dacht dat jij het enige exemplaar van deze brief had meegenomen, is het niet?'

Ze knikte. Patrik vervolgde: 'Dat heb je ook gedaan, feitelijk. Ik vond het notitieblok waarop Anders de brief had geschreven maar door de druk van zijn pen op het papier kwam er ook een afdruk op het vel eronder. Die afdruk hebben wij zichtbaar kunnen maken.'

Vera glimlachte ironisch. 'Ja, daar heb ik natuurlijk nooit aan gedacht. Slim van je om zoiets te bedenken.'

'Ik denk dat ik ongeveer wel weet wat er is gebeurd, maar ik zou het graag van jou zelf horen, in je eigen woorden.'

Ze plukte even aan het papier en ging met haar vingertoppen over de woorden, alsof ze braille zat te lezen. Een diepe zucht, en toen gaf ze gehoor aan Patriks vriendelijke maar gedecideerde verzoek.

'Ik ging met een tas eten naar Anders. De deur zat, zoals gewoonlijk, niet op slot, dus riep ik dat ik er was en ging naar binnen. Het was rustig, helemaal geen geluid, stil. Ik zag hem meteen. Het was of mijn hart op dat moment ophield met kloppen. Zo voelde het. Alsof mijn hart ophield met kloppen en er alleen maar stilte in mijn borst kwam. Hij zwaaide zachtjes heen en weer. Alsof het midden in de kamer waaide, maar ik wist natuurlijk dat dat niet kon.'

'Waarom heb je de politie niet gewaarschuwd? Of een ambulance?'

Ze haalde haar schouders op.

'Ik weet het niet. Mijn eerste ingeving was naar voren te rennen en hem los te maken, maar toen ik in de woonkamer kwam, zag ik dat het te laat was. Mijn zoon was dood.'

Voor de eerste keer tijdens haar verhaal trilde haar stem een beetje, maar toen slikte ze even en dwong zichzelf met griezelige kalmte verder te gaan.

'Ik vond deze brief in de keuken. Jij hebt hem gelezen, je weet wat erin staat. Dat hij het niet aankon te leven. Dat het leven één lang lijden voor hem was geweest en dat hij er nu niet langer tegen kon. Al zijn redenen om door te gaan waren verdwenen. Ik denk dat ik een uur in de keuken heb gezeten, misschien wel twee, ik weet het niet goed. Opeens had ik de brief in mijn tas gestopt en toen heb ik de stoel die hij had gebruikt om bij de strop te komen, weggehaald en weer teruggezet in de keuken.'

'Maar waarom, Vera? Waarom? Waar was dat goed voor?'

Haar blik was vast, maar Patrik zag aan haar licht trillende handen dat haar uiterlijke kalmte bedrieglijk was. Hij kon zich niet voorstellen hoe verschrikkelijk het voor een moeder moest zijn om haar zoon aan het plafond te zien hangen, met een dikke blauwe tong en uitpuilende ogen. Hij had het zelf al moeilijk gevonden om Anders te zien en nu moest zijn moeder de rest van haar leven doorbrengen met dat beeld op haar netvlies.

'Ik wilde hem verdere vernederingen besparen. Jarenlang hebben de mensen met verachting naar hem gekeken. Mensen hebben naar hem gewezen en om hem gelachen. Ze staken hun neus in de wind als ze hem zagen en dachten dat ze beter waren dan hij. Wat zouden de mensen zeggen als ze hoorden dat Anders zich had verhangen? Ik wilde hem die schande besparen en dat heb ik gedaan op de enige manier die ik kon bedenken.'

'Maar ik begrijp het nog steeds niet. Waarom zou zelfmoord erger zijn dan moord?'

'Jij bent te jong om dat te begrijpen. De verachting voor zelfmoordenaars zit bij de mensen hier aan de kust nog steeds heel diep. Ik wilde niet dat ze zo over mijn kleine jongen zouden praten. Er is in de loop van de jaren genoeg lelijks over hem gezegd.'

Vera's stem klonk hard als staal. Al deze jaren had ze al haar energie aangewend om haar zoon te beschermen en te helpen, en hoewel Patrik haar motief nog steeds niet begreep, was het waarschijnlijk alleen maar natuurlijk dat ze hem ook na zijn dood bleef beschermen.

Vera reikte naar het fotoalbum op de tafel en opende het zodat zowel zij als Patrik het kon bekijken. Patrik meende aan de kleren te zien dat de foto's in de jaren zeventig waren genomen en Anders' gezicht lachte hem van alle licht vergeelde foto's toe, open en zorgeloos.

'Wat een mooie jongen was hij toch, mijn Anders.'

Vera's stem was dromerig en ze wreef met haar wijsvinger over de foto's.

'Hij was altijd zo lief. Hij veroorzaakte nooit problemen.'

Patrik bekeek de foto's met belangstelling. Het was ongelooflijk dat dit dezelfde persoon was die hij alleen maar als een wrak had gekend. Gelukkig maar dat de jongen op de foto's niet had geweten welk lot hem te wachten stond. Een van de foto's wekte zijn belangstelling wat meer. Een mager, blond meisje stond naast Anders, die op een fiets met een langwerpig, smal zadel en een ossenkopstuur zat. Ze glimlachte flauwtjes en keek verlegen vanonder haar pony.

'Dit is toch Alex?'

'Ja.' Vera klonk kortaf.

'Speelden ze vaak met elkaar toen ze klein waren?'

'Niet vaak. Maar het gebeurde wel. Ze zaten tenslotte bij elkaar in de klas.'

Behoedzaam betrad Patrik dit gevoelige terrein. Bij elke stap die hij nam, probeerde hij zich mentaal met zijn tenen te oriënteren.

'Ik heb begrepen dat ze Nils Lorentz een tijdje als leraar hebben gehad, klopt dat?'

Vera keek hem onderzoekend aan. 'Ja, dat is mogelijk. Het is zo lang geleden.'

'Er werd naar het schijnt nogal veel over Nils Lorentz gepraat. Vooral toen hij daarna zomaar verdween.'

'Hier in Fjällbacka praten de mensen over van alles en nog wat. Dus hebben ze vast ook over Nils Lorentz gepraat.'

Het was duidelijk dat hij nu in een etterende wond zat te wroeten, maar hij moest verdergaan en nog dieper wroeten.

'Ik heb met de ouders van Alex gepraat en zij hebben bepaalde uitlatingen over Nils Lorentz gedaan. Uitlatingen die ook Anders betroffen.'

‘O.’

Het was duidelijk dat ze het hem niet makkelijk wilde maken.

‘Volgens hen heeft Nils Lorentz zich aan Alex vergrepen en ze beweerden dat Anders ook een slachtoffer was.’

Vera zat stokstijf op het randje van haar stoel en ze reageerde niet op Patriks bewering die hij als een vraag had bedoeld. Hij besloot te wachten tot ze iets zou zeggen, en na een korte innerlijke strijd sloeg ze het fotoalbum langzaam dicht en stond op.

‘Ik heb geen zin om oude koeien uit de sloot te halen. Ik wil dat je nu vertrekt. Als jullie maatregelen tegen mij willen treffen voor wat ik heb gedaan toen ik Anders vond, dan weten jullie me te vinden, maar ik ben niet van plan dingen naar boven te halen die het beste maar begraven kunnen blijven.’

‘Ik heb nog één vraag: hebben jullie het hier weleens met Alexandra over gehad? Volgens mijn informatie had zij besloten met het verleden af te rekenen en het zou dan logisch zijn geweest als ze ook met jou had gepraat.’

‘Jazeker, dat heeft ze gedaan. Ik ben bij haar thuis geweest, een week of zo voordat ze overleed, en heb geluisterd naar haar naïeve ideeën om met het verleden af te rekenen, alle oude lijken uit de kast te halen enzovoort, enzovoort. Modern gebazel als je het mij vraagt. Het lijkt wel of iedereen tegenwoordig zijn vuile was buiten wil hangen, omdat het zo gezond zou zijn om openlijk over je geheimen en zonden te praten. Maar bepaalde zaken moeten privé blijven. Dat heb ik ook tegen haar gezegd. Ik weet niet of ze naar me heeft geluisterd, maar ik hoop van wel. Anders heb ik die hardnekkige blaasontsteking, die ik toen in haar ijskoude huis heb opgelopen, voor niets gekregen.'

Met die woorden gaf Vera duidelijk aan dat het gesprek was afgelopen en ze liep naar de voordeur. Ze opende de deur voor Patrik en nam heel afgemeten afscheid.

Toen hij met zijn muts ver over zijn oren en zijn wanten aan weer buiten in de kou stond, wist hij letterlijk niet op welke voet hij moest staan. Hij sprong op en neer om het wat warmer te krijgen en liep vervolgens in hoog tempo naar zijn auto.

Vera was een gecompliceerde vrouw, zoveel had hij tijdens hun gesprek begrepen. Ze hoorde tot een heel andere generatie, maar stond in veel opzichten toch in conflict met de waarden en normen van die generatie. Gedurende het hele leven van haar zoon had zij in hun levensonderhoud voorzien, en zelfs toen hij volwassen was geworden en voor zichzelf had moeten kunnen zorgen, was ze hem blijven helpen. In zekere zin was ze een geëmancipeerde vrouw die zich al die jaren zonder man had weten te redden, maar tegelijk was ze gebonden door de regels die voor vrouwen, en voor mannen trouwens ook, van haar generatie golden. Tegen zijn zin voelde hij een zekere bewondering voor haar. Ze was een sterke vrouw. Een complexe vrouw, die meer had doorstaan dan iemand in zijn leven zou moeten doorstaan.

Hij wist niet wat de gevolgen voor Vera konden zijn na haar pogingen om de zelfmoord van Anders op een moord te laten lijken. Hij moest dit absoluut op het politiebureau melden, maar hij had er geen flauw idee van wat er daarna zou gebeuren. Als het aan hem lag zagen ze het door de vingers, maar hij kon niet beloven dat het zo zou gaan. Zuiver juridisch bestond de mogelijkheid haar aan te klagen wegens belemmering van een onderzoek, maar hij hoopte van harte dat dat niet zou gebeuren. Hij mocht Vera, dat was gewoon zo. Ze was een vechter, en daar waren er niet veel van.

Toen hij in de auto ging zitten, zag hij dat er een bericht op zijn voicemail stond. Toen hij het afluisterde, bleek het Erica te zijn. Ze zei dat drie vrouwen en een heel, heel klein mannetje hoopten dat hij die avond bij hen kwam eten.

Patrik keek op zijn horloge. Het was al vijf uur en snel besloot hij dat het toch al te laat was om nog naar het politiebureau te gaan en wat moest hij thuis doen? Voordat hij de motor startte, belde hij Annika en vertelde kort wat hij had gedaan, maar hij liet de details achterwege omdat hij het hele verhaal wilde vertellen als hij oog in oog met Mellberg stond. Hij wilde tot elke prijs voorkomen dat de situatie verkeerd werd begrepen en dat Mellberg alleen voor zijn eigen genoegen een enorme operatie op touw zette.

Onderweg naar Erica keerden zijn gedachten de hele tijd terug naar de moord op Alex. Het frustreerde hem dat ze alweer op een dood spoor waren gestuit. Twee moorden betekenden een twee keer zo grote kans dat de moordenaar een fout had begaan. Nu was hij weer terug bij af en voor het eerst dacht hij dat hij de moordenaar van Alex misschien niet zou vinden. Dat maakte hem opmerkelijk verdrietig. Hij had het gevoel dat hij Alex beter kende dan wie dan ook. Wat hij over haar jeugd en leven na het misbruik te weten was gekomen, raakte hem diep. Hij wilde haar moordenaar koste wat kost vinden.

Maar hij moest voor zichzelf bekennen dat hij weer op een doodlopende weg zat en hij wist niet welke kant hij nu op moest, waar hij moest zoeken. Patrik dwong zichzelf de zaak voor vandaag los te laten. Nu zou hij Erica, haar zus en de kinderen zien en hij voelde dat dat precies was wat hij vanavond nodig had. Door al deze ellende voelde hij zich kapot vanbinnen.

Mellberg trommelde ongeduldig met zijn vingers op zijn bureau. Waar was die jongen toch? Dacht hij soms dat dit een kinderdagverblijf was? Dat hij kon komen en gaan wanneer hij wilde? Het was weliswaar zaterdag, maar wie dacht dat hij vrij kon nemen voordat deze zaak was opgelost, vergiste zich behoorlijk. Nou ja, hij zou hem snel uit de droom helpen. Op zijn bureau golden strikte regels en een heldere discipline. Duidelijk leiderschap. Dat was de teneur en als er iemand geboren was met leiderskwaliteiten, dan was hij het wel. Zijn moeder had altijd gezegd dat hij het ver zou schoppen en hoewel hij moest toegeven dat het misschien wat langer duurde dan ze beiden hadden gedacht, had hij er nooit aan getwijfeld dat zijn voortreffelijke kwalificaties vroeg of laat lonend zouden zijn.

Daarom was het zo frustrerend dat het onderzoek kennelijk was vastgelopen. Zijn kans was zo dichtbij dat hij die kon ruiken, maar als zijn armzalige medewerkers niet spoedig met resultaten kwamen, kon hij een promotie en een overplaatsing wel op zijn buik schrijven. Lammelingen, dat waren ze. Provinciale agentjes die maar amper in staat waren om met hun eigen handen en een zaklantaarn hun achterwerk te vinden. Hij had enige hoop gekoesterd ten aanzien van de jonge Hedström, maar het zag ernaar uit dat die hem ook zou teleurstellen. Hij had in elk geval nog geen resultaten gemeld van zijn reis naar Göteborg, dus dat zou waarschijnlijk alleen maar een extra kostenpost blijken te zijn. Nu was het tien over negen en hij had nog geen glimp van hem gezien.

'Annika.'

Hij schreeuwde in de richting van de open deur en merkte dat zijn irritatie verder toenam toen het ruim een minuut duurde voordat het haar behaagde op te staan en gehoor te geven aan zijn oproep.

'Ja, wat is er?'

'Heb je iets van Hedström gehoord? Ligt hij nog lekker in zijn warme bedje, of hoe zit dat?'

'Dat denk ik niet. Hij heeft gebeld om te zeggen dat zijn auto niet wilde starten, maar hij is onderweg.' Ze keek op haar horloge. 'Hij zou hier over een kwartiertje moeten zijn.'

‘Verdomme, hij kan toch komen lopen.’

Ze antwoordde niet meteen en hij zag tot zijn verbazing dat Annika begon te glimlachen. ‘Tja, hij was kennelijk niet thuis, denk ik.’

‘Waar was hij dan, verdomme?’

‘Dat moet je Patrik maar vragen,’ zei Annika en ze draaide hem de rug toe en liep terug naar haar kamer.

Dat Patrik een geldige reden leek te hebben voor zijn late komst, ergerde Mellberg nog meer. Konden de mensen niet een beetje vooruitziend zijn en ’s morgens wat vroeger van huis gaan voor het geval de auto haperde?

Een kwartier later kwam Patrik binnen na eerst tactvol op de open deur te hebben geklopt. Hij was buiten adem, had rode wangen en leek schaamteloos opgewekt en vief, hoewel hij zijn chef bijna een halfuur had laten wachten.

‘Dacht je soms dat we hier parttime werken? En waar was je gisteren? Want eergisteren was je toch in Göteborg?’

Patrik ging op de bezoekersstoel tegenover het bureau zitten en beantwoordde de agressieve vragen van Mellberg rustig.

‘Het spijt me dat ik te laat ben. De auto wilde vanmorgen niet starten en het duurde meer dan een halfuur om hem aan de praat te krijgen. Ja, eergisteren was ik in Göteborg en daar wilde ik het eerst over hebben voordat ik vertel wat ik gisteren heb gedaan.'

Mellberg gromde dat Patrik zijn verhaal kon doen. Patrik vertelde wat hij over Alex' jeugd te weten was gekomen. Hij liet geen enkel afschuwelijk detail achterwege en bij het nieuws dat Julia de dochter van Alex was, voelde Mellberg hoe zijn onderkinnen naar zijn borstkas trilden. Zoiets had hij nog nooit gehoord. Patrik ging verder en vertelde over Karl-Eriks acute rit naar het ziekenhuis, en hoe hij het voor elkaar had gekregen in allerijl een vel papier uit Anders' flat te laten analyseren. Hij legde uit dat het een afscheidsbrief bleek te zijn en kwam toen natuurlijk uit op wat hij gisteren had gedaan en waarom. Patrik vatte de situatie vervolgens samen voor een ongewoon stille Mellberg: 'Onze ene moord blijkt dus een zelfmoord te zijn en wat de andere betreft hebben we nog steeds geen idee van de dader en het motief. Ik heb het gevoel dat het te maken heeft met het verhaal van Alexandra's ouders, maar ik heb geen concrete bewijzen die mijn vermoeden ondersteunen. Nu weet je alles wat ik ook weet. Heb jij enig idee hoe we verder moeten gaan?'

Het duurde even voordat Mellberg wat kon zeggen.

 'Wat een ongelooflijk verhaal, zeg. Persoonlijk zou ik liever mijn geld zetten op die kerel met wie Alex scharrelde, dan op die oude koek van vijfentwintig jaar geleden. Ik stel voor dat je met Alex' loverboy gaat praten en deze keer moet je hem de duimschroeven wat harder aandraaien. Ik denk dat we dan veel beter gebruikmaken van onze middelen.'

Zodra Patrik hem had verteld wie de vader van het kind was, had Mellberg Dan boven aan de lijst van verdachten geplaatst.

Patrik knikte – verdacht gewillig naar Mellbergs mening – en stond op om te gaan.

'O ja, goed gedaan, Hedström,' zei Mellberg met tegenzin. 'Jij gaat hier dus mee verder?'

'Absoluut chef, beschouw het als gedaan.'

Hoorde hij daar een ironische ondertoon? Maar Patrik keek hem met een onschuldige blik aan en Mellberg wuifde zijn argwaan weg. De jongen had kennelijk genoeg gezond verstand om de stem van de ervaring te herkennen als hij die hoorde.

Het doel van geeuwen is om de hersenen meer zuurstof te geven. Patrik was er absoluut niet van overtuigd dat hij er baat bij had. De vermoeidheid van de nacht waarin hij thuis had liggen woelen had hem ingehaald en zoals gewoonlijk was het slapen bij Erica met meerderheid van stemmen verworpen. Moe keek hij naar de inmiddels bekende stapels papieren op zijn bureau en hij moest zich inhouden om niet alles in de prullenbak te kieperen. Hij was dit onderzoek nu meer dan zat. Hij had het gevoel alsof er maanden waren verstreken, terwijl het in feite maar om hoogstens vier weken ging. Er was zoveel gebeurd en toch was hij niet verder gekomen. Annika, die langs zijn kamer was gelopen en hem in zijn ogen had zien wrijven, kwam met een broodnodig kopje koffie en zette dat voor hem neer.

'Heb je het moeilijk?'

'Ja, ik moet toegeven dat het op dit moment nogal lastig voelt. Maar we moeten gewoon weer bij het begin beginnen. Ergens in deze stapels bevindt zich het antwoord, dat weet ik. Het enige dat ik nodig heb is een piepkleine aanwijzing die ik tot nu toe over het hoofd heb gezien.'

Hij gooide zijn potlood met een berustend gebaar op een van de stapels.

'En verder?'

'Wat bedoel je?'

 'Hoe is het leven verder, los van het werk? Je weet vast wel wat ik bedoel...'

‘Ja, Annika. Ik weet precies wat je bedoelt. Wat wil je weten?’

‘Is het nog steeds bingo?’

Patrik wist niet zeker of hij het echt wilde weten, maar hij vroeg het toch, tegen beter weten in. ‘Bingo?’

‘Ja, je weet wel. Vijf op rij...’ Toen deed ze de deur met een plagerige glimlach dicht.

Patrik grinnikte in zichzelf. Ja, zo zou je het misschien kunnen noemen.

Hij dwong zichzelf weer aan zijn werk te denken en krabde weifelend met een pen op zijn hoofd. Er was iets wat niet klopte. Iets in wat Vera had gezegd klopte gewoon niet. Hij pakte het notitieblok waarop hij tijdens het gesprek met Vera aantekeningen had gemaakt en nam die nauwkeurig en systematisch woord voor woord door. Langzaam vormde zich een gedachte. Het was maar een klein detail, maar het kon belangrijk zijn. Met een geroutineerd gebaar pakte hij een vel papier uit een van de stapels op zijn bureau. De rommelige indruk was bedrieglijk. Hij wist precies waar alles zich bevond.

Patrik las ook dit vel papier grondig en nadenkend door en reikte toen naar de telefoon.

‘Hallo, u spreekt met Patrik Hedström van de politie in Tanumshede. Ik wilde alleen even weten of u straks thuis bent, ik wilde u een paar vragen stellen. Aha, u bent dan thuis, dat is mooi. Dan ben ik over twintig minuten bij u. Waar woont u? Bij de invalsweg naar Fjällbacka. Rechtsaf na de steile helling en dan het derde huis aan de linkerkant. Een rood huis met witte hoeken. Oké, dat vind ik wel. Anders bel ik nog een keer. Tot straks.'

Nog geen twintig minuten later stond Patrik voor de deur. Het had hem geen moeite gekost om het kleine huis te vinden waar Eilert volgens hem vele, vele jaren met zijn gezin had gewoond. Toen hij op de houten deur klopte, werd die bijna meteen geopend door een vrouw met een norse en verbitterde uitdrukking op haar gezicht. Ze stelde zich uitbundig voor als Svea Berg, de vrouw van Eilert, en ging hem voor naar een kleine woonkamer. Patrik begreep dat zijn telefoontje een koortsachtige activiteit teweeg had gebracht. Het mooie servies stond op de eetkamertafel en een verscheidenheid aan koekjes lag op een hoge, drie verdiepingen tellende schaal. Deze zaak zou hem nog een behoorlijk zwembandje bezorgen, zuchtte Patrik inwendig.

Even instinctief als hij Svea Berg niet mocht, vatte hij sympathie op voor haar man toen hij een paar montere, helderblauwe ogen ontmoette en een stevige handdruk kreeg. Hij voelde de eeltplekken op Eilerts hand en begreep dat dit een man was die zijn hele leven hard had gewerkt.

Toen Eilert was opgestaan waren er kreukels ontstaan in het overtrek van de bank en met een diepe frons was Svea er snel bij om het recht te trekken, met een verwijtende blik naar haar echtgenoot. Het hele huis was blinkend schoon, alles stond op zijn plaats, en je kon je nauwelijks voorstellen dat hier iemand woonde. Patrik had medelijden met Eilert. Hij zag er verloren uit in zijn eigen huis.

Het was bijna komisch om te zien hoe snel Svea's gelaatsuitdrukkingen wisselden: een vleierige glimlach als ze zich tot Patrik wendde, en een verwijtende blik als ze naar haar echtgenoot keek. Patrik vroeg zich af wat haar echtgenoot had gedaan om zo'n irritatie op te wekken, maar hij vermoedde dat alleen al Eilerts aanwezigheid voor Svea een bron van boosheid vormde.

'Gaat u zitten, meneer de agent, dan krijgt u een kopje koffie en wat koekjes.'

Patrik ging gehoorzaam op de stoel zitten die op het raam uitkeek en Eilert bewoog zich in de richting van de stoel ernaast.

'Niet daar, Eilert, dat begrijp je toch wel. Jij moet hier zitten.'

Ze wees bevelend naar de stoel aan de korte kant van de tafel en Eilert gehoorzaamde braaf. Patrik keek om zich heen terwijl Svea ronddraafde en koffie inschonk, ondertussen kreukels in het tafelkleed en de gordijnen gladstrijkend. Het huis was kennelijk ingericht door iemand die een schijn van welstand wilde wekken die niet bestond. Alle spullen waren slechte kopieën, alles, van de gordijnen die eruit moesten zien alsof ze van zijde waren, met veel stroken en strikken, tot de hoeveelheid prullen van nieuwzilver en nepgoud. Eilert leek in al deze namaakpracht een vreemde eend in de bijt.

Het frustreerde Patrik dat hij niet meteen ter zake kon komen. Svea kwekte maar door en slurpte luid van haar koffie.

'Dit servies heeft mijn zuster uit Amerika naar mij opgestuurd, moet u weten. Ze is met een rijke man getrouwd en ze stuurt altijd van die mooie cadeaus. Dit servies heeft heel veel gekost.'

Ze tilde veelbetekenend het sierlijk gedecoreerde koffiekopje op. Patrik stond heel sceptisch tegenover de vermeende waarde van het servies, maar gaf wijselijk geen commentaar.

'Ja, ik zou zelf ook naar Amerika zijn gegaan als ik niet zo'n zwakke gezondheid had gehad. Anders zou ik daar ook een rijke man hebben getrouwd, en niet vijftig jaar in dit krot hebben gewoond.'

Svea wierp een beschuldigende blik naar Eilert, die rustig bleef zitten en niets zei. Dit liedje had hij ongetwijfeld vaker gehoord.

'Ik heb jicht, begrijpt u. Mijn gewrichten zijn helemaal kapot en van 's morgens vroeg tot 's avonds laat heb ik pijn. Gelukkig ben ik niet iemand die klaagt. En daar komt mijn vreselijke migraine ook nog bij, dus ik zou genoeg te jammeren hebben, maar zo ben ik niet, begrijpt u, ik klaag niet. Nee, je moet je pijn geduldig dragen. Ik weet niet hoe vaak mensen tegen me hebben gezegd: wat ben jij sterk, Svea, dat je dag in dag uit al die pijn kunt verdragen. Maar zo ben ik nu eenmaal.'

Ze sloeg bescheiden haar ogen neer en wreef tegelijk demonstratief haar handen, die er in Patriks lekenogen allesbehalve jichtig uitzagen. Wat een takkewijf, dacht hij. Opgemaakt en uitgedost, met veel te veel goedkope sieraden en een dikke laag make-up. Het enige positieve dat hij over haar uiterlijk kon zeggen, was dat het bij de inrichting van het huis paste. Hoe was het in hemelsnaam mogelijk dat twee zo verschillende mensen als Eilert en Svea vijftig jaar getrouwd konden zijn? Maar hij nam aan dat het een generatiekwestie was. Mensen van hun generatie scheidden alleen vanwege veel ernstiger kwesties dan onderlinge verschillen. Maar jammer was het wel. Eilert had vast geen leuk leven gehad.

Patrik schraapte zijn keel om Svea's onstuimige woordenstroom te onderbreken. Ze zweeg gehoorzaam en hing aan zijn lippen om te horen wat voor spannend nieuws hij kwam brengen. Waarschijnlijk zou het roddelcircuit meteen worden geactiveerd zodra hij de deur uit was gestapt.

'Ja, ik heb een paar vragen over de dagen voordat u Alexandra Wijkner vond. Toen u daar was en op het huis paste.'

Hij zweeg, keek naar Eilert en wachtte tot die zou antwoorden. Maar Svea was hem voor.

'Ja, het is me toch wat. Dat zoiets hier zou gebeuren. En dat mijn Eilert haar zou vinden. Er wordt de laatste weken over niets anders gesproken.'

Haar wangen gloeiden van opwinding en Patrik moest zich inhouden om geen scherp commentaar te geven. In plaats daarvan glimlachte hij arglistig en zei: 'Als u het niet erg vindt zou ik willen vragen of het mogelijk is dat uw man en ik even ongestoord kunnen praten. Het is een standaardprocedure bij de politie dat we getuigenverklaringen altijd zonder buitenstaanders afnemen.'

Een regelrechte leugen, maar hij zag tot zijn tevredenheid dat ze, ondanks haar grote ergernis over het feit dat ze uit het spannende middelpunt der gebeurtenissen werd verbannen, zijn gezag in deze kwestie slikte en met tegenzin opstond van tafel. Patrik werd direct beloond met een waarderende en geamuseerde blik van Eilert, die niet goed kon verbergen dat hij het geweldig vond dat Svea op zo'n smadelijke manier van haar pleziertje werd beroofd. Toen ze zich sloffend in de keuken had teruggetrokken, ging Patrik verder: 'Waar waren we gebleven? Ja, u zou me vertellen over de week ervoor, toen u in Alexandra Wijkners huis was.'

'Wat heeft dat voor zin?'

'Dat weet ik op dit moment niet goed. Maar het kan belangrijk zijn. Probeert u zich dus zoveel mogelijk details te herinneren.'

Eilert dacht een poosje zwijgend na en gebruikte de tijd om zorgvuldig zijn pijp te stoppen met tabak uit een zakje waar drie ankers op stonden. Pas toen hij de pijp had aangestoken en een paar trekjes had genomen, begon hij te praten.

'Laten we eens kijken. Ik vond haar op vrijdag. Ik ging er altijd op vrijdag heen om alles even na te lopen voordat ze op vrijdagavond kwam. De laatste keer dat ik daar geweest was, was dus de vrijdag ervoor. Nee, trouwens, we zouden die vrijdag op verjaardagsvisite gaan bij onze jongste zoon die veertig werd, dus was ik er al op donderdagavond heen gegaan.'

'Hoe was het huis toen? Is u iets opgevallen?' Patrik had moeite zijn ongeduld te verbergen.

'Of me iets is opgevallen?' Eilert nam nog een paar langzame trekjes van zijn pijp terwijl hij nadacht.

'Nee, alles was in orde. Ik heb een rondje door het huis en de kelder gemaakt, maar alles zag er goed uit. Ik heb het huis ook weer zorgvuldig afgesloten. Ik had een eigen sleutel gekregen.'

Patrik voelde zich genoodzaakt het ronduit te vragen, de vraag die aan hem had geknaagd. 'En de ketel. Deed die het? Was er warmte in het huis?'

'Jazeker. Er was niets mis met de ketel. Die moet kapot zijn gegaan toen ik weer weg was. Ik begrijp niet waarom dat belangrijk kan zijn? Wanneer de ketel kapotging?'

Eilert haalde de pijp even uit zijn mond.

'Om helemaal eerlijk te zijn weet ik niet of het belangrijk is. Maar bedankt voor uw hulp. Het kan belangrijk zijn.'

'Gewoon uit nieuwsgierigheid, maar waarom hebt u dit niet door de telefoon gevraagd?'

Patrik glimlachte.

'Ik denk dat ik een beetje ouderwets ben. Ik heb het idee dat ik door de telefoon niet evenveel te horen krijg als wanneer ik oog in oog met iemand praat. Soms vraag ik me weleens af of ik niet honderd jaar geleden geboren had moeten worden, vóór alle moderne uitvindingen.'

'Onzin, jongen. Geloof die praatjes maar niet dat alles vroeger beter was. Koud, armoedig en werken van 's morgens vroeg tot 's avonds laat, dat is allemaal niets om van te dromen. Nee hoor, ik gebruik zoveel mogelijk moderniteiten. Ik heb zelfs een computer, met internet. Dat had u vast niet van deze oude man gedacht.'

Hij wees veelzeggend met zijn pijp naar Patrik.

'Ik kan niet zeggen dat het me echt verbaast. Nee, nu moet ik echt gaan.'

'Ik hoop dat het zin heeft gehad, dat u hier niet voor niets bent gekomen.'

'Nee hoor, ik heb precies gehoord wat ik wilde weten. En ik heb de lekkere koekjes van uw vrouw mogen proeven.'

Eilert snoof. 'Ja, bakken kan ze, dat moet ik toegeven.'

Toen verzonk hij in een stilte die vijftig jaar ontberingen leek te vullen. Svea, die waarschijnlijk met haar oor tegen de deur had gestaan, kon zich niet langer inhouden en kwam de kamer in.

'Zo, hebt u te horen gekregen wat u wilde weten?'

'Ja, dank u wel. Uw man is heel welwillend geweest. Ik wil u graag nog bedanken voor de koffie en de lekkere koekjes.'

'Geen dank. Fijn dat u ze lekker vond. Vooruit, Eilert, begin jij maar vast de tafel af te ruimen, dan laat ik meneer de agent uit.'

Gehoorzaam begon Eilert koffiekopjes en schoteltjes te verzamelen terwijl Svea druk kwebbelend Patrik naar de voordeur begeleidde.

'Doe de deur goed achter u dicht. Ik kan niet tegen tocht, begrijpt u.'

Patrik slaakte een zucht van verlichting toen de deur achter hem dichtviel. Wat een vreselijke vrouw. Maar hij had de bevestiging gekregen die hij zocht. Nu was hij er vrij zeker van wie Alex Wijkner had vermoord.

Tijdens de begrafenis van Anders was het niet zulk mooi weer als toen Alex ter aarde werd besteld. De wind deed pijn aan de blootgestelde delen van de huid en veroorzaakte rode wangen. Patrik had zich zo warm mogelijk aangekleed, maar het was toch niet voldoende tegen de kou, en hij huiverde toen hij bij het open graf stond en ze de kist langzaam lieten zakken. De begrafenisplechtigheid zelf had niet lang geduurd en er waren bijna geen mensen geweest. Slechts een paar mensen waren naar de kerk gekomen en Patrik zelf had discreet op de bank helemaal achterin plaatsgenomen. Op de voorste bank zat alleen Vera.

Hij had getwijfeld of hij mee zou gaan naar de teraardebestelling, maar besloot op het laatste moment dat dat het minste was dat hij voor Anders kon doen. Al de tijd dat hij naar Vera had gekeken, had ze geen spier vertrokken, maar hij dacht niet dat haar verdriet daarom minder was. Ze was gewoon niet iemand die ervan hield haar gevoelens openlijk te tonen. Patrik kon dat begrijpen en voelde waardering voor haar. Op een bepaalde manier bewonderde hij haar. Ze was een sterke vrouw.

Na de teraardebestelling gingen de weinige begrafenisbezoekers ieder huns weegs. Vera liep langzaam met gebogen hoofd over het grindpad naar de kerk. Vanwege de snijdende wind had ze haar sjaal als een hoofddoek om haar hoofd geknoopt. Even aarzelde Patrik. Na een innerlijke strijd die het aantal meters tussen hem en Vera groter had gemaakt, nam hij een besluit en haalde haar in.

'Mooie plechtigheid.'

Ze glimlachte verbitterd.

'Jij weet even goed als ik dat Anders' begrafenis even zielig was als de rest van zijn leven. Maar toch bedankt. Het was aardig gezegd.'

In Vera's stem doorklonken jaren van vermoeidheid.

'Ik zou misschien dankbaar moeten zijn. Nog niet zo lang geleden had hij niet eens begraven mogen worden op de algemene begraafplaats. Hij zou een afgezonderde plek hebben gekregen, buiten de door de kerk gewijde grond, een plek speciaal bedoeld voor zelfmoordenaars. Er zijn nog steeds veel ouderen die denken dat zelfmoordenaars niet in de hemel komen.'

Ze zweeg even. Patrik wachtte tot ze verder ging.

'Heeft wat ik bij Anders' zelfmoord heb gedaan nog juridische gevolgen?'

'Nee, ik denk dat ik wel kan garanderen dat dat niet het geval zal zijn. Wat je deed was betreurenswaardig, en natuurlijk was dat een overtreding, maar nee, ik geloof niet dat het juridische gevolgen zal hebben.'

Ze passeerden het wijkgebouw van de kerk en liepen langzaam in de richting van Vera's huis, dat slechts op een paar honderd meter van de kerk lag.

 Patrik had er de hele nacht over liggen piekeren hoe hij te werk moest gaan en was tot een wrede maar hopelijk succesvolle oplossing gekomen. Nonchalant zei hij: ‘Wat ik nog het meest tragisch vind aan de dood van Anders en Alex, is dat er ook een kind heeft moeten sterven.’

Vera draaide zich met een heftige beweging naar hem om. Ze bleef staan en trok wild aan de mouw van zijn jas.

‘Welk kind? Waar heb je het over?’

Patrik was dankbaar dat ze die informatie, tegen alle verwachtingen in, uit de openbaarheid hadden kunnen houden.

‘Alexandra’s kind. Ze was zwanger toen ze werd vermoord. In de derde maand.’

‘Haar man...’

Vera begon te stotteren, maar Patrik ging met geforceerde ongevoeligheid verder.

‘Haar man had er niets mee te maken. Ze hadden kennelijk al in geen jaren gemeenschap gehad. Nee, het schijnt dat de vader iemand was die ze hier in Fjällbacka ontmoette.’

Vera hield zijn mouw zo stevig vast dat haar knokkels wit werden.

‘Goede god, goede, goede god.’

'Ja, het is inderdaad wreed. Een ongeboren kind doden. Volgens het sectierapport was het een jongetje.'

Hij huilde inwendig, maar dwong zichzelf ertoe niets meer te zeggen en de reactie af te wachten waarop hij rekende.

Ze stonden onder de grote kastanjeboom, vijftig meter van Vera's huis. Toen ze er plotseling vandoor ging werd hij totaal verrast. Ze rende verbazingwekkend snel voor iemand van haar leeftijd en het duurde een paar tellen voordat Patrik het besef had achter haar aan te hollen. Toen hij bij haar huis kwam, stond de voordeur wijd open en hij stapte voorzichtig naar binnen. Hij hoorde snikkende geluiden uit de badkamer, en daarna hoorde hij haar heftig overgeven.

Het voelde verkeerd om met zijn muts in zijn hand in de hal te staan luisteren hoe zij overgaf, dus trok hij zijn natte schoenen en jas uit en liep naar de keuken. Toen Vera een paar minuten later binnenkwam, pruttelde het koffiezetapparaat en stonden er twee kopjes op de keukentafel. Ze was bleek en voor het eerst zag hij tranen. Slechts een aanduiding, als een glinstering in de ooghoeken, maar dat was voldoende. Vera ging stijf op een van de keukenstoelen zitten.

In slechts een paar minuten was ze vele jaren ouder geworden en ze bewoog langzaam, als een beduidend oudere vrouw. Patrik gaf haar nog een paar minuten respijt terwijl hij koffie voor hen inschonk, maar toen hij ging zitten gaf hij haar met een strenge blik te verstaan dat het moment van de waarheid was aangebroken. Zij wist dat hij het wist en er was geen weg terug.

'Ik heb dus mijn kleinkind vermoord.'

Patrik vatte dit op als een retorische vraag en antwoordde niet. Als hij antwoordde, zou hij nog steeds moeten liegen. Nu kon hij niet meer terugkrabbelen. Ze zou spoedig achter de waarheid komen. Maar eerst was hij aan de beurt.

'Ik begreep dat jij Alex had vermoord toen je vertelde dat je de week voor haar dood bij haar was geweest. Je zei dat het koud was geweest in haar huis, maar de ketel is pas de week daarna kapotgegaan, in de week dat ze doodging.'

Vera staarde voor zich uit en leek niet eens gehoord te hebben wat Patrik zei.

'Het is vreemd. Nu realiseer ik me pas dat ik iemand anders van het leven heb beroofd. Alexandra's dood was nooit echt werkelijk voor me, maar

Anders' kind... Ik zie het bijna voor me...'

'Waarom moest Alex dood?'

Vera stak afwerend een hand op. Ze zou het vertellen, maar in haar eigen tempo.

'Het zou een schandaal zijn geworden. Iedereen zou hem hebben nagewezen en over hem hebben gepraat. Ik deed wat ik dacht dat goed was. Ik wist niet dat hij toch nog het mikpunt van spot zou worden. Dat mijn zwijgen hem vanbinnen op zou vreten en hem alle waarde zou ontnemen. Het was zo eenvoudig. Karl-Erik kwam bij me en vertelde wat er was gebeurd. Voordat hij bij mij kwam, had hij met Nelly gepraat en zij waren het er samen over eens. Er zou niets goeds uit voortkomen als het hele dorp het te weten kwam. Het zou ons geheim zijn en als ik wist wat het beste voor Anders was, dan moest ik mijn mond houden. Dus zweeg ik. Ik zweeg al die jaren. En elk jaar betaalde Anders er een hogere prijs voor dan het jaar ervoor. Elk jaar kwijnde hij verder weg in zijn eigen hel en ik koos ervoor mijn eigen aandeel daarin niet te willen zien. Ik ruimde zijn troep op en hield hem zo goed en zo kwaad als het ging overeind, maar ik kon het niet ongedaan maken. Zwijgen kan nooit teruggenomen worden.'

Ze had haar koffie in een paar gulzige slokken opgedronken en hief vragend haar kopje op naar Patrik. Hij stond op, pakte de koffiekan en schonk nog eens in. Het leek of de gewoonte van koffie drinken haar hielp grip op de werkelijkheid te houden.

'Soms denk ik dat de stilte erger was dan het misbruik. We spraken er nooit over, zelfs niet binnen deze vier muren, en ik begrijp nu pas wat dat met hem moet hebben gedaan. Misschien interpreteerde hij mijn zwijgen als een verwijt. Dat is het enige dat ik niet kan verdragen. Dat hij heeft gedacht dat ik hem schuldig achtte aan wat er was gebeurd. Dat heb ik nooit gedacht, zelfs geen seconde, maar ik zal nu nooit weten of hij dat wist.'

Heel even leek de façade te barsten, maar toen rechtte Vera haar rug weer en dwong zichzelf verder te gaan. Patrik kon zich alleen maar voorstellen hoeveel kracht haar dat kostte.

'In de loop van de jaren vonden we een soort evenwicht. Hoewel het leven voor ons allebei ellendig was, wisten we wat we hadden en wat we aan elkaar hadden. Ik wist natuurlijk dat hij Alex nog steeds af en toe zag en dat ze zich op een vreemde manier tot elkaar aangetrokken voelden, maar ik dacht toch dat we verder konden gaan zoals we altijd hadden gedaan. Toen zei Anders opeens dat Alex openbaar wilde maken wat er met hen was gebeurd. Ze wilde alle oude lijken uit de kast halen, zei hij geloof ik. Hij klonk zelf bijna onverschillig toen hij dat zei, maar ik had het gevoel alsof ik een elektrische schok had gekregen. Het zou alles veranderen. Niets zou nog hetzelfde zijn als Alex na zoveel jaren allerlei oude geheimen bekendmaakte. Waar zou dat goed voor zijn? En wat zouden de mensen zeggen? En Anders deed wel alsof hij het zich niet aantrok, maar ik ken hem en ik geloof dat hij net zomin als ik wilde dat ze alles zou vertellen. Ik ken, kende, mijn zoon.'

'Dus ging je bij haar op bezoek.'

'Ja. Ik ging er die vrijdagavond heen in de hoop dat ik haar tot rede kon brengen. Dat ik haar kon laten inzien dat ze niet in haar eentje een besluit kon nemen dat voor ons allemaal consequenties zou hebben.'

'Maar ze begreep het niet.'

Vera lachte bitter.

'Nee, ze begreep het niet.'

Ze had inmiddels ook haar tweede kopje koffie leeggedronken terwijl Patrik nog halverwege zijn eerste was, maar nu zette ze haar kopje neer en vouwde haar handen op de tafel.

'Ik deed een beroep op haar. Ik legde uit hoe moeilijk het voor Anders zou zijn als ze vertelde wat er was gebeurd, maar ze keek me recht in de ogen en beweerde dat ik alleen aan mezelf dacht, en niet aan Anders. Hij zou het fijn vinden als het eindelijk bekend werd, zei ze. Hij had er nooit om gevraagd dat we zouden zwijgen en ze zei bovendien dat ik, Nelly, Karl-Erik en Birgit niet aan hen hadden gedacht toen we besloten het geheim te houden en dat we alleen onze eigen reputatie smetteloos hadden willen houden. Wat een brutaliteit!'

De woede die even in Vera's ogen ontvlamde, doofde even snel als hij was gekomen en werd vervangen door een onverschillige, dode blik. Ze ging verder: 'Er brak iets in me toen ik haar zoiets ongehoords hoorde beweren. Alsof ik niet alles had gedaan voor Anders' bestwil. Ik kon bijna horen hoe er iets knapte en ik handelde zonder na te denken. Ik had mijn slaaptabletten in mijn handtas zitten en toen zij naar de keuken ging, heb ik een paar tabletten verkruimeld en in haar ciderglas gestopt. Toen ik kwam had ze een glas wijn voor me ingeschonken en toen ze terugkwam uit de keuken, deed ik alsof ik haar woorden accepteerde en ik vroeg haar of we onze glazen niet als vrienden konden legen voordat ik wegging. Daar leek ze blij om en ze hield me gezelschap. Na een poosje viel ze op de bank in slaap. Ik had er niet over nagedacht wat ik dan zou doen, de slaaptabletten waren een spontane ingeving geweest, maar ik bedacht dat ik het op zelfmoord kon laten lijken. Ik had niet genoeg slaaptabletten bij me om haar een dodelijke dosis te kunnen geven, het enige dat ik kon bedenken was haar polsen door te snijden. Ik wist dat veel mensen dat in bad doen, dus dat leek een goed en uitvoerbaar plan.'

Haar stem was monotoon. Het klonk alsof ze het over een heel gewone, alledaagse gebeurtenis had, niet over moord.

'Ik trok al haar kleren uit. Ik dacht dat ik haar wel kon dragen, ik heb sterke armen door al het schoonmaakwerk dat ik heb gedaan, maar dat bleek niet mogelijk. In plaats daarvan moest ik haar naar de badkamer slepen en in de badkuip hijsen. Toen sneed ik met een scheermesje dat ik in de badkamerkast had gevonden beide polsslagaders door. Omdat ik het huis jarenlang een keer per week had schoongemaakt, kende ik het goed. Ik waste het glas af waaruit ik had gedronken, deed het licht uit, sloot de deur af en legde de reservesleutel weer op zijn plaats.'

 Patrik was geschokt, maar dwong zichzelf met kalme stem te praten.

'Je begrijpt natuurlijk wel dat je nu met mij mee moet gaan. Ik hoef toch niet om versterking te bellen?'

'Nee. Dat hoef je niet te doen. Mag ik een paar dingen pakken die ik mee wil nemen?'

Hij knikte.

'Ja, dat is goed.'

Ze stond op. In de deuropening draaide ze zich om.

'Hoe had ik kunnen weten dat ze zwanger was? Ze dronk weliswaar geen wijn, dat viel me wel op, maar ik had er geen idee van dat het daarom was. Misschien dronk ze gewoon niet veel, of moest ze nog rijden. Hoe had ik het kunnen weten? Dat was toch onmogelijk?'

Haar stem klonk smekend en Patrik kon alleen maar stom knikken. Hij zou haar binnenkort vertellen dat het kind niet van Anders was, maar voorlopig durfde hij het evenwicht in het vertrouwen dat ze hem had geschonken niet te verstoren. Er waren meer mensen aan wie ze haar verhaal moest vertellen voordat ze de zaak Alexandra Wijkner definitief konden afsluiten. Maar er was iets wat hem stoorde. Zijn intuïtie zei hem dat Vera nog steeds niet alles had verteld.

Toen hij in de auto zat, pakte hij de kopie van de brief die Anders had nagelaten, als zijn laatste boodschap aan de wereld. Langzaam las hij de woorden van Anders nog een keer door en weer voelde Patrik hoe sterk de pijn was die hem vanaf het papier tegemoetkwam.

6

'De ironie in mijn leven is me vaak opgevallen. Dat ik het vermogen heb om met mijn vingers en ogen schoonheid te creëren, terwijl ik verder alleen maar in staat ben lelijkheid en vernietiging te scheppen. Daarom is het vernietigen van mijn schilderijen het laatste dat ik zal doen. Om enige vorm van consequentie in mijn leven te krijgen. Het is beter om consequent te zijn en alleen viezigheid achter te laten dan een complexer persoon te lijken dan ik verdien.

Eigenlijk ben ik eenvoudig. Het enige dat ik ooit heb gewild is een paar maanden en gebeurtenissen uit mijn leven uit te wissen. Ik vind niet dat dat te veel gevraagd is.

Maar misschien heb ik wel verdiend wat ik in mijn leven kreeg. Misschien heb ik in een vorig leven iets verschrikkelijks gedaan waarvoor ik in dit leven de prijs heb moeten be-

talen. Niet dat het echt wat uitmaakt. Maar het zou toch prettig geweest zijn als ik had geweten waarvoor ik in dat geval heb betaald.

Jullie vragen je misschien af waarom ik dit moment kies om een leven te verlaten dat al zo lang zinloos is geweest. Ja, waarom? Waarom doe je op een bepaald moment überhaupt iets? Hield ik zoveel van Alex dat het leven zijn allerlaatste zin had verloren? Dat is waarschijnlijk een van de verklaringen waarnaar jullie zullen grijpen. Ik weet het eigenlijk niet als ik helemaal eerlijk ben. De gedachte aan de dood is een vriend met wie ik lang heb geleefd, maar pas nu heb ik het gevoel er klaar voor te zijn. Misschien maakte de dood van Alex mijn eigen vrijheid mogelijk. Zij is altijd de onbereikbare geweest, degene in wier schil je zelfs niet het kleinste krasje kon maken. Dat zij dood kon gaan maakte dat mijn eigen mogelijkheid tot diezelfde weg opeens wijd openstond. Ik ben al heel lang bepakt en bezakt geweest, en nu kan ik gaan.

Vergeef me, mama.
Anders'

❄

Hij had de gewoonte om vroeg op te staan, of midden in de nacht zoals sommigen zeiden, nooit van zich af kunnen schudden. Wat in dit geval nuttig bleek te zijn. Svea reageerde niet toen hij om vier uur opstond, maar voor de zekerheid sloop hij zachtjes de trap af, met zijn kleren in zijn handen. Eilert kleedde zich in stilte aan in de woonkamer en pakte toen de koffer die hij achter in de voorraadkast had verstopt. Hij had dit al maandenlang voorbereid en niets aan het toeval overgelaten. Vandaag was de eerste dag van de rest van zijn leven.

De auto startte ondanks de kou bij de eerste poging en om twintig over vier liet hij het huis waar hij de afgelopen vijftig jaar had gewoond achter zich. Hij reed door een slapend Fjällbacka en gaf pas meer gas toen hij de oude molen was gepasseerd. Daarna sloeg hij af naar Dingle. Het was ruim tweehonderd kilometer naar het vliegveld Landvetter bij Göteborg en hij kon het rustig aan doen. Het vliegtuig naar Spanje zou pas om acht uur vertrekken.

Eindelijk kon hij het leven gaan leiden dat hij zelf wilde.

Hij had dit al heel lang gepland, vele jaren. Zijn kwaaltjes werden elk jaar erger, net als de frustratie over het leven samen met Svea. Eilert vond dat hij iets beters verdiende. Op internet had hij een klein pension in een dorp aan de Spaanse kust gevonden. Een eindje van de stranden en de toeristische gebieden vandaan, dus de prijs was overkomelijk. Hij had gemaild en uitgezocht of hij daar het hele jaar kon wonen als hij dat wilde, de eigenaresse zou hem dan korting geven. Het had lang geduurd om het geld bij elkaar te sparen omdat Svea zijn doen en laten streng in de gaten hield, maar eindelijk was het hem gelukt. Hij dacht dat hij ongeveer twee jaar zou kunnen rondkomen van zijn geld als hij zuinig leefde, en daarna moest hij er gewoon iets op vinden. Op dit moment kon niets zijn enthousiasme beteugelen.

Voor het eerst in vijftig jaar voelde hij zich vrij en hij merkte dat hij de oude Volvo uit pure vreugde wat extra gas gaf. Hij zou de auto op de parkeerplaats voor langere tijd achterlaten, dan zou Svea vanzelf een keer ontdekken waar die was. Niet dat het wat uitmaakte. Ze had nooit haar rijbewijs gehaald en had Eilert als onbetaalde chauffeur gebruikt als ze ergens heen wilde. Het enige dat een beetje op zijn geweten drukte waren de kinderen. Aan de andere kant waren het altijd meer Svea's kinderen geweest dan de zijne en tot zijn verdriet waren ze net zo kleingeestig en bekrompen geworden als zij. Waar hij ongetwijfeld ook schuld aan had, omdat hij lange dagen had gewerkt en alle mogelijke smoesjes had verzonnen om zoveel mogelijk van huis te kunnen zijn. Maar hij had toch besloten om vanaf Landvetter een ansichtkaart te sturen om te vertellen dat hij uit eigen vrije wil verdween en dat ze zich geen zorgen hoefden te maken. Hij wilde tenslotte niet dat er een grote politieactie op touw werd gezet om hem te zoeken.

De wegen waarop hij in het donker reed waren verlaten en hij liet de radio zelfs uit, om zo van de stilte te kunnen genieten. Nu begon het leven.

'Ik vind het zo moeilijk te begrijpen. Dat Vera Alex heeft vermoord zodat ze niet zou vertellen dat Anders en zij meer dan vijfentwintig jaar geleden werden misbruikt.'

Erica liet haar wijnglas met een peinzende blik in haar hand ronddraaien.

'Je moet de behoefte om in een kleine gemeenschap niet op te vallen niet onderschatten. Als het oude verhaal over het misbruik bekend zou worden, zouden de mensen een nieuwe reden hebben om iemand na te wijzen. Daarentegen geloof ik haar niet als ze zegt dat ze het voor Anders heeft gedaan.

Misschien heeft ze gelijk als ze zegt dat Anders ook niet wilde dat iedereen te weten kwam wat hun was overkomen, maar volgens mij was het voor haarzelf onverdraaglijk dat mensen achter haar rug om zouden gaan fluisteren als bekend werd dat Anders als kind was misbruikt en dat ze daar niets tegen had gedaan maar er juist aan had meegewerkt om alles in de doofpot te stoppen. Volgens mij dacht ze dat ze die schande niet kon verdragen. Toen ze eenmaal begreep dat Alex zich niet liet ompraten, heeft ze Alex in een impuls gedood, weldoordacht en koelbloedig.'

'Hoe neemt ze het nu op? Dat ze is ontmaskerd, bedoel ik?'

'Ze is verbazingwekkend kalm. Ik geloof dat ze enorm opgelucht was toen we haar vertelden dat Anders niet de vader van het kind was en dat ze dus niet haar ongeboren kleinkind heeft vermoord. Het lijkt nu alsof het haar helemaal niets kan schelen wat er met haar gebeurt. En waarom zou ze ook? Haar zoon is dood, ze heeft geen vrienden, geen leven. Alles is onthuld, en ze heeft niets meer te verliezen. Alleen haar vrijheid, en die lijkt momenteel niet veel voor haar te betekenen.'

Ze zaten in Patriks huis en dronken nu wijn na samen te hebben gegeten. Erica genoot van de rust en de stilte. Ze vond het heerlijk om Anna en de kinderen bij haar thuis te hebben, maar soms werd het haar te veel en vandaag was zo'n dag. Patrik was de hele dag bezig geweest met het verhoren van Vera, maar toen hij klaar was had hij Erica en haar kleine weekendtas opgehaald en nu zaten ze hier lekker op de bank als een nijver oud stel.

Erica deed haar ogen dicht. Dit moment was heerlijk en beangstigend tegelijk. Alles was zo perfect, en tegelijk moest ze er ook aan denken dat dat misschien betekende dat het van nu af aan alleen maar minder kon worden. Wat er zou gebeuren als ze weer naar Stockholm verhuisde, was iets waar ze helemaal niet aan wilde denken. Zij en Anna hadden dagenlang om de kwestie van het huis heen gedraaid en waren stilzwijgend overeengekomen er nog niet over te praten. Erica dacht ook niet dat Anna op dit moment in staat was beslissingen te nemen en daarom had zij ook niet aangedrongen.

Maar vanavond wilde ze niet aan de toekomst denken. Het was beter om helemaal niet aan de dag van morgen te denken en in plaats daarvan zoveel mogelijk van dit moment te genieten. Ze dwong zichzelf haar sombere gedachten te verdrijven.

'Ik heb vandaag met de uitgever gesproken. Over het boek over Alex.'

'En, wat zeiden ze?'

Het enthousiasme in Patriks ogen stelde haar tevreden.

'Het leek hun een schitterend idee en ze willen dat ik zo snel mogelijk materiaal opstuur. Ik moet het boek over Selma nog steeds afmaken, maar ik heb een maand uitstel gekregen, dus nu heb ik beloofd het in september in te leveren. Ik denk zelfs dat ik aan beide boeken tegelijk kan werken. Tot nu toe is dat in elk geval redelijk gegaan.'

'Wat dacht de uitgever van de juridische kant van de zaak? Loop je risico om door Alex' familie voor de rechter te worden gedaagd?'

'De wet over persvrijheid is vrij duidelijk. Ik heb het recht erover te schrijven, ook zonder hun toestemming, maar ik hoop natuurlijk dat ze willen meewerken als ik ze het project en mijn plannen met het boek kan uitleggen. Ik wil echt geen sensatieverhaal zonder inhoud schrijven, maar juist vertellen wat er werkelijk is gebeurd en duidelijk maken wie Alex echt was.'

'En de markt? Denken ze dat er belangstelling bestaat voor dit soort boeken?'

Patriks ogen straalden en Erica vond het fijn dat hij zo enthousiast was. Hij wist hoeveel dit boek voor haar betekende en behandelde het onderwerp daarnaar.

'Ja, ze denken van wel. In de vs is enorm veel belangstelling voor true crimeboeken. De boeken van de grootste schrijfster van dat genre, Ann Rule, vliegen als warme broodjes over de toonbank. Bovendien is het hier in Zweden een vrij nieuw verschijnsel. Er zijn een paar boeken die op dezelfde lijn liggen, bijvoorbeeld het boek dat een paar jaar geleden werd geschreven over die arts en die patholoog-anatoom, maar die zijn allemaal niet zo zuiver. Ik zou net als Ann Rule veel aandacht willen besteden aan het onderzoek. Feiten controleren, met alle betrokkenen praten en daarna een zo waarheidsgetrouw mogelijk boek schrijven over wat er is gebeurd.'

'Denk je dat de familie van Alex zich door jou wil laten interviewen?'

'Ik weet het niet.' Erica draaide een haarlok om haar vinger. 'Echt niet. Maar ik zal het ze in elk geval vragen en als ze niet willen meewerken, moet ik op een andere manier te werk gaan. Ik heb het voordeel dat ik zelf al zoveel over hen weet. Niet dat ik het niet eng vind om het ze te vragen, maar dat is niet anders. Als dit boek goed verkoopt, heb ik er niets op tegen om meer boeken over interessante rechtszaken te schrijven en dan moet ik er maar aan wennen dat ik me aan de betrokkenen moet opdringen. Dat hoort erbij. Bovendien denk ik dat mensen er behoefte aan kunnen hebben hun verhaal te vertellen. Zowel uit het perspectief van het slachtoffer als dat van de dader.'

‘Je wilt dus ook proberen met Vera te praten?’

‘Ja, absoluut. Ik heb geen idee of ze mee wil werken, maar ik ga het in elk geval proberen. Misschien vertelt ze het, misschien ook niet. Ik kan haar niet dwingen.’

Ze haalde haar schouders op in een gebaar dat onverschilligheid uitdrukte, maar natuurlijk zou het boek niet zo goed worden als Vera niet wilde meewerken. Wat ze tot nu toe had geschreven was een geraamte, nu moest ze hard aan het werk om vlees aan de botten te krijgen.

‘En jij dan?’

Ze draaide zich een beetje om op de bank en legde haar benen op Patriks knieën, die de hint begreep en gehoorzaam haar voeten begon te masseren.

‘Hoe was jouw dag? Ben je nu de held van het bureau?’

De zware zucht die Patrik slaakte gaf aan dat dat niet het geval was.

‘Nee, je dacht toch niet dat Mellberg de eer laat aan wie die toekomt? Hij heeft vandaag als een gek heen en weer gerend tussen de verhoorkamer en diverse interviews met de pers. “Ik” was een veelvoorkomend voornaamwoord in de gesprekken met de journalisten. Het zou me verbazen als hij überhaupt mijn naam heeft genoemd. Maar wat maakt het uit. Wie wil zijn naam gedrukt zien staan? Ik heb gisteren een moordenaar gearresteerd en dat vind ik mooi genoeg.'

'Goh, wat kun jij edelmoedig zijn.'

Erica stompte hem speels op zijn schouder.

'Geef nu maar toe dat je best vooraan bij de microfoon had willen staan tijdens een grote persconferentie om met vooruitgestoken borst te vertellen hoe geniaal je erachter was gekomen wie de moordenaar was.'

'Tja, het zou natuurlijk best leuk geweest zijn om in de plaatselijke pers genoemd te worden. Maar het is zoals het is. Mellberg gaat met alle eer strijken en daar kan ik helemaal niets aan doen.'

'Denk je dat hij die overplaatsing krijgt die hij zo graag wil?'

'Als dat zou kunnen. Nee, ik vermoed dat de leiding in Göteborg heel tevreden is dat hij is waar hij is, dus ik ben bang dat we het tot zijn pensioen met hem moeten uithouden. En die datum lijkt op dit moment erg ver weg.'

'Arme Patrik.'

Ze aaide over zijn haar en dat zag hij als een teken om zich op haar te storten en haar onder zich op de bank vast te nagelen.

 De wijn maakte haar ledematen zwaar en de warmte van zijn lijf verspreidde zich langzaam naar haar lichaam. Haar ademhaling veranderde en werd zwaarder, maar ze had nog een paar vragen voor hem. Ze dwong zich ertoe weer overeind te komen en duwde Patrik met mild geweld terug naar zijn eigen hoekje.

‘Maar ben je hier tevreden mee? De verdwijning van Nils, bijvoorbeeld. Je bent niets meer te weten gekomen van Vera?’

‘Nee, ze beweert dat ze daar niets over weet. Helaas geloof ik haar niet. Volgens mij had ze een nog sterkere reden om Anders te beschermen dan dat mensen erachter zouden komen dat Nils zich aan hem had vergrepen. Volgens mij weet ze precies wat er met Nils is gebeurd, en dat geheim moet koste wat kost bewaard blijven. Maar ik geef toe dat het me stoort dat het nog steeds alleen maar gissingen zijn. Mensen gaan niet zomaar in rook op. Hij is ergens en bovendien zijn er een of meer personen die weten waar. Maar ik heb in elk geval een theorie.’

Hij nam stap voor stap de mogelijke loop der gebeurtenissen door en verklaarde de omstandigheden waarop hij zijn idee stoelde. Erica voelde dat ze huiverde, ondanks de warmte in de kamer. Het klonk onwaarschijnlijk, maar toch logisch. Ze begreep ook dat Patrik nooit iets van zijn verhaal zou kunnen bewijzen. En misschien had dat ook helemaal geen nut. Er waren zoveel jaren verstreken. Er waren al zoveel levens kapotgemaakt dat je het gevoel kreeg dat niemand er baat bij had nog een leven kapot te maken.

'Ik weet dat dit nooit ergens toe zal leiden. Tegelijk wil ik het weten, voor mezelf. Ik heb nu wekenlang met deze zaak geleefd en ik moet het kunnen afsluiten.'

'Maar wat ga je doen? Wat kun je trouwens doen?'

Patrik zuchtte.

'Ik ga gewoon om een paar antwoorden vragen. Als je niets vraagt, kom je ook nooit iets te weten, toch?'

Erica keek hem onderzoekend aan.

'Ik weet niet of het wel zo'n goed plan is, maar dat weet je zelf het beste.'

'Ja, ik hoop het. Zullen we dood en verdriet nu achter ons laten en ons aan elkaar wijden?'

'Dat vind ik een uitstekend idee.'

Hij stortte zich weer op haar en deze keer was er niemand die hem wegduwde.

Toen hij van huis wegreed, lag Erica nog in bed. Hij had haar niet willen wekken en was stilletjes opgestaan, had zich aangekleed en was vertrokken.

Hij had een zekere verbazing maar ook een voorzichtige afwachtende houding bespeurd toen hij deze afspraak maakte. De ander had de voorwaarde gesteld dat ze elkaar discreet zouden treffen en Patrik had daar geen bezwaar tegen gehad. Daarom was hij deze maandagochtend om zeven uur op en toen hij in het donker richting Fjällbacka reed, kwam hij maar heel af en toe een auto tegen. Hij sloeg af bij een bord waar Väddö op stond, en parkeerde zijn auto als eerste op het parkeerterrein dat een eindje van de weg af lag. Daar bleef hij wachten. Na tien minuten kwam er nog een auto het terrein oprijden, die naast de zijne parkeerde. De bestuurder stapte uit, opende de passagiersdeur van Patriks auto en stapte in. Patrik liet de motor stationair draaien om de verwarming aan te kunnen laten, anders zouden ze straks bevriezen.

‘Dit is allemaal best spannend, een geheime ontmoeting in het donker. De vraag is alleen waarom?’

Jan maakte een volkomen ontspannen maar enigszins vragende indruk. ‘Ik dacht dat het onderzoek nu was afgesloten. Jullie hebben de moordenaar van Alex toch?’

'Ja, dat klopt. Maar er zijn nog steeds een paar puzzelstukjes die niet passen en dat ergert me.'

'Ach zo, wat voor stukjes zijn dat dan?'

Op Jans gezicht vielen geen gevoelens te bespeuren. Patrik vroeg zich af of straks zou blijken dat het onnodig was geweest zo onchristelijk vroeg op te staan. Maar nu was hij hier en kon hij evengoed afmaken wat hij was begonnen.

'Zoals je misschien wel hebt gehoord werden Alexandra en Anders door jouw stiefbroer Nils misbruikt.'

'Ja, dat heb ik gehoord. Verschrikkelijk. Vooral voor mijn moeder.'

'Maar dat was geen nieuws voor haar. Ze wist er al van.'

'Ja natuurlijk. Ze heeft de situatie aangepakt op de enige manier die ze kende. Met de grootst mogelijke discretie. De naam van de familie moest natuurlijk beschermd worden. Koste wat kost.'

'En wat vind jij daarvan? Dat je broer een pedofiel was en dat je moeder dat wist en hem in bescherming nam?'

Jan liet zich niet uit zijn evenwicht brengen. Hij veegde een paar onzichtbare stofjes van zijn jas en fronste alleen maar zijn ene wenkbrauw toen hij

Patrik na een paar tellen bedenktijd antwoordde.

'Ik begrijp mijn moeder natuurlijk. Ze handelde op de enige manier die in haar vermogen lag en het leed was toch al geschied, zo is het toch?'

'Ja, zo kun je het natuurlijk ook zien. De vraag is alleen waar Nils toen heen is gegaan. Heeft niemand in de familie ooit iets van hem vernomen?'

'Dan zouden we natuurlijk als goede burgers de politie op de hoogte hebben gebracht.'

De ironie was zo handig in de intonatie opgenomen dat die nauwelijks kon worden waargenomen.

'Maar ik begrijp best dat hij ervoor koos te verdwijnen. Wat was er hier nog? Mijn moeder had ontdekt wat voor mens hij eigenlijk was, en hij kon niet op de school blijven werken, daar zou moeder in elk geval voor zorgen. Dus is hij vertrokken. Waarschijnlijk woont hij in een of ander warm land, waar hij makkelijk in contact met kleine meisjes en jongens kan komen.'

'Dat denk ik niet.'

'O, waarom niet? Heb je ergens het spreekwoordelijke lijk in de kast gevonden?'

Patrik negeerde de spottende toon.

'Nee, dat hebben we niet. Maar ik heb wel een theorie.'

'Wat spannend zeg.'

'Volgens mij waren Alex en Anders niet de enigen die door Nils werden misbruikt. Volgens mij was zijn belangrijkste slachtoffer degene die hij het meest binnen handbereik had. Die het eerst beschikbaar was. Volgens mij werd jij ook misbruikt.'

Voor de eerste keer meende Patrik een barst in Jans neutrale, gladde gezicht te zien, maar een tel later had hij in elk geval ogenschijnlijk de controle hervonden.

'Dat is een interessante theorie. Waar baseer je die op?'

'Niet op veel, dat moet ik toegeven. Maar ik heb een gemeenschappelijke schakel tussen jullie drieën gevonden. In jullie jeugd. Toen ik bij je was, zag ik een stukje leer in je werkkamer liggen. Dat stukje leer betekent volgens mij heel veel voor je. Het symboliseert iets. Een verbond, een saamhorigheid, een bloedbroederschap. Je hebt het meer dan vijfentwintig jaar bewaard. Dat hadden Anders en Alex ook gedaan met hun stukje leer. Op de achterkant staat een vage vingerafdruk in bloed, daarom denk ik dat jullie een bloedbroederschap hebben gesloten, op een vrij theatrale manier zoals kinderen nu eenmaal doen. Er zijn drie letters op de voorkant van het leer gebrand. "D.D.M." Ik heb niet kunnen ontdekken wat dat betekent. Maar misschien kun jij me daarbij helpen?'

Patrik kon bijna letterlijk waarnemen hoe twee verschillende verlangens in Jan met elkaar in strijd waren. Aan de ene kant zei Jans verstand hem dat hij helemaal niets moest zeggen, aan de andere kant is de zin om te vertellen, om je geheim aan iemand toe te vertrouwen, niet te onderschatten. Patrik stelde zijn vertrouwen in Jans ego en gokte erop dat Jan het onweerstaanbaar zou vinden om zijn hart te luchten tegenover iemand die met belangstelling luisterde. Hij besloot Jans beslissing te vergemakkelijken.

'Alles wat hier vandaag wordt gezegd blijft tussen ons. Ik heb geen energie en geen middelen om iets te onderzoeken wat vijfentwintig jaar geleden is gebeurd en ik denk niet eens dat ik bewijzen zou vinden als ik het ging proberen. Dit is voor mezelf. Ik moet het gewoon weten.'

De verleiding werd Jan te groot.

'"De Drie Musketiers", daar staat "D.D.M." voor. Belachelijk en kinderachtig romantisch, maar zo beschouwden we ons. Wij tegen de rest van de wereld. Als we samen waren, konden we vergeten wat er met ons was gebeurd.

We hadden het er nooit over met elkaar, maar dat was ook niet nodig. We begrepen het toch wel. We sloten een pact dat we er altijd voor elkaar zouden zijn. Met een stukje glas dat we hadden gevonden, hebben we ons in een vinger gesneden en toen hebben we het bloed vermengd en er een stempel op ons embleem mee gezet.

Ik was de sterkste van ons drieën. Ik moest de sterkste zijn. De anderen konden zich in elk geval thuis veilig voelen, ik moest altijd over mijn schouder kijken en 's avonds lag ik met de deken tot aan mijn kin opgetrokken in bed te luisteren naar de voetstappen die altijd kwamen, eerst in de hal en daarna steeds dichterbij.'

Het was alsof er een dijk was doorgebroken. Jan praatte in een razend tempo en Patrik hield zich stil om de woordenstroom niet te onderbreken. Jan stak een sigaret op, draaide het raampje een eindje open om de rook naar buiten te laten gaan en ging toen verder: 'We leefden in een eigen wereld. We ontmoetten elkaar in het geheim, en zochten troost en geborgenheid bij elkaar. Hoewel we eigenlijk voor elkaar een herinnering aan het kwaad hadden moeten zijn, konden we juist als we samen waren een tijdje wegvluchten. Ik weet niet eens hoe we het wisten. Waarom we elkaar opzochten. Maar op de een of andere manier wisten we het. Het was onvermijdelijk dat we elkaar opzochten. Het was mijn idee om het op onze eigen manier op te lossen. Alex en Anders zagen het eerst als een spel, maar ik wist dat het ernst moest worden. Er was geen andere uitweg. Op een koude, heldere winterdag gingen we het ijs op, mijn stiefbroer en ik. Het was niet moeilijk om hem mee te lokken. Hij vond het geweldig dat ik het initiatief nam en verheugde zich op ons uitstapje. Ik had die winter vele uren op het ijs doorgebracht en wist precies waar ik hem te grazen moest nemen. Anders en Alex stonden ons daar op te wachten. Nils was verbaasd toen hij hen zag, maar hij was zo arrogant dat hij het niet als bedreigend ervoer. We waren tenslotte maar kinderen. De rest was eenvoudig. Een wak, een duw en hij was weg. Eerst waren we zo opgelucht. De eerste dagen waren heerlijk. Nelly was buiten zichzelf van ongerustheid omdat ze niet wist waar Nils was gebleven, maar ik lag 's nachts in bed te lachen. Ik luisterde naar de afwezigheid van voetstappen. Toen barstte de hel los. Alex' ouders waren ergens achter gekomen, hoe weet ik niet, en ze gingen naar Nelly. Alex kon waarschijnlijk niet tegen alle vragen en alle druk en had alles verteld, ook over Anders en mij. Ze vertelde niet wat we met Nils hadden gedaan, maar wel alles wat er daarvoor was gebeurd. Als ik had gedacht enige sympathie van mijn stiefmoeder te krijgen, kwam ik bedrogen uit. Nelly heeft me nooit meer in de ogen gekeken. Ze vroeg ook nooit meer waar Nils was. Soms vraag ik me af of ze iets vermoedde.'

'Vera is ook achter het misbruik gekomen.'

'Ja, maar moeder was handig. Ze speelde in op Vera's behoefte om Anders te beschermen en zelf de schone schijn op te houden en hoefde haar niet eens te betalen of om te kopen met een mooi baantje om haar te laten zwijgen.'

'Denk je dat Vera er ooit achter is gekomen wat er met Nils is gebeurd?'

'Dat weet ik wel zeker. Ik geloof niet dat Anders dat al die jaren voor Vera verborgen heeft kunnen houden.'

Patrik dacht hardop. 'Waarschijnlijk heeft Vera Alex dus niet alleen vermoord om het misbruik geheim te houden, maar vooral omdat ze bang was dat Anders van moord beschuldigd zou worden.'

Jans glimlach was bijna vol leedvermaak. 'Dat is bijna komisch als je enerzijds bedenkt dat de moord verjaard is, en anderzijds dat niemand de moeite zou nemen een aanklacht tegen ons in te dienen, zoveel jaren later, gezien de omstandigheden en het feit dat we toen kinderen waren.'

Met tegenzin moest Patrik hem gelijk geven. Het zou geen gevolgen hebben gehad als Alex naar de politie was gestapt en had verteld wat er was gebeurd, maar waarschijnlijk had Vera zich dat nooit gerealiseerd en had ze gedacht dat er een reële kans bestond dat Anders wegens moord naar de gevangenis zou gaan.

'Hebben jullie daarna contact gehouden? Jij en Alex en Anders?'

'Nee. Alex verhuisde bijna meteen en Anders trok zich terug in zijn eigen wereldje. Natuurlijk kwamen we elkaar weleens tegen, maar pas toen Anders mij na de dood van Alex opbelde en schreeuwend beweerde dat ik haar had vermoord, hebben we elkaar voor het eerst in vijfentwintig jaar gesproken. Ik ontkende het natuurlijk, ik had ook niets met haar dood te maken, maar hij gaf niet op.'

'Wist je niet dat zij van plan was geweest naar de politie te gaan om te vertellen hoe Nils was overleden?'

'Niet voordat ze doodging. Anders vertelde het nadat ze was overleden.'

Jan blies nonchalant een paar rookkringen de auto in.

'Wat zou er gebeurd zijn als je het had geweten?'

'Daar zullen we nooit achter komen.'

Hij draaide zich om naar Patrik en keek hem met zijn koude, blauwe ogen aan. Patrik huiverde. Nee, daar zouden ze nooit achter komen.

'Maar zoals ik al zei, niemand zou de moeite hebben genomen om ons daarvoor te pakken. Al moet ik wel toegeven dat het de verhouding tussen mij en moeder zou hebben gecompliceerd.'

Toen veranderde Jan abrupt van onderwerp.

'Ze gingen met elkaar om, heb ik gehoord, Anders en Alex. Een typisch voorbeeld van Belle en het beest. Ik had misschien zelf wat moeten proberen, vanwege onze oude vriendschap...'

Patrik voelde absoluut geen medelijden met de man naast hem. Hij had weliswaar een verschrikkelijke jeugd gehad, maar er was nog iets meer met Jan. Iets kwaads en verrots dat uit zijn poriën sijpelde. Impulsief vroeg hij: 'Jouw eigen ouders zijn onder tragische omstandigheden om het leven gekomen. Weet jij daar wat meer van, behalve wat uit het onderzoek is gebleken?'

Er speelde een glimlach om Jans mond. Hij draaide het raampje nog een paar centimeter verder open en wierp de peuk trefzeker door het raam.

'Een ongeluk zit in een klein hoekje, toch? Een lamp die omvalt, een fladderend gordijn. Kleine omstandigheden die samen één grote toevalligheid vormen. En je zou het natuurlijk een godsgeschenk kunnen noemen dat mensen die het werkelijk verdienen, door een ongeluk worden getroffen.'

'Waarom ging je ermee akkoord mij te spreken? Waarom heb je dit allemaal verteld?'

'Ik ben zelf ook verbaasd. Ik was eigenlijk niet van plan om te komen, maar mijn nieuwsgierigheid nam de overhand, vermoed ik. Ik vroeg me af hoeveel je wist en hoeveel je raadde. En er huist in ons allemaal een behoefte om ons handelen, juist of niet, met iemand te delen. Vooral aan iemand die niets kan doen tegen de dingen die hij te horen krijgt. Nils' dood ligt ver terug in de tijd, het zou jouw woord tegen het mijne zijn en ik ben bang dat niemand je zou geloven.'

Jan stapte uit de auto, maar draaide zich om en leunde naar binnen.

'Ik neem aan dat misdaad voor sommige mensen echt wel lonend is. Op een dag zal ik een aanzienlijk vermogen erven. Ik betwijfel of ik in dezelfde situatie had verkeerd als Nils nog had geleefd.'

Hij salueerde met twee vingers tegen zijn voorhoofd, deed het portier dicht en liep naar zijn eigen auto. Patrik voelde hoe een grijns vol leedvermaak zich over zijn gezicht verspreidde. Jan was kennelijk niet op de hoogte van Julia's relatie tot Nelly of de rol die zij zou spelen als het testament werd voorgelezen. Gods wegen waren ontegenzeggelijk ondoorgrondelijk.

Hij zat op zijn kleine balkon en de warme bries streelde zijn gegroefde wangen. De zon verwarmde en heelde zijn pijnlijke gewrichten en hij kon zich elke dag weer wat makkelijker bewegen. Hij ging dagelijks naar zijn werk op de vismarkt, waar hij hielp de vangst te verkopen die 's ochtends met de vissersboten binnenkwam.

Hier probeerde niemand oudere mensen het recht om zich nuttig te maken te ontnemen. Hij voelde zich meer gerespecteerd en gewaardeerd dan ooit, en langzaam maar zeker had hij vrienden gemaakt in het kleine dorp. Het ging weliswaar nog niet zo goed met de taal, maar hij merkte dat hij zich met gebaren en goede bedoelingen kon redden, en zijn woordenschat groeide ook langzaam maar zeker. Het borreltje, soms waren het er twee, na een dag hard werken hielp ook goed om zijn verlegenheid te overwinnen en hij ontdekte tot zijn verbazing dat hij bezig was in een soort kletskous te veranderen.

 Toen hij zo op zijn balkon zat en uitkeek over een weelderige begroeiing die overging in het blauwste water dat hij ooit had gezien, voelde Eilert dat hij nooit dichter bij het paradijs zou komen.

Een andere jeu in het leven was de dagelijkse flirt met de rondborstige pensionhoudster Rosa, en hij speelde zelfs af en toe met de gedachte dat het mettertijd misschien iets meer zou kunnen worden dan een onschuldige flirt. De aantrekkingskracht was er, dat was overduidelijk, en de mens was tenslotte niet geschapen om alleen te leven.

Heel even moest hij aan Svea denken. Toen drukte hij die onbehaaglijke gedachte weg, deed zijn ogen dicht en genoot van een welverdiende siësta.

VERKRIJGBAAR ALS DWARSLIGGER®

René Appel – *Schone handen*
Dr. Jill Bolte Taylor – *Onverwacht inzicht*
Joanna Briscoe – *Slaap met me*
Leslie T. Chang – *Fabrieksmeisjes*
Deepak Chopra – *Leven in liefde*
Dante Alighieri – *De goddelijke komedie*
Renate Dorrestein – *Zolang er leven is & is er hoop*
Dr. Wayne W. Dyer – *Leef in balans*
Jonathan Safran Foer – *Alles is verlicht*
Jonathan Safran Foer – *Extreem luid & ongelooflijk dichtbij*
Nicci French – *Wat te doen als iemand sterft*
Arthur Golden – *Dagboek van een geisha*
Nicole Krauss – *De geschiedenis van de liefde*
Camilla Läckberg – *IJsprinses*
Marion Pauw – *Daglicht*

Marisha Pessl – *Calamiteitenleer voor gevorderden*
Tom Rob Smith – *Kind 44*
Special Bite 2010
P.F. Thomése – *J. Kessels: The Novel*
Esther Verhoef – *Close-up*
Simone van der Vlugt – *De reünie*
John 'Lofty' Wiseman – *Het SAS Survival Handboek*